O despertar da Meia-Noite

Universo dos Livros Editora Ltda.
Rua do Bosque, 1589 – Bloco 2 – Con. 603/606
CEP 01136-001 • Barra Funda – São Paulo/SP
Telefone/Fax: (11) 3392-3336
www.universodoslivros.com.br
e-mail: editor@universodoslivros.com.br
Siga-nos no Twitter: @univdoslivros

O despertar da Meia-Noite

LARA ADRIAN

São Paulo
2011

UNIVERSO DOS LIVROS

Diretor-Editorial
Luis Matos

Assistente-Editorial
Noele Rossi
Talita Gnidarchichi

Tradução
Adriana FMO

Preparação
Fernanda Duarte

Revisão
Fernanda Fonseca e **Letícia Vendrame**

Arte
Camila Kodaira e **Stephanie Lin**

Capa
Zuleika Iamashita

Dados Internacionais de Catalogação na Publicação (CIP)
(Câmara Brasileira do Livro, SP, Brasil)

A243d Adrian, Lara.

O Despertar da Meia-noite / Lara Adrian ; [tradução Adriana Fernandes Machado de Oliveira]. – São Paulo : Universo dos Livros, 2011
360 p. – (Midnight Breed)

Tradução de: Midgnight Breed)

ISBN 978-85-7930-268-8

1. Vampiros. 2. Ficção. 3. Romance. I. Título. II. Série.

CDD 813.6 22

Aos meus leitores, com profundo apreço por todo o entusiasmo e apoio que demonstraram por meus livros.
Muito obrigada!

E ao meu marido, meu verdadeiro norte, e prova cabal de que "felizes para sempre" realmente existe fora das páginas escritas.
Você sempre será meu herói!

Agradecimentos

Agradeço ao meu agente e a todos em Bantam Dell por continuarem acreditando em mim, e pela maravilhosa atenção dedicada a cada um de meus livros. Agradeço também aos meus editores, revisores e a todos os outros que trabalham nos bastidores. (Oi, Destiny e Jeremy!)

Um forte abraço aos meus amigos redatores, por tolerarem períodos prolongados sem nenhuma notícia minha e ainda assim estarem disponíveis para revisões insanas de última hora, e por todo o incentivo. Obrigada especialmente a Kayla Gray, Jaci Burton, Larissa Ione e Stephanie Tyler por simplesmente serem maravilhosas.

Minha gratidão adicional a três bandas imensamente talentosas cuja música trouxe grande parte desta história à vida em minha imaginação. Minha inspiração (e um progressivo vício diário) se deve ao talento artístico de Collide, H.I.M. e Black Lab.

Capítulo 1

Ela caminhava entre eles despercebida; era apenas mais um pedestre saindo do trabalho na hora do *rush* e caminhando com dificuldade em meio à neve fresca de fevereiro em direção à estação de trem. Ninguém prestava atenção à delicada mulher coberta por um casaco enorme com capuz; um lenço ocultava seu rosto até a linha dos olhos, que contemplavam a multidão de passantes com um interesse penetrante. Penetrante demais, sabia disso, mas não podia evitar.

Sentia-se ansiosa por estar entre eles e, impaciente para encontrar sua presa.

A cabeça vibrava com as batidas do *rock* que ecoava através dos pequenos fones de ouvido de um MP3. Não era dela. Havia pertencido ao seu filho adolescente, Camden. O doce Cam, que havia falecido há quatro meses, vítima da guerra que se desenrolava no submundo e da qual a própria Elise agora fazia parte. Ele era a razão pela qual estava ali, rondando as ruas lotadas de Boston com uma adaga no bolso do casaco e uma afiada faca com fio de titânio amarrada à coxa.

Agora mais do que nunca, Camden era sua razão de viver.

Sua morte não podia passar impune.

Elise atravessou o semáforo e avançou pela rua em direção à estação de trem. Podia ver as pessoas falando enquanto as ultrapassava, seus lábios se movendo silenciosamente, suas palavras – e, ainda mais importante, seus pensamentos – abafadas pelas músicas agressivas, pelas guitarras estridentes e pelas pulsações do baixo que preenchiam-lhe os ouvidos e vibravam em seus ossos. Não sabia ao certo o que estava escutando e não importava. Só precisava do barulho, tocando alto o bastante e por tempo suficiente para que chegasse ao lugar da caça.

Entrou no edifício, apenas uma pessoa a mais em um rio de movimento humano. Uma luz pungente se derramava das lâmpadas fluorescentes no teto. O cheiro da imundície da rua, do suor, de corpos em excesso invadiu as narinas dela através do lenço. Elise caminhou prédio adentro, detendo-se no centro da estação. Forçada a contorná-la, a fluida multidão passava esbarrando nela, acotovelando-se na pressa de pegar o próximo trem. Mais de um passante a fuzilou com os olhos, balbuciando obscenidades por causa de sua parada brusca no meio do caminho.

Deus, como desprezava todo esse contato, mas era necessário. Respirou fundo para se recuperar, pôs a mão no bolso e desligou a música. O barulho da estação caiu sobre ela como uma onda, envolvendo-a em uma confusão de vozes, de arrastar de pés, do tráfego lá fora e dos ruídos e rangidos metálicos do próximo trem. Mas tais barulhos não eram nada em comparação aos outros que inundavam sua mente agora.

Pensamentos repulsivos, más intenções, pecados secretos, ódios declarados – tudo se agitava ao redor dela como uma tempestade negra; a devassidão humana a procurava e martelava-lhe os sentidos. Desestabilizando-a, como sempre, essa primeira rajada nociva de vento quase a sobrepujava. Elise balançou sobre os pés. Lutou contra a náusea que crescia em seu íntimo e tentou ao máximo suportar a agressão psíquica.

– Vagabunda, espero que a despeçam...

– Malditos turistas caipiras, por que não voltam para onde é seu lugar...

– Idiota! Saia do meu caminho, ou vou bater em você...

– E daí que ela é a irmã da minha esposa? Não é como se não estivesse atrás de mim esse tempo todo...

A respiração de Elise acelerava a cada segundo, e uma dor de cabeça brotava nas têmporas. As vozes em sua mente se misturavam às conversas, quase indistinguíveis, mas Elise se mantinha firme, envolta pelos próprios braços, enquanto o trem chegava e suas portas se abriam para que um novo mar de pessoas transbordasse sobre a plataforma. Passavam ao seu redor, e mais vozes se acrescentaram à cacofonia que a destruía por dentro.

– Esses malditos mendigos deviam se esforçar o mesmo tanto para conseguir um emprego...

– Juro, se ele puser as mãos em mim mais uma vez, vou matar o filho da mãe...

– Rápido, boiada! Corram de volta para o curral! Criaturas patéticas, meu Mestre tem razão, vocês merecem ser escravizadas...

Elise arregalou os olhos. Seu sangue congelou nas veias assim que essas palavras se registraram na mente. Era essa a voz que estava esperando ouvir.

A voz pela qual havia vindo caçar.

Não sabia o nome de sua presa, nem mesmo sua aparência física, mas sabia o que era: um Subordinado. Como os outros de sua espécie, havia sido humano uma vez, mas agora era menos que isso. Sua humanidade havia sido sugada por aquele a quem chamava de Mestre, um vampiro poderoso, líder dos Renegados. Era por causa deles – dos Renegados e do ser diabólico que os guiava em uma crescente guerra em meio à raça dos vampiros – que o único filho de Elise estava morto.

Após ter enviuvado cinco anos atrás, Camden era tudo o que lhe restava, tudo o que importava em sua vida. Com a perda dele, Elise havia encontrado um novo objetivo. Uma determinação inabalável. Era o que a sustentava agora, guiando seus pés através da densa multidão, procurando por aquele que pagaria pela morte de Camden.

A cabeça girava com o contínuo bombardeio de pensamentos terríveis e dolorosos, mas, por fim, Elise conseguiu localizar o Subordinado. Ele caminhava alguns metros à frente dela, com a cabeça oculta por um gorro preto e o corpo recoberto por uma jaqueta verde camuflada, rota e desbotada. Emanava hostilidade por todos os poros. Sua deterioração era tão completa que Elise podia senti-la como bílis no fundo da garganta. E não tinha outra escolha além de se manter perto dele, esperando pela oportunidade de entrar em ação.

O Subordinado deixou a estação e avançou pela calçada em passos rápidos. Elise o seguiu, com os dedos enrolados com firmeza em torno da adaga em seu bolso. Ao ar livre, com menos pessoas, o barulho mental havia diminuído, mas a dor da sobrecarga na estação continuava, perfurando seu crânio como um prego. Elise manteve os olhos treinados em sua presa, aumentando a velocidade dos passos ao vê-lo entrar em uma loja. Aproximou-se da porta de vidro, espiou por trás do símbolo da FedEx e viu o Subordinado esperando na fila para o balcão de atendimento.

– Com licença, senhora – disse alguém atrás dela, sobressaltando--a com o som de uma voz verdadeira, e não o zumbido de palavras que ainda enchiam a cabeça. – Vai entrar ou não, moça?

O homem atrás dela abriu a porta ao falar, segurando-a aberta enquanto esperava. Elise não tinha nenhuma intenção de entrar, mas agora todos a estavam olhando – inclusive o Subordinado –, e acabaria chamando mais atenção para si se recusasse. Entrou no cômodo intensamente iluminado e imediatamente fingiu se interessar por uma disposição de caixas de envio na vitrine da frente.

Com a visão periférica, observava o Subordinado esperar sua vez na fila. Ele estava nervoso e mentalmente agressivo, repreendendo com os pensamentos os clientes à sua frente. Finalmente se aproximou do balcão e ignorou a saudação do funcionário.

– Encomenda para Raines.

O atendente digitou algo no computador e hesitou por um segundo.

– Espere um momento. – Encaminhou-se para uma sala nos fundos e voltou um instante depois, sacudindo a cabeça. – Ainda não chegou. Sinto muito.

A fúria emanou do Subordinado, apertando como uma morsa as têmporas de Elise.

– O que quer dizer com "ainda não chegou"?

– Grande parte de Nova York foi atingida por uma enorme nevasca ontem à noite, então muitas das entregas de hoje estão atrasadas...

– Essa encomenda estava assegurada – grunhiu o Subordinado.

– Sim, é verdade. Pode pedir seu dinheiro de volta, mas terá de preencher uma reclamação...

– Que se dane essa reclamação, idiota! Preciso desse pacote. Agora!

Meu Mestre vai acabar comigo se eu não aparecer com essa encomenda, e, se isso acontecer, volto aqui e arranco-lhe as vísceras.

Elise inspirou fundo diante da virulência daquela ameaça secreta. Sabia que os Subordinados viviam apenas para servir aquele que os havia criado, mas era sempre um choque escutar a terrível intensidade de sua submissão. Para eles, nada era sagrado. Vidas não representavam nada, tanto de seres humanos como de membros da Raça. Os Subordinados eram quase tão desprezíveis quanto os Renegados, a facção criminosa e sedenta de sangue da nação vampiresca.

O Subordinado se inclinou sobre o balcão, apoiando-se nos punhos.

– Preciso dessa encomenda, idiota. Não saio daqui sem ela.

O funcionário se afastou, e seu rosto adquiriu uma feição subitamente cautelosa. Apanhou o telefone.

– Olhe, meu caro, como já expliquei, não há nada mais que eu possa fazer. Terá de voltar amanhã. Agora precisa ir embora, antes que eu chame a polícia.

Imbecil inútil – grunhiu o Subordinado por dentro. – *Voltarei amanhã, pode deixar. Espere só que voltarei por você!*

– Algum problema aqui, Joey? – Um homem mais velho apareceu dos fundos, com a expressão grave.

– Tentei dizer a ele que sua encomenda ainda não chegou por conta da nevasca, mas ele não desiste. Como se quisesse que eu a tirasse do meu...

– Senhor? – Disse o gerente, interrompendo seu empregado e cravando no Subordinado um olhar sério. – Vou lhe pedir educadamente que saia agora. Ou acionarei a polícia para que o acompanhe para fora daqui.

O Subordinado resmungou algo indistinguível, mas detestável. Bateu com o punho no balcão, virou-se e se afastou com arrogância. Ao se aproximar da porta onde Elise se encontrava, chutou uma caixa e mandou rolos de fitas e plásticos bolha rolando pelo chão. Embora Elise tivesse dado um passo atrás, o Subordinado vinha com determinação em sua direção. Ele a fitou com olhos vagos e desumanos.

– Saia já do meu caminho, sua vaca!

Ela mal havia se movido quando ele passou a seu lado feito um foguete e saiu, empurrando a porta com tanta força que os painéis de vidro chacoalharam como se fossem quebrar.

– Estúpido – murmurou um dos clientes ainda na fila, assim que o Subordinado tinha desaparecido.

Elise pôde sentir uma onda de alívio inundando os outros clientes com a partida dele. Também se sentia aliviada em parte, contente por ninguém ter se machucado. Queria esperar um pouco na tranquilidade momentânea da loja, mas não podia se dar ao luxo. O Subordinado atravessava a rua agora, com o humor tempestuoso, e já começava a anoitecer.

Ela tinha apenas meia hora antes que a noite caísse e os Renegados saíssem para se alimentar. Se o que fazia já era perigoso durante o dia, à noite era praticamente suicídio. Podia assassinar um Subordinado discretamente com a lâmina de aço – já havia feito isso, na verdade, mais de uma vez –, mas, como qualquer humano, homem ou mulher, não tinha chances contra a força dos Renegados viciados em sangue.

Concentrando-se no que tinha de fazer, Elise deslizou pela porta e seguiu o Subordinado pela rua. Ele estava furioso e caminhava bruscamente, empurrando os outros pedestres e rugindo-lhes maldições ao passar. Um novo ataque de dor preencheu a cabeça dela, enquanto mais vozes se uniam ao zumbido que já ressoava na mente, mas Elise se manteve atrás de seu alvo. Deteve-se alguns metros antes, com os olhos fixos no pálido volume verde daquela jaqueta contra o leve neviscar. Ele virou à esquerda na esquina de um prédio e entrou em um beco estreito. Elise se apressou nesse instante, desesperada para não perdê-lo de vista.

A meio caminho da rua lateral, ele abriu uma porta surrada de aço e desapareceu. Elise avançou até a porta de metal sem janelas, sentindo as palmas das mãos suarem, apesar do frio. Os pensamentos agressivos dele invadiam sua mente – pensamentos assassinos, todas as coisas apavorantes que seria capaz de fazer em deferência a seu Mestre.

Elise pôs a mão no bolso e pegou a adaga. Segurou-a junto a si, pronta para atacar, mas escondida detrás do casaco comprido. Com a mão livre, agarrou a maçaneta e abriu a porta destrancada. Flocos de neve caíram em redemoinho diante dela no cômodo escuro que fedia a mofo e fumaça de cigarro. O Subordinado estava em pé perto de uma pilha de encomendas do correio, apoiando um ombro contra a parede, e abriu um celular exatamente igual ao que todos eles carregavam – a linha direta dos Subordinados com seu vampiro Mestre.

– Feche essa maldita porta, sua idiota! – Repreendeu ele; os olhos desalmados brilhavam. As sobrancelhas se franziram quando Elise se moveu rapidamente em direção a ele, com intenção mortal. – Que diabos...?

Ela trouxe a adaga com firmeza contra o peito dele, ciente de que o elemento-surpresa era uma de suas melhores vantagens. A fúria dele a golpeou como um soco físico, empurrando-a para trás. Sua deterioração penetrou a mente de Elise como ácido, queimando os sentidos. Elise lutou contra a dor psíquica e se voltou para atacá-lo outra vez com a adaga, ignorando o repentino calor úmido do sangue dele se derramando em sua mão.

O Subordinado cuspiu irado, agarrando-a enquanto caía sobre ela. Sua ferida era mortal e jorrava tanto sangue que Elise quase perdeu os sentidos ao vê-lo e cheirá-lo. Livrou-se do peso do Subordinado e saiu do caminho enquanto ele caía ao chão. Sua respiração estava entrecortada, o coração batia acelerado, e a cabeça martelava em agonia enquanto o bombardeio mental da ira dele continuava em sua mente.

O Subordinado se debateu e sibilou enquanto a morte se apoderava dele. Então, por fim, ele se tranquilizou.

Finalmente, houve silêncio.

Com os dedos trêmulos, Elise recuperou o telefone celular que jazia a seus pés e o guardou no bolso. A caça a havia esgotado, era quase impossível suportar a dor física combinada ao esforço psíquico. Cada vez parecia pesar ainda mais sobre ela, parecia demorar ainda mais para se recuperar. Ela se perguntava se chegaria o dia em que desceria tão profundamente no abismo que não seria capaz de voltar. Provavelmente, imaginava, mas não hoje. E continuaria lutando enquanto tivesse vida em seu corpo e a dor da perda no coração.

– Por Camden – sussurrou, baixando os olhos para o Subordinado morto enquanto ligava o MP3 para voltar a casa. A música alta nos fones de ouvido silenciava o dom que lhe dava o poder de escutar os segredos mais íntimos de uma alma humana.

Já havia ouvido o suficiente por hora.

Com sua importante missão do dia completa, Elise se virou e deixou para trás a carnificina que havia provocado.

Capítulo 2

O cheiro do sangue era transportado pela suave brisa de inverno. Era fraco, fresco, um leve odor de cobre que fazia cócegas nas narinas do vampiro guerreiro que saltava silenciosamente de telhado em telhado dos edifícios já escurecidos pelo anoitecer. Flocos de neve caíam a sua volta como alvas cinzas flutuantes, recobrindo a cidade que se estendia uns dez andares abaixo dele.

Tegan se agachou na beirada do prédio e examinou o emaranhado de ruas e becos tumultuados. Como membro da Ordem – um pequeno grupo de vampiros da Raça engajado na guerra contra seus irmãos selvagens, os Renegados – o objetivo principal de Tegan todas as noites era acabar com seus inimigos. Era algo que fazia com fria eficiência, uma habilidade aperfeiçoada durante seus mais de sete séculos de existência. Mas, em seu âmago, fazia parte da Raça, e não havia ninguém entre eles que pudesse ignorar o chamado de sangue humano recém-derramado.

Curvou os lábios para trás e inalou o gélido ar através dos dentes. Suas gengivas formigaram, e sentiu a dor aflorando onde seus caninos começavam a se estender em longas presas. A visão se aguçou além de sua acuidade sobrenatural, e as pupilas se estreitaram em finas fendas verticais no meio das íris verdes. A necessidade de caçar – de se alimentar – cresceu rapidamente. Uma resposta automática que mesmo ele, com seu disciplinado autocontrole de ferro, era incapaz de reprimir.

E era ainda pior para ele, que fazia parte da Primeira Geração de vampiros nascida na Terra. O apetite destes – físico, carnal e outros – ardia ainda mais forte.

Tegan se arrastou pela beirada do edifício e saltou para o telhado de outro prédio, com os olhos cravados na movimentação das pessoas logo abaixo. Procurava por algum indivíduo fraco em meio às pessoas. Mas não vasculhava a multidão apenas para satisfazer às próprias necessidades: encontrar um humano com uma ferida aberta e fresca era sinal certo de que qualquer Renegado dentro de um raio de um quilômetro não se manteria muito longe dele.

Contudo, agora que estava se aproximando da origem do cheiro, percebeu uma nota cada vez mais rançosa. Era sangue derramado, mas não era nada fresco; já tinha vários minutos.

Seguindo aquele odor metálico, o olhar de Tegan pairou sobre uma silhueta baixa e delgada, recoberta por uma parca comprida, que corria pela rua principal, além da estação de trem. Andava de modo apreensivo, e demonstrava um evidente desejo de passar despercebida com a cabeça baixa ao se afastar de uma multidão de pessoas e se dirigir para uma rua lateral vazia.

– Que diabos está fazendo? – Murmurou Tegan enquanto acompanhava o indivíduo.

Homem ou mulher, não podia ter certeza sob toda aquela roupa escura. De qualquer forma, o humano estava prestes a receber uma companhia muito indesejada.

Tegan viu o Renegado um instante antes deste sair de seu esconderijo atrás de uma lixeira vários metros à frente do humano. Não conseguiu escutar as palavras que foram ditas, mas podia dizer, pelo porte arrogante do vampiro e por seus brilhantes olhos cor de âmbar, que estava brincando com a pessoa – apenas se divertindo um pouco antes de entrar em ação. Outros dois Renegados saíram da esquina logo atrás, encurralando o humano.

– Maldição – grunhiu Tegan, esfregando uma mão no queixo.

Nunca havia dado muita utilidade à reluzente honra que era exigida por seu ato generoso como salvador desconhecido dos humanos que coabitavam o planeta com eles. Mesmo sendo meio-humano, como todos os da Raça, Tegan havia desistido há muito tempo da necessidade de ser o herói. Havia visto muito sangue sendo derramado, muita matança sem sentido e perdas trágicas em ambos os lados.

Seu propósito agora e durante os últimos quinhentos anos – desde a brutal tortura e morte da única mulher que havia amado – era bastante simples: exterminar o máximo de Renegados que fosse possível, ou morrer tentando. Não se importava com o que acontecesse primeiro.

Mas havia uma antiga parte dele que ainda se enfurecia ao pensar em injustiças terrivelmente desfavoráveis, como a situação que acontecia na rua logo abaixo.

O humano oculto sob o manto coberto de sangue estava sendo cercado. Como tubarões movendo-se para matar, os Renegados começaram a fechar o círculo. A cabeça encapuzada se levantou de repente e se virou ao notar a ameaça que a rodeava. Mas era tarde demais. Nenhum humano tinha chances contra um maldito chupador de sangue, muito menos contra três deles.

Tegan soltou uma maldição e avançou, saltando para um telhado mais baixo sobre o beco, ao mesmo tempo em que o Renegado diante do humano se pôs em ação.

Tegan ouviu um arfejar sôfrego – um gemido feminino de terror – quando o Renegado agarrou sua presa. Segurou a mulher pela frente do capuz e a jogou no chão coberto de neve, deixando escapar um selvagem uivo de prazer ao vê-la cair bruscamente.

– Meu Deus – sibilou Tegan, desembainhando uma enorme espada atada ao quadril.

Disparou a correr e, com um salto, deixou a borda do edifício, pousando suavemente no chão, agachado. Os dois Renegados mais próximos dele se separaram; um se escondeu, enquanto o outro começou a gritar que estavam sendo atacados. Tegan silenciou o alerta no meio da frase, partindo a garganta do miserável com a lâmina de aço com bordas de titânio.

Poucos metros adiante no beco, a mulher se encontrava de bruços, lutando para se livrar de seu agressor. Também estava armada, notou Tegan surpreso, mas o Renegado percebeu ao mesmo tempo e chutou a arma para longe de sua mão. Pisou no meio das costas da mulher, prendendo-a firmemente ao chão com a bota esmagando sua coluna.

Tegan avançou sobre ele no mesmo instante. Apartou o Renegado da mulher, empurrando o vampiro raivoso até a parede lateral de tijolos, onde o segurou com o antebraço preso sob o queixo.

– Saia já daqui! – Gritou para a humana enquanto ela começava a se levantar. – Corra!

Ela lançou um olhar assustado sobre o ombro – o primeiro relance que Tegan teve de seu rosto. O olhar dele se fixou em um par de enormes e pálidos olhos cor de lavanda. A mulher o fitava por cima de um cachecol escuro de tricô que mal podia disfarçar a delicada beleza que havia embaixo.

Ah, droga.

Ele a conhecia.

E não era apenas uma humana qualquer; era uma Companheira de Raça. Uma jovem viúva de um dos Refúgios Secretos da cidade – os santuários da nação vampiresca. Tegan não a conhecia muito bem. Não a via há meses, desde a noite em que a tinha levado do condomínio da Ordem para casa, depois de ela ter descoberto que seu filho único havia se transformado em Renegado.

Era a última vez que a tinha visto, mas não havia sido a última vez em que pensara nela.

Elise.

Que diabos estava fazendo aqui?

O olhar firme de Tegan deixou Elise atônita por um instante que parecia se esticar indefinidamente. Ela vislumbrou um lampejo de reconhecimento nos olhos fixos do guerreiro, sentiu a rajada fria de sua ira emanando em sua direção através da distância que os separava.

– Tegan – sussurrou, assombrada ao se dar conta de que era ele quem vinha em seu resgate. Havia conhecido o aterrorizante guerreiro por volta da época em que seu filho tinha desaparecido. Fora Tegan quem a havia levado de volta para casa depois de descobrir, no condomínio da Ordem, que Camden havia se unido aos Renegados. Ele havia sido bondoso com ela naquela carona tarde da noite até o Refúgio Secreto e, embora não tivesse visto o guerreiro nos quatro meses seguintes, não havia esquecido sua compaixão inesperada.

Mas nada disso estava presente nele agora. A fúria da batalha havia transformado seu rosto por completo, que nesse instante mostrava sua verdadeira natureza – um vampiro da Raça, com reluzentes presas e olhos ferozes, que já não cintilavam o habitual verde-esmeralda, mas se alagavam de um âmbar brilhante que ardia como uma brasa em seu crânio.

– Corra! – Gritou; a voz saiu como um profundo grunhido de outro mundo, atravessando o estrondo da música que ainda vibrava na cabeça dela através dos fones de ouvido. – Saia já daqui! Agora!

Essa breve desatenção lhe custou caro. O Renegado que ele tinha prensado na parede à frente virou a grande cabeça, e com as mandíbulas bem abertas, e a saliva escorrendo pelas enormes presas, mordeu o antebraço de Tegan, rasgando a carne musculosa do guerreiro. Sem nenhum som de dor ou raiva, Tegan levantou a outra mão e enterrou a lâmina no pescoço do Renegado. O vampiro doentio caiu sem vida ao chão, e seu cadáver chiou com o titânio que envenenava sua corrente sanguínea deteriorada.

Tegan deu a volta, arfando entre os lábios, inspirando o ar gelado.

– Maldita seja, mulher! Vá embora! – Rugiu ele, assim que o último Renegado saltou para atacá-lo.

Elise se pôs em ação.

Saiu em disparada do beco e entrou em outra rua, correndo o mais rápido que suas pernas podiam aguentar. O pequeno apartamento que havia alugado não ficava muito longe, apenas alguns quarteirões depois da estação de trem, mas pareciam quilômetros. Estava exausta por conta das terríveis experiências naquele dia e tremia em razão da violência que tinha acabado de presenciar no beco.

Ela também estava preocupada com Tegan, ainda que tivesse certeza de que ele não precisava de sua preocupação. Era um membro da Ordem, provavelmente o mais letal de todos, se levada em conta sua reputação. Era uma máquina mortífera, conforme todos que conheciam seu nome. E, ao vê-lo em ação, Elise não duvidou disso por um segundo sequer.

Agora que havia sido descoberta sozinha na cidade, podia apenas esperar que o guerreiro não se interessasse pelo que ela estaria fazendo. Não podia permitir que a levassem de volta para o Refúgio Secreto, nem mesmo por um homem tão temível quanto Tegan.

Elise correu o último quarteirão até seu apartamento e subiu os degraus de concreto apressada. A porta principal costumava ter fechadura, mas alguém a havia quebrado cinco semanas atrás e o condomínio do prédio ainda não havia consertado. Elise empurrou a porta e avançou pelo corredor do primeiro andar até chegar à porta de seu apartamento. Destrancou a fechadura e entrou rápido, acendendo imediatamente todas as luzes.

Logo em seguida ligou o rádio e a televisão – sem nenhuma sintonia em particular, mas ambos com volume muito alto. Já não precisava mais do aparelho de MP3 que havia usado em sua caçada durante o dia; tirou-o e o colocou sobre a bancada amarela da cozinha, junto com o telefone celular do Subordinado morto. Atirou ao chão o manto destruído, ao lado da esteira ergométrica, sentindo o estômago se retorcer enquanto a lâmpada que pendia da sala de estar iluminava as rubras manchas do sangue do Subordinado. Também havia sangue em suas mãos; os dedos estavam pegajosos com o sangue já coagulado.

E sua cabeça ainda martelava, a habitual e violenta enxaqueca que aparecia com o despertar de um período prolongado usando o seu dom. Não estava tão ruim agora quanto logo estaria. Ainda tinha tempo de se limpar e tentar se deitar na cama antes que o pior a atingisse.

Elise se arrastou até o banheiro e ligou o chuveiro. Os dedos tremiam ao desabotoar da coxa a bainha de couro de sua faca e colocá-la sobre a pia. Estava vazia. Havia perdido a lâmina de titânio na neve quando o Renegado a chutou de sua mão, mas tinha outras para substituí-la. Grande parte do dinheiro que trouxera consigo do Refúgio Secreto havia sido gasto com armas e equipamentos de treino – acessórios sobre os quais nunca havia desejado saber nada, mas que agora considerava necessidades básicas.

Deus! Quantas mudanças tão drásticas haviam ocorrido em sua vida em apenas quatro meses!

Nunca poderia voltar a ser o que era antes. No fundo do coração, sabia que não havia mais volta. A pessoa que havia sido enquanto vivera sob a proteção da Raça já não existia mais; havia morrido, como seu amado parceiro e seu filho. A dor dessas perdas havia sido uma fornalha que devorou sua vida antiga, reduzindo-a a cinzas. Ela era o que havia restado – a fênix que se reerguia das cinzas.

Elise levantou os olhos para o espelho embaçado e encontrou o próprio olhar assombrado no vidro. O sangue maculava as bochechas e o queixo, e havia sujeira em toda a testa, como uma pintura de guerra. Havia um brilho feroz nos olhos cansados que a olhavam de volta.

Deus, estava cansada... tão cansada. Mas, enquanto pudesse ficar de pé, podia lutar. Enquanto o coração ainda ardesse por vingança, usaria o dom psíquico que por tanto tempo havia sido uma de suas maiores fraquezas. Suportaria qualquer adversidade, enfrentaria qualquer risco. Venderia sua alma eterna, se precisasse. Tudo o que fosse necessário para ter justiça.

Capítulo 3

Tegan limpou a lâmina ensanguentada no casaco do Renegado morto e viu a rápida desintegração do último cadáver no beco. A limpeza *postmortem* era cortesia das armas de titânio de Tegan, um metal que agia como ácido venenoso em contato com a constituição celular deteriorada dos vampiros da Raça que se transformavam em Renegados. Os três corpos se dissolveram na neve, reduzindo carne, ossos e roupas a nada além de pequenos pontos de cinzas contra o branco imaculado.

Tegan proferiu uma maldição, com os sentidos ainda agitados pelo calor do combate. Os olhos aguçados pela batalha se acenderam sobre a faca que Elise havia perdido durante a luta. Aproximou-se dela e a apanhou.

– Meu Deus – murmurou, pegando a faca da neve. Não era nenhuma adaga delicada que uma senhorita carregaria para se defender, e sim uma arma de peso. Tinha uns vinte centímetros de comprimento, serrilhado perto da saliência da ponta e, a menos que estivesse enganado, o metal não se tratava de aço básico de carboneto, e sim de titânio, capaz de destruir os Renegados.

O que apenas trazia outra vez à tona a pergunta: que diabos estava fazendo aquela mulher do Refúgio Secreto nas ruas, sozinha, coberta de sangue, carregando armas dignas de um guerreiro?

Tegan ergueu a cabeça e cheirou o ar, procurando por seu aroma. Não demorou muito a encontrá-lo. Seus sentidos já eram mais aguçados, apurados pela caça; e o combate os acendia ainda mais. Tragou profundamente o perfume da Companheira de Raça, de rosas e quiciró,* e deixou-se guiar para dentro da cidade.

O aroma acabava em um prédio residencial de quinta categoria, em uma das mais miseráveis zonas da área de aluguéis baratos da cidade. Não se parecia em nada com o tipo de lugar em que esperava encontrar uma requintada mulher que havia crescido nos Refúgios Secretos, como Elise. Mas tinha certeza de que ela se encontrava no interior daquela abominação de tijolos e concreto, toda grafitada. Sem dúvidas.

Subiu os degraus e franziu o cenho diante da frágil porta com a fechadura quebrada. Ali dentro, suas botas se arrastaram sobre um carpete todo manchado e roto, que fedia a urina, sujeira e décadas de esquecimento. Uma escada gasta de madeira se erguia à esquerda, mas o aroma de Elise vinha da porta ao final do corredor do primeiro andar.

Tegan passou por outra porta à direita, sentindo o ruído de música vibrar no chão e nas paredes. Também podia escutar uma televisão, uma cortina de sons de fundo que parecia aumentar ao se aproximar do apartamento de Elise. Ele bateu à porta e esperou.

Nenhuma resposta.

Bateu outra vez, golpeando com força o metal gasto. Nada. Não que se pudesse ouvir qualquer coisa lá dentro, com todo aquele barulho.

Provavelmente ele não deveria estar ali, não deveria se envolver no que havia acontecido para trazer aquela mulher a um lugar como aquele. Tegan sabia que ela havia passado por maus bocados desde a morte do filho. A Ordem havia sido notificada de que Camden estava morto; havia sido assassinado pelo cunhado de Elise, Sterling Chase, quando o

---

*Flor de um arbusto semelhante ao alecrim.

garoto apareceu no Refúgio Secreto tomado pela Sede de Sangue. Pelo que Tegan havia ouvido, Camden estivera prestes a atacar Elise quando Chase o derrubou com várias balas de titânio – bem na frente dela.

Só Deus sabia o que podia ter acontecido com Elise depois de presenciar a morte do filho.

Mas não era problema seu.

Sim, não era nem um pouco da sua conta. Então, por que estava parado em pé diante daquela porta com o coração na mão, esperando que ela o deixasse entrar?

Tegan contemplou a série de fechaduras e travas na porta do apartamento. Pelo menos estas estavam funcionando, e ela havia tido o bom-senso de trancá-las assim que entrou. Mas, para um vampiro da Raça com o poder de Tegan e sua linhagem, destrancar todas as fechaduras com a mente não levou mais que dois segundos.

Deslizou-se para dentro e fechou a porta atrás de si. O nível de decibéis no pequeno apartamento era suficiente para romper sua cabeça. Esquadrinhou o lugar com os olhos estreitos, observando a estranha decoração. Os únicos móveis eram um *futon* e uma estante, que abrigava um aparelho de som de boa qualidade e uma pequena televisão de tela plana – estavam ambos ligados, em som máximo.

Ao lado do *futon*, em um espaço onde poderia haver uma mesa e cadeiras, havia uma esteira de ginástica e um aparelho de treinamento. A parca de Elise, manchada de sangue, estava jogada ao chão, e sobre o miserável balcão amarelo da cozinha havia um celular e um aparelho de MP3. O estilo de decoração de Elise deixava muito a desejar, mas a escolha do revestimento das paredes foi o que mais chamou a atenção de Tegan.

Grosseiramente pregados nas quatro paredes do apartamento de um quarto só, encontravam-se painéis acústicos de espuma – material à prova de som. Metros e metros, cobrindo cada centímetro quadrado das paredes e também da parte de trás da porta.

– Que mer...

No banheiro, fez-se um ruído metálico e o chuveiro subitamente se desligou. Tegan se virou para encarar a porta, que abriu um instante depois. Elise se enrolava em um roupão branco quando levantou os olhos e encontrou seu olhar. Ficou boquiaberta, perplexa e levou a mão delgada ao pescoço.

– Tegan. – Mal se podia ouvir sua voz sobre o zunido da música e da televisão. Ela não fez nenhuma menção de desligá-los, simplesmente saiu do banheiro e se manteve o mais longe dele possível no apertado apartamento. – O que está fazendo aqui?

– Eu poderia lhe perguntar a mesma coisa. – Tegan percorreu com os olhos a mísera residência, ao menos para deixar de olhá-la nesse estado quase nu. – Que lugarzinho terrível. Quem é seu decorador?

Ela não respondeu. Seus olhos pálidos cor de ametista continuaram cravados nele, como se não confiasse plenamente nele, nervosa por estar ali sozinha em sua companhia. E quem podia culpá-la?

Tegan sabia a fundo que os moradores dos Refúgios Secretos tinham pouca afeição pelos membros da Ordem. Já havia sido chamado de assassino frio por mais de um indivíduo da classe de civis que viviam sob proteção, da qual Elise fazia parte – não que ele se importasse. Sua reputação pessoal era simplesmente um fato. Mas, ainda que não ligasse para o que os outros pensavam sobre ele, irritava-o o olhar de medo que Elise agora lhe lançava. Da última vez em que a havia visto, tinha demonstrado gentileza e deferência à jovem viúva do Refúgio Secreto, por respeito àquilo que ela estava passando. Ela também possuía uma beleza estonteante, tão frágil como uma flor de inverno.

Parte dessa fragilidade havia desaparecido agora, notou Tegan ao ver as linhas definidas de seus músculos nas panturrilhas e nos braços desnudos. Seu rosto ainda era encantador, mas não tão cheio como recordava. Ainda tinha os olhos vivos e sagazes, seu brilho, porém, era de certa forma fraco – uma característica que se evidenciava pelas olheiras que marcavam os olhos.

E seu cabelo... Deus, havia cortado as longas mechas louras. A cascata de ouro que caía ao redor dos quadris era agora uma coroa de pontas grossas e sedosas que se erguiam sobre a cabeça em desalinho, como uma fada, e emolduravam o rosto magro e oval.

Ainda era deslumbrante, mas de uma maneira completamente diferente, de um jeito que Tegan jamais teria imaginado.

– Esqueceu algo no beco. – Ele lhe estendeu a faca. Quando ela se aproximou para pegá-la, ele a tirou do alcance. – O que estava fazendo lá essa noite, Elise?

Ela balançou a cabeça e disse algo suave demais para ser ouvido sobre o alvoroço de sons que enchiam o apartamento. Impaciente, Tegan desligou mentalmente o aparelho de som. Fitou a televisão, prestes a silenciar o aparelho também.

– Não! – Elise sacudiu a cabeça e recuou, agarrando as têmporas com os dedos. – Espere... deixe ligada, por favor. Preciso disso... o som me acalma.

Tegan franziu a testa com desconfiança, mas deixou a televisão ligada.

– O que aconteceu hoje à noite, Elise?

Ela piscou, cerrando os olhos e inclinando a cabeça para baixo em silêncio.

– Alguém machucou você? Foi atacada antes que os Renegados a descobrissem no beco?

A resposta dela pareceu demorar uma eternidade.

– Não. Não fui atacada.

– Quer me explicar todo aquele sangue ali em seu casaco? Ou por que está morando em uma parte da cidade onde precisa carregar esse tipo de arma?

Ela segurou a cabeça com as mãos, e sua voz não saiu mais que um rouco sussurro.

– Não quero explicar nada. Por favor, Tegan. Não queria que tivesse vindo aqui. Só, por favor... tem de partir agora.

Ele soltou uma risada aguda.

– Acabei de salvar sua vida, minha querida. Não acho que seja demais pedir que me diga por que tive de fazer isso.

– Foi um erro. Não pretendia ficar nas ruas depois de anoitecer. Sei dos perigos. – Ela levantou os olhos e ergueu de leve os ombros magros – Mas as coisas demoraram... um pouco mais do que eu esperava.

– As coisas – repetiu ele, sem gostar do rumo que aquilo parecia tomar. – Não estamos falando de compras ou de um café com as amigas, não é mesmo?

O olhar de Tegan se voltou para o balcão da cozinha, para o *design* familiar do celular que se encontrava ali. Fechou a cara, sentindo as suspeitas fervilharem no estômago enquanto se aproximava para pegá-lo. Havia visto dúzias desses aparelhos nos últimos dias. Tratava-se de um daqueles telefones descartáveis, do tipo utilizado pelos humanos que se aliavam aos Renegados. Virou-o e desabilitou o GPS embutido.

Tegan sabia que, se levasse o celular para o laboratório do condomínio, Gideon descobriria que continha apenas um número, ultracodificado e impossível de decifrar. Esse telefone em particular estava salpicado de sangue humano, o mesmo sangue que empapava a frente do casaco de Elise.

– Onde conseguiu isto, Elise?

– Acho que você sabe – replicou ela, com a voz baixa e desafiadora.

Ele se virou para encará-la.

– Arrancou de um Subordinado? Sozinha? Meu Deus... de que jeito?

Ela deu de ombros, ainda esfregando a lateral da cabeça, como se doesse.

– Eu o encontrei na estação de trem. Segui-o e, assim que tive a chance, eu o matei.

Tegan não se surpreendia com muita frequência, mas, ao ouvir tais palavras saírem da boca daquela delicada mulher, sentiu como se um tijolo o golpeasse na nuca.

– Não pode estar falando sério.

Mas ela estava. O olhar firme que lhe dirigia não deixava sombra de dúvidas.

Atrás dela, a tela da televisão brilhou com a chamada de notícias urgentes. Um repórter noticiara que uma vítima havia sido encontrada esfaqueada poucos minutos atrás:

– *... o corpo foi encontrado a apenas dois quarteirões ao sul da estação de trem, outro assassinato... as autoridades começam a suspeitar que seja parte de uma série de homicídios relacionados...*

À medida que a notícia ao vivo prosseguia, e Elise o contemplava tranquilamente do outro lado do cômodo, Tegan sentia o sangue gelar com a compreensão.

– Você? – Perguntou, mas já sabia a resposta, por mais incrível que parecesse.

Diante do silêncio de Elise, Tegan deu um passo em direção ao baú no chão perto do *futon*. Abriu-o de uma vez e soltou um xingamento quando os olhos se acenderam sobre uma enorme variedade de espadas, armas e munição. Muitas ainda estavam novas em folha, mas outras haviam sido usadas e mostravam certo desgaste.

– Faz quanto tempo, Elise? Quando foi que começou essa loucura?

Ela o fitou, apertando firmemente a esbelta mandíbula.

– Meu filho está morto por causa dos Renegados – disse por fim. – Não podia ficar sentada sem fazer nada.

Tegan escutou a determinação em sua voz, mas isso não o deixava menos irritado pelo que estava acontecendo ali.

– Quantos?

Esta noite não tinha sido a primeira, evidentemente.

– Quantas vezes já fez isso, Elise?

Ela não disse nada durante um bom tempo. Então caminhou lentamente até a estante e se ajoelhou para tirar uma caixa com tampa da prateleira inferior. Com os olhos em Tegan, levantou a tampa e a pousou calmamente ao seu lado.

Dentro da caixa, encontravam-se mais celulares de Subordinados. Pelo menos uma dúzia daqueles malditos aparelhos.

Tegan largou-se no *futon* e passou os dedos pelo cabelo.

– Maldição, mulher. Perdeu a cabeça?

Elise esfregou a mão na testa, tentando aliviar parte da palpitação que a matava por dentro. A enxaqueca vinha rápida, com força. Fechou os olhos, esperando protelar a pior parte. Já era ruim o bastante ter sido descoberta aquela noite; não precisava da humilhação de uma ruína psíquica que a deixaria incapaz de agir, quanto mais de lidar com o guerreiro da Raça que se encontrava em sua sala.

– Tem alguma ideia do que está fazendo? – A voz de Tegan, embora nivelada e sem nenhum sinal além da simples incredulidade, retumbou na cabeça de Elise como bala de canhão. Com a caixa de celulares na mão, ele caminhava de um lado para o outro no pequeno apartamento; o som das botas pesadas no carpete imundo e gasto lhe arranhava os ouvidos. – Que diabos está tentando fazer, mulher? Acabar com sua vida?

– Você não entende – murmurou ela por sobre a retumbante dor atrás dos olhos. – Não há como... não poderia entender.

– Experimente. – A palavra saiu curta e afiada. Era uma ordem vinda de um macho poderoso, que esperava ser obedecido.

Elise ao lado da estante ergueu-se e andou até o outro lado do cômodo. Cada passo era uma árdua tarefa que se esforçou por disfarçar, e só sentiu algum alívio ao encostar-se contra a parede em busca de um apoio. Quase afundou no painel acústico, desejando que Tegan tivesse partido para que pudesse desabar sem plateia.

– São assuntos meus – respondeu, sabendo que ele provavelmente havia escutado sua falta de fôlego, pois era incapaz de esconder por completo. – É pessoal.

– Pelo amor de Deus, Elise. Isso é suicídio, porra!

Ela estremeceu diante da grosseria do guerreiro, desacostumada a escutar a linguagem rude. Quentin nunca havia pronunciado nada além de um *droga* ocasional em sua presença, e mesmo assim apenas quando estava no pior dos estados por causa de frustrações com a política da Agência ou as regras restritivas do Refúgio Secreto. Havia sido um perfeito cavalheiro de todas as maneiras, gentil e educado, ainda que ela soubesse que, como ele pertencia à Raça, sua força era imensurável.

Tegan era um contraste rude e mortal a seu falecido companheiro – alguém que havia aprendido a temer ao ser criada sob a custódia do Refúgio Secreto, desde que era uma garotinha. Tanto Quentin quanto a Agência da qual havia sido parte consideravam Tegan e o resto da Ordem perigosos combatentes. Para muitos nos Refúgios Secretos, os guerreiros eram simplesmente um bando de valentões selvagens com mentalidade medieval que já haviam perdido há muito tempo o propósito de defender a nação vampiresca. Eram cruéis – alguns diriam à margem da lei –, e ainda que Tegan tivesse salvado sua vida aquela noite, Elise não podia evitar o medo que sentia dele, como se houvesse um animal selvagem à solta em sua casa.

Observou-o enfiar a enorme mão na caixa com os celulares dos Subordinados e escutou o suave ruído do plástico e do metal enquanto ele examinava o acervo.

– Os dispositivos de GPS nesses aparelhos já foram desativados. – Ele a fitou com um olhar intrigado. – Sabia como desligá-los?

Ela assentiu vagamente com a cabeça.

– Tenho um filho adolescente – respondeu, franzindo as sobrancelhas assim que as palavras deixaram os lábios. Deus, ainda era algo tão automático pensar nele vivo, especialmente em ocasiões como esta, quando seu corpo se encontrava enfraquecido graças à fadiga mental.

– *Tinha* um filho adolescente – corrigiu-se em voz baixa. – Camden não gostava que eu o vigiasse de perto, então costumava desligar o GPS de seu celular quando saía. Aprendi como reativá-lo, mas ele sempre descobria e desligava outra vez.

Tegan emitiu um ruído no fundo da garganta, algo baixo e indistinto.

– Se não tivesse dado um jeito nesses dispositivos de rastreamento, havia grandes probabilidades que estivesse morta agora. Aliás, mais que probabilidades... Com certeza estaria morta. O sujeito que recruta esses Subordinados que você vem caçando a teria encontrado, e não ia querer saber do que ele é capaz.

– Não tenho medo de morrer...

– Morrer – riu Tegan, interrompendo-a com o som agudo de uma maldição. – Morrer seria a menor de suas preocupações, mulher, acredite em mim. Pode ter tido sorte com alguns Subordinados descuidados, mas estamos em guerra, e você não está preparada para isso. Acho que o que aconteceu esta noite é prova clara disso.

– O que aconteceu esta noite foi um erro que não cometerei outra vez. Saí tarde demais de casa e demorei muito. Da próxima vez, vou assegurar-me de que terei terminado e estarei em casa antes do anoitecer.

– Da próxima vez. – Tegan a penetrou com um olhar sério. – Meu Deus, realmente acredita nisso.

Durante um bom tempo, o guerreiro só a contemplou. Seus olhos fixos, verdes como esmeraldas, eram ilegíveis, sem qualquer emoção. As linhas rígidas de seu rosto não demonstravam qualquer indicação de seus pensamentos. Por fim, sacudiu levemente os cabelos castanho-claros e se virou para recolher a coleção de celulares dos Subordinados. Guardou-os nos bolsos do casaco, e seus movimentos rudes permitiram entrever uma espantosa série de armamentos que trazia sob as dobras do couro negro.

– O que pretende fazer? – Perguntou Elise, assim que o último aparelho desapareceu em um bolso interno. – Não vai me entregar, vai?

– Eu bem que deveria. – Seu olhar cruel a sondou desinteressadamente. – Mas o que faz não é da minha conta, contanto que se mantenha longe do meu caminho. E não espere que a Ordem corra em seu resgate da próxima vez que se meter em encrenca.

– Não vou. Quero dizer, não... espero que não. – Ela o viu se dirigir para a porta e sentiu-se tomada de alívio, pois logo estaria sozinha para lidar com a onda de dor que crescia rapidamente em seu interior. Quando o guerreiro abriu a porta e saiu no corredor que caía aos pedaços, Elise invocou o que restava de sua voz. – Tegan, obrigada. Isso é só... algo que tenho de fazer.

Ficou em silêncio, pensando em Camden e em todos os outros jovens do Refúgio Secreto que haviam se perdido no veneno dos Renegados. Até mesmo a vida de Quentin havia sido interrompida por um membro da Raça que havia se transformado em Renegado e o atacado enquanto estava sob custódia da Agência.

Elise não podia trazer de volta nenhuma dessas vidas perdidas; sabia disso. Mas cada dia que caçava, cada Subordinado que eliminava significava uma arma a menos no arsenal dos Renegados. A dor que sofria pela tarefa não era nada em comparação ao que seu filho e os outros deviam ter suportado. A verdadeira morte para ela consistia em ser obrigada a permanecer sentada sob o abrigo do Refúgio Secreto sem fazer nada, enquanto as ruas se tingiam de vermelho com o sangue dos inocentes.

E isso não podia suportar.

– É importante para mim, Tegan. Fiz uma promessa. E pretendo mantê-la.

Ele se deteve e lançou um olhar sobre o ombro.

– Vai ser seu funeral – disse e fechou a porta atrás de si.

Capítulo 4

Tegan jogou a última das lembrancinhas de caça de Elise em um trecho isolado do rio Charles e observou a água escura se mover enquanto o telefone celular desaparecia. Como todo o resto que ele e os outros guerreiros haviam confiscado em suas patrulhas, os telefones criptografados não teriam utilidade nenhuma à Ordem. E sem sombra de dúvidas não os deixaria com Elise, ainda que os dispositivos de GPS estivessem desativados.

Céus, não podia acreditar no que a mulher andava fazendo. E era ainda mais incrível o fato de que vinha travando sua vingança lunática por semanas, talvez até meses. Evidentemente seu cunhado não tinha nem ideia disso, ou, de acordo com as normas, o ex-agente do Refúgio Secreto teria colocado um rápido fim nisso tudo. Todos na Ordem sabiam que Sterling Chase já havia sentido algo pela viúva de seu irmão – provavelmente ainda sentia. Não que fosse da conta de Tegan. Assim como o aparente desejo de morte de Elise.

Tegan enfiou as mãos nos bolsos do casaco desabotoado e voltou para a rua, respirando entre os lábios em uma névoa de vapor. Nevava outra vez em Boston. Uma cortina tempestuosa de miúdos flocos brancos caía sobre a cidade já congelada por semanas de um inverno excepcionalmente glacial. Tegan sabia que deveria estar petrificando-se com o vento gelado, mas não sentia o frio. Mal podia se lembrar da última vez em que havia sentido qualquer tipo de desconforto. Ou ainda, a última vez em que havia sentido prazer.

Maldição, quando havia sido a última vez em que havia sentido qualquer coisa?

Lembrava-se da dor.

Recordava a perda, a raiva que uma vez lhe havia consumido... Há muito, muito tempo.

Lembrava-se de Sorcha e de quanto a havia amado. De quão doce e inocente ela era, e de como havia confiado nele para mantê-la a salvo e protegida.

Deus, havia falhado com ela. Nunca esqueceria o que tinham feito com ela, a forma selvagem com que havia sido abusada. Para sobreviver ao golpe de sua morte, ele havia aprendido a se desapegar de seu sofrimento, da fúria bruta. Mas jamais esqueceria. Nunca perdoaria.

Mais de 500 anos assassinando Renegados, e não estava nem perto de acertar as contas.

Essa noite, havia visto um sinal dessa mesma dor e fúria nos olhos de Elise. Algo que amava lhe havia sido tomado, e ela queria justiça. Mas o que conseguiria era a morte. Se essas andanças com os Renegados e seus escravos mentais humanos não a matassem, a debilidade de seu corpo certamente o faria. Ela tinha tentado esconder seu cansaço dele, mas Tegan havia notado. A fadiga que viu nela era mais profunda que as simples necessidades fisiológicas, embora pudesse dizer, só de olhar para seu rosto abatido, que ela vinha se descuidando desde que tinha deixado o Refúgio Secreto – talvez há ainda mais tempo. E o que era todo aquele revestimento acústico nas paredes de seu apartamento?

Droga. Não importava.

Realmente não era da sua conta, lembrou-se enquanto se dirigia ao condomínio secreto que abrigava a Ordem, logo ao sair da cidade. A mansão de tijolos e mármore e o extenso terreno da propriedade eram rodeados por uma elevada cerca de alta voltagem e por um enorme portão de ferro com câmeras e alarmes com sensor de movimento ativados por *laser*. Não que alguém alguma vez tivesse chegado perto de invadir o local.

Pouquíssimos entre toda a população da Raça conheciam sua localização exata, e aqueles que o sabiam estavam muito cientes de que a propriedade era mantida pela Ordem, e tinham sabedoria o bastante para se manterem longe, a menos que fossem expressamente convidados. Quanto aos humanos, 14 mil volts de eletricidade eram suficientes para desencorajar os curiosos de chegar muito perto; os mais estúpidos despertavam torrados graças a uma amostra do poder da cerca, ou com uma ressaca de matar, depois de algum dos guerreiros ter lhe apagado a mente por completo – nenhuma dessas opções era particularmente agradável. Mas eram eficazes.

Tegan digitou seu código de acesso no painel de segurança oculto junto ao portão e deslizou para dentro assim que o pesado portão de ferro se abriu.

Uma vez lá dentro, saiu das compridas estradas pavimentadas e deixou que as matas o envolvessem. Uns trinta metros à sua frente, podia ver o débil brilho das luzes da mansão através da densa camada de neve sobre os pinheiros. Ainda que o verdadeiro quartel-general da Ordem se encontrasse em um condomínio subterrâneo sob a mansão gótica, não era incomum encontrar um ou mais guerreiros e suas companheiras usando a casa à noite para jantares ou festas.

Mas quem quer que estivesse ali aquela noite não estava desfrutando de nenhum tipo de diversão.

Quando Tegan se aproximou do edifício, escutou um feroz rugido animal, seguido pelo estrondo de vidro quebrado.

– Mas o que...?

Logo retumbou outro ruído alto, mais violento que o primeiro, vindo do exuberante saguão de entrada da mansão. Como se algo – ou *alguém* – enorme estivesse destruindo o lugar. Tegan saltou os degraus de mármore que levavam à porta principal e abriu o painel envelhecido de madeira negra envernizada, segurando firme na mão uma faca. Ao entrar, suas botas toparam com um caos de porcelana e vidro quebrado.

– Céus! – Murmurou, assimilando a fonte da destruição.

Um dos guerreiros se encontrava em pé apoiado em um antigo aparador no centro da entrada de azulejos, com as mãos escuras e cheias de cicatrizes firmadas sobre as arestas entalhadas do móvel, como se fosse somente aquilo o que o mantinha em pé. Estava encharcado e nu da cintura para cima; vestia apenas uma calça cinza larga de moletom que parecia ter sido colocada segundos antes. Seu cabelo escuro caía solto, e as compridas mechas castanhas úmidas de água pingavam sobre todo o rosto. Os *dermaglifos* que subiam pelo peito nu e pelos ombros exibiam cores lívidas, e o intrincado padrão dos desenhos típicos da Raça pulsava furioso com vida.

Tegan abaixou a arma, ocultando a faca com a mão até que a embainhou outra vez.

– Como vai, Rio?

O guerreiro emitiu um grunhido baixo no fundo da garganta, menos por reconhecimento que pelo choque de sua raiva. A água escorria dele e formava uma poça ao redor dos pés descalços e dos cacos dispersos de um vaso Limoges de valor inestimável que havia derrubado do aparador. O vidro se espalhava sobre a superfície do móvel de mogno; acima dele, o espelho de parede e sua moldura dourada e ornamentada haviam sido esmagados pelos nódulos ensanguentados da mão direita de Rio.

– Fazendo reformas na casa tarde da noite, meu caro? – Tegan se aproximou dele, mantendo os olhos treinados no corpanzil tenso do guerreiro. – Se vale de algo, também nunca vi nenhuma utilidade para esse maldito enfeite francês.

Rio exalou de maneira áspera e trêmula, então virou a cabeça para olhar Tegan. Seus olhos de topázio ainda tinham traços de brilho âmbar; a luz deles emanava por entre o cabelo escuro caído, emitindo o ardor típico de uma loucura persistente. As presas alvas e cintilantes brilhavam detrás dos lábios entreabertos do vampiro enquanto ele puxava o ar entre os dentes.

Tegan sabia que não era a Sede de Sangue que evocava esse lado selvagem do guerreiro. Era fúria. E remorso. Rio exalava em ondas de calor um odor acre e metálico que preenchia o ar.

– Poderia tê-la matado – disse asperamente com a voz grave e angustiada, sem o típico sotaque espanhol barítono. – Precisava sair de lá, imediatamente. Algo dentro de mim simplesmente... saiu de controle. – Inspirou o ar com um grunhido feroz. – Droga, Tegan... eu queria – *precisava* – machucar alguém.

Outra pessoa poderia ter notado um sinal de alarme nessas palavras, mas Tegan as absorveu com calma e tranquilidade, estreitando os olhos sobre o lado esquerdo do rosto de Rio, arruinado por cicatrizes de queimaduras, que não se ocultavam totalmente sob as pontas molhadas do cabelo. Não havia restado muito do homem bonito e sofisticado que uma vez havia sido o membro mais descontraído da Ordem, sempre com uma brincadeira pronta ou um sorriso fácil. A explosão a que tinha sobrevivido no verão passado levou grande parte de sua beleza; a revelação de que sua própria Companheira de Raça, Eva, havia-o traído em uma emboscada mortal, tinha acabado com todo o resto.

– *Madre de Dios* – sussurrou Rio com a voz rouca. – Ninguém deveria ficar perto de mim. Estou perdendo a cabeça! E se eu... *Dios*, e se fiz algo a ela? Tegan, e se a machuquei?

Uma sensação de alerta tomou conta dos sentidos de Tegan. O guerreiro não estava falando de Eva. Ela tinha morrido por suas próprias mãos no dia em que sua traição fora descoberta. A outra única mulher que tinha algum contato regular com Rio agora era Tess, a Companheira de Raça de Dante. Desde sua chegada ao condomínio alguns meses atrás, Tess estivera cuidando de Rio, usando seu poder de cura para regenerar o que podia de seu corpo destroçado, e tentando ajudá-lo a se recuperar dos danos físicos e mentais que restaram após o despertar de sua terrível experiência.

Ah, droga.

Se o guerreiro a tivesse machucado, acidentalmente ou não, haveria sérios problemas. Dante amava sua mulher com uma intensidade que havia surpreendido a todos no condomínio. Uma vez imprudente e valentão, Dante se encontrava agora envolvido pelos esguios dedos de Tess, e não se importava que soubessem. Mataria Rio com suas próprias mãos se algo tivesse acontecido com sua Companheira.

Tegan bufou uma maldição.

– O que fez, Rio? Onde está Tess agora?

Rio sacudiu a cabeça de modo miserável e gesticulou vagamente para a ala dos fundos da enorme mansão. Tegan estava prestes a sair naquela direção quando escutou passos apressados no comprido corredor que conduzia até a área comum da piscina interna da propriedade. O suave e leve ruído de pés descalços se aproximou, seguido por uma voz feminina e preocupada.

– Rio? Rio, onde está...?

Tess dobrou a esquina; vestia calças pretas de ginástica sobre um maiô azul-bebê molhado. O traje era de fisioterapia, mas qualquer homem com um par de olhos na cabeça e sangue carmim correndo nas veias seria louco se não notasse a beleza com que seu corpo preenchia todo aquele náilon e laicra. O cabelo cor de mel estava amarrado para trás em um comprido rabo de cavalo, com as pontas úmidas e enroladas por conta da piscina. As unhas dos pés, pintadas em um tom pêssego, detiveram-se ao chegar perto dos cacos de porcelana no saguão.

– Ah, meu Deus. Rio... está bem?

– Ele está ótimo – respondeu-lhe Tegan sem rodeios. – E quanto a você?

Tess levou as mãos automaticamente até o pescoço, mas assentiu com a cabeça.

– Estou bem. Rio, olhe para mim, por favor. Está tudo bem. Pode ver que estou perfeitamente bem.

Mas era evidente que algo havia acontecido alguns minutos atrás.

– O que houve?

– Tivemos alguns contratempos na sessão de hoje, nada de mais.

– Diga a ele o que fiz com você – murmurou Rio. – Conte como perdi a consciência na piscina e voltei a mim apenas para encontrar minhas mãos ao redor de seu pescoço.

– Meu Deus – Tegan franziu o cenho; agora que Tess havia afastado os dedos do pescoço, pôde ver os sinais pálidos de um apertão contundente. – Tem certeza de que está bem?

Ela assentiu.

– Ele não fez por querer e me soltou assim que percebeu o que estava fazendo. Estou ótima, de verdade. E ele também vai ficar. Sabe disso, não é, Rio?

Tess avançou com cautela, evitando os cacos a seus pés; contudo, mantinha-se a uma distância segura de Tegan, como se ele representasse uma ameaça maior à sua segurança do que o feroz e descontrolado Rio.

Tegan não se sentiu ofendido. Preferia sua existência solitária, e dava duro para mantê-la. Observou Tess se mover lentamente em direção à posição imóvel de Rio perto do aparador.

Ela pousou uma mão com delicadeza sobre o ombro do guerreiro, cheio de cicatrizes.

– Amanhã vai estar melhor, tenho certeza. A cada dia que passa acontecem pequenas melhoras.

– Não vou ficar melhor – murmurou Rio, em um tom que poderia ter soado autopiedoso, mas parecia mais uma sombria compreensão. Afastou a mão de Tess com um grunhido. – Eu deveria ser sacrificado.

Seria uma bênção... para todos, e especialmente para mim. Sou inútil. Esse corpo... minha mente... é tudo completamente inútil!

Rio golpeou com o punho o aparador, fazendo vibrar o espelho quebrado e o móvel de mogno de duzentos anos sob ele.

Tess estremeceu, mas seus olhos verde-azulados emanavam uma determinação inabalável.

– *Você não é inútil.* A recuperação é demorada, só isso. Não pode desistir.

Rio grunhiu algo desagradável em voz baixa; seus olhos pesados cintilavam uma luz âmbar em sinal de alerta. Mas nem mesmo a feroz ameaça de um vampiro louco dissuadiria Tess de ajudá-lo no que pudesse. Sem dúvidas, já havia visto esse mesmo comportamento selvagem antes de Rio – provavelmente em seu próprio companheiro – e não havia fugido aterrorizada.

Tegan contemplou Tess, que permanecia firme, calma, imóvel e resoluta. Não era difícil imaginar por que Dante a adorava tanto. Mas também podia ver que Rio se encontrava em um estado particularmente frágil e instável. Ainda que não quisesse fazer mal a ninguém – muito menos a Tess, cuja extraordinária habilidade de cura o havia livrado da psicose –, a raiva e a angústia se juntavam em um poderoso coquetel emocional. Tegan sabia disso por experiência própria; havia passado por uma situação parecida certa vez, muito tempo atrás. Some-se a isso as sequelas permanentes de um traumatismo craniano como o que Rio havia sofrido, e o guerreiro era um barril de pólvora prestes a explodir.

– Deixe comigo – disse Tegan, quando Tess voltou a se aproximar de Rio. – Eu o levarei até o condomínio. Já ia descer, de qualquer forma.

Tess esboçou um sorriso desconfiado.

– Está bem. Obrigada.

Tegan avançou até Rio com movimentos deliberados e cuidadosamente o guiou para longe da mulher e dos cacos a seus pés. Os passos do enorme vampiro eram pesados e não tinham mais a graça que antes lhe era tão natural. Rio se apoiou com força sobre o ombro e o braço de Tegan; seu peito nu pesava com cada profunda respiração que inalava para os pulmões.

– Isso aí, com calma, bem tranquilo – orientou Tegan. – Estamos bem agora, amigo?

A cabeça morena assentiu meio sem jeito.

Tegan fitou Tess, que se ajoelhava para recolher os cacos de vidro e de porcelana do chão de azulejo.

– Viu Chase por aí esta noite?

– Não, faz um tempo já – respondeu ela. – Ele e Dante ainda estão de patrulha.

Tegan sorriu ironicamente. Quatro meses atrás, os dois tinham estado a ponto de destroçarem a garganta um do outro. Haviam sido obrigados a trabalhar juntos como parceiros, por ordem de Lucan, quando o agente Sterling Chase apareceu no condomínio com informações sobre uma perigosa droga de boates chamada Carmesim e pediu a ajuda da Ordem para tirá-la de circulação. Agora ele e Dante eram praticamente inseparáveis em campo, desde que Chase havia deixado o Refúgio Secreto e entrado oficialmente como membro da Ordem.

– Os dois parecem o Gordo e o Magro, não é mesmo?

Os olhos de Tess reluziam um traço de humor quando levantou a vista da bagunça diante de si.

– Na minha opinião, acho que estão mais para os Três Patetas.

Tegan soltou uma risada sarcástica enquanto conduzia Rio pelo corredor. Ele o guiou até o elevador da mansão, entrou com o vampiro e digitou o código para iniciar a jornada à sede subterrânea da Ordem.

Depois de deixar Rio nos aposentos pessoais do guerreiro no condomínio, Tegan voltou ao laboratório tecnológico para se reportar. Gideon estava em seu posto, como sempre; o vampiro louro deslizava para frente e para trás em uma cadeira de escritório com rodas, trabalhando espantosamente em nada menos que quatro computadores ao mesmo tempo. Havia um fone de ouvido sem fio envolto nos ouvidos, e Gideon repassava uma série de coordenadas pelo pequeno microfone que se curvava sobre sua bochecha.

Ótimo em realizar várias tarefas simultaneamente, Gideon levantou a vista quando Tegan entrou no laboratório e gesticulou para que se aproximasse, abrindo uma série de imagens de satélite em um dos monitores.

– Niko conseguiu uma provável pista naquele laboratório de Carmesim – informou a Tegan e voltou à conversa no microfone enquanto os dedos deslizavam para o teclado de outra máquina. – Certo. Estou verificando isso agora mesmo.

Tegan contemplou as imagens que Gideon havia aberto na tela. Algumas eram de conhecidos esconderijos de Renegados – dos quais a maioria já havia sido desmantelada, graças aos esforços da Ordem – e outras mostravam Renegados e Subordinados indo e vindo de vários lugares na cidade e em seus arredores. Um rosto chamou a atenção de Tegan mais que os demais. Era o humano traficante de Carmesim, Ben Sullivan.

Embora Dante tivesse acabado com o miserável no último mês de novembro, a localização de seu laboratório de produção ainda era desconhecida. Os problemas com a droga haviam aplacado nos meses desde que a Ordem estava envolvida com o assunto, mas, enquanto os Renegados possuíssem os meios para produzir mais mercadoria, a ameaça de um ressurgimento no uso de Carmesim entre a Raça ainda existia.

– Espere um pouco. Estou checando uma localização em Revere – disse Gideon. – Sim, vai saber, acredito que seja uma pista legítima. O que acham de passar de carro pelo rio Chelsea e ver o que encontram por lá?

Tegan observou com atenção a fotografia do rosto surrado de Ben Sullivan, que sorria. Aquele humano havia matado vários vampiros jovens com sua droga, incluindo Camden Chase, o filho adolescente de Elise. Se não fosse pelo Carmesim, o garoto nunca teria se transformado em Renegado, nem teria sido sacrificado. E uma delicada e bem-educada mulher como Elise não estaria enfiada naquele apartamento miserável, fora de si, com toda a dor e a raiva que sentia, em meio a algum tipo de vingança maternal que provavelmente a acabaria matando também.

Um peso tomou conta de Tegan ao considerar todo o sangue derramado, os séculos durante os quais ele e seus semelhantes vinham travando essa batalha contra o lado selvagem da Raça. Havia períodos de tensão e de calmaria, óbvio, tempos de relativa paz, mas o problema estava sempre presente, enterrado fundo em meio à Raça. Envenenando e corrompendo todo o resto.

– Isso nunca vai ter fim, né?

– O quê?

Tegan não se deu conta de que havia falado em voz alta até que levantou a vista e viu Gideon o olhando por sobre as bordas dos pálidos óculos azul-escuros. Sacudiu a cabeça.

– Nada.

Afastou-se dos computadores, enquanto seus pensamentos se agitavam, obscuros. Gideon se virou de volta para os monitores e lançou os dedos sobre um teclado. Outra imagem de satélite preencheu a tela; esta mostrava um velho lote industrial não muito longe da margem do rio.

Tegan conhecia o lugar. Não precisava de mais nada.

– Sim, Niko – disse Gideon ao microfone. – Certo. Parece bom. Se as coisas esquentarem por aí, grite por socorro. Dante e Chase estão a menos de uma hora de distância e Tegan está bem... aqui...

Mas Tegan não estava mais ali.

Caminhava apressado e com determinação pelo corredor do lado de fora do laboratório nesse instante, de onde ouviu a voz de Gideon se esvanecer enquanto a porta de vidro do laboratório se fechava.

Capítulo 5

– É aqui. Vire à esquerda no sinal de *Pare* – indicou Nikolai, do banco traseiro do Land Rover preto da Ordem. Estava ocupado recarregando as armas que ele e os outros dois recrutas novatos que o acompanhavam esta noite haviam descarregado na zona leste da cidade. As balas sob medida que havia produzido eram seu armamento favorito para acabar com os Renegados – projéteis de ponta oca preenchidos com pólvora e titânio. Uma simples amostra desse metal significava morte certa aos membros da raça vampiresca viciados em sangue. Niko fechou a trava da Beretta 92FS modificada que havia convertido para automática, e enfiou a arma no coldre debaixo do casaco.

– Estacione atrás daquela caminhonete caindo aos pedaços – disse ao guerreiro que dirigia. Essa parte de Revere era lotada de casas e comércios decadentes, densas aglomerações humanas que se aferravam às cercanias de Boston e a uma salobra faixa do rio Chelsea. – Vamos continuar a pé. Assim chegamos de mansinho e podemos dar uma boa espiada nos arredores.

– Pode deixar – Brock, um assustador e imponente lutador recrutado em Detroit, era tão tranquilo atrás do volante quanto o era com as mulheres. Deslizou o veículo até o meio-fio coberto de neve e desligou o motor.

Ao lado de Brock, no assento dianteiro, o outro recruta de Niko se virou e estendeu a mão para pegar a arma recarregada. Os olhos prateados de Kade, semelhantes aos de um lobo, ainda reluziam intensamente em virtude da ação da noite anterior, e seu cabelo negro estava espetado e molhado pela neve derretida.

– Acha que vamos encontrar algo por aqui?

Niko forçou um riso.

– Diabos, espero que sim. – Entregou pistolas e pentes novos a ambos, e logo tirou um par de silenciadores da bolsa de couro a seus pés e depositou-os na palma das mãos dos guerreiros. Quando Brock arqueou uma sobrancelha na testa morena, Niko disse:

– Estou pronto para detonar um bando de Renegados com essa 9 milímetros, mas não precisamos acordar os vizinhos.

– É – concordou Kade, deixando à vista a ponta das alvas presas peroladas –, isso seria muita falta de educação.

Nikolai pegou o resto de seu equipamento e fechou o zíper da bolsa.

– Vamos farejar por aí para ver se encontramos algum rastro de Carmesim.

Eles saíram do Range Rover e circularam pela área residencial a pé, mantendo-se nas sombras enquanto voltavam para o velho depósito aonde a pista de Niko os havia levado.

O edifício parecia em ruínas do lado de fora – um horrível espetáculo industrial de concreto, madeira e vidro dos anos 1970. Postes de aço que uma vez haviam sido parte de uma cerca de correntes encontravam-se afastados do lote em vários ângulos, nenhum deles totalmente eretos – não que isso importasse. O lugar tinha um aspecto abandonado, interditado, mesmo em meio à rajada de flocos de neve que preenchiam o céu noturno.

Niko e os outros pisaram sobre o cascalho solto do terreno vazio; a sola das botas era amortecida pela neve recém-caída. Ao se aproximarem do prédio, Niko vislumbrou um rastro escuro de cinzas no chão. A silhueta grande e irregular ainda estava visível, e ainda ardia e sibilava assim que os delicados flocos brancos caíam sobre ela e se desintegravam com o contato. Ele gesticulou em direção da pilha dos restos em desintegração quando Brock e Kade chegaram mais perto.

– Alguém deu cabo de um Renegado – disse a eles, com a voz baixa como um sussurro. – E ainda está fresco.

Gideon não havia mencionado nada a respeito de mandar algum apoio, então seria inteligente ter cautela quanto ao que mais poderiam encontrar. Os Renegados eram basicamente selvagens, e não era incomum ouvir falar que tivessem se matado por territórios ou briguinhas triviais. Do ponto de vista da Ordem isso era ótimo; economizava o tempo dos guerreiros e seus esforços quando os viciados em sangue perdiam a cabeça e se atacavam uns aos outros.

Outro Renegado desprezível havia recebido o golpe letal do titânio perto da entrada do edifício. Havia um grande cadeado em meio à substância viscosa, e Brock assinalou a porta de aço danificada. Estava levemente entreaberta e deixava à vista apenas uma estreita fresta de escuridão.

Kade lançou a Niko um olhar inquisidor, esperando por um sinal para entrar em ação.

Nikolai sacudiu a cabeça, em dúvida.

Algo ali não estava certo.

Escutou um débil ruído de alguma parte ao fundo do lugar, um barulho que sentiu como uma leve vibração nas solas dos pés. Em meio à brisa fresca da noite, percebeu um cheiro docemente enjoativo, de algum produto químico. Seria... querosene?

O barulho ficou mais forte, mais profundo. Como trovões se aproximando.

– Que diabos é isso? – Assobiou Kade.

Niko sentiu o aroma penetrante de metal quente...

– Ah, droga! – Fitou os outros dois guerreiros. – Vamos! Mexam-se! Agora, vamos!

Os três dispararam em uma corrida mortal e desesperada, cruzando o terreno enquanto o barulho se transformava em um estrondo. Houve uma profunda percussão – aguda, violenta – no momento em que a explosão irrompeu das entranhas do velho edifício. Os vidros voaram das janelas do último andar, disparando chamas e deixando como rastro uma densa fumaça negra.

E, enquanto os três olhavam assombrados, a porta da frente do lugar se abriu de uma vez, soltando-se das dobradiças. Não pela força da explosão, mas pela vontade de um único indivíduo.

As labaredas alaranjadas de fogo o contornavam pelas costas, contrastando com os ombros largos do guerreiro e seus passos compridos e casuais. Enquanto se afastava daquele inferno, as pontas de seu sobretudo negro esvoaçavam atrás dele como uma capa, condizente com o próprio príncipe das trevas.

– Santo Deus – murmurou Brock. – Tegan.

Niko sacudiu a cabeça, rindo diante do assombro descarado no rosto dos novatos. Não que não fosse merecido. Não haviam visto muitas coisas mais impressionantes que Tegan, e essa cena iria correr como lenda, tinha certeza. Nesse instante, atrás dele, o armazém foi engolido pelas chamas, vertendo calor como se fosse a própria fornalha do inferno. Era incrível, realmente, uma beleza violenta, estrondosa. Pelo olhar indiferente que Tegan trazia nas feições ao se aproximar, podia-se dizer que havia apenas acabado de voltar do banheiro.

– Tudo certo por lá, Tegan? – Brincou Niko. – Precisa de reforços ou algo mais? Um pacote de *marshmallows* para assar naquela fogueirinha que acabou de acender?

– Já cuidei de tudo.

– Não brinca – respondeu Niko, enquanto ele e os outros dois guerreiros observavam as faíscas estalarem no armazém em chamas, como uma nuvem de fogo que subia ao céu noturno.

Tegan passou por eles tranquilamente, sem dar qualquer desculpa ou explicação. Mas era apenas o jeito dele. Ele era o fantasma que você nunca via chegar, com a morte fungando na nuca antes que se percebesse que se encontrava sob sua mira.

Sempre era meticuloso em combate, mas a destruição que havia causado ao laboratório de Carmesim estava além de tudo que Niko já havia visto o guerreiro fazer antes. Baseado nas pistas que havia conseguido sobre o local, este encontrava-se provavelmente guarnecido por meia dúzia de Renegados – todos mortos pelas mãos de Tegan em um edifício que, em poucas horas, não seria mais que um monte de entulho em chamas. Se Niko não o conhecesse bem, estaria inclinado a pensar que aquilo era algum assunto pessoal.

– Que bom que pudemos ajudá-lo, cara – gritou Niko atrás dele, em tom zombeteiro.

– Caramba, que cara frio – comentou Brock enquanto Tegan desaparecia na escuridão e nas rajadas dispersas de neve.

– Ele é de gelo – respondeu Niko, sentindo-se satisfeito pelo guerreiro da Primeira Geração estar do lado deles. – Andem, vamos embora antes que o lugar comece a encher de humanos.

Tegan caminhou de volta para a cidade sozinho, escutando à distância o grito lamentoso das sirenes atrás dele. Não tinha que se virar para saber que um fulgor ardente iluminava a noite perto do rio Chelsea. Sorriu satisfeito na escuridão. Não importava quanta água o corpo de bombeiros de Revere lançasse sobre o velho armazém, não havia mais salvação. Tegan havia se assegurado de que não restaria nada quando a fumaça finalmente acabasse. Queria o lugar incinerado, com uma ferocidade que não havia sentido por anos.

Droga, haviam se passado vários anos desde que conhecera o tipo de selvageria que corria por suas veias essa noite. Provavelmente séculos.

E o mais surpreendente era que essa maldita sensação era ótima.

Tegan flexionou as mãos na brisa invernal do ar noturno. Ainda era capaz de sentir a dor que havia provocado aos Renegados esta noite – o delicioso terror que invadira o coração de cada um dos que havia matado no laboratório de Carmesim. Havia saboreado o sofrimento dos Renegados enquanto o titânio lhes percorria acelerado a corrente sanguínea, cozinhando-os de dentro para fora.

Ainda que tivesse aprendido, muito tempo atrás, a se separar de suas próprias emoções, o poder psíquico que possuía estava além de seu controle. Como todos os membros da Raça, Tegan também tinha, além dos traços vampirescos de seu pai, certas habilidades extrassensoriais únicas, transmitidas pela mulher humana que o havia dado à luz. Para ele bastava tocar em algum indivíduo – humano ou vampiro – e sabia o que estavam sentindo. Com o simples toque, absorvia as emoções para dentro de si mesmo, alimentando-se da conexão como uma sanguessuga em uma ferida aberta.

Esse dom havia sido tanto uma arma quanto uma maldição para ele ao longo de sua vida; agora, era seu vício particular. Usava-o o mínimo possível, mas, sempre que o fazia, era com um prazer sádico e deliberado. Era melhor desfrutar das dores e medos dos outros que deixar que seus próprios medos crescessem e o dominassem como antes.

Mas essa noite havia sentido o despertar de certa satisfação interior enquanto se encarregava da morte dos Renegados e do par de Subordinados que, sem dúvidas, haviam sido recrutados para continuar a produção de Carmesim. E, depois que nenhum deles respirava mais, com o chão de concreto do velho depósito tingido de vermelho sangue e fedendo com a decomposição celular dos Renegados que havia assassinado com lâminas e balas, Tegan precisava de algo mais.

Por motivos que não tinha nenhum interesse em examinar, nem mesmo agora, viu-se em meio à carnificina que causara, desejando nada menos que a destruição completa.

Fogo e cinzas, escombros em chamas. Havia desejado que o laboratório de Carmesim desaparecesse por completo, que não restasse nada além de rastros negros de cinzas no terreno baldio onde se encontrava.

E, ainda que não quisesse admitir, sabia que nesse desejo por destruição existia mais que uma conexão momentânea com Elise. O rosto dela surgiu em sua mente enquanto incendiava o lugar, e havia sido a lembrança de seu sofrimento que o fez saborear cada um dos assassinatos dos Renegados esta noite.

Enfiou as mãos nos bolsos do casaco e caminhou contra o vento, tomando uma viela lateral do South End. Não sabia ao certo aonde estava indo, embora imaginando que sabia. Reconheceu a vizinhança miserável de Elise antes mesmo de virar na rua que por fim o levaria ao seu quarteirão.

Tegan ainda não conseguia entender por que ela estava morando em condições tão precárias. Como viúva de um oficial de alto nível do governo da Raça, Elise deveria estar muito bem financeiramente. Poderia estar morando em qualquer um dos Refúgios Secretos, sem qualquer gasto, independentemente de estar ou não com um novo companheiro. Surpreendia-o que ela tivesse escolhido deixar sua antiga vida para viver à margem, em meio à simples humanidade. Havia parecido tão despedaçada e frágil quando ele a encontrara quatro meses atrás. Não podia ter sido um choque maior encontrá-la no início da noite, encharcada com o sangue de um Subordinado e armada como um dos membros da Ordem.

Mas, apesar de toda sua rebeldia e determinação, Tegan não havia deixado de notar o cansaço de Elise. Tinha parecido cansada demais e exausta, um cansaço que parecia ir além da mera fadiga. Tegan imaginou que fosse essa a razão pela qual se encontrava do lado de fora do apartamento dela nesse exato instante.

Não iria até a porta da frente. Já era tarde, ela provavelmente estaria dormindo e, enquanto estivesse escuro do lado de fora, sua prioridade era a Ordem.

Ainda que devesse ter continuado sua caminhada, Tegan, em vez disso, entrou entre o edifício de Elise e o prédio do lado, dirigindo-se para os fundos. O interior do apartamento no primeiro andar estava escuro como breu, mas a espuma acústica que cobria as janelas teria bloqueado praticamente qualquer luz. Mesmo com o isolamento acústico, Tegan podia ouvir as batidas fortes de seu aparelho de som e o ruído conflitante da televisão. Passou uma mão pelo cabelo úmido de neve, virou-se e deu três passos largos até o pátio logo atrás do lugar.

Tire-a da cabeça e se afaste.

Sim, era exatamente isso o que devia fazer, sem dúvidas. Tirar dos pensamentos a bela mulher inconsolável que aparentemente desejava morrer e dar o fora dali.

Porém...

Aproximou-se do prédio, fitando as janelas fechadas. Não escutava nada além do ruído da música e da televisão, mas foi exatamente isso o que despertou os sentidos de alerta do guerreiro.

Isso e o tênue rastro do aroma de sangue dentro do apartamento. O sangue de Elise. Seu nariz captou uma sutil doçura de urze e rosas lá dentro que só podia pertencer à Companheira de Raça. Estava sangrando – talvez não muito, por causa do tênue aroma, mas era impossível dizer muito com os tijolos, vidros e a densa espuma no caminho.

Tegan abriu mentalmente a fechadura da vidraça – já era a segunda vez que invadia a casa dela na mesma noite – e ergueu o pesado painel pelo lado de fora. Não havia tela nenhuma, e só levou um segundo para empurrar o painel acústico e espiar lá dentro.

Não havia nenhuma luz acesa, mas sua visão se aguçava no escuro. Elise estava lá, no *futon*, curvada em uma posição fetal; ainda trajava o mesmo roupão branco que havia vestido depois do banho várias horas atrás. Os braços lhe rodeavam a cabeça como uma jaula protetora, e a curta coroa de sedosos fios louros estava amassada e espetada em total desordem em consequência do sono.

Ela nem ao menos se mexeu quando Tegan se içou sobre o peitoril da janela e se balançou para dentro, embora ele tivesse se movimentado em silêncio e o estrondo sonoro no apartamento fosse ensurdecedor. Tegan silenciou o aparelho de som e a televisão com a mente – e foi então que ela subitamente se endireitou, não completamente desperta, mas alarmada em um pânico semiconsciente.

– Está tudo bem, Elise. Você está bem.

Ela não parecia escutá-lo. Seus olhos de lavanda estavam arregalados, mas fora de foco, e não só pela falta de luz no apartamento. Ela gemia como se estivesse com dor e saltou do *futon* sem jeito, procurando freneticamente com as mãos pelo controle remoto próximo a seu pé. Apanhou o dispositivo e começou a apertar os botões desesperadamente.

– Vamos, ligue, maldição, ligue!

– Elise – Tegan se aproximou dela e se ajoelhou ao seu lado. Sentiu mais cheiro de sangue e, quando ergueu o queixo dela com a beirada da mão, viu que o nariz sangrava. Gotas escarlates manchavam a brilhante lapela alva do roupão, algumas frescas, algumas já um pouco velhas. – Meu Deus...

– Ligue! – Gritou ela, então virou-se e viu a janela aberta, com a espuma acústica meio solta. – Ah, céus. Quem moveu aquele painel? Quem faria algo assim?

Pôs-se de pé e correu para consertar a brecha, fechando a janela violentamente e trancando a fechadura. As mãos se moviam incansáveis sobre o material acústico, enquanto tentava colocar o painel de volta em seu lugar sobre o vidro.

– *Elise.*

Não houve resposta, apenas uma profunda sensação de ansiedade que irradiava de sua diminuta silhueta sob o roupão branco. Com um gemido choroso, Elise apertou as têmporas com ambas as mãos e se afundou lentamente no piso sob a janela, como se as pernas tivessem cedido debaixo dela. Agachada com força sobre os joelhos dobrados, inclinou-se para diante, balançando-se para frente e para trás.

– Faça parar – sussurrou com a voz entrecortada. – Por favor... só... *faça parar.*

Tegan se aproximou lentamente, sem querer deixá-la ainda mais angustiada. Praguejando, abaixou-se e pousou a mão cuidadosamente sobre a delicada curvatura de sua coluna. Seus dedos se estenderam, amplos, seus sentidos se abriram à conexão, e a dor de Elise o atingiu como uma corrente elétrica.

Sentiu a terrível agonia da enxaqueca que a possuía e as fortes pancadas das batidas do coração pulsando nos ouvidos como se fosse o seu próprio. Sentiu um gosto ácido na língua, os dentes doendo da força com a qual ela apertava a mandíbula para lutar contra a tormenta que a afligia.

E ouviu as vozes.

Vozes repugnantes, corrosivas, detestáveis que passeavam pelo ar ao redor, silenciosas para todos, exceto para a Companheira de Raça psiquicamente sensitiva que se encolhia diante dele no chão.

Em sua mente – através da conexão que mantinha com Elise –, Tegan discerniu uma discussão depreciativa de um casal no corredor. Do outro lado, um homem desejava a própria filha. No apartamento de cima do de Elise, uma drogada injetava o valor de um mês de pensão alimentícia na veia enquanto seu bebê faminto chorava, completamente ignorado, no outro quarto.

Cada pensamento humano, negativo e destrutivo, e as experiências dentro de um raio que Tegan só podia imaginar, pareciam se abrigar na mente de Elise, atacando-a como abutres sobre uma carniça.

Era o próprio inferno na Terra, e Elise vivia aquilo cada vez que despertava. Talvez até mesmo enquanto estava dormindo. Agora ele entendia o motivo dos painéis de espuma e do som alto. Ela vinha tentando afogar os sons com outros barulhos – o aparelho de som, a televisão e mesmo o tocador de MP3 que se encontrava em meio a um emaranhado de fios sobre o balcão da cozinha.

Mas estava enganando a si mesma se pensava que podia viver dessa maneira no mundo dos humanos. Sem contar a insanidade do objetivo de se vingar dos Renegados e de seus Subordinados.

– Por favor – murmurou; sua voz suave vibrou contra a palma aberta da mão dele. – Preciso que isso pare imediatamente.

Tegan rompeu o contato e proferiu uma maldição entre os dentes cerrados.

Isso não era nada bom. Não podia deixá-la daquele jeito. Deveria levá-la de volta aos Refúgios Secretos. Talvez o fizesse. Mas, nesse instante, ela precisava de alívio para a dor que sentia. Nem mesmo ele era tão frio a ponto de se sentar e observá-la sofrer.

– Está tudo bem – disse. – Acalme-se, Elise. Você está bem.

Ele a levantou nos braços e a carregou de volta para o *futon*. Ela era tão leve – leve demais, pensou. Elise era uma mulher pequena, mas parecia leve como uma criança contra seu peito. Quando havia sido a última vez em que se alimentara? Segurando-a assim tão perto, Tegan não podia deixar de notar as feições angulosas de suas maçãs do rosto, a fragilidade da linha de sua mandíbula.

Ela precisava de sangue. Uma boa dose de glóbulos vermelhos da Raça lhe daria força e aplacaria parte de sua dor psíquica, embora Tegan estivesse longe de se voluntariar. Elise era uma Companheira de Raça, uma daquelas raras mulheres humanas nascidas geneticamente compatíveis com os membros da raça vampiresca. Deixar que se alimentasse de sua veia a revitalizaria em grande medida, mas deixar que seu sangue corresse pelo corpo dela também criaria um laço inquebrável entre eles. Esse tipo de vínculo se reservava para os casais, era o mais sagrado dos juramentos da Raça. Somente a morte podia romper um vínculo de sangue, então pouquíssimos da espécie o criavam levianamente, ou por caridade.

Elise era viúva, e os vários anos que obviamente havia passado sem vínculos com um vampiro – para não dizer do dano que infligia a si mesma a cada dia que passava em meio aos humanos – estavam começando a pesar sobre ela. Tegan a deitou com cautela sobre o colchão do *futon*.

Lentamente, sem dificuldades, esticou suas esguias pernas e a arrumou em uma posição que esperava ser confortável para dormir. O roupão atoalhado que ela vestia estava entreaberto da coxa ao esterno, e a faixa na cintura havia-se desfeito e pendia solta. Ele teve que se esforçar para puxar as pontas da faixa debaixo dela, o tempo todo tentando ao máximo não notar a pele alva e macia que se expunha a ele. Era impossível fingir que não via as curvas femininas ou o volume vistoso dos seios pequenos e perfeitos. Mas foi o repentino vislumbre de uma bela coxa que quase tirou todo o ar dos pulmões de Tegan.

Ali, no lado interno de sua coxa direita, situava-se a diminuta marca de nascença em forma de lágrima e lua crescente que todas as Companheiras de Raça possuíam em alguma parte do corpo. A de Elise se encontrava na parte mais atraente da coxa, logo abaixo da penugem de seu sexo.

– Ah, droga. – Tegan cambaleou para trás; a saliva brotou em sua boca no mesmo instante, e o desejo de provar aquele adorável ponto cresceu rapidamente.

Fora de cogitação, cara – disse a si mesmo com severidade. – *E completamente fora de seu alcance.*

Agora seus movimentos eram rápidos, e a respiração lhe raspava a ponta das presas, que cresciam enquanto ele puxava as bordas do roupão para cobrir a nudez do corpo de Elise. Seu nariz havia voltado a sangrar por causa da enxaqueca. O brilhante filete escarlate manchava a pele alva e macia de sua bochecha. Limpou o sangue com a borda de sua camiseta preta, tentando ignorar a doce fragrância que despertava nele tudo relacionado à Raça. Seu pulso agitado era como um tambor nos ouvidos, e as leves batidas rápidas de sua carótida atraíam-lhe os olhos para a graciosa linha de seu pescoço.

Maldição, pensou, arrastando mentalmente o olhar para longe. Seu próprio apetite aumentava só de estar perto dela. Tinha fome agora, ferozmente, ainda que não houvesse transcorrido muito tempo desde sua última caçada. Não que os humanos asquerosos que encontrava nas ruas e de quem se alimentava pudessem ser comparados à tenra beleza que se estendia diante dele nesse instante.

Elise estremeceu detrás das pálpebras fechadas, gemendo brandamente, ainda com dores. Estava tão vulnerável agora, tão indefesa contra aquele sofrimento psíquico.

E, naquele momento, ele era tudo o que ela tinha.

Tegan lhe estendeu a mão e passou os dedos sobre sua testa úmida e fria. Com delicadeza, pressionou a palma sobre seus olhos fechados.

– Durma – disse, pondo-a em um leve transe.

Quando a respiração dela diminuiu para algo perto do normal, e a tensão deixou seu corpo, Tegan se recostou e a observou se afundar em um sono calmo e tranquilo.

Capítulo 6

Elise despertou lentamente, sentindo como se sua consciência tivesse sido transportada para algum lugar bem distante e tranquilo, somente para ser devolvida a seu corpo como uma pena carregada gentilmente pela brisa. Talvez fosse um sonho. Um doce e comprido sonho... uma paz que não conhecia há meses. Esticou-se um pouco no *futon*, roçando com as pernas nuas o tecido atoalhado de seu roupão e o suave peso de uma manta que a cobria do queixo aos pés. Aconchegou-se profundamente naquela prazerosa calidez, suspirando, e o som de sua própria respiração a sobressaltou.

Nenhum barulho.

Nenhuma música ensurdecedora ou ruído de televisão, embora não conseguisse dormir sem eles.

Arregalou os olhos e esperou que o golpe psíquico a atingisse. Mas fez-se apenas silêncio. Santo Deus. Os segundos se passaram, e logo um minuto ou mais... e havia apenas um abençoado e maravilhoso silêncio.

– Dormiu bem?

A profunda voz masculina veio de algum ponto no apartamento. Elise sentiu cheiro de torradas, e o aroma amanteigado de ovos fritando em uma frigideira. Tegan se encontrava de pé em sua ínfima cozinha, aparentemente preparando o café da manhã – o que apenas aumentava o surrealismo daquela manhã.

– O que aconteceu? – Sua voz arranhou suavemente a garganta. Limpou-a e tentou outra vez. – O que está fazendo aqui?

Ah, Deus. Ele não teve de responder, porque ela lembrou assim que as palavras deixaram os lábios. Recordou a enxaqueca que a havia deixado de cama e o inesperado retorno de Tegan algumas horas depois de tê-la encontrado confrontando os Renegados. Ele havia voltado e invadido seu apartamento por alguma razão. Havia silenciado o barulho protetor de que ela tanto precisava.

Elise se lembrou de acordar em agonia. Numa torrente de humilhação, recordou-se de haver caído em histeria cega perto da janela, tentando consertar a espuma à prova de som – que agora estava devidamente em seu lugar, percebeu.

E também se lembrou da sensação de ser acalmada, em um sereno estado de entorpecimento...

Por Tegan?

Segurando o roupão no lugar, Elise afastou a manta e sentou-se cuidadosamente sobre o *futon*. Ainda não confiava nos arredores, certa de que o golpe mental de angústia a atingiria a qualquer momento.

– O que fez comigo ontem à noite?

– Estava precisando de ajuda, então ajudei você.

Ele fez aquilo soar como uma acusação enquanto se inclinava contra o balcão ao lado do fogão, observando-a com um frio olhar indiferente. Estava vestido com roupas de batalha noturnas: uma camisa preta e calças negras; do outro lado do balcão, jaziam o coldre de couro da pistola e um cinto com as adagas.

Elise encontrou o olhar penetrante e avaliador que se fixava nela do outro lado do cômodo.

– Você me fez dormir de algum jeito?

– Só a coloquei em um leve transe para que pudesse descansar.

Ela agarrou a lapela do roupão, repentinamente consciente do fato de que não vestia nada por baixo da peça solta. E, na noite passada, aquele guerreiro a havia colocado em um sono forçado, deixando--a completamente à sua mercê? Um tremor de alarme percorreu seu corpo ante o pensamento.

Tegan provavelmente leu seu olhar, porque gracejou em voz baixa.

– Então quer dizer que vocês dos Refúgios Secretos veem os membros da Ordem não só como assassinos de sangue-frio, mas também como estupradores? Ou essa distinção é reservada especialmente para mim?

– Você nunca me fez mal – disse Elise, sentindo-se mal por ter deixado que seus preconceitos arraigados duvidassem dele. – Se quisesse ter feito qualquer coisa comigo, acho que já teria feito.

Ele sorriu.

– Que comovente declaração de fé. Acho que eu deveria sentir--me lisonjeado.

– E realmente preciso agradecê-lo, Tegan. Ontem à noite me ajudou duas vezes. E também nunca agradeci por sua gentileza alguns meses atrás, no condomínio da Ordem, quando me deu uma carona de volta para casa.

– Esqueça – disse ele, dando de ombros como se o assunto já estivesse encerrado antes mesmo de ela ter a oportunidade de começá-lo.

Aquela noite de novembro nunca havia saído dos pensamentos de Elise. Depois de ver Camden no vídeo de segurança capturado pela Ordem, Elise havia desmoronado em um dos muitos corredores do condomínio. Desolada, em choque e negação, havia sido Tegan quem a encontrara. Inacreditavelmente, havia sido ele quem a tirou do condomínio e a levou a seu lar no Refúgio Secreto nas breves horas antes do amanhecer.

Ela tinha se desconcertado em lágrimas intermináveis, mas ele havia deixado que ela as derramasse. Deixou que chorasse e, ainda mais espantosamente, havia deixado que Elise desmoronasse contra ele, reconfortando-a em seu sofrimento em silêncio. Com seus fortes braços a envolvendo, ele a havia segurado junto a si enquanto ela se sentia despedaçada pela angústia.

Ele não tinha como saber que havia sido seu porto seguro naquela noite. Talvez não tivesse significado nada para ele, mas ela nunca esqueceria toda aquela delicadeza inesperada. Quando ela finalmente havia encontrado forças para sair do carro, Tegan tinha simplesmente a observado partir, e então virou a esquina e saiu de sua vida... até a noite passada, naquele beco onde a salvou dos Renegados.

– O transe em que a deixei ontem à noite ainda não passou – falou Tegan, obviamente querendo mudar de assunto. – É por isso que seu dom está em silêncio agora. O bloqueio vai durar enquanto eu estiver aqui para mantê-lo sob controle.

Ele cruzou os braços sobre o peito, atraindo os olhos dela para o elaborado padrão de *dermaglifos* que subiam por seus antebraços e desapareciam sob as mangas curtas da camisa. Os *glifos* serviam como termômetros emocionais para os membros da Raça, os de Tegan no momento estavam apenas um tom mais escuro que sua pele bronzeada, e não davam nenhum indício do humor do guerreiro.

Elise já havia visto aqueles sinais impressionantes da Raça antes, quando falou com ele pela primeira vez no condomínio da Ordem, alguns meses atrás. Não queria olhar, mas era difícil não se maravilhar com os arcos, redemoinhos e elegantes desenhos geométricos entrelaçados que distinguiam Tegan como um dos mais velhos da espécie. Ele fazia parte da Primeira Geração da Raça; se a profundidade de seus poderes não o revelava como tal, a prevalência e complexidade de seus *glifos* certamente o faziam.

Mas o fato de ser da Primeira Geração também o tornava mais vulnerável a coisas como a luz do sol, o que, a essa hora da manhã, era uma preocupação bem real.

– São mais de nove da manhã – disse ela, no caso de ele não ter notado. – Você ficou aqui a noite toda.

Tegan simplesmente se virou para tirar do fogo os ovos mexidos. Desligou o fogão elétrico, depois a torradeira e acrescentou as fatias de pão ao prato.

– Venha comer enquanto está quente.

Elise não se deu conta de como estava faminta até que alcançou o balcão e deu a primeira mordida na comida. Não havia nada que pudesse fazer para controlar um débil gemido de prazer enquanto mastigava.

– Ah, isto está divino.

– É porque está com fome.

Tegan foi ao frigobar e voltou com um *shake* de proteína em uma garrafa plástica. Além de ovos, iogurte e duas maçãs, não havia muito mais para se encontrar ali. Ela estava vivendo com alimento escasso, não por conta do custo, mas porque era difícil pensar em comer quando suas enxaquecas eram tão severas. E isso vinha ocorrendo diariamente desde que havia deixado o Refúgio Secreto – piorava a cada dia que se aventurava em meio aos humanos para caçar Subordinados.

– Não vai sobreviver assim, já sabe. Não desse jeito. – Tegan depositou o *shake* diante dela e voltou para sua posição, recostado ao balcão do outro lado. – Sei como está lhe fazendo mal viver aqui em meio aos humanos. Sei a força com que o impacto psíquico a golpeia, Elise. Você não tem controle sobre isso, o que é muito perigoso. Pode destruí-la. Senti o que ele faz com você, quando a levantei do chão algumas horas atrás.

Ela se lembrou de seus primeiros encontros com Tegan, de como seu toque a havia feito se sentir exposta a ele de alguma maneira. A primeira vez em que havia sentido o contato do guerreiro havia sido quando ele e Dante apareceram no Refúgio Secreto procurando por seu cunhado. Os guerreiros tinham confrontado Sterling em frente à residência e, quando Elise correu para o alvoroço, Tegan a agarrou e a manteve afastada da briga.

Agora, depois da noite passada, ele entendia o problema que a havia mantido prisioneira nos Refúgios Secretos durante toda a vida.

A julgar pelo olhar indiferente que ele lhe dirigia, ela imaginava se ele tinha intenções de colocá-la de volta naquela jaula.

– Seu corpo está se enfraquecendo pela tensão que vem passando, Elise. Não tem o preparo necessário para lidar com o que está fazendo.

Ela agitou a garrafa plástica que ele lhe havia dado e rompeu o lacre.

– Estou lidando com isso muito bem.

– Ah, claro, dá para ver. – Ele lançou um olhar expressivo para toda a espuma acústica que ela havia pregado nas paredes na tentativa de amortecer seu dom. – Pareceu-me que estava lidando com tudo muito bem ontem à noite.

– Não precisava ter me ajudado.

– Sei – respondeu ele, sem qualquer expressão no tom de voz ou nas feições do rosto.

– Por que o fez? Por que voltou aqui?

Ele deu de ombros.

– Pensei que gostaria de saber que a Ordem acabou com o laboratório de Carmesim. O laboratório, os fornecimentos, os sujeitos que cuidavam das instalações... são tudo cinzas agora.

– Ah, graças a Deus.

O alívio a inundou como um bálsamo. Elise cerrou os olhos, sentindo lágrimas ardentes brotarem detrás das pálpebras. Ao menos a pérfida droga que lhe havia tirado Camden não poderia mais fazer mal ao filho de nenhuma outra mulher. Levou uns instantes para se recompor e conseguir fitar Tegan outra vez; quando o fez, encontrou seus olhos verde-esmeralda cravados nela.

Secou as lágrimas que lhe corriam pelas bochechas, constrangida pelo guerreiro vê-la desmoronar.

– Sinto muito. Não queria ser tão emotiva. É que tenho esse... *buraco*... em meu coração, desde que Quentin faleceu. Depois, quando perdi meu filho... – Sua voz sumiu, incapaz de descrever o vazio que sentia. – Sinto apenas... *dor.*

– Vai passar. – A voz de Tegan foi seca e direta, como um tapa na cara.

– Como pode dizer isso?

– Porque é verdade. O luto é um sentimento inútil. Quanto mais cedo descobrir isso, melhor vai estar.

Elise o fitou, estarrecida.

– E o amor?

– O que tem?

– Nunca perdeu ninguém que amava? Ou os machos como você, que vivem para matar e destruir, não sabem o que é amar?

Ele nem mesmo piscou diante daquela explosão de raiva, apenas sustentou seu olhar, firme e imperturbável, o que a fez querer se lançar até o balcão e golpeá-lo.

– Termine seu café da manhã – disse a ela com uma irritante civilidade. – Deveria descansar enquanto pode. Assim que o sol se pôr, sairei daqui e você estará de novo por conta própria, com seus próprios meios de defesa. Tais como são.

Ele andou até o comprido sobretudo negro que se encontrava impecavelmente arrumado sobre a esteira ergométrica e pegou seu telefone celular. Quando começou a discar os números, Elise teve a repentina e absurda vontade de pegar o prato diante dela e atirá-lo em Tegan, somente para conseguir algum tipo de reação do guerreiro de pedra.

Mas, enquanto o ouvia ligar para o condomínio da Ordem, com aquela voz profunda, tão prosaica e indecifrável, Elise percebeu que não só desgostava dele quanto o invejava. Como ele conseguia se manter tão frio e desligado? O dom psíquico dele não era assim tão diferente do seu próprio. Na noite passada, ele havia passado por seu tormento através do toque, mas não havia sido derrubado como ela. Como conseguia suportar a dor?

Talvez fosse sua força como membro da Primeira Geração que o tornava tão impenetrável, tão completamente distante. Mas talvez fosse treinamento. Se era algo que ele havia aprendido, então podia ensiná-lo.

– Mostre-me como faz aquilo – disse Elise assim que ele encerrou a ligação e fechou o celular.

– Mostrar o quê?

– Disse que preciso aprender a controlar meus poderes mentais, então me mostre o que tenho de fazer. Quero ser como você.

– Não, não quer.

Ela caminhou até a beirada do balcão onde ele se encontrava.

– Tegan, mostre-me. Posso ser um trunfo valioso para você e para a Ordem. Quero ajudar. Preciso ajudar, entende?

– Esqueça. – Ele começou a se afastar dela.

– Por quê? Porque sou mulher?

Em um movimento tão rápido que lhe roubou o fôlego, Tegan se virou para ela e a penetrou com seus ferozes olhos de predador.

– Porque está motivada pela dor, e essa é uma fraqueza fatal no mundo aí fora. Não tem muita experiência. Está afundada demais em sua própria autopiedade para ser útil a alguém.

O fogo reluziu em seu olhar e logo se apagou tão rápido quanto havia aparecido. Elise engoliu em seco enquanto assimilava aquelas palavras cortantes. A declaração doía, mas era verdade. Ela piscou lentamente e logo assentiu com a cabeça.

– O melhor lugar para você é nos Refúgios Secretos, Elise. Aqui fora, como está, é um peso morto, especialmente para si mesma. E não estou dizendo isso para ser cruel.

– Não, claro que não – concordou ela com a voz macia. – Porque até mesmo crueldade implicaria algum tipo de sentimento, não é?

Ela não disse mais nenhuma palavra. Nem mesmo o fitou enquanto pegava o prato no balcão e o levava até a pia.

– O que quer dizer com desapareceu?

O líder dos Renegados se inclinou para frente em sua poltrona de couro e pousou os cotovelos na superfície de uma enorme mesa de mogno, tamborilando os dedos enquanto a voz nervosa de um Subordinado rangia pelo alto-falante.

– A chamada chegou ao corpo de bombeiros ontem, tarde da noite, senhor. Houve uma explosão. Todo o maldito armazém foi pelos ares como fogos de artifício. Sem salvação, de acordo com os sujeitos que responderam à chamada. Os relatórios iniciais afirmam que parece ter havido um vazamento de gás...

Com um grunhido, Marek apertou o botão para finalizar a chamada, interrompendo o relato inútil de seu servo humano.

Não havia a menor chance de o laboratório de Carmesim ter sido destruído ao acaso ou por algum equipamento defeituoso. Essas irritantes notícias traziam o nome da Ordem escrito por toda parte. A única coisa que o surpreendia era que havia demorado bastante para que seu irmão Lucan e os guerreiros que lutavam ao seu lado resolvessem atacar o lugar. Mas Marek os vinha mantendo ocupados com lutas contra os Renegados nas ruas desde o verão passado.

E era exatamente lá que queria que continuasse o foco da Ordem.

Assim os mantinha afastados com uma mão enquanto a outra podia fazer o verdadeiro trabalho sem ser detectada e perturbada.

Esse era o motivo pelo qual havia vindo a Boston em primeiro lugar. O motivo pelo qual essa cidade em especial vinha passando por um problema ampliado com os Renegados. Era tudo parte de seu plano de criar confusão enquanto perseguia um prêmio maior. Se pudesse acabar com os guerreiros no percurso, melhor, mas mantê-los distraídos também servia. Assim que seu verdadeiro objetivo fosse atingido, até mesmo a Ordem estaria impotente contra ele.

E, por mais que a perda do laboratório de Carmesim o enfurecesse, sua irritação ainda maior vinha do fato de que um de seus Subordinados havia falhado em lhe informar como instruído. Marek estava esperando informações – informações vitais –, e sua paciência era escassa mesmo nas melhores situações.

Não era um bom presságio seu Subordinado estar atrasado. O humano que havia recrutado para esse trabalho em particular era imprevisível e arrogante, mas também era confiável. Todos os Subordinados o eram. Drenados até uma mera porção de vida, os escravos mentais humanos se encontravam sob total controle do vampiro que os havia criado. Apenas os mais poderosos vampiros da espécie podiam criar Subordinados, e as leis da Raça haviam proibido há muito tempo essa prática bárbara.

Marek riu com desprezo diante da autoimposta e burocrática castração dos seus.

Era só mais um exemplo de por que o reino vampiresco necessitava de mudanças. Precisavam de uma nova liderança forte para conduzi-los a uma nova era.

A nova era que pertenceria a ele.

Capítulo 7

Ele a havia chateado, provavelmente magoado, e mesmo que tivesse a desculpa na ponta da língua durante a maior parte do dia, Tegan a conteve. Não tinha por que se desculpar, afinal de contas. Não devia nada à mulher, muito menos explicações ou desculpas sobre por que acabou sendo o idiota insensível que todos conheciam.

E não estava disposto a reconsiderar seu pedido de que ele a ajudasse a controlar seu dom psíquico. Ela o havia surpreendido com a sugestão. A ideia de que qualquer mulher, principalmente uma viúva reservada do Refúgio Secreto como ela, pensasse em se colocar sob os cuidados dele por qualquer motivo estava além de sua compreensão. Como se pudessem confiar nele para algo assim.

É. Nem um pouco provável.

Elise facilitou as coisas para que ele evitasse o assunto. Desde a hora em que ele a havia interrompido, ela não dissera outra palavra sequer. Ela se ocupou com o apartamento, arrumando o *futon*, lavando os pratos do café da manhã, tirando pó das estantes, fazendo meia hora de esteira e se mantendo, no geral, tão longe dele quanto era possível nos aposentos apertados.

Ele a havia escutado entrar no banho pouco tempo atrás e se tinha permitido alguns minutos de sono sentado no chão, mas agora a água já havia sido desligada, e ele despertou, escutando Elise se vestir detrás da porta fechada. Ela saiu com uma calça *jeans* azul e um moletom de Harvard com capuz, que ia até o meio das coxas. Seu cabelo louro curto havia sido secado com a toalha e brilhava como ouro, realçando o pálido tom lavanda dos olhos.

Olhos que se desviaram para ele em um frio olhar enquanto ela foi até o armário no corredor e pegou um colete branco do cabide. Logo agachou-se e pegou um par de botas de camurça marrom.

– O que está fazendo? – Perguntou Tegan enquanto ela, silenciosamente, se vestia para sair.

– Tenho de ir. – Ela fechou a porta do armário e puxou o zíper do grosso colete. – Você provavelmente percebeu que minha geladeira está praticamente vazia. Estou com fome. Preciso comer e tenho de buscar algumas coisas.

Tegan se levantou, consciente de que franzia o cenho.

– O transe não vai permanecer se você sair, sabe disso.

– Então terei que me virar sem ele.

Elise caminhou até o balcão com tranquilidade e pegou o tocador de MP3 que jazia ali. Enfiou o esguio aparelho no bolso dianteiro da calça *jeans*, passou os fios dos fones de ouvido sob a blusa e os deixou pendurados para fora sobre o peito. Não pegou a faca que tinha sido deixada sobre o balcão desde a caçada ao Subordinado na noite anterior, e Tegan não detectou nenhuma outra arma com ela.

Elise não o olhou enquanto puxava o capuz do moletom sobre a cabeça.

– Não sei quanto tempo vou demorar. Se você for embora antes que eu volte, adoraria que trancasse tudo. Tenho minhas chaves.

Maldição. Ela podia estar faminta como havia dito, mas Tegan podia ver, pela rigidez de sua coluna vertebral, que aquela mulher queria provar que tinha razão.

– Elise – chamou, aproximando-se dela enquanto ela se dirigia para a porta do apartamento. Se ele quisesse detê-la, só precisava de um pensamento. Sabia disso e, pelo olhar no rosto dela ao se virar para olhá-lo, ela também sabia. – Sei que está brava pelo que eu disse antes, mas é verdade. Não está em condições físicas de continuar com isso.

Assim que ele deu outro passo, presumindo que ele poderia muito bem dizer que havia decidido mandá-la de volta ao Refúgio Secreto para sua própria segurança, ela fechou a mão ao redor da maçaneta e a abriu bruscamente.

Não poderia ter escolhido uma arma mais eficaz contra ele.

Os resplandecentes raios de sol vespertinos entraram pelo corredor, fazendo que Tegan recuasse com um silvo. Ele saltou fora do caminho da abrasadora luz do dia e, sob a proteção do braço que levantou acima dos olhos, viu o olhar penetrante de Elise cravar-se nele, e ela calmamente saiu, fechando a porta atrás de si.

Elise levou um tempo para caminhar até o mercado da esquina e comprar alguns alimentos básicos. Com uma pequena sacola nas mãos, subiu pela calçada, afastando-se de seu quarteirão. O ar gélido lhe golpeava as bochechas, mas ela precisava do frio para ajudar a limpar a mente.

Tegan estava certo quando disse que o transe desapareceria assim que ela deixasse o apartamento. Sob os arranhões acústicos de guitarras e letras de rock aos gritos que vertiam em seus ouvidos pelo MP3 de Camden, podia sentir o zumbido das vozes, o murmúrio podre da corrupção e do abuso humanos, que havia sido seu companheiro constante desde que embarcara nessa sombria jornada além do abrigo dos Refúgios Secretos.

Tinha de admitir, a intervenção psíquica de Tegan havia sido um presente muito bem-vindo. Mesmo que ele a tivesse enfurecido – insultado-a –, as horas que havia passado embalada pelo transe em que ele a colocara tinham sido muito necessárias. A pausa dava-lhe uma chance de pensar, de se concentrar, e com a mente calma, debaixo da torrente de um demorado banho quente, lembrou-se de um detalhe específico sobre o Subordinado que havia caçado ontem.

Ele estivera tentando pegar uma encomenda noturna para o sujeito a quem chamava de Mestre. O Subordinado – Raines, como acreditava que ele tinha dito – ficou muito enraivecido ao descobrir que a encomenda não havia chegado como esperado. O que podia ser tão importante para ele? Mais exatamente, o que podia ser tão importante para o vampiro que criou o Subordinado?

Elise pretendia descobrir.

Estivera se coçando de vontade de sair do apartamento desde o instante em que se lembrou desse detalhe, mas um guerreiro da Raça um tanto quanto imenso e arrogante se encontrava em seu caminho. Como Tegan não acreditava que ela pudesse contribuir em nada na luta contra os Renegados, Elise não via nenhum motivo para perturbá-lo com sua informação até que soubesse ao certo o que aquilo podia significar.

Demorou vários minutos até chegar ao posto do correio ao lado da estação de trem. Elise se deteve do lado de fora por uns momentos, formulando um plano de ação e esperando que o punhado de clientes ali dentro terminasse suas transações e partisse. Assim que a última pessoa se dirigiu à saída, Elise tirou os fones de ouvido e caminhou até o balcão.

O atendente em serviço era o mesmo garoto que estivera trabalhando no dia anterior. Ele a cumprimentou vagamente com um aceno quando ela se aproximou, mas felizmente não pareceu reconhecê-la.

– Em que posso ajudá-la?

Elise respirou fundo para se acalmar, esforçando-se para superar a cacofonia que se instalava na mente agora que o apoio da música ensurdecedora havia cessado. Não teria muito tempo antes que fosse rendida.

– Preciso pegar uma encomenda, por favor. Deveria ter chegado ontem, mas se atrasou por conta da tempestade.

– Nome?

– Hum, Raines – respondeu, e aventurou um sorriso.

O rapaz levantou a vista enquanto digitava algo no computador.

– Sim, já chegou. Posso ver alguma identificação?

– Perdão?

– Carteira de motorista, cartão de crédito... Preciso da assinatura e da foto para lhe entregar a encomenda.

– Não tenho nada disso. Quero dizer, não aqui comigo.

O funcionário sacudiu a cabeça.

– Não posso liberar sem nenhuma identificação. Sinto muito. São as normas, e não posso arriscar-me a perder esse emprego. Por mais que seja péssimo.

– Por favor – pediu Elise. – Isso é muito importante. Meu... marido esteve aqui ontem para pegá-lo e ficou muito irritado com o atraso.

Ela suportou a torrente de animosidade que partiu do atendente em relação ao Subordinado. Ele estava pensando em tacos de beisebol, ruas escuras e ossos quebrados.

– Sem ofensas, senhora, mas seu marido é um idiota.

Elise sabia que parecia ansiosa, mas isso iria apenas lhe ajudar no momento.

– Ele não vai ficar feliz comigo se eu chegar hoje em casa sem essa encomenda. De verdade, preciso levá-la.

– Sem identificação não dá. – O garoto a fitou por um demorado instante, então passou a mão no queixo e no escasso cavanhaque triangular logo abaixo do lábio inferior. – Mas é claro que, se por acaso eu deixar a encomenda no balcão e sair para fumar, há grandes chances de que a caixa possa criar pernas e ir embora enquanto não estou aqui. As coisas às vezes se perdem...

Elise lhe retribuiu o ardiloso olhar fixamente.

– Faria isso?

– Não, assim por nada, não faria. – Ele observou os fones de ouvido que pendiam do colarinho da blusa de Elise. – É aquele novo modelo? Com vídeo?

– Ah, isto não é...

Elise começou a sacudir a cabeça em recusa, pronta para dizer ao atendente que o aparelho pertencia a seu filho e não era seu para dar de presente. Além do mais, ela precisava dele, pensou desesperadamente, embora a razão lhe dissesse que tinha recursos para comprar uma centena de aparelhos novos. Mas este era de Camden. Seu único vínculo tangível com ele agora, por meio da música que ele tinha escutado nos dias – nas horas, na verdade – antes de sair de casa pela última vez.

– Ei, tanto faz – disse o atendente dando de ombros e tirando a caixa do balcão. – Eu não deveria arriscar-me mesmo...

– Certo – exclamou Elise antes que pudesse mudar de ideia. – Certo, tudo bem. É seu. Pode ficar.

Ela puxou os fios de dentro da blusa, enrolou-os ao redor do MP3 e o colocou sobre o balcão diante do funcionário. Levou algum tempo para tirar a mão de cima do aparelho. Quando o fez, estremeceu com profundo pesar.

E com firme determinação.

– Vou levar a encomenda agora.

Capítulo 8

Tegan despertou de um breve e ligeiro cochilo, completamente recarregado, quando passos se aproximaram da porta do apartamento. Reconheceu o som do andar suave e determinado de Elise mesmo antes que uma chave deslizasse na fechadura, anunciando sua chegada.

Ela tinha estado fora por quase duas horas. Outras duas e o sol finalmente se poria, e ele estaria livre para dar o fora dali, voltar para seu trabalho como habitualmente.

Sentado no chão com os cotovelos apoiados nos joelhos, com as costas reclinadas contra a parede forrada de espuma, observou a porta se abrir com cautela e Elise deslizar para dentro. Ela não parecia tão ansiosa por queimá-lo com a minguante luz do corredor; agora se concentrava em seus próprios movimentos, como se precisasse de quase toda sua concentração apenas para tirar a chave e cuidadosamente fechar a porta atrás de si. Uma pesada sacola de plástico balançava em sua mão esquerda firmemente apertada.

– Encontrou o que precisava? – Indagou enquanto ela descansava um momento com a fronte pressionada contra a porta. Um vago aceno foi sua única resposta. – Outra dor de cabeça se aproximando?

– Estou bem – respondeu Elise em voz baixa. Como se reunisse forças, virou-se e, com a mão direita sobre a têmpora, dirigiu-se à cozinha. – Não é uma das piores... Não estive fora por muito tempo, então vai passar logo.

Sem largar a sacola ou tirar o colete, passou ao lado da esteira e entrou na estreita cozinha. Estava fora de seu campo de visão agora, mas Tegan escutou a torneira aberta, a água enchendo um copo. Levantou-se e se mexeu para que pudesse vê-la, em dúvida se devia lhe oferecer o conforto do transe outra vez. Deus sabia, ela parecia realmente precisar dele.

Elise bebeu a água com avidez, trabalhando sua delicada garganta em cada gole. Havia algo ferozmente fundamental em sua sede, uma necessidade tão primária que lhe pareceu absurdamente erótica. Tegan ponderou por quanto tempo ela estava sem o sangue de um membro da Raça. Cinco anos, no mínimo. Seu corpo havia começado a transparecer a falta, os músculos se atrofiavam, a pele estava menos rosada que pálida. Seria capaz de lidar melhor com sua habilidade se estivesse nutrida pelo sangue da Raça, mas devia saber disso, tendo vivido em meio aos vampiros por um bom tempo.

Ela bebeu mais água e, depois do terceiro copo cheio, Tegan viu parte da tensão sobre seus ombros diminuir.

– O rádio, por favor... Pode ligar?

Tegan enviou uma ordem mental através do apartamento e a música preencheu o silêncio. Não estava ensurdecedora como ela preferia, mas pareceu ajudá-la a acalmar um pouco a dor. Após um instante, Elise começou a tirar as compras que havia trazido para casa. A cada segundo que se passava, sua força se renovava diante dos olhos de Tegan. Ela tinha razão, não estava tão ruim quanto na noite passada.

– Fica pior quando se aproxima dos Subordinados – comentou Tegan em voz alta. – Ficar exposta a esse tipo de mal – ter de chegar perto o bastante para tocá-los – é isso que provoca suas enxaquecas e as hemorragias nasais.

Ela não tentou negar.

– Faço o que tenho de fazer. Estou fazendo a diferença. E antes que me diga que não sou útil à Ordem nessa luta, acho que estaria interessado em saber que o Subordinado que matei ontem à noite estava no meio de uma tarefa para o vampiro que o criou.

Tegan congelou, estreitando os olhos sobre a diminuta mulher quando ela por fim se virou para olhá-lo.

– Que tipo de tarefa? O que você sabe?

– Eu o segui da estação de trem até uma loja do correio. Ele esteve lá para buscar algo.

O cérebro de Tegan entrou imediatamente em modo de reconhecimento. Começou a lhe disparar perguntas uma atrás da outra.

– Sabe o que era? Ou de onde veio? O que o Subordinado disse ou fez exatamente? Qualquer coisa que possa lembrar seria...

– Útil? – Sugeriu Elise com um tom prazeroso, embora seus olhos cintilassem com a faísca do desafio.

Tegan preferiu ignorar a leve indireta. Ela poderia querer insistir nessa velha história, mas isso era sério demais. Ele não tinha tempo nem interesse para entrar no jogo da mulher.

– Diga-me tudo o que puder recordar, Elise. Nenhum detalhe é insignificante.

Ela fez uma breve recapitulação do que havia observado do Subordinado que caçara na noite anterior, e azar se ela não era uma perseguidora ideal. Havia conseguido até mesmo o nome do Subordinado, o que poderia ser útil se Tegan decidisse localizar a casa do homem morto e procurar por mais informações.

– O que vai fazer? – Quis saber Elise enquanto ele formulava um plano para a noite.

– Esperar até escurecer. Ir até a loja do correio. Pegar esse maldito pacote e esperar que ele nos traga algumas respostas.

– Ainda vai demorar algumas horas até anoitecer. E se os Renegados mandarem alguém para buscá-lo antes que você possa ir?

Sim, ele também tinha pensado nisso. Maldição.

Elise inclinou a cabeça, como se o estivesse avaliando de alguma forma.

– Quem sabe já o fizeram. E porque você é da Raça, está preso aqui esperando pelo sol se pôr.

Tegan não gostou do lembrete, mas ela tinha razão. Droga. Precisava agir agora, porque tudo indicava que depois seria tarde demais.

– Em que rua fica o lugar de entrega? – Indagou, abrindo o celular e discando um número.

Elise lhe deu a localização e Tegan a repetiu ao atendimento automático do outro lado da linha. Enquanto a chamada se conectava à loja do correio, preparou-se para atingir quem quer que atendesse com uma pequena persuasão mental, para equiparar o campo de batalha enquanto tinha a chance. Alguém atendeu no quinto toque, e a voz de um rapaz que se anunciou como Joey lhe ofereceu uma desinteressada saudação.

Tegan se aferrou à vulnerável mente humana como uma víbora, tão concentrado em arrancar informações do homem que mal percebeu Elise vindo em sua direção da cozinha. Sem dizer uma palavra, ela deixou cair uma pesada sacola de plástico diante dele, e uma caixa retangular no fundo se chocou contra o balcão.

Através do logo amarelo sorridente que dizia "Agradecemos a preferência", estampado na sacola, Tegan viu uma nota endereçada a um tal Sheldon Raines – o mesmo Subordinado que Elise havia matado no dia anterior.

Santo Deus.

Ela não poderia ter...

Na mesma hora, liberou a mente do funcionário do correio e encerrou a ligação, genuinamente surpreso.

– Foi isso o que foi buscar hoje?

Aqueles pálidos olhos violeta que lhe contemplavam o olhar perplexo estavam nítidos e entusiasmados.

– Pensei que poderia ser útil e, caso o fosse, não queria arriscar que os Renegados o pegassem.

Maldição.

Embora ela não o dissesse, Tegan podia dizer que a educação dada a Elise pelo Refúgio Secreto era a única coisa que a impedia de lembrá-lo que, poucas horas antes, ele a havia assegurado de que não havia nada que ela pudesse fazer para ajudar a Ordem nessa guerra. E quer fosse pura teimosia e desobediência ou corajosa sagacidade o que a havia levado a fazer isso, ele tinha de admitir – pelo menos para si mesmo – que essa mulher era, no mínimo, surpreendente.

Estava contente pela interceptação, independentemente do que fosse resultar; mas se os Renegados – em particular seu líder, Marek – estavam esperando a encomenda, então deveria ter algum valor para eles. A pergunta que permanecia era, por quê?

Tegan tirou a caixa e cortou o lacre com uma das adagas que trazia na cintura. O endereço para devolução parecia ser de um daqueles escritórios corporativos. Provavelmente fictício. Gideon podia verificar isso, mas Tegan apostava que Marek não seria tão descuidado a ponto de deixar uma pista verdadeira.

Virou a caixa e seu conteúdo – um fino livro de capa de couro embrulhado em papel-bolha – escorregou para sua mão. Tegan tirou a raridade do embrulho e franziu o cenho, perplexo. Era somente um livro comum, metade em branco. Algum tipo de diário. Passagens escritas à mão, rabiscadas no que parecia uma mistura de alemão e latim cobriam algumas das páginas; o resto estava em branco, exceto por símbolos rudimentares riscados aqui e ali nas margens.

– Como conseguiu pegá-lo, Elise? Teve de assinar, ou deixar seu nome, algo assim?

– Não. O atendente queria alguma identificação, mas eu não tenho nada. Nunca precisei de nada assim quando vivia no Refúgio Secreto.

Tegan folheou as páginas amareladas do livro e viu mais de uma referência a uma família chamada Odolf. O nome não lhe era familiar, mas podia apostar que era da Raça. E a maioria das anotações eram apenas repetições de algum tipo de verso ou poema. O que Marek queria com um livro obscuro como aquele? Devia haver algum motivo.

– Você deu ao rapaz alguma informação que pudesse identificá-la de alguma forma? – Perguntou a Elise.

– Não. Eu, bem... troquei a encomenda por algo. O atendente concordou em me dar a caixa em troca do MP3 de Camden.

Tegan levantou a vista para ela, dando-se conta somente agora de que ela havia feito o trajeto de volta para casa sem a ajuda da música para bloquear sua habilidade. Não o surpreendia que ela tivesse parecido tão fora de si quando chegou. Mas não mais. Se ela sentia qualquer desconforto persistente, não deixava transparecer. Elise se inclinou para frente para inspecionar a caixa, totalmente concentrada na tarefa em mãos com o mesmo interesse que ele, com a mente comprometida por completo.

– Acha que esse livro deve ser importante? – Indagou, varrendo a página aberta no balcão com os olhos. – Que valor pode ter para os Renegados?

– Não sei. Mas com certeza vale algo para o líder deles.

– Ele não é um desconhecido para você, não é mesmo?

Tegan pensou em negar, mas permitiu-se um vago aceno com a cabeça.

– Não, não é um desconhecido. Eu o conheço. Chama-se Marek. É o irmão mais velho de Lucan.

– Um guerreiro.

– No passado, já foi. Lucan e eu já lutamos muitas batalhas com Marek a nosso lado. Confiávamos a ele nossas vidas e a teríamos dado por ele.

– E agora?

– Agora Marek se mostrou um traidor e assassino. É nosso inimigo – não só da Ordem, mas também de toda a Raça. Só não sabem ainda. Com alguma sorte, nós o derrubaremos antes que tenha a chance de fazer seja o que for que está planejando.

– E se a Ordem falhar?

Tegan lançou-lhe um olhar grave.

– Torça para que isso não aconteça.

Diante do silêncio, passou mais páginas do diário. Marek queria o livro por algum motivo, então deveria haver alguma pista escondida em algum lugar do maldito objeto.

– Espere um pouco. Volte – disse Elise de repente. – Isso é um *glifo*?

Tegan se deu conta ao mesmo tempo. Voltou ao pequeno símbolo rabiscado em uma das páginas perto da capa do fim do livro. O padrão de arcos geométricos entrelaçados e floreios poderia parecer meramente decorativo para olhos destreinados, mas Elise estava certa. Eram símbolos *dermaglíficos.*

– Droga – murmurou Tegan, fitando o que sabia ser a marca de uma linhagem da Raça muito antiga. Não pertencia a ninguém chamado Odolf, mas a outro nome da Raça. A alguém que havia vivido – e morrido – há muito tempo.

Mas que razão teria Marek para escavar o passado?

Gritos ecoavam na sala de estar de uma opulenta propriedade em Berkshires, uivos angustiados que vinham das janelas do sótão no terceiro andar da mansão. O quarto ostentava uma parede de janelas que o envolviam por completo, formando uma vista desobstruída do arborizado vale abaixo.

Sem dúvidas a paisagem era de tirar o fôlego, banhada nos últimos abrasadores raios de sol do dia.

O vampiro mantido prisioneiro ali por guardas Subordinados soava claramente afligido. Havia recebido um assento na primeira fila para o espetáculo dos raios ultravioleta já havia dezessete minutos, e contando. Mais gritos escorreram pela escada central, a agonia dava lugar ao desgaste dos soluços.

Com um entediado suspiro, Marek se levantou de uma elegante poltrona ao estilo Luís XVI e cruzou o cômodo até a porta dupla de sua suíte pessoal pouco iluminada. Além do sótão de interrogatórios, o resto das janelas da mansão ficava encoberta durante o dia por cortinas eletrônicas especiais.

Marek andou livremente pelo corredor do lado de fora e chamou um de seus Subordinados que esperava para servi-lo. Diante de um aceno de Marek, o humano correu escada acima para instruir os outros de que o Mestre estava a caminho e garantir que as cortinas estivessem fechadas para sua chegada.

Levou apenas um instante para que os gritos do vampiro prisioneiro cessassem. Marek subiu os largos degraus de mármore até o segundo andar, depois subiu o lance menor da escada que levava ao sótão. Enquanto avançava, a fúria despertava dentro de si outra vez.

Essa era apenas um de vários interrogatórios frustrantes e exaustivos ao vampiro que se encontrava sob sua custódia pelas últimas duas semanas. A tortura era divertida, mas raramente efetiva.

Havia pouco de diversão nos acontecimentos do dia em Boston. O Subordinado enviado para obter uma importante encomenda noturna para ele havia aparecido no necrotério da cidade – uma vítima desconhecida de assassinato, de acordo com o contato de Marek no departamento forense. Como havia sido assassinado em plena luz do dia, isso descartava a Ordem ou qualquer outra intervenção da Raça, mas Marek ainda tinha suas suspeitas.

E ficou muito intrigado ao descobrir que a encomenda que estava esperando se havia perdido na loja do correio naquele mesmo dia. A perda era séria, mas pretendia recuperá-la. E quando o fizesse, teria imenso prazer em questionar pessoalmente o ladrão que a havia roubado.

Mais acima, no alto da escadaria do sótão, um dos Subordinados em guarda abriu a porta para permitir a entrada de Marek no cômodo agora escurecido. O vampiro estava nu, amarrado a uma cadeira por correntes e algemas em cada pulso e tornozelo. Sua pele fumegava de queimaduras da cabeça aos pés, emitindo o enjoativo e doce odor de suor e carne seriamente queimada.

– Gosta da vista? – Perguntou Marek ao entrar e fitar o homem com repulsa. – É uma pena que ainda seja inverno. Sei que as cores aqui em cima ficam maravilhosas no outono.

A cabeça do vampiro pendia sobre o peito, e quando ele tentou falar, o som que saiu não foi nada além de um rouco ruído no fundo da garganta.

– Está pronto para me contar o que preciso saber?

Um gemido lastimável deslizou dos lábios do homem, inchados e cheios de bolhas.

Marek se agachou diante do prisioneiro, irritado tanto pelo fedor quanto pela visão dele.

– Ninguém saberia que você falou. Posso lhe garantir isso, se cooperar comigo agora. Posso mandar você para longe para que se cure, garantir sua proteção. Isso está facilmente ao alcance do meu poder. Compreende?

O vampiro se lamuriou, e Marek sentiu uma possível hesitação em sua convicção com aquele som penoso. Não tinha intenção nenhuma de realizar as promessas com que alimentava o prisioneiro. Eram apenas armas para atingi-lo onde a tortura e o sofrimento não haviam acertado.

– Fale e fique livre disto – persistiu, com o tom baixo e sem pressa, apesar da ansiedade que crescia nele para conseguir a resposta. – Diga-me onde ele está.

Houve um ruído audível na garganta do prisioneiro enquanto tentava tragar saliva, um vago tremor na cabeça ao lutar para erguê-la do peito devastado. Marek esperou, ávido com esperanças, sem se preocupar que os Subordinados ao seu redor provavelmente pudessem sentir essa esperança vibrando em seu interior.

– Diga-me agora. Não precisa mais carregar esse fardo.

Um assobio começou a aparecer entre os lábios do vampiro, uma respiração agitada e exausta. Um tremor percorreu seu corpo, mas ele se recompôs e tentou outra vez, expelindo por fim o começo de sua confissão.

Marek arregalou os olhos com a expectativa, e sua própria respiração se interrompeu enquanto ele esperava pelas palavras que dariam início a seu destino.

– Vvv... – Um olho abriu uma pequena fresta detrás das pálpebras causticadas do vampiro. A íris emanava uma brilhante cor âmbar por causa do prolongado sofrimento, e a pupila, uma esguia fenda negra, encontrou os olhos de Marek e queimou-o de ódio. O prisioneiro tomou fôlego e soltou em um grunhido baixo:

– *Vá... se... danar.*

Com uma calma absoluta que escondia a tormenta de raiva que criou vida no mesmo instante dentro de si, Marek se ergueu e caminhou decidido em direção à escadaria.

– Abram as cortinas – ordenou aos guardas Subordinados. – Deixem esse desprezível maldito ao sol. Se não estiver morto ao anoitecer, deixem que asse aqui com o amanhecer.

Marek deixou o cômodo, sem mostrar sequer hesitação quando os primeiros gritos aterrorizados surgiram outra vez.

Capítulo 9

Assim que os últimos minutos do dia se transformaram em noite, Tegan recolheu o livro e suas armas e pegou o sobretudo escuro. Elise havia passado a última hora ou mais – desde o instante em que havia entregado a encomenda a ele – observando-o examinar intensamente cada página de texto enquanto ela criava coragem para lhe pedir outra vez para ajudá-la a se envolver mais com a guerra contra os Renegados. Agora, enquanto ele se encolhia de ombros no sobretudo de couro, percebeu que era sua última oportunidade.

– Tegan... Espero que o livro seja útil.

– Será. – Seus impressionantes olhos verdes faiscaram sobre ela, mas Elise pôde ver que sua mente se agitava com as novas informações que tinha em mãos. Ele piscou e foi como se estivesse se desligando de Elise por completo, ansioso por afastar-se dela. – Tem a gratidão da Ordem por isso.

– E quanto à sua?

– A minha?

Quando ele se deteve, franzindo o cenho, Elise disse:

– Não é pedir muito, é? Você é o único que pode ajudar-me a lidar com essa... minha falha. Ensine-me como silenciá-la, como deixar de senti-la. Posso servir de auxílio para você e para a Ordem. Quero ajudar.

O olhar que ele lhe lançou como resposta a atingiu profundamente.

– Trabalho sozinho. E você não sabe o que está pedindo. Além do mais, já discutimos sobre isso.

– Posso aprender. Quero aprender. Por favor, Tegan. *Preciso aprender.*

– E acha que sou eu quem vai ajudá-la?

– Acho que você é minha única esperança.

Ele riu diante do comentário, sacudindo a cabeça. Quando se afastou dela, Elise andou em sua direção, sem se deixar intimidar, como se pudesse impedi-lo fisicamente de sair. Deteve-se a uma pequena distância dele e deixou a mão cair para o lado do corpo.

– Não acha que eu procuraria outra pessoa – qualquer uma – se pudesse?

Ele permaneceu em silêncio por um instante, ponderando, assim esperava Elise. Mas então soltou uma maldição e avançou para a porta.

– Já lhe dei minha resposta.

– E eu lhe dei aquele diário. Isso vale alguma coisa, não?

Ele soltou uma risada cortante e se virou para ela.

– Você parece pensar que estamos negociando aqui. Não estamos.

– Se esse livro tiver informações valiosas sobre os atuais negócios dos Renegados, tenho certeza de que os Refúgios Secretos estariam tão interessados nele quanto você. E só seria necessária uma única ligação a qualquer um dos contatos de meu marido na Agência para que o condomínio da Ordem esteja repleto de agentes dentro de uma hora.

Era verdade. O *status* de Quentin dentro da Agência havia sido o mais alto, e, como sua esposa, o próprio *status* político de Elise era considerável. Ela conhecia pessoalmente grande parte dos tipos influentes do Refúgio Secreto. O simples nome de Quentin abriria dez vezes mais portas se ela sentisse necessidade de usá-lo.

Tegan não precisava que ela lhe explicasse isso. A fúria flamejou em seu olhar normalmente frio, o primeiro sinal de emoção que Elise via nele.

– Agora está me ameaçando. – Uma risada rouca fez surgir um nó de medo na garganta de Elise. – Mulher, estou avisando você: está brincando com fogo.

A pele de Elise se retesou de ansiedade, mas ela não podia recuar. Durante muito tempo havia sido mantida em uma caixinha arrumada, sendo mimada e protegida. E se, para sair dessa caixa, precisasse inflamar o ânimo de um guerreiro – ainda que se tratasse de um vampiro letal da Primeira Geração, como Tegan – então ela simplesmente teria de enfrentar aquilo e rezar para que saísse inteira.

– Você aprovando ou não, sou parte dessa guerra. Não saí por aí procurando; os Renegados a trouxeram à minha porta quando Camden morreu. Tudo que estou pedindo é que me mostre como ser mais eficaz. Acho que a Ordem daria boas-vindas a quaisquer aliados que possa conseguir.

– Isso não é sobre a Ordem, e você sabe disso. É sobre vingança, olho por olho. Suas emoções estão em ponto de ebulição desde que testemunhou seu filho Renegado virar cinzas diante de seus olhos.

As palavras ásperas de Tegan a cortaram como vidro, a verdade de suas palavras penetravam-na como ácido jogado em feridas.

– Isso é sobre justiça – respondeu ela bruscamente. – Preciso fazer o certo! Maldito seja, Tegan, tenho de implorar?

Ela não devia tê-lo tocado. Estava tão desesperada para ser compreendida que, antes que pudesse se deter, havia esticado o braço e colocado a mão no braço dele. Os rígidos músculos de Tegan se flexionaram debaixo de seus dedos, tão tensos quanto a expressão que trazia agora no rosto indecifrável.

Ele não afastou o braço daquele contato, mas seus gélidos olhos esverdeados passaram por ela e recaíram no rádio que tocava ao fundo. O som cessou diante de seu comando mental. No silêncio resultante, o sombrio eco da habilidade psíquica de Elise começou a despertar.

As vozes cresciam em sua mente e, pelo penetrante brilho no olhar de Tegan – que se cravava nela agora com vigilante determinação –, soube que ele lia todos os matizes de seu sofrimento. Absorvia-os, ela percebeu, sentindo-o sugar sua reação através do local onde a pele deles se tocavam.

Elise lutou contra a terrível tormenta que atacava sua mente, mas as vozes cresciam cada vez mais. Quase cambaleou ante as obscenidades e imoralidades que preenchiam sua mente.

Tegan apenas a observou, como o faria se estivesse estudando um inseto sob a lupa.

Maldito fosse, mas ele estava apreciando aquilo, enfatizando seu argumento com cada segundo que passava do golpe emocional que ela tentava suportar. Quando seus olhos se encontraram, Elise começou a compreender que ele controlava de alguma forma o doloroso bombardeio que atingia seu crânio. Aumentava a intensidade mais ou menos da mesma maneira que era capaz de silenciar a música e a televisão.

– Meu Deus – ela ofegou. – Você é tão cruel.

Ele nem mesmo tentou negar. Sem nenhuma expressão, irritantemente estoico, rompeu o contato com ela e permaneceu em silenciosa contemplação enquanto ela se afastava dele, mais ferida do que deixava transparecer.

– Lição número um – murmurou ele friamente. – Não conte comigo para nada. Sempre a decepcionarei.

Tegan era um cretino e um idiota, mas teria sido desonesto de sua parte deixar que Elise pensasse diferente. Deixou-a o observando do outro lado do minúsculo apartamento, com o olhar ferido carregado de desprezo e se dirigiu para o corredor para escapar dali.

Talvez devesse se sentir culpado por tratá-la de maneira tão rude, mas ele francamente não precisava daquela perturbação. Além disso, ela estaria muito melhor procurando por outra pessoa para ajudá-la. E ele realmente esperava que ela fizesse isso.

Segurando o livro debaixo do casaco, Tegan adentrou a noite em vigorosas passadas. A curiosidade fez que virasse em uma rua lateral, depois subisse a rua que passava diante da loja do correio. A descrição que Elise dera do Subordinado e de tudo que havia transcorrido ali havia sido informativa, mas parte dele se perguntava se descobriria algo mais caso passasse lá e interrogasse o atendente pessoalmente.

A menos de cem passos do lugar, percebeu que não era o único interessado em averiguar as coisas e que havia chegado ali tarde demais.

Sentiu o cheiro de sangue fresco derramado. Bastante sangue. A loja estava escura por dentro, mas Tegan pôde ver o corpo imóvel de um funcionário que jazia atrás do balcão. Os Renegados já haviam estado ali. Em um monitor de circuito fechado em um canto, uma única imagem de vídeo estava congelada na tela. Tratava-se de uma imagem embaçada mas reconhecível de Elise, capturada no meio do movimento, com o pacote nas mãos.

Maldição.

E, por essa hora, os Renegados que haviam passado ali estariam sem dúvida varrendo a área em busca dela.

Tegan se virou e correu em disparada para o prédio de Elise, usando toda a velocidade sobrenatural que tinha à disposição. Espancou a porta de seu apartamento, amaldiçoando a música alta que provavelmente o abafava.

– Elise! Abra a porta!

Estava a ponto de arrebentar as fechaduras e invadir quando a ouviu do outro lado. Ela abriu apenas uma fresta da porta, fulminando-o com o olhar. Antes que ela pudesse gritar para que fosse embora, como ele merecia, Tegan a empurrou para dentro com o peso do corpo e fechou a porta com um baque.

– Pegue seu casaco e botas. Agora.

– O quê?

– Vamos!

Ela se estremeceu diante da ordem vociferada, mas se manteve no lugar.

– Se pensa que vou deixar que me mande de volta...

– Renegados, Elise. – Ele não via razão para suavizar a situação para ela. – Acabaram de matar o atendente no posto do correio. Agora estão procurando por você. Não temos muito tempo. Pegue suas coisas.

Elise empalideceu diante das notícias, mas piscou como se não confiasse muito nele – o que fazia sentido, já que ele não havia dado nenhum motivo para que ela acreditasse nele. Especialmente depois do que tinha feito com ela poucos minutos atrás.

– Tenho que tirá-la daqui – disse ao vê-la hesitar por mais um segundo. – Imediatamente.

Ela assentiu, estampando um aspecto grave no pálido olhar ametista.

– Tudo bem.

Não levou tempo nenhum para apanhar um casaco de lã e enfiar os pés em um par de botas. A caminho da porta com ele, voltou-se de repente.

– Espere. Vou precisar de uma arma.

Tegan deu dois passos e a agarrou pelo pulso.

– Eu protejo você. Vamos.

Eles correram para fora do apartamento – só para encontrarem um Renegado espiando através do vidro da porta de entrada do prédio, com os ferozes olhos de cor âmbar brilhando intensamente assim que se cravaram sobre eles no estreito corredor. Ele curvou os lábios manchados de sangue para trás e grunhiu algo sobre o enorme ombro, sem dúvida chamando reforços na rua.

– Ah, meu Deus – ofegou Elise. – Tegan...

– Volte já para dentro. – Ele enfiou o livro que carregava em suas mãos e a empurrou em direção ao apartamento. – Fique aí até eu vir buscar você. Tranque a porta.

Ela o obedeceu imediatamente, recuando apressada e fechando a porta com força ao mesmo tempo em que o Renegado lá fora arrombava a porta para entrar no prédio. Outro deles o seguiu, ambos lançando olhares psicóticos sobre as presas alongadas, eram enormes vampiros armados para dar conta do recado.

Começaram a vir na direção de Tegan, que passou à ofensiva, saltando em posição perto da porta de Elise. Avançou contra o Renegado logo em frente, empurrando-o até o outro logo atrás. Mas este, em vez de se deixar cair debaixo do outro, desviou-se para a esquerda no último instante, evitando a queda enquanto Tegan dominava seu parceiro num agarrão mortal.

A confusão atraiu um dos moradores do prédio ao corredor, mas o humano viu o confronto e sabiamente decidiu não se meter.

– Ah, droga! – Exclamou e voltou no mesmo instante para seu apartamento, batendo a porta e trancando todas as fechaduras.

Completamente inabalado, Tegan se lançou veloz e brutalmente sobre o Renegado que segurava no chão, atravessando-lhe a garganta com uma de suas adagas. Ele rugiu e cuspiu sob o efeito do rápido veneno da borda de titânio da lâmina, vertendo sangue enquanto seu corpo iniciava uma acelerada fusão celular.

– Sua vez – disse Tegan ao outro, que tentava sair do caminho.

O vampiro lançou o braço, golpeando Tegan com sua faca, mas foi um movimento displicente, mesmo para um Renegado. Quando teve a chance de vir para cima dele, vacilou, movendo-se lentamente para o lado, desviando o toco. Distraindo-o, Tegan se deu conta no instante seguinte, quando ouviu o súbito estrondo de vidro se quebrando, que vinha do apartamento de Elise.

– Filho da mãe – grunhiu enquanto o grito da mulher atravessava as paredes.

O Renegado escolheu esse momento para voar nele, mas Tegan estava preparado para o ataque. Saltou fora do caminho do desgraçado, aterrissando agachado atrás dele e agindo velozmente com a adaga. Atravessou-a no miserável em uma fração de segundo e saiu em disparada para a porta do apartamento de Elise antes que o peso morto do Renegado chegasse ao chão.

Usando a mente e a força bruta, arrancou a porta de suas dobradiças e irrompeu no apartamento. Elise estava no chão, virada para baixo, com as costas presas sob a pesada bota do Renegado que havia entrado pela janela. Segurava o diário firme contra o peito, protegendo-o com o corpo.

Céus.

Ela havia se cortado de algum jeito na luta; uma ferida em seu braço reluzia vermelha, brilhante com o sangue fresco. E o aroma e a visão daquilo haviam lançado seu agressor Renegado em um ataque feroz de Sede de Sangue. Em vez de ir atrás do livro, o qual o trio sem dúvidas tinha sido enviado para recuperar, o Renegado em cima de Elise parecia interessado em apenas uma só coisa: satisfazer sua Sede insaciável.

– Tegan! – Exclamou Elise quando seu olhar abatido se iluminou sobre ele. Ela começou a se remexer para tirar o diário debaixo de si, como se quisesse repassá-lo a ele, ainda que sua vida estivesse em perigo. – Não deixe que eles o levem. Pegue o livro, Tegan!

Dane-se o livro, pensou ele, sentindo as têmporas vibrarem com a urgência de derramar mais sangue dos Renegados. Partiu para cima do sujeito sobre Elise, atirando-o ao chão com um violento golpe mental. Sem tocar o desgraçado, usando apenas sua mente e uma chamejante fúria selvagem, Tegan lançou o Renegado contra a parede mais distante e o segurou ali, cento e vinte quilos do feroz vampiro suspensos a um metro do chão.

Ele viu a fome nos olhos do Renegado, aquelas pupilas fendidas cravadas em Elise, ainda que Tegan apertasse seu golpe mental contra a garganta do vampiro, matando-o aos poucos. As enormes presas gotejavam saliva, e a mente dentro daquele imenso crânio já não conseguia pensar em mais nada além de saciar a Sede. Tegan desprezava esse tipo de sua espécie – conhecia-o melhor que a maioria, o suficiente para saber que o extermínio era a única solução para um vampiro perdido à enfermidade.

Mas não foi o dever ou a simples razão que o fizeram sacar a lâmina e atirá-la no coração do Renegado. Foi o aroma de queiró e rosas do sangue derramado de Elise, a amarga fragrância de seu medo, que se aferrava ao ar como uma névoa. Aquele canalha a havia ferido, uma mulher inocente, e isso era algo que Tegan não podia tolerar

Deixou o Renegado cair morto ao chão, instantaneamente esquecido.

– Está bem? – Perguntou a Elise, virando-se para vê-la se levantar atrás dele.

Ela assentiu.

– Estou.

– Então vamos dar o fora daqui.

Assim que chegaram à rua, Tegan abriu o celular e discou o número do condomínio.

– Preciso que venham me pegar – disse a Gideon quando o guerreiro atendeu a linha. – Rápido.

Houve uma leve hesitação, sem dúvidas porque Tegan, o eterno solitário, nunca ligava para pedir ajuda.

– Foi atingido?

– Não, estou bem. Mas não estou sozinho. – Fitou a ferida de Elise e proferiu uma maldição. – Estou com uma mulher do Refúgio Secreto. Ela está sangrando, e acabei de eliminar três Renegados no centro da cidade. Tenho a sensação de que logo, logo mais vão aparecer.

E, se aparecessem, ele e Elise poderiam ser capazes de afastar seus perseguidores por um tempo, mas enquanto deixassem um rastro do aroma de sangue, os Renegados os rastreariam como cães.

– Ah, droga – exalou Gideon, entendendo a situação assim como Tegan. – Onde está nesse exato instante?

Sem parar de correr, com Elise ao seu lado, Tegan repassou sua localização e a direção a que se dirigia.

– Certo, já tenho você aqui – disse Gideon com um ruído apressado ao fundo, enquanto digitava algo em um teclado no condomínio. – Procurando os outros pelo GPS para ver quem está mais perto... Beleza, parece que Dante e Chase estão em patrulha logo ao norte de vocês, a uns quinze minutos de distância.

– Fale para chegarem aqui em cinco. E, Gideon?

– Sim?

– Diga a eles que a mulher ferida que está comigo... Diga a eles que é Elise.

– Droga, Tegan. Está falando sério? – Gideon abaixou a voz, incrédulo. – Que diabos está fazendo com essa mulher?

Tegan escutou o tom desconfiado de suspeita na fala do vampiro, mas o ignorou.

– Só diga a Dante para voar para cá.

Capítulo 10

Elise se esforçava para acompanhar Tegan enquanto atravessavam uma rua escura, depois outra. Sabia que ele corria mais devagar por sua causa; nenhum humano se igualava à incrível velocidade que os membros da Raça possuíam. O Renegado que estava agora no encalço deles também era mortalmente rápido. Pouco depois que Tegan encerrou a ligação para o condomínio, percebeu novas ameaças se aproximando.

– Por aqui – disse ele, apanhando a mão de Elise e a puxando para uma estreita viela entre dois edifícios da era colonial.

Atrás deles, Elise escutou passos pesados, e então, de repente, apenas silêncio, seguido um segundo depois por um forte tinido metálico. Olhou sobre o ombro e viu que outro Renegado já estava perto. O enorme vampiro tinha saltado pelo ar, aterrissando sobre uma escada de incêndio de metal que se prendia ao lado da velha estrutura do prédio. Ele pulou outra vez e subiu ao telhado para segui-los de cima.

– Tegan, ali em cima!

– Eu sei.

Sua voz pareceu soturna, e sua mão se agarrou firmemente ao redor da dela ao se aproximarem do fim da rua. Era um aperto firme como o aço, uma promessa silenciosa de que não a deixaria para trás. Elise tirou para si forças da energia de Tegan, obrigando as pernas a agirem ainda mais rápido, ignorando os pulmões ofegantes e o ardor no braço onde o Renegado a havia ferido.

Assim que saíram da viela e viraram na rua adjacente, um Land Rover pretochegou rugindo do semáforo e se deteve bruscamente diante deles, derrapando na esquina lamacenta. A porta traseira se abriu.

– Entrem.

Tegan a soltou apenas para empurrá-la para dentro do veículo, e Elise se arrastou pelo assento de couro, com o coração pulsando forte no peito. Em um movimento tão rápido que ela mal pôde perceber, Tegan se virou, sacou uma adaga e a lançou pelo beco. De algum lugar na escuridão veio um grito de dor, depois o baixo uivo angustiado de um Renegado que encontrava seu fim na ponta da lâmina de titânio de Tegan.

Tegan subiu no Land Rover ao lado de Elise e bateu a porta.

– Vamos nessa, Dante. Há mais deles a caminho. Estão vindo de cima...

Nesse instante, algo pesado atingiu o teto do veículo. Em um chiado de pneus derrapando, Dante virou o Land Rover, expulsando o Renegado para o capô. Uma rápida manobra em ziguezague o lançou para fora do carro completamente e, enquanto o selvagem vampiro se levantava da queda na rua, o guerreiro com roupas de couro no assento do passageiro se inclinou pela janela aberta e alvejou o Renegado com uma impiedosa saraivada de balas. O guerreiro que apertava o gatilho berrou um grosseiro grito de guerra enquanto uma rajada aparentemente infinita de balas atravessava como trovões noite adentro.

Quando finalmente parou, Dante exclamou com ironia.

– Só um pouquinho exagerado, cara. Mas acho que o desgraçado captou seu recado.

Não houve resposta bem-humorada do tipo sombrio que se encontrava ao lado de Dante, apenas o frio clique metálico e o rangido da arma sendo recarregada.

– Está bem? – Perguntou Tegan ao lado de Elise, afastando sua atenção da violência.

Ela assentiu com a cabeça, respirando com muita dificuldade para responder; o medo ainda fazia seu coração disparar no peito. Estava bem consciente da proximidade do corpo de Tegan ao seu lado, sentindo-se estranhamente reconfortada por seu calor. Suas musculosas coxas se pressionavam contra as dela, e seu braço se apoiava casualmente sobre o encosto do banco atrás dela. Elise sabia que a decência exigia que se afastasse dele, mas estava abalada demais para se mexer.

E, à medida que o Land Rover acelerava noite adentro, sua mente absorvia os ruídos imorais da cidade, invadida por sua habilidade.

– Venha aqui – murmurou Tegan. Ele pressionou a palma levemente sobre a fronte dela, fazendo-a entrar em transe com um toque, silenciando a dor antes que pudesse realmente começar. Suas mãos eram suaves sobre ela, ainda que seu rosto mostrasse fria indiferença. – Assim está melhor?

Ela não pôde conter um suspiro aliviado.

– Sim, muito melhor.

Ele demorou um instante para afastar a mão. Quando o fez, Elise sentiu um par de olhos cravados nela do assento dianteiro do passageiro. Levantou a vista e se deparou com o olhar avaliador do guerreiro que se encontrava ali. Os olhos azuis reluziam intensamente sob as sobrancelhas claras e a boina negra, mas não pareciam exatamente amigáveis.

Céus.

– Sterling – murmurou, atônita.

Ele não disse nada, e o silêncio se prolongou interminavelmente.

Ela não o via há quatro meses – desde a morte de Camden naquela terrível noite do lado de fora de sua casa. Sterling havia ido embora sozinho naquela noite, e fora a última vez em que alguém nos Refúgios Secretos tinha visto ele. Elise sabia que ele se culpava por tirar a vida de Camden – ela também o havia feito. Contudo, era uma acusação inapropriada e, ao vê-lo agora tão inesperadamente, sentiu o coração doer de vontade de lhe dizer como sentia muito... por tudo.

Mas os olhos que outrora a haviam contemplado com nobre compaixão, e mesmo afeição, agora a rechaçavam com uma lenta piscada e um virar de cabeça. Sterling Chase já não era mais seu cunhado, era um guerreiro, e se ela tinha esperanças de refazer os laços com seu parente – com seu único parente vivo – essa esperança se esvaiu enquanto o Land Rover rugia pela cidade, dirigindo-se ao quartel-general da Ordem.

– Lucan ainda está lá em cima? – Indagou Tegan assim que Gideon o recebeu na chegada do grupo ao condomínio.

– Ele chegou da patrulha uns vinte minutos atrás. Decidiu esperar por aqui depois que você ligou.

– Bom. Preciso vê-lo. No laboratório?

Gideon sacudiu a cabeça.

– Ele está em seus aposentos pessoais com Gabrielle. Que diabos está acontecendo, Tegan?

– Arranje auxílio médico para a ferida dela – disse em vez de responder, assinalando o braço ensanguentado de Elise, e já se afastando com o livro que ela havia interceptado pelo corredor que levava aos aposentos de Lucan no condomínio.

Encontrou o líder da Ordem, da Primeira Geração, no aposento que sua Companheira de Raça mais apreciava: a biblioteca, revestida de estantes do chão até o teto e com uma tapeçaria representando o próprio Lucan com uma armadura de cota de malha montado sobre um cavalo de guerra medieval que se empinava para trás, debaixo de uma lua crescente envolta em névoa. Havia um castelo em chamas numa colina ao alto, no fundo, com o parapeito imerso em fumaça e sob cerco – uma declaração de guerra instigada por Lucan.

Tegan se lembrava daquela noite representada no intrincado bordado. Lembrava-se da carnificina que tinha acontecido antes. E depois. Estivera lá com Lucan quando a Ordem fora concebida em meio a sangue e fúria – os dois e outros seis que se uniram com a promessa de lutar pelo futuro da espécie deles, a Raça.

Céus, aquilo tudo havia sido uma vida atrás. Várias vidas atrás.

Muitas mortes haviam acompanhado a Ordem até o presente momento, tanto dentro de seu grupo quanto fora. A maior parte dos guerreiros originais tinham se perdido para o tempo e para o combate. Somente Tegan, Lucan e o irmão mais velho de Lucan, Marek – agora seu mais perigoso adversário, que havia ressurgido recentemente para se autoproclamar líder dos Renegados – sobreviveram da formação inicial de oito.

Enquanto Tegan se detinha na porta aberta da biblioteca, Lucan examinava uma coleção de fotografias coloridas que Gabrielle dispôs diante dele na mesa no centro do recinto. Ela tinha um dom que se estendia além do olho artístico que captava a beleza: as lentes da câmera de Gabrielle eram frequentemente atraídas até localizações de vampiros, tanto da Raça como de Renegados. Era, em parte, como ela e Lucan haviam se conhecido no verão passado; agora, não era incomum a Companheira de Raça voltar de passeios diurnos casuais pela cidade e arredores com fotografias que se mostravam úteis aos esforços de reconhecimento da Ordem.

Mas aquela coleção em particular era algo diferente.

Mesmo à distância, o olho de Tegan foi atraído pelas imagens vibrantes e ensolaradas dos jardins e pátios da mansão em pleno inverno. O gelo reluzia nos galhos como diamante, e em uma das fotos um cardeal vermelho fora capturado em *close-up*, uma espantosa explosão de cor em meio a um alvo campo de neve fresca. Algumas das fotos foram tiradas na cidade, umas mostravam crianças em um dos parques locais, empacotadas em brilhantes casacos de neve, rolando enormes bolas de neve para uma família de bonecos de neve que se encontrava ao lado, inacabada.

Tudo que aqueles da Raça frequentemente não tinham a oportunidade de ver, especialmente os guerreiros.

A mulher de Lucan havia tirado as fotos simplesmente para que ele se deleitasse, trazendo-lhe imagens de um vívido mundo à luz do dia que existia fora de seu alcance.

Tegan afastou o olhar das fotografias com uma contração mental; não lhe parecia certo participar daquela alegria. Não pertencia a ele, e ele com certeza não havia vindo até ali à procura de afeto.

– Não é típico de você chamar a cavalaria, Tegan – disse Lucan lentamente. Havia um fraco sorriso nos formidáveis olhos acinzentados do guerreiro quando encontrou o olhar de Tegan do outro lado do cômodo, mas passou instantaneamente. – Temos mais problemas vindo em nossa direção?

– Talvez.

O líder da Ordem assentiu gravemente, compreendendo com uma única troca de olhares que a noite estava prestes a mudar de rumo.

A mudar totalmente de rumo, pensou Tegan. Segurava o intrigante diário sob o braço, mas os antigos protocolos o fizeram hesitar em discutir assuntos da Ordem potencialmente perturbadores diante de uma mulher. Não deixou de notar que, em vez de sair do recinto ou pedir privacidade a Gabrielle, Lucan tomou a mão dela entre a sua. O leve aceno que lhe dirigiu enquanto ela se sentava ao seu lado demonstrava respeito e solidariedade.

A declaração era clara: eles eram uma unidade, e assim como Lucan atravessaria o fogo para protegê-la, o venerável guerreiro não mantinha nenhum segredo para ela. Sem dúvidas a mulher não aceitava outro jeito.

Havia sido assim entre o casal desde o dia em que ela chegara ao condomínio como companheira de Lucan. O mesmo podia ser dito de

Gideon e Savannah, que estavam juntos há mais de trinta anos e eram igualmente um casal sério. Dante e Tess também eram duas metades de um todo, ainda que estivessem juntos por apenas poucos meses.

As Companheiras de Raça tinham sua liberdade, mesmo aquelas unidas a membros da Ordem, mas não havia um único indivíduo dentro de toda a nação vampiresca que toleraria e apoiaria o que Elise vinha fazendo nos últimos meses em que vivia na superfície. O que ela pretendia continuar fazendo, ainda que a matasse.

– Diga-me o que está acontecendo – pediu Lucan, gesticulando para que Tegan entrasse na biblioteca. – Gideon me contou que você telefonou dizendo que estava com uma mulher ferida do Refúgio Secreto.

Tegan arqueou uma sobrancelha em reconhecimento.

– Elise Chase. E já não é mais dos Refúgios Secretos, pelo que parece.

– Ela saiu?

– Depois da morte de seu filho. Está vivendo na cidade por si mesma.

– Céus. E o que aconteceu com ela esta noite?

Tegan sorriu, sem acreditar até agora na tenacidade da mulher.

– Ela atraiu certa atenção indesejada dos Renegados. Eles apareceram em seu apartamento para atacá-la.

Ele deixou de lado o fato de que um dos desgraçados a havia alcançado antes que ele pudesse impedi-lo. O pensamento ainda o consumia e fervilhava com raiva de si mesmo sob a aparência indiferente.

Gabrielle franziu o cenho.

– O que eles queriam com Elise?

– Isto – Tegan estendeu-lhe o livro e Lucan o pegou, adquirindo um aspecto grave assim que tocou a antiga capa desbotada, e logo folheou algumas das páginas amareladas. – Estava para ser recolhido por um Subordinado na mesma noite em que chegaria. Alguém estava com bastante pressa de tê-lo.

O olhar de Lucan era sério. Não havia dúvida a respeito de quem era aquele alguém.

– E a mulher do Refúgio Secreto?

– Ela o interceptou.

– Deus. E o servo humano de Marek?

– O Subordinado está morto – afirmou Tegan sem rodeios. – Marek deve ter descoberto isso e soltou seus cães de caça para recuperar o livro. Deve ter sido bem fácil rastrear Elise a partir do circuito fechado de vigilância do correio.

– E o que é isso, algum tipo de diário? – Indagou Gabrielle, observando ao lado de Lucan as páginas folheadas.

– Parece que sim – respondeu Tegan. – Aparentemente pertencia a uma família chamada Odolf. Já ouviu falar deles, Lucan?

O vampiro sacudiu a cabeça morena enquanto vasculhava o livro outra vez. Antes que Tegan pudesse lhe mostrar o inquietante símbolo no fim do livro, Lucan abriu a página sozinho. Assim que os olhos se iluminaram sobre o sinal *dermaglífico* feito a mão, murmurou uma blasfêmia.

– Maldito seja. Isso é o que estou pensando?

Tegan assentiu gravemente.

– Sem dúvidas você reconhece o desenho.

– Dragos – disse Lucan, e sobre a simples palavra pairou um peso sombrio.

– Quem é Dragos? – Perguntou Gabrielle, observando detrás de Lucan o *glifo* rabiscado na página.

– Dragos é um nome da Raça muito antigo – explicou Lucan. – Ele era um dos membros originais da Ordem – um vampiro da Primeira Geração. Como Tegan e eu, Dragos foi concebido por uma das antigas criaturas que iniciaram a raça dos vampiros como a conhecemos. Dragos lutou ao nosso lado quando a Ordem declarou guerra a nossos pais extraterrestres.

Gabrielle assentiu, sem demonstrar surpresa ou desentendimento. Certamente, Lucan já havia lhe contado sobre as origens extraterrestres da Raça, assim como a guerra sangrenta que surgiu na Raça durante o século XIV da era humana.

Havia sido uma época turbulenta, repleta de traições e violência – a maior parte causada pelas selvagens criaturas de um planeta longínquo, marcadas pela longevidade, que rondavam à noite e se alimentavam sem discernimento, às vezes aniquilando por completo vilas inteiras de humanos. Os Antigos eram famintos e brutais, extremamente poderosos. Sem a Ordem para intervir, haviam sido uma praga sedenta de sangue que fazia até mesmo o pior dos Renegados parecer um garotinho malcomportado.

O olhar de Gabrielle saltou de Lucan para Tegan.

– O que aconteceu com Dragos?

– Foi morto em batalha poucos anos depois do início da guerra com os Antigos – explicou Tegan.

– E tem certeza disso? – Indagou. – Até o verão passado, todos acreditavam que Marek também estava morto...

Lucan assentiu com firmeza.

– Dragos está morto, meu amor. Vi o corpo dele com meus próprios olhos. Nenhum membro da Raça é capaz de ressuscitar depois de ser decapitado.

Tegan também recordava aquela noite. Havia sido um momento que marcou muitas perdas, a começar pela Companheira de Raça de Dragos, que tirou a própria vida ao saber de sua morte. Kassia fora uma mulher bondosa e dedicada, tão próxima como uma irmã para Sorcha. Não passou muito tempo da morte de Kassia quando Tegan também perdeu Sorcha. Tempos sombrios nos quais ele preferia nem pensar, mesmo agora. Havia aprendido a refrear a dor, mas ainda tinha tantas lembranças...

Tegan pigarreou bruscamente.

– O que nos leva de volta ao nome Odolf. Quem é? E o que pode significar para Marek?

– Talvez Gideon consiga encontrar algo no Banco Internacional de Dados – sugeriu Lucan, entregando o livro de volta para Tegan enquanto se levantava. – Os registros não são completos, mas é tudo que temos.

– Vocês dois façam sua busca – interveio Gabrielle quando alcançaram o corredor. – Vou ver Elise. Parece que ela passou por momentos difíceis essa noite. Talvez queira um pouco de companhia e algo para comer.

Os olhos de Lucan escureceram enquanto fitava sua mulher nos olhos. Sussurrou algo baixo em seu ouvido e pressionou-lhe um beijo nos lábios. As bochechas dela se coraram levemente quando se separaram.

Tegan apartou o olhar dos dois e começou o trajeto até o laboratório de Gideon. Lucan apareceu atrás dele em um piscar de olhos, e Gabrielle se dirigiu na direção oposta para procurar Elise.

Era impossível deixar de notar a calma que envolvia o guerreiro sempre que estava por perto de sua Companheira de Raça. Não muito tempo atrás, Lucan havia sido um barril de pólvora procurando apenas por uma chama. Fingia ter um autocontrole de ferro, mas Tegan o conhecia há muito mais tempo que qualquer um ali no condomínio, e sabia que Lucan estivera a poucos passos do desastre total.

A Sede de Sangue era a imperfeição fatal em todos da Raça – um ponto de virada que podia empurrar até mesmo o vampiro mais inflexível sobre a borda de um vício permanente. Todos da Raça precisavam se alimentar de sangue para sobreviver, mas alguns iam longe demais. Acabavam se convertendo em Renegados, e Tegan havia ficado assombrado ao descobrir que Lucan estava cambaleando na margem desse mesmo penhasco. E quase se perdera.

Até que Gabrielle apareceu.

Ela o trouxe à terra de algum jeito, deu a Lucan o que ele precisava por meio do vínculo de sangue e não o deixou cair. Havia salvado o guerreiro, e era nítido que o continuava fazendo a cada momento que compartilhavam juntos.

– Arrumou uma ótima parceira – disse Tegan quando Lucan o alcançou, andando ao seu lado no corredor.

Havia dito aquilo como um elogio, mas a frase soou áspera, quase acusatória. Lucan não pareceu surpreso pelo tom rude, mas não ficou irritado como poderia ter acontecido antes.

– Às vezes penso em você e Sorcha, quando vejo Gabrielle e imagino como seria minha vida sem ela. Não é um lugar que me agrada em nada visitar. Como conseguiu superar...

– Tudo passa – murmurou Tegan, severo demais mesmo para seus próprios ouvidos. – E o único fantasma sobre quem quero conversar agora é Dragos.

Lucan abandonou o assunto assim que os dois entraram no laboratório. Gideon estava em sua posição habitual, detrás do extenso painel de controle, digitando algo em um dos vários computadores.

– O que têm aí? – Perguntou no momento em que eles entraram, sem tirar os olhos e os dedos de sua tarefa.

Tegan colocou o recibo de entrega e o diário sobre a mesa.

– Preciso que descubra a origem dessa encomenda, mas antes faça uma pesquisa do nome Odolf nos registros do Banco Internacional de Dados.

– Pode deixar. – O vampiro apanhou um teclado sem fio, colocou-o no colo e começou a digitar. – Procuro por registros criminais, de nascimento, morte...?

– Qualquer um – disse Tegan, observando a tela se encher com uma lista de dados. Eles passavam e passavam, sem resultar em nada. Então um registro apareceu no topo da tela enquanto o programa procurava por mais resultados. – Encontrou algo?

– Falecido – respondeu Gideon. – Um tal Reinhardt Odolf, do Refúgio Secreto de Munique. Virou Renegado em maio de 1946. Morreu no ano seguinte, por suicídio solar. Outro registro, esse de Alfred Odolf, sucumbiu à Sede de Sangue em 1981. Hans Odolf,

Sede de Sangue, 1993. Alguns sujeitos desaparecidos... Aqui vai mais um para você: Petrov Odolf, Refúgio Secreto de Berlim.

Lucan se aproximou para ver melhor o computador.

– Morto também?

– Na verdade, não. Ainda não, melhor dizendo. Petrov Odolf, internado para reabilitação. De acordo com o registro, virou Renegado há alguns anos e está sob a guarda da Agência na Alemanha.

– Ele está lúcido? – Questionou Tegan. – Pode ser interrogado? Mais importante, podemos tomar suas respostas como válidas?

Gideon sacudiu a cabeça.

– Não consta no registro sua condição atual, apenas que está respirando e sob a supervisão da instituição em Berlim.

– Berlim, então? – Lucan se virou com um olhar inquisidor para Tegan. – Acha que pode conseguir alguns favores por lá?

Tegan se afastou do monitor e pegou o celular no bolso.

– Acho que é uma boa hora para descobrir.

Capítulo 11

Elise olhou para baixo, para a ferida curada no braço esquerdo e depois fitou Tess, cujas mãos dotadas tinham apagado todos os rastros de sangue, do corte e reparado a carne rasgada com um simples toque.

– Isso é incrível. Faz quanto tempo que tem essa habilidade?

– Acho que por quase toda a vida. – Tess ajeitou uma mecha do cabelo cor de mel atrás da orelha e deu de ombros. – Durante muito tempo, não o utilizei. Queria apenas que fosse embora, sabe? Para que eu pudesse ser... normal.

Elise assentiu, entendendo-a completamente.

– Mas você tem sorte, Tess. Sua habilidade é uma força. Funciona para o bem.

As sombras pareceram se acumular nos olhos azuis-esverdeados da Companheira de Raça.

– Agora, sim. Graças em grande parte a Dante, isso sim. Antes de conhecê-lo, eu não fazia nem ideia de por que era tão diferente das outras mulheres. Tratava minha habilidade como uma maldição. Hoje em dia, queria que ela fosse mais além. Há muito mais que eu gostaria de poder fazer – como com Rio, por exemplo.

Elise sabia quem era o guerreiro de quem Tess falava. Ela o havia visto em um dos quartos da enfermaria quando Gideon a conduziu até ali. Quando passaram por sua porta aberta, Rio levantara a vista de onde se encontrava deitado, na cama hospitalar, com um lado do rosto deformado por velhas queimaduras, com os músculos do peito nu e do torso alvejados por cicatrizes e outros sulcos curados que indicavam algumas feridas muito graves. Seus olhos da cor do topázio pareciam embotados sob as mechas caídas do comprido cabelo castanho-escuro. Elise não queria tê-lo olhado fixamente, mas a angústia que viu em suas feições era assombrosa – ainda mais do que sua devastada condição física.

– Não posso curar antigas feridas e cicatrizes – continuou Tess. – E algumas das piores que as pessoas trazem estão em seu interior. Rio é um bom homem, mas foi ferido de formas que talvez nunca se recupere, e não há dom de nenhuma Companheira de Raça capaz de apagar esses tipos de danos.

– Talvez o amor? – Sugeriu Elise esperançosamente.

Tess sacudiu a cabeça enquanto abria a torneira e lavava as mãos.

– O amor o traiu uma vez. Foi isso que o deixou como está agora. Não acho que ele vá permitir que outra pessoa se aproxime tanto assim outra vez. O único motivo pelo qual vive é voltar ao campo de ação com os outros guerreiros. Dante e eu estamos tentando convencê-lo a ir com calma, mas quando se tenta refrear Rio, ele só se esforça ainda mais.

De certa forma, Elise podia se identificar com a determinada necessidade do guerreiro de entrar em ação, ainda que apenas em nome de vingança. Ela era conduzida por uma necessidade similar e, assim como Rio, escutar os conselhos dos outros para que se afastasse não diminuía em nada tal necessidade.

Do lado de fora do quarto da enfermaria ouviu-se o suave barulho de passadas femininas, acompanhadas pelos passos rápidos e rítmicos de um companheiro de quatro patas. Savannah e um alegre *terrier* marrom apareceram na porta. A bela Companheira de Raça de Gideon ofereceu a Elise um terno sorriso.

– Tudo bem por aqui?

– Acabamos de terminar – disse Tess, secando as mãos com uma toalha de papel e se abaixando para coçar o queixo do cachorrinho, que evidentemente a adorava. O cão pulava sobre ela, enchendo Tess de beijos molhados.

Savannah entrou e cuidadosamente passou os dedos sobre o braço curado de Elise.

– Parece novo. Ela é impressionante, não é?

– Todas vocês são impressionantes – respondeu Elise com sinceridade.

Conheceu Savannah e Gabrielle pouco tempo antes, quando as duas mulheres haviam descido para ver como ela estava logo depois de sua chegada ao condomínio. Savannah, com uma vistosa pele da cor do café e aveludados olhos castanhos, havia feito que Elise se sentisse imediatamente em casa com seus gestos atenciosos e gentis. Gabrielle também era amável, uma linda ruiva que parecia muito mais sábia que seus poucos anos. E Tess, tranquila e bela, que cuidou de Elise com tanta compaixão quanto teria com sua própria família.

Elise se sentia miserável perto delas. Criada nos Refúgios Secretos, onde os guerreiros da Ordem eram considerados, na melhor das hipóteses, uma facção antiquada e perigosa na espécie dos vampiros – e, na pior das hipóteses, uma mortífera gangue que executava a justiça com as próprias mãos –, para ela era surpreendente descobrir que aquelas mulheres inteligentes e bondosas haviam aceitado membros da Ordem como companheiros. Não conseguia ver nenhuma delas se unindo a algo menos que um macho de honra e integridade. Eram inteligentes demais para isso, confiantes demais em si mesmas. E, surpreendentemente, elas pareciam agradáveis e afetuosas, não muito diferentes das mulheres do Refúgio Secreto que Elise considerava suas amigas.

– Já que terminaram por aqui, por que as duas não me acompanham? – Disse Savannah, interrompendo os pensamentos de Elise.

– Gabrielle e eu acabamos de fazer sanduíches e uma salada de frutas. Deve estar faminta, Elise.

– Estou... ou, ao menos, deveria estar – admitiu em voz baixa. Fazia várias horas desde que havia comido, e seu corpo estava esgotado, precisando se nutrir, mas a ideia de comer não lhe atraía muito. Tudo lhe era insosso, mesmo as coisas de que costumava gostar quando Quentin estava vivo.

– Faz quanto tempo, Elise? – O tom de Savannah era cauteloso, preocupado. – Ouvi dizer que perdeu seu parceiro uns cinco anos atrás...

Ela sabia o que a mulher estava querendo saber, claro. Se havia passado tanto tempo sem sangue. Nos Refúgios Secretos seria considerado rude perguntar sobre o vínculo de sangue de uma mulher com seu parceiro – e ainda pior perguntar a uma viúva se havia ou não se alimentado de outro na ausência de seu parceiro –, mas aqui, entre essas mulheres, não parecia haver motivo para esconder a verdade.

– Quentin foi assassinado em ação por um Renegado há cinco anos e dois meses. Não procurei ninguém para aplacar minhas necessidades – nenhuma delas. E nem pretendo.

– Cinco anos sem o sangue da Raça em seu corpo é muito tempo – reconheceu Savannah. Felizmente, ela não chamou a atenção para a outra implicação na confissão de Elise: a de que tampouco havia tido outro amante em todo esse tempo.

– Seu corpo está envelhecendo – disse Tess com um olhar intrigado, talvez triste. – Se não tomar outro macho como parceiro...

– Morrerei, por fim – completou Elise. – Sim, eu sei. Sem o sangue da Raça para me manter em um estado de perfeita saúde, preciso trabalhar meus músculos e me manter em forma, como qualquer outro humano. E, como qualquer outro humano, meu corpo vai começar a envelhecer com os anos... Já começou. Com o tempo, como qualquer outro humano, sucumbirei à velhice.

Os olhos escuros de Savannah mostravam compaixão.

– Isso não a incomoda, a ideia de morrer?

– Só quando penso que posso ir para o túmulo sem ter feito qualquer diferença no mundo. É por esse motivo que... – Ela baixou os olhos; ainda achava difícil falar sobre o que a tinha motivado a deixar o Refúgio Secreto e começar outra vida. – Perdi meu filho quatro meses atrás. Ele se envolveu com Carmesim, e a droga o transformou em Renegado.

– Sim – disse Savannah, estendendo a mão para tocar seu ombro com suavidade. – Ficamos sabendo o que aconteceu. E como ele morreu. Sinto muito.

– Eu também – acrescentou Tess. – Pelo menos o laboratório de Carmesim foi destruído. Tegan se ocupou disso pessoalmente.

Elise levantou a cabeça, surpresa.

– O que você quer dizer, pessoalmente?

– Ele destruiu o lugar – disse Tess. – Nikolai, Kade e Brock só têm falado disso desde que voltaram. Evidentemente, Tegan foi até lá sozinho e acabou com tudo antes que os outros tivessem ao menos aparecido. E então queimou a construção toda.

– Tegan fez isso? – Elise estava estupefata. E tinha quase certeza de que ele havia deixado implícito que a Ordem era a responsável por acabar com o laboratório, e não ele em pessoa. Por que a deixaria acreditar nisso se fora ele o responsável?

– Niko disse que Tegan saiu do depósito em chamas como se saísse de algum pesadelo – continuou Tess. – E depois saiu noite adentro sem dar nenhuma explicação.

E de lá foi parar em seu apartamento para ver como ela estava, Elise se deu conta naquele instante.

– Vamos, podemos conversar mais enquanto comem. Gabrielle nos espera na sala de jantar lá em cima.

As três mulheres deixaram a enfermaria, seguidas aos trotes pelo pequeno cão de Tess, e passaram por um confuso labirinto de corredores no coração do condomínio subterrâneo da Ordem. Estavam quase no elevador quando uma porta de vidro se abriu ali perto e graves vozes masculinas preencheram o local. Elise reconheceu a voz de Sterling entre elas, mas parecia mais áspera que o normal, falando sobre patrulhas noturnas e contando o número de Renegados que já havia matado, como se aquilo fosse algum tipo de esporte para ele.

A outra voz tinha um sotaque exótico, induzindo Elise a imaginar um oceano de ondas turquesa e de pores do sol dourados. Tratava-se de Dante, percebeu, quando os dois guerreiros armados viraram a esquina e o tipo ao lado de Sterling se aproximou para tomar Tess em um apertado abraço.

– Olá, meu anjo – disse lentamente e apertou a boca contra seu pescoço enquanto ela ria diante do repentino ataque amoroso. Os olhos dele reluziam ambarinos com a centelha de desejo por sua mulher, uma emoção que nem mesmo tentava ocultar.

– Senti sua falta – sussurrou ela, acariciando seu cabelo escuro. – Sempre fico com saudades.

– Bem, estou em casa agora. – As roucas palavras soaram profundas enquanto ele abaixava o braço para entrelaçar seus dedos com os dela. Elise pôde ver a ponta de suas presas quando ele lançou a sua Companheira de Raça um demorado meio sorriso. – E estou sedento de você, Tess.

O sorriso da mulher se encheu de desejo.

– Eu estava bem a caminho de comer algo com minhas amigas.

Savannah riu.

– Acho que encontrou algo melhor. Guardaremos um sanduíche. Deus sabe que você provavelmente vai precisar.

Tess sorriu sobre o ombro enquanto Dante a conduzia para longe. O casal caminhava junto, apressados, sem deixar nenhum dos presentes em dúvida do que logo iria se passar em particular entre eles.

Quando o pequeno *terrier* de Tess começou a latir enquanto Dante a levava, Savannah se abaixou e pegou o cão.

– Venha, meu querido. Encontrarei algo para você também. – Ela fitou Elise. – Vou só ver o que Gideon está fazendo no laboratório. Volto logo, tudo bem?

Elise assentiu. E quando virou a cabeça da saída de Dante e Tess, deparou-se com Sterling contemplando-a fixamente do outro lado do corredor. Seus olhos a censuravam, avaliando sua aparência – desde o topo de seu cabelo tosquiado, até a camisa manchada de sangue, as calças e as botas de inverno molhadas. Havia desaprovação em seu olhar, ainda pior que a reação inicial de Tegan quando a vira. Notou a vista de Sterling baixar para as mãos, para os dedos, que se trançavam ansiosamente na borda da camisa. Ele contemplou sua aliança, ressaltando um músculo no maxilar de barba cerrada.

– Não vai nem ao menos me dizer oi? – Perguntou a ele diante do insuportável silêncio. – Temos de conversar eventualmente, não?

Mas Sterling não disse uma única palavra.

Com uma vaga sacudida de cabeça, simplesmente se virou e foi embora, deixando-a sozinha no comprido corredor.

Tegan se retesou quando as luzes se acenderam sobre a piscina coberta da propriedade. Ele havia ido até ali depois de ligar para o Refúgio Secreto de Berlim, procurando por solidão e por maneiras de descarregar a energia em excesso. Havia ficado irritado, mas não se surpreendeu quando Gideon não conseguiu encontrar a origem legítima da encomenda de Marek. A rede de Subordinados do vampiro devia ser extensa. Aquele diário provavelmente tinha sido repassado como um bastão uma meia dúzia de vezes antes de chegar a Boston, apenas para encobrir seu rastro.

Quanto ao próprio livro, nem mesmo a impressionante habilidade psíquica de Savannah, capaz de ler a história emocional de um objeto, havia sido de muita ajuda. Tudo que a Companheira de Raça de Gideon conseguiu depreender do diário foi a profunda insanidade – a enlouquecedora Sede de Sangue – daquele que havia escrito em suas páginas.

Frustrado com tudo aquilo, Tegan havia nadado algumas voltas, e agora se encontrava num canto do espaço abobadado, sentado com as pernas abertas em uma cadeira de teca, com os pelos e a sunga preta colados à virilha ainda úmida pela água. Tinha estado desfrutando o tempo sozinho e a escuridão – ou assim havia sido, até que as fileiras de luzes acima da piscina piscassem acesas como holofotes de uma sala de interrogação.

Ele se levantou, esperando ver Rio entrar mancando com Tess para mais uma sessão de terapia. Mas não foi nenhum dos dois quem saiu do vestiário.

Foi Elise.

Ela não o viu ao entrar ali descalça, vestindo um maiô branco como a neve, recortado nas laterais e unido por delicados anéis de bronze. O decote na frente mergulhava até embaixo, e outro anel o prendia ao centro, entre os perfeitos volumes de seus seios. O traje ousado era uma surpresa quase tão grande quanto vê-la ali; Tegan jamais teria imaginado que a reservada viúva do Refúgio Secreto ficaria tão bem em um maiô tão atrevido.

E maldita seja, ela ficava ótima.

Uma consciência profunda e primitiva se agitou dentro dele ao observá-la tirar a toalha de banho que havia pendurado ao redor do pescoço. Ela a deixou cair nos azulejos à beira d'água e pisou no primeiro degrau submerso no lado raso da piscina.

Sem fazer qualquer barulho, Tegan recuou até o canto, mal respirando nas estreitas faixas de sombra que o ocultavam. Ainda que o corpo de Elise estivesse claramente mais magro que deveria, pela falta do sangue fortalecedor da Raça, ela era encantadora. Suas formas eram belas, desde as compridas e graciosas pernas, até a saliência suave dos quadris, as esguias curvas da cintura, dos seios e dos delicados ombros.

Ele já tinha vislumbrado sua silhueta quando ela saíra do banho em seu apartamento na noite passada, e quando a havia deitado inconsciente no *futon*, mas o grosso roupão havia ocultado mais que revelado. Já as faixas flexíveis do tecido branco que usava agora apenas acentuavam seus atrativos. De modo considerável.

Ela deu uns passos dentro d'água e logo começou a nadar lentamente em direção ao centro da piscina. De repente, mergulhou, desaparecendo de vista até que emergiu do outro lado da piscina para tomar ar. Quando seu rosto cruzou a superfície da água, ela abriu os olhos e o viu. Seu pequeno grito abafado ecoou no aposento cavernoso.

– Tegan. – Ela trouxe os braços para cima para se segurar na beirada da piscina, mas manteve o corpo submerso, como se a água pudesse protegê-la de seu olhar invasivo. – Pensei que estava sozinha aqui.

– Eu também. – Ele caminhou até a área iluminada, e não deixou de notar o rubor em suas bochechas enquanto ela rapidamente apartava a vista de sua quase nudez.

Ele se aproximou da beirada e sorriu de leve quando ela se afastou, em direção ao meio da piscina.

– Seu braço parece melhor.

– Tess cuidou de minha ferida – ela respondeu. – Gabrielle e Savannah me deram comida e roupas limpas. Savannah disse que não tinha problema vir aqui para nadar um pouco...

Tegan deu de ombros, observando seu rastro na água, com os braços e pernas ágeis se movimentando sinuosamente sob a superfície.

– Faça o que quiser. Não precisa explicar-me nada.

Ela sustentou seus olhos do outro lado da piscina.

– Então por que me faz sentir como se precisasse?

– Faço?

Em vez de responder, ela se virou e começou a nadar mais devagar, aumentando a distância entre eles.

– Conseguiu descobrir algo sobre o diário?

– Está querendo mudar de assunto, não é? – Ele contemplou seu recuo até a parte mais funda e, por alguma razão absurda, precisou de cada gota de autocontrole para que não mergulhasse e a seguisse. – Talvez tenhamos descoberto uma pista em Berlim. Parto para lá amanhã à noite.

– Berlim? – Ela alcançou a borda da piscina e se virou para ele com o cenho franzido. – O que há em Berlim?

– Alguém que talvez possamos persuadir a nos dar informações. Infelizmente, nossa melhor pista até agora é um Renegado. Ele esteve resfriando os ânimos em um tanque de contenção pelos últimos anos.

– Uma clínica de reabilitação? – Perguntou Elise. Diante do assentimento de Tegan, completou:

– Esses lugares são controlados pela Agência.

– E?

– E o que o faz pensar que vão permitir sua entrada? Tenho certeza de que sabe que a Ordem não tem muitos admiradores nos Refúgios Secretos. Eles nunca aprovaram seus métodos quanto a como lidar com o problema dos vampiros da Raça que se transformam em Renegados.

Ele tinha que dar crédito à mulher: ela estava a par de suas políticas e tinha razão quanto à intenção da Agência de impedir o acesso da Ordem ao Renegado cativo. A ligação de Tegan a seu antigo aliado em Berlim, Andreas Reichen, havia apenas confirmado o que ele e Lucan já esperavam. A única maneira pela qual chegariam perto de Petrov Odolf era por meio de muita papelada e idiotices burocráticas.

Isso presumindo que Reichen conseguisse uma reunião com Tegan.

Elise também sabia disso.

– Tenho contatos na Agência. Talvez, se eu for com você...

Tegan se burlou.

– De jeito nenhum.

– Por que não? É tão teimoso a ponto de recusar minha ajuda mesmo em algo como isso?

– Eu trabalho sozinho, só por isso.

– Ainda que isso signifique dar de cara com a parede? – Agora ela ria, abalando-o com a zombaria descarada. – Achei que fosse mais esperto, Tegan.

Ele sentiu uma pontada de raiva, mas a conteve, recusando-se a deixar que ela o vencesse. Elise sacudiu a cabeça e se virou, voltando para o lado raso da piscina, nadando com movimentos determinados.

– É melhor eu ir embora – ela murmurou.

Tegan a acompanhou, caminhando ao lado da piscina.

– Não deixe que eu atrapalhe sua natação. Já estava mesmo de saída.

– Quero dizer, é melhor eu ir embora do condomínio. É óbvio que aqui não é meu lugar.

– Não pode voltar ao seu apartamento agora – ele a informou bruscamente. – Os Renegados devem ter revirado o lugar de dentro para fora. Marek vai se assegurar de ter espiões infiltrados em toda a vizinhança procurando por você.

– Sei disso. – Seu corpo esguio deslizou pela água, perto do fim da piscina. – Não sou idiota o bastante para pensar que posso voltar lá.

Tegan soltou uma risada, contente por talvez ela ter por fim recuperado o juízo.

– Então acho que Harvard a convenceu a voltar para o Refúgio Secreto?

– Harvard? Esse é o nome de Sterling agora que ele é um de vocês?

– Um de nós – repetiu Tegan, notando a acusação em seu tom penetrante.

Não que ela tivesse tentado esconder.

Ela nadou até os degraus da piscina e saiu da água, evidentemente ofendida demais para se importar que Tegan estivesse contemplando abertamente seu corpo molhado. Os olhos dele se pousaram sobre a marca de nascença que ela trazia na parte interna da coxa, infalivelmente atraídos até ali como um míssil perseguidor com alvo marcado.

Sentiu a boca se encher de saliva ao observar os filetes de água escorrendo por suas coxas nuas e macias. Sua pele se retesou por toda parte, o calor correu em suas veias e nos *dermaglifos* que lhe recobriam o corpo e o proclamavam como um da Raça. Sentiu as gengivas doerem com a repentina pressão das presas. Fechou o maxilar com força, refreando o espantoso ataque de fome.

Não queria olhar para a mulher, mas não conseguia tirar os malditos olhos de cima dela.

– Sterling não me convenceu de nada – disse ela enquanto apanhava a toalha e se cobria com ela. – Ele nem quis falar comigo, se quer saber a verdade. Acho que deve odiar-me depois do que aconteceu no último outono.

Tegan lhe perscrutou os astutos olhos de lavanda.

– É isso mesmo que pensa... que ele odeia você?

– Sterling era irmão de meu companheiro – por matrimônio, é meu irmão. Seria completamente inadequado...

Tegan se burlou.

– Homens já declararam guerra aos próprios irmãos por quererem uma mesma mulher. O desejo não liga a mínima para posse.

Elise segurou a toalha fechada entre os seios e se afastou dele.

– Não gosto do rumo que essa conversa está tomando.

– Tem algum sentimento por ele?

– Claro que não. – Ela fitou Tegan claramente estarrecida, e com razão. – E que direito você tem de me perguntar isso?

Absolutamente nenhum, mas de repente parecia importante para ele que soubesse. Permaneceu ali, bloqueando-lhe o caminho deliberadamente caso ela pensasse em escapar dele.

– Ele a deseja. A levaria para cama, se você deixasse. Maldição, talvez nem precisasse de sua permissão.

– Agora está sendo indelicado.

– Só estou dizendo a verdade. Não me diga que nunca percebeu que Chase arde por você. Qualquer um com um par de olhos na cabeça pode ver isso.

– Mas só você seria grosso o bastante para dizer em voz alta.

Aqueles pálidos olhos de cor púrpura reluziram com o insulto e, por um segundo, Tegan imaginou que estava prestes a ser esbofeteado. De certa forma, esperou por isso. Ele a queria zangada. Queria que o odiasse, especialmente agora, em que o aroma de sua pele morna e molhada lhe penetrava os sentidos. Em que cada curva de seu delicado corpo deixava marcas em sua imaginação.

Ele estava perto o bastante para tomá-la em suas mãos. Perto demais, pois, com esse nível de proximidade, podia ver seu pulso se agitando freneticamente na garganta, e sabia que não haveria ninguém para detê-lo se a pegasse nos braços e tomasse um gole proibido dela.

– Você busca apoio para sua insensibilidade na desculpa da verdade – disse ela, com uma ferocidade que se arrastava na voz. – Então talvez possa dizer-me por que achou necessário mentir para mim sobre o que aconteceu com o laboratório de Carmesim.

Tegan cravou nela um olhar severo; a pergunta lhe despertou algum tipo de alarme dentro de si.

– Não menti para você sobre nada.

Ela não se estremeceu sob seu olhar; devolveu-o ainda mais firme, desafiando-o.

– Foi você quem destruiu o laboratório, não a Ordem. Você pessoalmente, Tegan. E ninguém mais. Fiquei sabendo de tudo.

Um baixo assobio escapou dos lábios de Tegan. Ele se afastou, ciente de que era ele quem recuava agora, mas incapaz de se deter em meio ao movimento. Elise se moveu com ele, aproximando seu corpo molhado e praticamente nu para perto demais. Devastadoramente tentador.

– Por que faria algo assim, Tegan? Não consigo acreditar que teve qualquer tipo de interesse particular em ver o laboratório destruído. Então me diga. Por quê? Fez aquilo por mim?

Ele não disse nada, incapaz de falar, avançando perigosamente para uma emoção que não queria sentir.

Ela o fitava com firmeza. O silêncio se fez pesado, estático.

– Onde está sua verdade agora, guerreiro?

Tegan forçou uma risada, escutando o som grave na garganta.

– Já avisei você uma vez, mulher. Está brincando com fogo. Não serei cavalheiro o bastante para avisá-la outra vez.

Elise fechou os olhos enquanto Tegan grunhia uma maldição e se afastava a passos largos dela. Não ousou se mexer e mal respirou durante os instantes em que as passadas apressadas de Tegan o levavam até a saída da piscina. Ela o escutou partir. E só então se permitiu ceder, aliviada.

Que diabos ela estava pensando? Havia perdido completamente o juízo, provocando a raiva em um guerreiro daqueles?

E havia sido raiva o que vira em suas expressões. Uma inconfundível fúria latente, que acendeu em seus olhos verde-claros enquanto ele a fitava, provavelmente a poucos segundos de partir para cima dela. Estaria agindo como uma suicida, tal como ele a acusara na noite passada? Pois, se a inescrupulosa reputação dele fosse algo a ser considerado, forçá-lo até seu limite – como fez – provavelmente a mataria.

Exceto que não era a raiva o que procurava no momento. Tinha desejado ver algum tipo de sentimento nele...

Sentimentos que ele pudesse ter em relação a ela.

O que era uma completa tolice.

Ainda assim, ela se perguntava. Vinha imaginando isso desde aquela primeira noite de novembro, quando Tegan a levara de volta para casa. Elise não queria pensar que havia algo entre os dois. Deus sabia que não precisava de uma complicação daquelas em sua vida nesse instante.

Mas, nos tensos momentos antes de Tegan deixar o cômodo, algo havia com certeza acontecido ali.

Apesar de sua conduta fria, as cores haviam se intensificado em seus *dermaglifos* da Primeira Geração. Os belos desenhos se espiralavam como elaboradas tatuagens mutáveis por todo o peito musculoso de Tegan, braços, torso... E mais abaixo, sob a apertada sunga preta que enfatizava descaradamente sua profana sexualidade.

E, de pé diante dele, perto o suficiente para sentir seu hálito lhe cruzar quente a pele, aqueles incríveis *glifos* haviam começado a pulsar em tons de vinho, índigo e ouro – as cores do despertar do desejo.

Capítulo 12

– Ei, Tegan. Parece que você vai para Berlim amanhã à noite – disse Gideon assim que Tegan entrou no laboratório. Ele esfregou a mão no cabelo louro espetado, bagunçando-o ainda mais que já estava, amplificando seu habitual aspecto de gênio da informática. – Acabamos de conseguir autorização da Agência Federal de Aviação para nosso jato particular. O piloto estará esperando você no terminal corporativo da Logan. Vai ter de parar para reabastecer em Paris, mas chegará a Berlim uma hora antes do amanhecer do dia seguinte.

Tegan assimilou as notícias com um vago aceno. Fazia algumas horas desde seu encontro com Elise na piscina, seu sangue ainda pulsava nas têmporas, e o corpo ainda estava vivo com um formigamento que começava sinceramente a incomodá-lo.

Ao menos tinha um plano de fuga. Amanhã à noite estaria saindo do país, acrescentando várias milhas de distância entre ele e a mulher que o estava conduzindo a uma inusitada distração. Não parecia que sua missão em Berlim seria fácil; ele provavelmente ficaria fora por pelo menos uma semana, talvez mais. Tempo o suficiente para tirar Elise da cabeça.

Sim, do mesmo modo que havia feito tão efetivamente nos quatro meses desde que conhecera a mulher.

Levá-la para casa naquela noite no condomínio havia sido um erro. Um estúpido impulso – algo que raramente cometia e, quando o fazia, geralmente se arrependia depois. A maneira como reagiu à presença dela mais cedo apenas comprovava isso, como a ponta afiada de uma espada.

Ele a desejava e não podia se iludir com a esperança de que talvez ela não tivesse visto as enormes evidências desse fato. Não havia sido capaz de conter a transformação de seus *glifos* na presença dela, muito menos de refrear sua excitação involuntária apenas por estar perto dela.

Céus, precisava sair dali, e logo.

Do outro lado do laboratório, Dante e Chase repassavam táticas com Niko e os novos recrutas. Duas cabeças se ergueram quando Tegan entrou e se deixou cair em uma cadeira ao lado de Gideon no gabinete de computadores e monitores de vigilância do condomínio.

– Você está bem? – Indagou Gideon, fitando-o sob uma sobrancelha arqueada. – Está emanando calor como um radiador.

– Nunca estive melhor. – Tegan apertou a tecla do alto-falante no telefone perto de seu cotovelo. – Vamos dar a Reichen os detalhes do voo e ver se ele conseguiu alguma coisa com os chefões no comando do centro de reabilitação.

Tegan discou o número da linha particular do Refúgio Secreto de Berlim e foi imediatamente transferido para Andreas Reichen.

– Está tudo em ordem – disse ao vampiro alemão, sem perder tempo com as agradáveis saudações diante da impaciência de começar logo a missão. – Hora esperada de chegada daqui a dois dias, logo antes do amanhecer. Acha que pode levar-me para sua casa antes que eu vire torrada?

Reichen gargalhou.

– Claro. Haverá um carro esperando para buscá-lo. – Sua profunda voz, carregada de sotaque, saía pelo alto-falante. – Faz muito tempo, Tegan. Não me esqueci de minha dívida com você por sua ajuda com nosso pequeno... probleminha aqui algum tempo atrás.

Tegan se lembrava dessa época. O *pequeno probleminha* do Refúgio Secreto de Berlim havia envolvido uma série de ataques de Renegados aos moradores, vários dos quais terminaram em terríveis assassinatos. Tegan tinha ido como uma unidade de comando de um só homem, rastreando o bando dos Renegados pela densa floresta de Grunewald e então exterminando os predadores sedentos de sangue que aterrorizavam a região. Aquilo havia sido, droga... quase duzentos anos atrás.

– Ficaremos quites se conseguir me colocar para dentro daquela instalação da Agência – respondeu a Reichen.

– Ah, isso já está resolvido, meu amigo. O chefe de segurança me ligou poucos minutos antes de você ligar. O diretor da Agência aqui em Berlim concedeu autorização específica para o acesso ao centro de reabilitação. Não vai haver nenhum problema em deixar que sua emissária entre no lugar para interrogar Petrov Odolf.

– Minha emissária...

Assim que as palavras deixaram seus lábios a suspeita começou a fervilhar em seu sangue, Tegan escutou o suave ruído das portas de vidro do laboratório se abrindo para deixar alguém entrar. Ele sabia quem era, mesmo antes de ver o maxilar de Chase se retesar do outro lado do cômodo. Tegan se virou na cadeira giratória e encontrou Elise ali, parecendo completamente culpada.

– Que diabos você aprontou?

– Não fui eu – disse Reichen pelo alto-falante. – Presumi que tivesse sido você quem iniciou...

O líder alemão do Refúgio Secreto de Berlim continuou falando, mas Tegan não estava ouvindo nenhuma palavra. Elise avançou com passos vacilantes. Algumas das outras Companheiras de Raça haviam lhe dado roupas para se trocar. A túnica púrpura e a calça *jeans* escura eram um avanço perto da devastação de seu maiô revelador, mas ainda assim não ocultava totalmente as diminutas e femininas curvas.

O que apenas irritava ainda mais Tegan.

– Seja o que for que está pensando em fazer, esqueça. Já disse, trabalho sozinho.

– Não dessa vez. Os preparativos já foram organizados com a Agência e a clínica. Estão me esperando.

– Só pode estar de brincadeira.

– Estou falando muito sério. Vou com você.

Tegan a rechaçou com um breve olhar e voltou para sua chamada com Reichen.

– Não haverá nenhuma emissária do Refúgio Secreto me acompanhando. Apenas eu, Andreas, e ainda vamos ver aquele Renegado, mesmo que tenhamos que invadir...

– Tegan, acho que me entendeu mal. – A voz de Elise soou firme detrás dele e perigosamente ousada. – Eu não estava pedindo sua permissão.

Ele ficou imóvel, estupefato com a coragem da mulher.

– Entrarei em contato – disse a Reichen e desligou a conexão com um exagerado golpe no teclado.

– Fui eu quem entregou o diário à Ordem – falou Elise quando ele se virou para olhá-la. – Sem mim, não saberia nada sobre o sujeito que quer interrogar. Sem mim, não conseguirá permissão nem para vê-lo, quanto menos para falar com ele. Eu vou com você.

Tegan saltou da cadeira. Elise recuou, assustada – a primeira mostra de bom-senso que ele havia visto nela desde que ela tinha entrado no laboratório. Ele a penetrou com um olhar fixo que percorreu, com mordaz e deliberada lentidão, de suas bochechas ruborizadas até a ponta dos sapatos emprestados.

– Não está em condições de viajar. Olhe para você... Está fraca, pouco mais que pele e osso. E não vou nem falar do fato de que mal consegue ficar perto de humanos sem sofrer enxaquecas terríveis e hemorragias nasais.

– Vou me virar.

Ele riu.

– Como?

Ela franziu o cenho, baixando a vista enquanto a voz de Tegan retumbava ao redor deles.

– O que vai fazer nesse meio-tempo? Pedir a veia de algum vampiro para reforçar suas energias? Porque precisaria disso.

As bochechas dela subitamente se encheram de cor.

– Talvez um deles se ofereça para ajudá-la nisso – disse Tegan sendo cruel agora, assinalando os outros guerreiros, que observavam a discussão em tenso silêncio.

– Caramba, Tegan – alertou Gideon ao seu lado. – Pegue leve, pelo amor de Deus.

Tegan ignorava tudo além da expressão perplexa da mulher do Refúgio Secreto.

– Precisaria disso, Elise... Sangue da Raça correndo por seu corpo. Nada menos. Sem isso, seu talento vai continuar a dominar você, como faz agora. Você será apenas um fardo.

Ele viu uma centelha de revolta em seus olhos, mas foi sua humilhação que o atingiu como um soco no estômago. Considerava-se extremamente rude falar publicamente dos vínculos de sangue entre uma mulher e seu companheiro – e ainda pior falar disso em meio a ambos os sexos.

Sugerir que uma Companheira de Raça sem vínculos tomasse de um homem apenas para se alimentar ia além do profano.

– Sou uma viúva – disse ela em voz baixa. – Estou em luto...

– Cinco anos – recordou-lhe Tegan, escutando a voz tensa em seus próprios ouvidos. – Onde estará daqui a mais cinco? Ou dez? Está se permitindo morrer e sabe disso. Não me peça para ajudá-la a apressar isso.

Ela o contemplou calada, esforçando-se com a garganta para engolir o que provavelmente era um soluço. Talvez um impropério mandando-o para o inferno, o que era provavelmente aonde estava indo de qualquer jeito, mesmo antes dessa terrível cena.

– Tem razão, Tegan – murmurou ela, sem nenhum rastro de fraqueza ou dificuldade para falar. – Tem razão... e admito que já provou sua opinião.

Com os ombros erguidos, virou-se e saiu tranquilamente do laboratório, uma visão de estoica dignidade. Tegan se sentiu um lixo, observando-a sair em completo silêncio. Assim que ela desapareceu de vista, ele exalou uma cortante maldição.

– Que diabos está olhando? – Bradou a Chase, que já tinha se levantado da mesa onde estava sentado. O ex-agente do Refúgio Secreto havia envolvido com a mão a coronha de uma arma que trazia no coldre cruzado no peito. Sua expressão era nada menos que homicida.

– Dane-se tudo isso – grunhiu Tegan. – Vou cair fora.

Não inesperadamente, Chase se pôs logo atrás. Empurrou o ombro de Tegan com força enquanto os dois saíam para o corredor.

– Seu filho da mãe. Ela não merecia aquele tratamento – muito menos de alguém como você.

Não, ela não merecia. Mas era necessário. De jeito nenhum voltaria a ficar próximo de Elise, muito menos fazê-la sua cúmplice nessa missão em Berlim. Precisava afastá-la, e de uma vez. E daí se havia parecido um completo idiota por fazer aquilo em público? Havia apenas reforçado o que todos já pensavam dele.

Tegan se deparou com o olhar furioso de Chase e esboçou um rígido sorriso.

– Você se preocupa tanto pela mulher, Harvard? Por que não vai consolá-la, como está morrendo de vontade de fazer? Só faça um favor a todos e a mantenha longe de mim.

Chase se pôs diante dele, com os olhos azuis faiscando de raiva.

– Você é um maldito idiota, sabia disso?

– E? – Tegan deu de ombros. – Da última vez que conferi, não estava concorrendo a nenhum prêmio de Mister Simpatia.

– Seu arrogante filho da...

Entreabrindo os lábios, Tegan assobiou através das alongadas presas enquanto avançava na direção de Chase, interrompendo a segunda rodada de insultos. Parte dele esperava que o vampiro enfurecido fosse puxá-lo para briga. Parte dele ansiava por conhecer os sentimentos de dor e fúria de Chase e, tão irritado como estava agora, não deixaria passar uma chance de esfolar seus nódulos em um pequeno corpo a corpo.

Mas Dante interveio rapidamente, saindo do laboratório no mesmo segundo para apanhar o braço de Chase e fisicamente afastar o guerreiro para longe do caminho de Tegan.

– Droga, Harvard. Não vá se matar justo agora que estou quase finalizando seu treinamento. Que maldito desperdício isso seria, não?

Depois de uns poucos segundos de intervenção, Chase se acalmou, mas seus olhos ainda ardiam sobre Tegan enquanto Dante o empurrava pelo corredor. No laboratório, Gideon estava de volta ao teclado. Nikolai, Brock e Kade também haviam voltado a seus assuntos, todos agindo como se Tegan não tivesse acabado de se comportar como um idiota sem coração diante de uma mulher indefesa.

Tegan amaldiçoou em voz baixa. Precisava dar o fora dali e, do jeito que as coisas andavam, o voo para Berlim na noite seguinte não seria cedo o bastante.

Havia outro lugar aonde podia ir – o lugar aonde sempre ia quando as coisas começavam a desmoronar sobre ele. Às vezes desaparecia por noites sem fim; nenhum de seus irmãos da Ordem tinha estado lá. Era seu próprio inferno particular, um local abandonado, ermo, cheio de morte. Nesse exato momento, parecia um ótimo descanso.

Elise estava de pé no centro de um quarto enorme e praticamente vazio no condomínio, sentindo-se como se tivessem lhe arrancado o ar. Ainda tremia de seu confronto com Tegan, mas não sabia ao certo se era por humilhação ou raiva. O que ele havia feito a ela na frente de seus companheiros era indesculpável, de uma frieza incrível. Ele devia saber que o que sugeriu era uma blasfêmia, um insulto profano – não só a ela, mas aos guerreiros que estavam no cômodo escutando. Somente as mulheres mais baixas que viviam entre a Raça se comprometeriam em um vínculo de sangue sem um solene compromisso e um profundo amor mútuo.

O vínculo de sangue era a mais sagrada comunhão entre uma Companheira de Sangue e o parceiro que escolhesse como seu. Sendo a mais alta intimidade, frequentemente era um ato sexual, e não um que se começava brandamente. Usar o sangue de um vampiro apenas para aumentar a longevidade e a força próprias simplesmente não se fazia. Não por ninguém que Elise conhecesse.

Mas não podia negar que as observações de Tegan sobre ela eram verdade.

O que ele havia dito era cruel e rude... e completamente verdadeiro. Ela estava se desgastando voluntariamente, o que era sua prerrogativa como Companheira de Raça viúva. Mas queria ser uma parte ativa na destruição dos Renegados, e era ingênuo de sua parte pensar que poderia fazê-lo se continuasse do jeito que estava.

Elise contemplou o quarto funesto ao seu redor. As paredes brancas e sem janelas não tinham nenhuma cor – nenhuma agradável obra de arte ou fotografias, como havia visto no resto do condomínio. Nenhum sofá, nenhum equipamento eletrônico ou computadores, nenhum livro. Nada de aparência pessoal.

Perto da parede mais distante havia um alto gabinete preto e um banco de madeira escura ao lado, sob o qual se encontravam dois pares enormes de botas de couro negro, arrumadas com precisão militar. Havia uma enorme cama no quarto adjacente, mas nem mesmo ela era particularmente atraente. Uns lençóis cinza-metálicos e um cobertor da cor do carvão dobrados impecavelmente aos pés do colchão de casal. Elise nunca havia visto os aposentos de um soldado, mas imaginava que fossem assim... talvez não tão frios e impessoais.

Sabia onde estava, claro. Sabia aonde estava indo enquanto percorria o labiríntico corredor depois de sair do constrangimento que havia suportado na sala de controle da Ordem.

Sabia o que estava prestes a fazer, mas isso não impedia que seu coração batesse freneticamente quando escutou os passos duros de Tegan se aproximando da porta aberta de seus aposentos pessoais.

As longas passadas diminuíram e logo chegaram ao fim ao mesmo tempo em que o ar esfriou, anunciando sua chegada. Seu imenso corpo preencheu o batente da porta, cruzou os musculosos braços sobre o peito e as poderosas coxas revestidas de *jeans* se afastaram em posição de batalha. No início ele não falou, mas não havia necessidade de palavras quando seus olhos esmeralda se cravaram nela tão pontiagudos como pedras preciosas e tão frios como uma geleira.

– Tegan...

– Se veio em busca de uma desculpa, pode esquecer.

Elise sustentou o olhar ameaçador enquanto se forçava a se aproximar dele.

– Não estou aqui para isso – disse a ele, surpresa por não haver tremor em sua voz, pelo jeito que seu pulso palpitava nas veias. – Vim lhe dizer que tinha razão aquela hora. Eu realmente preciso da força de um vínculo de sangue, mas não estou procurando por um companheiro. Preciso de um acordo descomplicado, com alguém que não vá se importar com o que eu faço, ou com quando eu me afastar... então, escolho você.

Capítulo 13

Cada resposta sagaz e apática que poderia ter saído de seus lábios lhe fugiu, assim como o sangue em seu cérebro. Tegan ficou ali de pé no batente da porta de seus aposentos pessoais, estupidamente impressionado e em choque com o que havia acabado de escutar.

Com certeza não esperava aquilo.

E, embora todo o bom-senso lhe dissesse para recusar a proposta de Elise – descartar a maldita ideia antes que outro segundo se passasse –, sua boca não parecia capaz de falar. Uma erótica imagem ardeu instantaneamente em sua mente: os lábios de Elise pressionados contra sua pele, aquela língua rosada e macia o lambendo, sugando profundamente com os lábios de sua veia.

Desejava aquilo, percebeu em um instante de incredulidade.

Desejava com tanta força que estremeceu com a força da ideia.

– Céus – murmurou, encontrando por fim a voz. – Está maluca. E estou indo embora. Só vim pegar algumas coisas e já vou sair daqui.

Quando ele avançou, pretendendo dispensá-la e sua ridícula sugestão sem mais palavras, Elise se pôs em seu caminho. Ele baixou os olhos para ela, mas ela nem mesmo se estremeceu sob o mortífero olhar que teria feito guerreiros e Renegados se encolherem.

– Do que está fugindo, Tegan? – Seus suaves olhos de lavanda se fixaram nele em tom desafiador. – Tenho certeza de que não sou eu quem assusta você.

Ele riu da ideia, recusando-se a deixar que ela notasse o quão perto da verdade podia estar.

– Tem consciência do que está me pedindo? Se tomar meu sangue, parte de você estará unida a mim enquanto eu viver. É um vínculo inquebrável.

– Sei muito bem o que o vínculo de sangue implica. Sei de tudo.

O repentino rubor em suas bochechas parecia indicar que também sabia da natureza sexual do ato. O sangue de um vampiro tinha uma característica altamente afrodisíaca. Em mulheres sem a marca das Companheiras de Raça, o efeito normalmente era uma corrente feroz de desejo; em mulheres como Elise, capazes de dar à luz descendentes da Raça, beber o sangue dos vampiros quase sempre as lançava em uma ardente fome sexual que exigia ser saciada.

– Não sou o que você está acostumada – disse a ela severamente, a única advertência em que conseguia pensar no momento. – Não pense que serei gentil com você. Não demonstrarei qualquer piedade.

O leve sorriso dela era zombador.

– Dificilmente eu esperaria que você o fizesse.

Com isso, ela se virou e se afastou dele com as costas impecavelmente eretas enquanto se dirigia ao quarto dele para esperá-lo. Tegan passou os dedos pelo cabelo, sabendo que tinha apenas dois segundos para se controlar e cair fora daquele desastre certeiro. Se demorasse mais tempo pensando naquilo, não sabia se teria a força de vontade para rechaçá-la.

No cômodo adjacente, escutou o suave ruído dos sapatos de Elise golpeando o tapete quando ela os tirou. Se ele tinha pensado que podia assustá-la a ponto de fazê-la desistir daquilo, aparentemente tudo que tinha feito havia sido fortalecer sua determinação. Ela o havia desafiado, e ele nunca tinha sido o tipo de homem a recuar diante de um desafio.

Inclusive agora, em que cada instinto de sobrevivência que possuía clamava para que virasse de costas e fugisse de uma situação que só podia levar à catástrofe.

Demorados instantes se passaram.

E ela ainda o esperava.

Tegan grunhiu um sombrio juramento.

E então, com quase nenhum pensamento consciente para comandá-lo, fechou a porta de seus aposentos com a força da mente e se dirigiu para o quarto atrás dela.

Parte da determinação de Elise vacilou quando Tegan entrou atrás dela no quarto. Havia uma intensidade selvagem em seus passos lentos e decididos e no olhar fixo que não a deixava. De repente, ela se sentiu como se estivesse diante de um predador enquanto este avaliava suas opções, preparando-se para dar o bote.

– Como quer... – Ela deixou que as palavras se apagassem, incerta de como proceder agora que de fato o tinha ali. – Onde devo...?

– Na cama – foi sua resposta direta.

Ele começou a tirar a camisa de malha preta, deixando à vista o torso marcado pelos *glifos*. A tonalidade normal de hena se intensificava agora; não era mais o tom neutro que indicava um humor sereno, mas se escurecia cada vez mais, começando a saturar os padrões e desenhos. Elise se sentou sobre a beirada do colchão e virou a cabeça para desviar os olhos dele. Escutou o baque do tecido quando Tegan jogou a camisa ao lado e se aproximou da cama.

– Você está vestida demais – disse ele, com seu fôlego quente lhe fazendo cócegas na lateral do pescoço nu.

Sua presença tão próxima era quase tão assustadora quanto suas palavras. Elise lhe lançou um olhar ansioso.

– Quer que eu tire a roupa? Não vejo por que eu deveria...

– Mas vai – disse ele, não deixando qualquer espaço para discussão. – Se eu fosse um culto vampiro dos Refúgios Secretos e não o bruto guerreiro que sou, duvido que esperaria que eu a recebesse completamente vestida.

Isso era verdade. O respeito ao ato do vínculo de sangue entre um vampiro e uma Companheira de Raça exigia que ambas as partes se entregassem uma à outra sem ocultações, coerção ou reservas. Nuas pelo compromisso e propósito.

Tegan abaixou a mão para abrir o zíper de sua calça *jeans*.

Quando a calça cedeu sobre sua pélvis ornada, os olhos de Elise se voltaram involuntariamente às saliências tensas de músculos que o definiam e ao padrão de *dermaglifos* que obviamente continuavam o caminho até a virilha nua e intumescida. Ele não vestia nada por baixo, percebeu ela em estado de pânico imediato.

– Por favor – ofegou. – Tegan, por favor. Pode... ficar com as calças?

Ele não respondeu, mas lentamente puxou o *jeans* para cima e fechou o zíper. Ela não pôde deixar de notar que o botão em cima ficou desabotoado, expondo um pequeno triângulo de sua macia pele bronzeada.

– Essa é a única concessão que terá esta noite – disse ele com a voz rouca e grave. – Ainda tem tempo para reconsiderar. Mas não muito. Agora tire a roupa, ou peça-me amavelmente para deixá-la partir.

Ele a estava testando. Ela sabia que agora ele estava deliberadamente forçando-a, provavelmente seguro de que podia fazê-la mudar de ideia com algumas palavras ameaçadoras.

Na realidade, ela deveria ter medo. Não apenas por estar sozinha com um guerreiro como Tegan, mas também pelo ato íntimo e sagrado que estava prestes a profanar ao beber de um macho que não tinha intenção nenhuma de tomar como companheiro. Verdadeiramente, havia desprezado ambos quando pediu a Tegan para lhe ajudar com isso, e se ele se sentia repugnado pela ideia – ou por ela – ela mal podia culpá-lo.

– O que vai ser, Elise?

Ela se levantou, muito consciente de que ele a observava, esperando que ela partisse. Com os dedos levemente trêmulos, ela começou a erguer a borda da túnica e a tirou pela cabeça.

A respiração cálida de Tegan cessou. Ele ficou completamente imóvel ao seu lado, mas ela podia sentir o calor emanando dele enquanto colocava a blusa na cama.

Ela cruzou os braços sobre o modesto sutiã de algodão branco que vestia e lançou-lhe um olhar inquisidor.

Quando Tegan finalmente falou, sua voz saiu grossa, obstruída pelas reluzentes pontas de suas alvas presas.

– As calças também. Pode ficar com o resto por enquanto.

Ela tirou a calça *jeans* o mais rápido que pôde e se sentou de volta na beirada da cama.

– Vá para o meio da cama e fique de joelhos de frente para mim.

Enquanto ela se encaminhava para o centro da enorme cama de casal, Tegan também subiu na cama. Avançou para frente de joelhos, até que apenas meio metro de distância os separava. As pupilas no centro de suas íris esverdeadas começaram a se estreitar, afunilando-se aos poucos em fendas verticais. Quando ele abriu os lábios para falar, suas presas pareciam enormes.

– Última chance, Elise.

Ela sacudiu a cabeça, incapaz de falar nesse instante. Tegan grunhiu algo indecente sob a respiração, então trouxe o pulso até a boca. Com os olhos cravados nela, expôs as presas e as penetrou na carne logo abaixo da mão.

O sangue vermelho escuro verteu da ferida, caindo suavemente, em um fluxo constante, nos lençóis cinza.

– Venha aqui – disse ele, estendendo o braço para ela, com os próprios lábios manchados de escarlate pela mordida.

De olhos fechados, o coração pulando no peito, Elise se inclinou para frente. Colocou as mãos debaixo de seu musculoso antebraço e levou cuidadosamente as feridas pontuais até a boca. Então hesitou, ciente de que não haveria volta. Com um único gole, estaria ligada àquele vampiro letal. Sempre consciente dele, como um calor vivo zunindo em suas veias, até que com o tempo um ou outro morresse.

Mas também ficaria mais forte.

Sua tortura psíquica diminuiria, e seria muito mais fácil controlá-la. Seu corpo se rejuvenesceria, exigindo menos esforço para mantê-lo em forma e saudável.

Sua promessa a Camden não pareceria tão vazia uma vez que tivesse parte do poder de Tegan correndo em suas veias.

Mas usá-lo daquela forma?

Ela levantou os olhos e se deparou com ele a olhando de volta, com os lábios abertos e brilhantes, a respiração resfolegante através dos dentes. Seus *dermaglifos* estavam agora vívidos de cor, impressionantemente belos em meio a tantos músculos esculpidos da pele dourada.

– Vamos – grunhiu ele, desafiando-a com o feroz olhar a tomá-lo em sua boca... amaldiçoando-a por isso.

Elise se inclinou sobre seu pulso e cuidadosamente abriu a boca para recebê-lo. No instante em que seus lábios tocaram a pele dele, Tegan emitiu um silvo, arqueando-se bruscamente. Elise o chupou de forma delicada, usando a língua para sorver das duas feridas abertas na pele dele. Seu sangue descia quente e latejante pela garganta dela, preenchendo-a com um calor que logo virou um rugido misturado de tesão e poder.

Aquilo a atingiu tão rápido que ela gemeu com a intensidade, sentindo-se instantaneamente devastada. O calor fervia através de seus membros e do coração, que palpitava com força, ondulando como uma maré.

Ela não tinha se preparado para uma reação tão rápida e avassaladora. Derretia-se por dentro, transformada em fluidos e ossos... lasciva.

Quando tentou se afastar, Tegan pousou a mão na parte de trás de sua cabeça. Seus dedos compridos seguraram seu crânio, enterrando--se em seu cabelo. Não havia como negar sua força, contudo, a pressão com que segurava a cabeça era branda. Mas também impassível.

Elise levantou os olhos para fitá-lo, sentindo-se agora ansiosa. Talvez aquilo não fosse absolutamente uma boa ideia. Talvez tivesse cometido um erro.

Os olhos de Tegan brilharam, com as pupilas alagadas pela feroz cor âmbar.

– Não devia ter começado se não estava preparada para terminar. – Seu rosto estava gravemente sério, implacável. – Tome mais. Sabe que precisa.

Ela resfolegou diante do convite. Que Deus a ajudasse, mas ela realmente precisava de mais. Já podia sentir o sangue de Tegan se misturando com o seu, pulsando em suas têmporas. Lambeu os lábios, saboreando o gosto selvagem e poderoso dele em sua língua.

O maxilar de Tegan ficou visivelmente rígido.

– Céus – exclamou com força. Seus dedos eram uma dolorosa presença na nuca de Elise e em sua cabeça. Ele poderia tê-la subjugado tão facilmente, mas apenas a segurou ali, com ternura sob todo aquele poder fervente da Raça. – Tome mais de mim, Elise.

Já ofegante, com cada terminação nervosa disparando dentro dela como uma série de explosões sensoriais, ela abaixou a cabeça e chupou dele outra vez mais.

Tegan inspirou fundo enquanto Elise aferrava a boca a seu pulso e tomava outro longo gole das veias abertas. Ela gemia ao tragar mais e mais dele. Sua fome crescia. A ganância por mais fazia que chupasse mais forte, mais profundamente, ainda que estivesse se saciando nele.

Sua língua era uma exigência úmida e quente contra sua pele, mas era o leve roçar de seus dentes o que fazia o sexo de Tegan se endurecer ainda mais do que já estava.

Ele sabia que não estava excitado sozinho. Podia sentir a reação do corpo dela; absorvia seus pensamentos e emoções através da ponta dos dedos, enterrados em meio às sedosas camadas de seu cabelo louro curto, descansando contra a calidez de sua nuca. Permitiu-se acariciar sua pele macia brevemente e logo apartou a mão quando as sensações ficaram intensas demais.

Céus, ela estava ardendo de desejo – tanto da sede física quanto da excitação carnal que o sangue da Raça inspirava às fêmeas que nasciam com a marca de lágrima em uma lua crescente.

De maneira ridícula, Tegan se esforçou para se distanciar da gravidade do que estava acontecendo. Tentou ocupar a mente com um inventário clínico de suas feições – qualquer coisa para entorpecer os movimentos eróticos da boca dela sobre ele – mas era inútil. Elise era muito real, muito quente, o modo como sua coluna se arqueava e serpeava com cada longo gole de sua boca. Sua respiração ofegava, rápida e profunda, e seus lábios faziam deliciosos barulhos úmidos no silêncio do quarto.

Suas pálpebras se abriram de repente, como se pedisse permissão, e Tegan foi golpeado pela adorável cor ametista de suas íris, agora que a fome e o desejo as haviam escurecido. As bochechas já se ruborizavam pelo sangue em seu organismo, e os lábios reluziam um belo vermelho intenso no local onde haviam se aferrado ao pulso dele.

– Termine – disse a ela, com a língua áspera e a própria boca completamente seca. – Tome até ficar satisfeita.

Com um grunhido gutural, Elise o empurrou de costas no colchão e o acompanhou, sem romper o contato enquanto se arrastava ao seu lado na cama, com o braço dele estendido para acomodá-la em sua alimentação.

Ainda que estivesse duro como pedra dentro das calças *jeans*, Tegan queria permanecer afastado de toda a catástrofe que brincava diante dele. Precisava ignorar aquela mulher incrivelmente desejável que agora se retorcia contra ele vestindo apenas um modesto sutiã de algodão e uma calcinha, exalando um erótico calor como uma fornalha.

E suas emoções o alagavam. Seu desejo era tão cru, tão sincero.

Céus, ele havia esquecido como era sentir aquilo. Não queria pensar em quanto tempo fazia desde que havia deitado com uma mulher pela última vez. Não queria reconhecer o quanto sua vida havia sido vazia – deliberadamente casta, tanto em termos físicos quanto emocionais – pelos últimos cinco séculos.

Não queria pensar em Sorcha...

Não podia pensar nela, não enquanto Elise o conduzia à beira do abismo com cada gemido, suspiro e felino movimento do corpo ao seu lado. Para sua surpresa, desejava muito tocá-la – não para pôr em ação sua habilidade psíquica outra vez, mas apenas para tocá-la.

Estendendo a mão livre, Tegan deslizou os dedos pela suave linha de seu ombro e a parte superior de seu braço. Um leve arrepio percorreu o caminho que ele tinha feito em sua pele. Sob o fino algodão branco do sutiã, os mamilos se retesaram em rígidas pérolas. Ele passou o polegar sobre o botão arrepiado, contendo a respiração no fundo da garganta quando ela se arqueou sobre ele sem inibições, desconhecendo qualquer vergonha após a febril alimentação de seu sangue.

Tegan podia tê-la, sabia disso. Ela provavelmente esperava isso, já que era muito raro que o ato de tomar o sangue com uma Companheira de Raça terminasse sem sexo para aliviar a mulher de seus desejos.

Mas ele lhe havia dito que não teria piedade, e uma cruel parte dele queria cumprir aquela promessa.

Especialmente tendo em vista que era ele quem estava sendo usado ali.

As pernas de Elise se dobraram e se curvaram enquanto ele prosseguia com a exploração tátil de seu corpo. Arrastou os dedos ao longo da leve inclinação de seu estômago, e logo subiu pela graciosa inclinação dos quadris. Os movimentos dela eram fluidos, seu corpo ondulava e se arqueava enquanto ela chupava com uma força cada vez maior seu pulso. Com um gemido baixo e sem ar, ela abriu as pernas para ele e moveu sua mão até onde o desejava. Apertou as coxas juntas, segurando-o a ela e se contorcendo quando ele hesitou em tocá-la por conta própria.

Era demais para resistir, mesmo para ele.

Ele roçou os dedos ao longo da fenda úmida protegida pela calcinha e ela se agitou como se ele a tivesse tocado com uma chama. Ele a acariciou outra vez, com mais vontade, sentindo o desejo dela aumentar com cada movimento de seus dedos.

– Tegan – ofegou, virando a cabeça para fitá-lo com olhos aturdidos e brilhantes. – Tegan... por favor... faça algo.

Ela pousou a mão sobre a dele, mas ele já havia entrado em ação. Ele deslizou os dedos sob o pedaço úmido de algodão entre as pernas dela. Os pelos sedosos estavam molhados e escorregadios, e as pétalas de seu sexo cederam caminho facilmente quando ele deslizou o polegar pelo delicado vale entre elas.

Deus, ela era tão macia. Como veludo e cetim.

E seu aroma...

A fragrância de sua excitação era uma combinação avassaladora de queiró e rosas e chuva fresca de primavera.

– Por favor – sussurrou ela, forçando-o a um ritmo urgente quando ele poderia ter despendido algum tempo para saboreá-la.

Mas seu desejo havia ido longe demais. Ele havia ameaçado que não mostraria nenhuma piedade, mas, ainda que soubesse que era um idiota sem sentimentos, não lhe podia negar seu alívio.

– Beba um pouco mais – disse ele, com a voz reduzida a um rouco e áspero ruído na garganta. – Cuidarei do resto.

Elise o obedeceu, agarrando-lhe o pulso enquanto Tegan a acariciava em direção a um orgasmo destruidor. Ela desmoronou em ondas de prazer, trêmula, mordendo-o com força com seus cegos dentes humanos enquanto o clímax percorria seu corpo.

Quando haviam terminado, as presas de Tegan pulsavam, e seu pênis se esforçava para ser liberado e enterrado profundamente no corpo úmido e quente de Elise. Ele apartou sua mão dela, com seus sentidos alagados pelo inebriante perfume de sexo e sangue daquela cálida e lânguida mulher.

Ele desejava afastar-lhe as pernas bem abertas e montá-la como um animal. Queria tanto isso que sua cabeça palpitava com a urgência de arrancar as calças *jeans* que ela lhe tinha feito manter vestidas e cair sobre ela em uma selvagem e luxuriosa fúria.

Ah, sim.

Aquilo era exatamente o que tinha que fazer para transformar aquela situação já ruim em um maldito desastre de proporções nucleares.

O que ele realmente precisava fazer era dar o fora dali.

E era péssimo não ter feito isso antes que ela tivesse conseguido convencê-lo a lhe dar sua veia.

Com um grunhido de frustração, Tegan retirou o braço da boca frouxa de Elise e levou as feridas aos lábios. Selou as perfurações com a língua, lambendo o resto do sangue e tentando não sentir o gosto de Elise em sua pele. Falhou até mesmo nisso.

– Tenho de ir – disse, evitando olhá-la e sentir-se tentado a mais coisas estúpidas em uma só noite. Moveu-se até a outra beirada da cama e pousou os pés no chão. Apanhou a camisa e a vestiu. – Se insiste em ir comigo a Berlim, esteja pronta amanhã à noite. Partiremos pontualmente ao anoitecer.

Capítulo 14

A espera até a noite seguinte parecia interminável para Elise. Havia se vestido e saído dos aposentos de Tegan completamente envergonhada logo após ele tê-la deixado lá, conseguindo de alguma maneira encontrar o caminho para o quarto que Gabrielle havia preparado para ela no condomínio sem ser vista. Uma vez dentro da confortável suíte, havia se escondido como um ermitão, fingindo uma dor de cabeça para que pudesse fazer suas refeições em particular e não ter que enfrentar o julgamento das outras mulheres – ou, que Deus o proibisse, de qualquer um dos guerreiros – por algo que pudessem saber sobre o que havia transcorrido entre ela e Tegan.

Não que Tegan fosse contar o que haviam feito.

Claramente havia causado repulsa nele, se não pelo uso de Tegan como seu Anfitrião de sangue, então definitivamente por sua humilhante reação durante o acontecimento. Mal podia pensar nisso agora, e não esperava que pedir perdão a Tegan seria suficiente para desculpar seu comportamento.

Isso presumindo que ele ao menos lhe daria a chance de tentar se desculpar.

Durante as quase vinte horas em que ele esteve ausente, não parecia que ninguém havia recebido notícias dele. Ele não tinha dito aonde estava indo – tinha apenas se vestido e calçado um par de botas negras de combate e deixado Elise sozinha em seus aposentos como se não suportasse ficar perto dela por mais um segundo. Compreensível, claro. Ela havia envergonhado a ambos.

Parte de si considerava abandonar a ideia de ir com ele a Berlim – para salvar o que havia restado de seu orgulho, ao menos. Mas já tinha ido até ali e era um pouco tarde para voltar agora.

Podia sentir o sangue de Tegan em seu corpo, o baixo zumbido de energia que vibrava em suas têmporas e em cada ponto de pulsação. Cinco anos sem o sangue da Raça em seu organismo a tinha enfraquecido mais que percebia, mas tomar de Tegan era uma revelação. Sentia-o fluindo por seus músculos, ossos e células, transmitindo a ela uma vitalidade que havia quase esquecido que era possível. Até mesmo seus sentidos se aguçavam, ficando mais precisos, depois daquela prova das veias do vampiro da Primeira Geração.

E graças a essa conexão de sangue com ele, sentiu o exato momento em que Tegan entrou no condomínio. Ele estava ali, em algum lugar; sua chegada era como uma luz acesa em um canto escuro de sua mente.

Era essa a conexão que jamais poderia romper com ele agora – uma consciência profunda dele. Seria sempre levada a Tegan, consciente dele em um nível elementar, até o dia em que um dos dois morresse.

Deus, o que havia feito?

Elise deu voltas na sala de estar dos aposentos para visitas, ansiosa agora que chegava a hora em que estaria partindo com Tegan para Berlim. Talvez devesse se aventurar pelo condomínio para encontrá-lo e se assegurar de que ele não pretendia partir sem ela. Ou talvez devesse esperar que ele viesse buscá-la?

Soltou um longo suspiro e se dirigiu para a porta.

No mesmo instante, um golpe soou do outro lado.

Não era Tegan, podia saber por seus sentidos. Elise abriu a porta e ficou atônita ao encontrar um rosto familiar do lado de fora.

– Oh – Ela baixou a vista, surpresa e envergonhada. – Olá, Sterling.

Não podia olhá-lo agora, especialmente enquanto ele a olhava com genuína preocupação nos olhos.

– Ouvi dizer que não estava se sentindo bem. Savannah disse que ficou aqui o dia todo sozinha, então eu... eu quis vir conferir e assegurar-me de que está bem.

Elise assentiu.

– Estou bem. Foi só uma dor de cabeça. Para ser sincera, precisava de um tempo sozinha.

– Claro – A voz de Sterling soou educada, meio sem jeito. Fez-se um longo instante antes que voltasse a falar. – Não posso acreditar no que ele fez com você no laboratório, por que teve necessidade de dizer o que disse...

– Não, não. Não se sinta mal por mim. Não há necessidade, Sterling.

Ele soltou um suspiro agudo, irradiando fúria de sua rígida postura na porta.

– Tegan se excedeu. Não tinha direito de falar com você daquele jeito. Não espero que ele tenha honra o bastante para se desculpar pelo que falou, então vim fazer isso por ele.

– Não precisa – disse ela, olhando dentro daqueles familiares e duros olhos azuis.

– Sim, preciso – insistiu. – E não só pelo comportamento de Tegan, mas pelo meu também. Ah, céus, Elise. O que aconteceu com Camden naquela noite do lado de fora do Refúgio Secreto... Sinto muito. Sinto muito mesmo por tudo que aconteceu. Se eu pudesse ter trocado de lugar com ele – se pudesse ter sido eu a me transformar em Renegado... eu na frente daquela arma quando o gatilho foi puxado...

– Eu sei – Ela estendeu a mão ao cunhado e gentilmente lhe apertou o musculoso antebraço. – Também sinto muito.

Ele lhe lançou um grave olhar e tentou rejeitar seu pesar com uma firme sacudida de cabeça.

Mas ela não podia deixar que o resto ficasse por dizer agora.

– Sim, escute-me, por favor. Culpei você pela morte de Camden, Sterling, e isso foi errado. Você fez tudo o que pôde para salvá-lo. Sei o que lhe custou. Sou eu quem devo desculpas. Você se sentiu responsável por ele... por mim... e eu o deixei carregar esse fardo quando não deveria. Não fui justa com você.

Um sinal de ternura atravessou-lhe as feições.

– Você nunca foi um fardo.

– Não o seu, com certeza – disse, tão gentilmente quanto podia. – Foi um erro meu não ter lhe dito isso. Deveria ter deixado bem claro para você o que eu sentia.

Ele ficou rígido com as palavras, com a mandíbula retesada.

– Sterling, nunca quis magoá-lo, ou fazer você pensar que poderíamos, de algum jeito, em algum tempo...

– Você nunca deixou de ser correta, Elise.

Seu tom entrecortado e cauteloso soava frágil em seus ouvidos.

– Mas ainda lhe faço mal.

Ele sacudiu a cabeça lentamente.

– Todas as minhas decisões foram minhas. Você não tem nada de que se arrepender.

– Não esteja tão seguro disso – murmurou ela, pensando em todos os erros passados, e no pior de todos que provavelmente seria a blasfêmia do vínculo de sangue que havia instigado com Tegan.

Sentia a presença do guerreiro cada vez mais forte dentro de si, e sabia que, onde quer que ele estivesse no condomínio agora, estava se aproximando. Podia senti-lo no calor que lhe percorria nos membros e no leve arrepio dos pelos em sua nuca.

– Agradeço sua preocupação, Sterling, de verdade. Mas está tudo bem. Estou bem.

As sobrancelhas castanho-claras dele se uniram no meio da fronte.

– Não parece bem. Está ruborizada. E seu braço está todo arrepiado.

– Não é nada.

Ele contemplou seu rosto, que provavelmente estava rosado, tanto pela recente nutrição do sangue de Tegan quanto pela repentina inundação de vergonha de que Sterling logo descobriria por si só a causa de sua indisposição.

O esclarecimento veio instantaneamente. Ficou evidente com a queda de sua expressão, e logo mais com a reluzente ira que preencheu seus olhos com labaredas anis.

– *O que ele fez com você?*

– Nada – respondeu ela inundada de humilhação, mas não por culpa de Tegan.

– Você bebeu dele.

Era uma acusação que Elise não podia negar.

– Não é nada. Não se preocupe comigo...

– Ele menosprezou você a fazendo pensar que tinha de fazer isso? Ele... *seduziu* você para que bebesse dele? – Sterling assobiou um juramento, e suas presas se alongaram com a fúria. – Vou matá-lo. Se a obrigou a algo, juro, aquele imbecil vai pagar...

– Tegan não me forçou a nada. Eu o procurei. Foi minha decisão. Pedi a ele que me deixasse usá-lo. Foi escolha minha, Sterling. Não teve nada a ver com ele.

– Você o procurou? – Ele a fitou como se ela o tivesse esbofeteado. – Bebeu dele por escolha própria? Céus, Elise... *por quê?*

– Porque fiz uma promessa a Camden de que faria o que fosse possível para garantir que ninguém mais seria ferido pelos Renegados ou por aqueles que os servem. Fiz um juramento, mas não posso cumpri-lo se meu corpo não tiver força. Tegan tinha razão. Eu precisava do sangue da Raça, e ele me deu.

Sterling passou a mão pelo cabelo, depois a colocou no rosto. Quando estendeu o braço para segurar seus ombros, os olhos estavam selvagens de dor, e os dedos a agarravam com força.

– Não precisava se ter rebaixado com um estranho, Elise. Maldição, podia ter me procurado. Devia ter me procurado!

Ela saltou ante o brusco aumento em sua voz e a ferocidade em seu belo rosto. Quando tentou se soltar de suas mãos, ele a apertou com mais força.

– Eu teria cuidado de você. Teria tratado você bem. Não sabia disso?

– Sterling, por favor, solte-me. Está me machucando.

– Eu faria o que a moça está pedindo, Harvard.

O frio comando surgiu de poucos metros dali no corredor. Tegan se encontrava ali, vestindo um suéter cor de chumbo e calças pretas. Seus braços estavam cruzados, e um dos largos ombros se apoiava contra a parede branca de mármore.

Toda sua postura dizia que não podia estar menos incomodado com o pequeno conflito que se passava entre Elise e o irmão de seu falecido parceiro, mas os olhos de Tegan contavam uma história diferente. Tinha a vista cravada em Sterling, sem piscar. Ameaçadora e firme sobre o outro homem.

Elise levantou as mãos para tocar as que ainda a seguravam como um torno.

– Sterling, por favor...

Ele a olhou, atônito e a soltou de uma vez.

– Sinto muito. Agora fui eu quem ultrapassou meus limites. Isso não vai acontecer de novo, prometo.

– Claro que não – disse Tegan em um tom estranhamente protetor, ainda que não tivesse se movido de sua posição no corredor. Enquanto Sterling recuava, claramente afetado por seu comportamento incomum, Tegan finalmente tirou os olhos dele e os moveu para Elise.
– O avião está pronto. Você vem ou não?

Elise engoliu em seco e deu um vacilante aceno com a cabeça.

– Vou.

Sem jeito, afastou-se de Sterling. Sentia os olhos dele sobre ela enquanto se encaminhava pelo corredor. O peso do olhar magoado de seu cunhado permaneceu sobre ela quando chegou perto de Tegan e passou a caminhar pelo corredor ao seu lado.

Chase permaneceu no corredor por muito tempo depois de Elise e Tegan terem desaparecido de vista. Não podia fingir que estava surpreso por Elise tê-lo rejeitado. Essa dor vinha há muito tempo, e sabia que a tinha trazido sobre si mesmo.

Elise nunca havia sido sua, independentemente de quanto ele havia desejado que as coisas fossem diferentes. Ela havia pertencido a seu irmão. Dentro de seu coração, provavelmente ainda pertencia, embora tivesse finalmente trocado as roupas brancas de viúva por vestimentas casuais.

E agora parte dela pertencia irrevogavelmente a Tegan.

Era essa a verdade que mais o aturdia. Tegan, o mais letal da Ordem, o mais frio. O que tinha menos apreço pela vida – a própria, ou a de qualquer outro.

Ainda assim, em sua necessidade, Elise havia recorrido a ele.

Teria Tegan levado-a para cama no processo? Chase se recusava a considerar essa possibilidade, embora fosse praticamente incomum para um vampiro da Raça deixar que uma mulher tomasse de sua veia e não ficar dominado pelo impulso sexual de tomar seu corpo em troca. Tegan não era de se vangloriar sobre suas conquistas – em todos os meses em que Chase estava na Ordem, nunca havia ouvido nenhuma ostentação de qualquer tipo pelo guerreiro – mas as várias noites que Tegan passava fora do condomínio deixavam poucas dúvidas de que o guerreiro tinha seus próprios assuntos para resolver. Uma mulher reservada como Elise era provavelmente nada mais que uma diversão para um sujeito de pedra como Tegan.

– Maldição – murmurou Chase, batendo com o punho na parede do corredor. Era um exercício inútil que apenas trazia mais dor. Mas, nesse instante, o sofrimento era bem-vindo. Queria sangrar. E seria ainda melhor se pudesse matar uns Renegados no caminho.

Percorreu o corredor e encontrou Dante do lado de fora do laboratório, conversando com Niko, Brock e Kade. Os três estavam armados assim como Chase, preparados para a patrulha desta noite.

Dante lhe dirigiu um cauteloso aceno de cumprimento quando ele se aproximou, seus olhos cor de uísque se estreitavam pensativamente.

– Já se foram – disse, como se Chase devesse ficar aliviado por saber. – Você está bem, Harvard?

– Parece que preciso de um maldito abraço em grupo? – Repreendeu ele. – Ficarei muito melhor quando meus pés estiverem sobre a calçada e minhas mãos, manchadas de sangue dos Renegados. Mais alguém quer carbonizar alguns desgraçados, ou todos preferem ficar aqui pensando sobre isso?

Ele não esperou por uma resposta e saiu para o elevador do condomínio com uma sombria e mortal determinação, seguido pelos outros guerreiros.

Capítulo 15

Elise cochilou durante a maior parte das nove horas de voo até Berlim. Tegan, contudo, permaneceu acordado. Nunca havia particularmente apreciado os modernos meios de transporte, e ainda que estimasse a eficiência de uma viagem a jato, lançar-se a mais de trinta mil pés acima do chão, a quinhentas milhas por hora, preso dentro de várias toneladas de metal estava perto de sua última opção na lista de coisas a fazer antes de morrer.

Ficou aliviado ao sentir o jatinho particular começar uma aterrissagem gradual quando chegaram ao Aeroporto de Berlim-Tegel. Poucos minutos depois, as rodas da aeronave tocaram terra firme.

– Chegamos – disse a Elise quando o suave baque da aterrissagem a despertou.

Ela se alongou de leve, escondendo um bocejo atrás da mão.

– Dormi o tempo todo?

Tegan deu de ombros.

– Você precisava descansar. Seu corpo ainda está se acostumando com o sangue que consumiu. Pode levar um dia ou dois para se habituar.

Ela se ruborizou ainda mais do que o rosado que havia aparecido em suas bochechas depois da alimentação na noite anterior. Virou o rosto como se quisesse ocultar sua reação dele e ergueu a cortina da pequena janela oval ao seu lado para contemplar a paisagem da cidade antes do amanhecer.

– É lindo – comentou, com a voz adoravelmente rouca de sono. – Nunca estive em Berlim. E você?

– Uma vez. Faz muito tempo.

Ela lhe deu um meio-sorriso de reconhecimento. Eles não tinham conversado sobre o que havia acontecido entre eles, e Tegan não tinha nenhum interesse em puxar o assunto. Já era ruim o bastante ele não ter sido capaz de tirar a visão – a incrível sensação sedosa de sua pele – da cabeça durante o tempo em que esteve ausente do condomínio. Havia desejado como nunca que ela desistisse da viagem a Berlim, e tinha inclusive considerado uma mudança de planos que a deixaria para trás.

Não queria pensar no motivo de ter sido levado a procurá-la, e então intervir quando a encontrou junto a Chase no corredor. O ímpeto protetor que havia sentido ao ver as mãos de outro homem sobre ela havia vindo rápido. Queria pôr a culpa no vínculo de sangue, mas o problema era que a conexão estava apenas meio completa. Ele não tinha tomado o sangue de Elise, então não tinha absolutamente nenhuma razão para se sentir possessivo com ela.

Durante vários séculos, estivera aperfeiçoando seu estado geral de apatia como uma armadura que havia há muito tempo se mesclado à própria pele, de modo que, a menos que o desejasse, não deveria estar sentindo nada.

Mas sentia.

Só de olhar para Elise, despertava uma tempestade de sentimentos indesejados, entre os quais uma luxúria que retesava cada centímetro de sua pele e fazia seu falo pulsar de volta à vida. Mal podia apaziguar seu desejo pela mulher. Vê-la se libertar enquanto chupava seu pulso havia apenas aumentado um desejo que já se encontrava lá. Agora ansiava por ela com uma necessidade destinada a terminar em desastre.

Porque se a tivesse nua debaixo de si, não havia nada que o impediria de beber de sua terna veia de Companheira de Sangue ao mesmo tempo.

Ela o surpreendeu contemplando-a quando se virou de repente da janela.

– Um enorme Rolls-Royce preto acabou de parar na pista ao nosso lado.

– Deve ser Reichen.

– Quem?

– Andreas Reichen. – Tegan se levantou assim que a aeronave por fim parou. – Ele fiscaliza o maior Refúgio Secreto da região. Ficaremos com ele em sua propriedade fora da cidade.

A porta da cabine se abriu e dois pilotos uniformizados saíram para cumprimentar Tegan com a cabeça enquanto se preparavam para desembarcar. Eram ambos humanos, de primeira classe e disponíveis vinte e quatro horas por dia para os voos particulares da Ordem. Pelo que os pilotos sabiam, trabalhavam para uma empresa muito rica e privada que exigia anonimato e absoluta lealdade em troca de um generoso contracheque.

Para a maioria dos humanos, isso era suficiente. Para os poucos que se provavam indignos de confiança, eram premiados com uma completa lavagem cerebral e um ligeiro pé na bunda.

– Aproveite sua estada em Berlim, senhor Smith – disse o capitão enquanto abria a porta do jato para o lance de escadas que já havia sido colocado ao lado da aeronave. Ele dirigiu a Elise um sorriso cortês quando ela passou por ele para sair do avião. – Senhora Smith – disse educadamente. – Um prazer servi-la. Tenha um dia agradável.

Na pista de aterrissagem, um motorista uniformizado saiu da limusine preta e abriu a porta de trás para seu passageiro. Andreas Reichen saltou do veículo assim que Tegan e Elise deixaram o último degrau e se encaminharam para o carro.

Ele parecia mais um rico executivo do que o libertino que Tegan uma vez conhecera, com uma camisa cinza e calças pretas sem quase nenhum vinco debaixo do sobretudo feito sob medida. Apenas o cabelo escuro revelava seu lado hedonista: comprido e solto, os densos cachos castanhos esvoaçavam com a brisa invernal que varria o pavimento.

– Sejam bem-vindos, meus amigos – disse ele com a voz de barítono tão profunda e elaborada no sotaque como Tegan a recordava. O vampiro não havia mudado muito nas muitas décadas desde que Tegan o vira pela última vez – não só em sua aparência de estrela de cinema, que era uma fonte indesculpável de orgulho para ele, mas também em seu descarado apreço pela beleza feminina.

– Andreas Reichen – ronronou, oferecendo sua mão a Elise.

– Sou Elise Chase – respondeu ela. – Muito prazer em conhecê-lo.

Quando ela estendeu a mão para cumprimentá-lo, Reichen tomou seus dedos com suavidade e os levou aos lábios para um casto beijo, inclinando a cabeça sobre sua mão.

– Encantado. É uma honra recebê-la em meus domínios.

Elise lhe deu um sorriso tímido.

– Obrigada, *Herr* Reichen.

O alemão franziu o cenho, como se tivesse ficado magoado pela formalidade.

– Deve me chamar de Andreas, por favor.

– Muito bem. Se me chamar de Elise.

– Com muita honra, Elise. – Ele demorou um instante antes de finalmente deixá-la para cumprimentar Tegan. – É muito bom vê-lo de novo, meu amigo, especialmente em circunstâncias mais agradáveis que antes.

– Isso ainda não é certeza – disse Tegan, sem se preocupar que sua atitude grave pusesse um fim nas saudações. – Ainda está tudo certo para a visita ao centro de reabilitação?

– Sim, tudo em ordem. – Reichen indicou o veículo parado. – Por que não entramos? Klaus vai cuidar de suas bagagens.

– Isto é tudo – disse Tegan, segurando uma bolsa preta de pano que continha seu equipamento de combate e algumas armas suplementares. – Não vamos ficar aqui mais que uns dois dias. Não deve demorar tanto para conseguirmos o que precisamos daquele Renegado, Odolf.

As bochechas bem-definidas de Reichen exibiram duas covinhas com um sorriso.

– Não fico surpreso que esteja aqui só a negócios, Tegan, mas e quanto à moça?

Elise sacudiu a cabeça.

– Essa viagem aconteceu tão rápido, não tive muito tempo de arrumar...

– Não tem importância – interveio Reichen. – Cuidarei disso. Tenho contas em várias butiques na avenida Ku'damm. Vou ligar do carro e pedir que levem algumas coleções hoje para a mansão para vocês dois.

Ele abriu o celular e começou a falar antes mesmo que estivessem todos sentados na limusine. Tegan compreendia um pouco de alemão dos velhos tempos, quando a Raça existia primeiramente na Europa – o suficiente para saber que Reichen estava encomendando vestidos e sapatos caríssimos em uma faixa de tamanho que adivinhou se referirem a Elise.

Quando ele ligou para outra loja e pediu que mandassem um alfaiate para uma prova de roupa dentro de uma hora, Tegan lhe lançou um olhar ameaçador.

– Que diabos está acontecendo, Reichen?

– Uma recepção, é claro. Acontecerá na minha mansão esta noite. Não é sempre que os Refúgios Secretos de Berlim recebem tão estimada companhia. Há pessoas em particular dentro da Agência que insistiram em poder cumprimentá-los adequadamente.

– Aposto que sim – zombou Tegan. – Não tenho nenhum interesse em desfilar por aí como uma cobaia de terno diante de um monte de burocratas do Refúgio Secreto. Então, não se ofenda, Reichen, mas o resto de seus companheiros podem ir se...

O alemão pigarreou sutilmente, como se quisesse lembrar a Tegan que estavam na presença de uma dama e que ele deveria maneirar a língua. Maldito sujeito sofisticado do Refúgio Secreto e seus modos impecáveis. Uma velha e enferrujada parte de Tegan reconhecia que Elise provavelmente não precisava escutá-lo falando mal da sociedade que a havia criado. Há não muito tempo, ela mesma era parte daquele mundo – e ainda o seria, se não fosse pelas mortes de seu companheiro e de seu único filho.

Reichen sorriu, arqueando uma escura sobrancelha enquanto Tegan sufocava o resto de seus pensamentos.

Mas havia uma centelha de satisfação brilhando nos sombrios olhos de Reichen que pouco tinha a ver com sua criação requintada. Era humor, um irônico divertimento.

– Na verdade, Tegan, a recepção foi organizada em honra de sua encantadora companheira. Talvez não esteja ciente de que Quentin Chase foi uma das figuras mais respeitadas da Agência, nos Estados Unidos e no exterior. – Reichen inclinou galantemente a cabeça na direção de Elise. – É uma grande honra para nós recebermos a viúva do diretor Chase por quanto tempo ela queira ficar conosco.

Tegan franziu o cenho sob a tênue luz do veículo, olhando de soslaio para Elise. Ela parecia menos surpresa que resignada com o anúncio, como se estivesse acostumada com o tipo de atenção que Reichen descrevia. Como se convivesse com aquele tipo refinado de sociedade o tempo todo.

Droga.

Ela não estava brincando quando dissera que podia levar toda a Agência até a Ordem com uma única ligação. Ele sabia que seu parceiro tinha sido muito bem relacionado, mas não tinha ideia da posição que a própria Elise ocupava nos Refúgios Secretos.

– Sua hospitalidade me deixa desconcertada, *Herr* Reichen... Andreas – corrigiu-se com discrição. – Muito obrigada por nos receber com tamanha graciosidade.

Tegan a fitava fixamente agora, observando a facilidade com que ela se punha no papel de diplomata com Reichen. Ela não havia sido tão delicada com ele na noite anterior, no condomínio. Não, com ele tinha sido insensível e exigente, perfeitamente pronta a usá-lo para conseguir o que queria.

E por que não?

Ele sabia como os tipos dos Refúgios Secretos viam a Ordem. Com exceção de alguns poucos vampiros da atual geração que ficaram impressionados ao verem os guerreiros destruírem o esconderijo dos Renegados em Boston no verão passado, a maioria da sociedade vampiresca comparava a Ordem a ferozes *pitbulls*. Aqueles dentro da Agência – o grupo cujas políticas de captura e reabilitação iam de encontro aos métodos extremistas da Ordem em lidar com Renegados mortais – eram os que mais expunham seu desprezo.

Não era de se estranhar que Elise, como Companheira de Raça de um de seus oficiais mais altos, pensasse em Tegan como nada mais que um meio de atingir seu fim.

O fato de tê-la deixado beber de seu sangue queimou Tegan como uma fresta da luz do sol do meio-dia em sua pele. Ao pensar que desejava a mulher – ainda que só um pouco – teve vontade de saltar do carro em movimento e correr até que alcançasse a aurora.

Sim, fazia muito bem em vê-la claramente agora. Antes que se permitisse fazer qualquer estupidez ainda maior com aquela mulher.

Capítulo 16

Elise deslizou a mão pelas jardas de reluzente seda índigo que a cobriam. O vestido de grife sem mangas era de tirar o fôlego, um de mais de uma dúzia de peças da alta-costura que Andreas Reichen havia feito trazerem da cidade logo pela manhã para que escolhesse. Ela escolheu o vestido mais simples, com a cor menos dramática, desejando que não tivesse que comparecer à recepção daquela noite.

Tinha sido tratada como uma rainha o dia todo, e mesmo após um relaxante cochilo, não estava com muito estado de espírito para as horas de socialização que a esperavam no grande salão de festas na mansão ao lado do lago. Mas anos de prática ao lado de Quentin lhe haviam ensinado o que era esperado de um membro da família de Chase: *o dever primeiro.* Essa tinha sido a crença pessoal dele, e Elise havia aprendido a aceitá-la também. Então, depois de um rápido banho na suíte de visitas, colocou o vestido bem-ajustado, de cor púrpura-escuro, um par de sandálias com pedras precisosas incrustadas, arrumou o cabelo curto com algum estilo e deixou o quarto pronta para desempenhar seu papel.

Ou pelo menos achava que estava pronta.

Assim que desceu a escada circular da enorme ala de dormitórios, o barulho de vozes e a refinada música a detiveram.

Essa seria sua primeira recepção pública desde a morte de Quentin. Até a época em que havia deixado o Refúgio Secreto, há quatro meses, havia se mantido de luto, vestindo a comprida túnica branca e a faixa escarlate que declaravam uma Companheira de Raça viúva. Como tal, havia podido se isolar em sua casa, vendo somente as pessoas que desejava e cuidadosamente evitando os olhares e sussurros compassivos que apenas a recordariam ainda mais da ausência de Quentin.

Não teria mais como evitar isso, percebeu, ao ver Andreas Reichen caminhando em sua direção pelo saguão de mármore, vindo do lotado salão de bailes. Ele estava estonteante em um terno preto e uma camisa branca meio enrugada. Seu cabelo escuro estava puxado para trás do rosto em um rabo frouxo na nuca, deixando à mostra as salientes maçãs do rosto e o forte maxilar quadrado. O afetuoso sorriso do belo alemão de certa forma a deixou à vontade assim que ele se aproximou.

– Uma escolha perfeita. Está maravilhosa – disse ele, contemplando-a com os negros olhos da cabeça aos pés enquanto tomava sua mão e a levava à boca. Seu breve beijo de cumprimento era como um suave sussurro e cálido como veludo. Ele a soltou e fez um leve aceno com a cabeça; quando seu olhar encontrou seu rosto, franziu o cenho. – Há algo errado? Alguma coisa não está do seu agrado?

– Está tudo ótimo – ela lhe assegurou. – É só que... Não faço isso há muito tempo. Socializar, sabe. Durante os últimos cinco anos, estive de luto...

A feição grave de Reichen se aprofundou em compreensão.

– De luto, esse tempo todo?

– Sim.

– Ah, Deus. Deve me perdoar, mas eu não sabia. Sinto muito. É só dizer que mando todos embora. Não precisam nem saber o motivo.

– Não – Elise sacudiu a cabeça. – Não, jamais pediria que fizesse isso, Andreas. Teve tanto trabalho, e afinal de contas é só uma agradável reunião. Posso sobreviver. *Vou* sobreviver.

Ela não podia deixar de olhar por cima dos largos ombros de Reichen, procurando pelo único rosto conhecido ali. Ainda que Tegan dificilmente pudesse ser considerado amistoso, era familiar e, rude ou não, sua força seria um apoio para ela. Pelo baixo fluxo em suas veias, podia senti-lo em algum lugar na mansão, por perto, mas fora de seu campo de visão.

– Viu Tegan? – Indagou, tentando parecer apenas casualmente interessada na resposta.

– Não, desde que chegamos esta manhã. – Reichen riu enquanto a conduzia pela escada em caracol, em direção ao salão de baile – Tenho certeza de que não o veremos em canto algum da recepção. Ele nunca foi chegado em eventos sociais.

Não, ela não achava que ele fosse.

– Você o conhece bem?

– Ah, não em particular. Mas suspeito que poucos possam afirmar que conhecem aquele guerreiro bem. Pessoalmente, sei tudo o que preciso para considerá-lo um amigo.

Elise ficou curiosa.

– Como assim?

– Tegan veio em meu auxílio algum tempo atrás, quando a região estava passando por um problema repentino, mas persistente, com um bando de Renegados. Isso faz muito tempo, no começo do século XIX... Em 1809, no ápice do verão.

Duzentos anos atrás pareceriam muito tempo para ouvidos humanos, mas a própria Elise vivia em meio à Raça por mais de um século, depois de ter sido resgatada das favelas de Boston pela família de Chase quando ainda era uma garotinha. As comunidades dos Refúgios Secretos da Raça existiam em várias partes da Europa e dos Estados Unidos desde muito mais tempo que isso.

– Então as coisas devem ter sido muito diferentes para vocês.

Reichen grunhiu, como se recordasse aqueles tempos.

– Tudo era diferente, sim. Os Refúgios Secretos não eram nem um pouco seguros como o são agora. Nada de cercas elétricas, sensores de movimento, câmeras para alertar sobre invasores. Normalmente, nossos problemas com os Renegados eram incidentes isolados – um ou dois vampiros de caráter fraco que sucumbiam à Sede de Sangue e causavam um pouco de caos na população humana antes que fossem capturados e contidos. Mas aquilo era diferente. Aqueles Renegados tinham começado a atacar os humanos e a Raça por igual. Eles haviam se unido para caçar, fazendo por esporte, pelo que parecia. Conseguiram se infiltrar em um dos nossos Refúgios Secretos. Antes que a primeira noite tivesse terminado, haviam violado e matado diversas mulheres e assassinado também vários machos da Raça.

Elise se estremeceu, imaginando o terror que deveria ter atravessado o coração dos moradores da região diante de tal violento episódio.

– E como Tegan os ajudou?

– Ele estava certamente perambulando pelo campo quando entrou em Grunewald e se deparou com um vampiro ferido do Refúgio Secreto, da minha comunidade. Quando Tegan soube o que estava acontecendo, apareceu em minha porta oferecendo ajuda. Teríamos lhe oferecido qualquer coisa, claro, mas ele não aceitou nada em troca. Não sei como ele fez, mas caçou cada um daqueles Renegados e matou todos.

– Quantos haviam?

A expressão de Reichen tomou ares de reverência.

– Dezesseis dos desgraçados selvagens.

– Meu Deus – ofegou Elise, completamente assombrada. – Tantos...

– O Refúgio Secreto de Berlim que você conhece hoje poderia ter sido varrido da existência se não fosse por Tegan vários anos atrás. Ele rastreou e matou todos os dezesseis Renegados sozinho e depois simplesmente retomou seu caminho. Não tive notícias dele outra vez até muitos anos mais tarde, depois que já se havia instalado em Boston com os poucos membros restantes da Ordem.

Elise não tinha palavras para o que tinha acabado de escutar. Parte dela estava impressionada pelo relato de Reichen dos feitos heroicos de Tegan, mas outra parte ficou repentinamente alagada por um profundo arrepio de terror que a fez tremer. Sabia que Tegan era um guerreiro talentoso – um indivíduo extremamente letal – mas não fazia realmente nenhuma ideia da violência de que ele era capaz.

E pensar que se havia jogado sobre ele na outra noite. Havia o induzido a cometer a blasfêmia de um vínculo de sangue que ela havia iniciado. Pensou em como deveria tê-lo insultado e, ainda assim, por algum milagre, ele não a havia agredido mesmo embora tivesse todo o direito de desprezá-la por usá-lo.

Santo Deus.

Se todas as coisas horrendas que a tinham feito acreditar desde criança sobre os membros da Ordem fossem remotamente verdade, ela provavelmente não estaria ali agora. Nesse instante, as pernas bambearam. O zumbido nas têmporas começava a crescer, distraindo-a como um enxame de moscas voando ao redor dos ouvidos.

– Andreas, acho que... preciso muito de uma bebida agora.

– Claro. – Reichen lhe ofereceu o braço e ela o aceitou de bom grado. – Vamos, vou apresentá-la aos convidados e garantir que tenha o que deseja.

Tegan esperou até que tivessem partido antes de descer do corredor do último andar da mansão. Tomou as escadas, ainda que pudesse facilmente ter saltado pelo corrimão de mogno entalhado que levava ao saguão de mármore três andares abaixo.

Depois de um dia enjaulado na mansão esperando pelo cair da noite, estava a caminho de sair à procura de sangue e de Renegados quando o som da voz de Elise o deteve em seu lugar. Ele a espreitou a tempo de ver Reichen se aproximar, repleto de seu sombrio charme habitual, e beijar a mão dela pela segunda vez desde que a tinha encontrado. Havia dito que ela estava maravilhosa e, por Deus, ela realmente estava.

O vestido de cor púrpura que ela vestia abraçava sua diminuta silhueta nos lugares certos, uma maravilha arquitetural de camadas de seda entrecruzadas, um vestido fluido e transparente. Seus ombros nus e o cabelo louro curto acentuavam a graciosa linha do pescoço, que atraía os olhos de Tegan como um farol. Seu pulso vibrava freneticamente debaixo da orelha, uma batida que ecoava em suas próprias veias, mesmo agora que ela tinha saído de vista.

Maldição, ele precisava se alimentar.

Quanto antes, melhor.

Trajado com seus equipamentos de combate, Tegan se dirigiu ao saguão de entrada da mansão, ávido por dar logo o fora daquele lugar. Passou pelas portas duplas escancaradas do grande salão de baile, ignorando o som ascendente do quarteto de cordas e o caótico zumbido das várias conversas em curso na recepção.

Ele tentou ignorar a visão de Elise no braço de Reichen enquanto o educado alemão a levava até a aglomeração de colegas. Ela estava tão elegante e refinada em meio à multidão, parecia se ajustar perfeitamente à elite dos Refúgios Secretos.

Aquele era seu mundo; não havia como duvidar do fato agora que a via envolta por ele. Ela pertencia àquele lugar, enquanto o lugar de Tegan era nas ruas, manchando as mãos com o sangue dos inimigos.

Sim, pensou, sentindo um ataque de ira percorrendo-lhe o corpo. *Ele pertencia a qualquer lugar, menos ali.*

Enquanto avançava pelo salão de baile no braço de Reichen, Elise esquadrinhava a multidão de cinquenta ou mais pessoas, reconhecendo diversos rostos de eventos a que havia comparecido com Quentin no passado. Todos a observavam – desde o instante em que havia entrado no salão. As conversas tinham cessado e todos se viraram. O quarteto de cordas continuava a tocar do outro lado do salão, reduzido a um suave sussurro musical enquanto Andreas Reichen a apresentava aos presentes.

Ele a apresentou a uma pessoa atrás de outra, uma vertiginosa fila de nomes e rostos que eventualmente começaram a se misturar em sua mente. Ela aceitava as condolências pela morte de Quentin e escutava com orgulho as histórias de vários representantes da Agência da região sobre suas transações com seu respeitado parceiro. Mais de um lhe perguntou sobre a natureza de seus negócios em Berlim, mas ela se esquivava das perguntas tão habilidosamente quanto podia. Não parecia prudente discutir os assuntos da Ordem em um espaço tão público, e seria praticamente impossível mencionar sua associação com os guerreiros sem explicar como os havia conhecido em primeiro lugar.

Quão chocados e horrorizados ficariam aqueles diplomatas dos Refúgios Secretos se soubessem que ela estava nas ruas de Boston caçando Subordinados poucos dias atrás?

Uma parte rebelde dela quase desejava poder expor a verdade, ao menos para observar aqueles civis engravatados recuarem. Em vez disso, Elise simplesmente sorveu um gole do vinho que Reichen lhe havia trazido logo depois que chegou, com a atenção apenas parcialmente focada no Agente que vinha alugando seu ouvido por quase quinze minutos seguidos.

Fitando-a levemente da ponta de seu nariz aquilino, o imponente vampiro louro se apressava em impressioná-la com o relato de como havia servido à Agência durante a maior parte da vida – enumerando mais de um século de histórias autoengrandecedoras que ele parecia se sentir obrigado a descrever para ela em grandes detalhes. Ela acenava com a cabeça e sorria nos momentos apropriados, imaginando quanto tempo demoraria para chegar ao fundo da taça de vinho.

Por volta de três segundos, decidiu, tomando casualmente o último gole do requintado vinho francês.

– Seus anos de serviço são louváveis, agente Waldemar – disse, já se retirando da conversa – Pode me dar licença, por favor? Estou com medo de que esse vinho suba direto à minha cabeça.

O arrogante agente balbuciou algo sobre ela não ter escutado ainda sobre a vez em que ele precisou levar vinte pontos depois de um confronto com um Renegado do lado de fora de Tiergarten, mas Elise lhe deu um sorriso educado enquanto se deslizava pela área mais densa da multidão.

Em meio aos corpos perfumados e revestidos de seda, uma mão feminina se estendeu e alcançou a sua.

– Elise? Ah, meu Deus, é tão bom ver você!

Ela foi envolta por um abraço terno e apertado. Quando se afastou, uma corrente de alegria lhe preencheu ao ver o rosto de uma velha e querida amiga.

– Anna, olá. Você está ótima.

– Estou bem. E você – quantos anos faz desde que nos vimos pela última vez? Os garotos eram tão novos. Já tinham seis anos quando estávamos todos juntos?

– Estavam com sete anos – disse Elise, atingida por uma rajada instantânea de lembranças. Camden e o filho de Anna, Tomás, ficaram amigos rapidamente, e passaram um verão inteiro juntos antes de a Agência realocar o companheiro de Anna no exterior.

– Não posso acreditar como o tempo voa – exclamou a outra Companheira de Raça, então tomou a mão de Elise entre as suas. – Ficamos sabendo do que aconteceu com Quentin, claro. Sinto muito por sua perda.

Elise esboçou um sorriso.

– Obrigada. Foi uma época... difícil. Mas estou acostumando-me a viver sem ele o melhor que posso.

Anna estalou a língua.

– E pobre Camden. Posso apenas imaginar como deve ter sido difícil para ele também, perder o pai quando mal entrava na adolescência. Como ele está passando? Veio com você para Berlim? Sei que Tomás adoraria vê-lo.

Todo o sangue pareceu drenar para longe de sua cabeça diante das perguntas bem-intencionadas. A dor em seu coração ainda a machucava por essa perda mais recente. Tanto que mal podia encontrar a voz para falar.

– Camden está... bem, não está aqui, na verdade. Houve um incidente poucos meses atrás em Boston. Ele, hum... se deparou com alguns problemas, e... – Ela precisou respirar fundo e empurrar as palavras para fora da boca. – Camden foi assassinado.

Anna ficou pálida com o choque.

– Oh, Elise! Perdoe-me, não fazia nem ideia...

– Sei que não. Está tudo bem. A morte de Camden foi repentina, e muita gente ainda não sabe.

– Ah, minha amiga querida. Passou por tantas tragédias, não foi? Deve ser a mulher mais forte que conheço. Perder tanto assim em tão pouco tempo... teria me destruído, tenho certeza. Acho que teria desistido e simplesmente desvanecido.

Elise também quase o fez. Deus sabia que havia, a princípio, desejado fazer exatamente aquilo. Mas a ira a fez passar pelo sofrimento inicial.

E a vingança a conduziria pelo resto do caminho.

– Você acaba fazendo o necessário para sobreviver – ouviu-se dizendo à mulher abatida que a fitava com tanta piedade que doía. – Você só faz... o que for preciso.

– Claro – respondeu Anna. Ela sorriu, mas em um vão esforço que não mascarou completamente seu desconforto com o rumo estranho que a conversa tinha tomado. – Por quanto tempo vai ficar aqui? Quem sabe, se tiver tempo, posso levá-la para conhecer a cidade. Temos parques adoráveis e museus...

– Quem sabe – Elise fitou a taça de vinho como se tivesse acabado de se lembrar que estava vazia. – Pode me dar licença? Acho que vou andar um pouco e pegar mais vinho.

– Sim, claro – disse Anna com uma compaixão que lhe suavizava os olhos. – Foi bom vê-la, Elise. De verdade.

Elise apertou gentilmente a mão de sua amiga.

– Você também.

Quando começou a se afastar, um baixo murmúrio de conversas atravessou a multidão. Elise mal teve que se virar para ver o que o tinha causado; sentia a perturbação profundamente nos ossos, e um cálido comichão de consciência se instalou em seu peito.

– Pelo amor de Deus – murmurou o agente Waldemar a poucos passos de distância. Ele e vários de seus colegas abriam espaço com desvelado desprezo em direção à porta de entrada do salão. – Era de se esperar que ele pelo menos tivesse a decência de se vestir de acordo para um evento destes. São uns selvagens desprezíveis, todos eles.

Elise virou a cabeça e viu Tegan entrando na reunião. Era uma visão surpreendente e terrível; estava vestido com roupas de combate da cabeça aos pés e repleto de armas. Seu cabelo castanho comprido em excesso estava todo despenteado na cabeça e nos largos ombros recobertos de couro, e seus olhos esverdeados emanavam um ar letal enquanto esquadrinhavam casualmente a multidão.

Ele devia saber como parecia assustador para aqueles civis mimados, mas simplesmente fitou com desprezo os poucos indivíduos que se atreveram a contemplá-lo enquanto avançava entre eles.

– Olhe só para aquele bárbaro da Primeira Geração – riu Waldemar, ao que seus companheiros da Agência forçaram uma risada. – As gerações mais novas podem ficar impressionadas pelos métodos violentos da Ordem – especialmente depois daquele espetaculozinho em Boston no verão passado – mas só precisam dar uma boa olhada nesse sujeito para ver o que os guerreiros realmente são: valentões selvagens que já passaram da época.

Os tipos soltaram gargalhadas, tão pomposos em seus ternos de seda, exalando arrogância como uma brisa azeda.

Elise detestou o modo como os machos dos Refúgios Secretos olhavam para Tegan. E em um pequeno canto, envergonhada de sua consciência, sabia que tinha sido culpada pela mesma coisa em outra época. Havia sido criada em uma família da Agência desde que era pequena, ensinada a acreditar que a Ordem era exatamente o que aquele homem dizia ser.

E, a respeito do próprio Tegan, Elise tinha de admitir que fora quem mais injustamente o havia julgado.

– Diga-me, agente Waldemar – disse Elise, colocando-se diante do vampiro da Raça e fitando seu olhar surpreso. – Há quanto tempo mora no Refúgio Secreto de Berlim?

Ele estufou o peito com orgulho.

– Cento e trinta e dois anos, minha cara dama. Como mencionei antes, a maioria deles trabalhando a serviço da Agência. Por que pergunta?

– Porque me ocorre que, enquanto você e seus amigos passeiam por aí em festas requintadas, dando tapinhas nas costas um dos outros e condenando a Ordem como obsoleta, os guerreiros estão nas ruas arriscando a vida todas as noites para proteger uma nação que não se incomodou nem ao menos em agradecê-los por seus esforços nos últimos séculos.

Waldemar empalideceu, mas logo suas grossas sobrancelhas louras se baixaram perigosamente.

– Você é a viúva de Quentin Chase, então serei gentil e não a sobrecarregarei com os detalhes de quão brutais esses valentões podem ser. Mas lhe asseguro, madame, são assassinos desalmados, todos eles. Especialmente aquele – disse com a voz baixa e conspiratória. – Ele cortaria sua garganta durante o sono se tivesse vontade, escute minhas palavras.

– Aquele – disse Elise, ciente de que Tegan se aproximava a cada instante, e as veias se acenderam como chamas, as têmporas zumbiam. Mas estava furiosa e cada vez mais enraivecida. – Aquele guerreiro que está insultando de graça é a principal razão de qualquer um de vocês estar aqui esta noite.

– Ah, claro! – Zombou Waldemar, claramente incrédulo.

– A memória histórica de vocês é tão curta nessa região que se esqueceram do bando de Renegados que apareceu em seu Refúgio Secreto há duzentos anos, matando muitos de seus cidadãos? Foi aquele guerreiro quem se encarregou pessoalmente de caçar os Renegados. Ele salvou sua comunidade sozinho e não pediu nada em troca. Acho que um pouco de respeito por ele agora seria apropriado.

Nenhum dos vampiros do Refúgio Secreto disse uma única palavra quando ela terminou a afronta e esperou pela reação deles. Eles olhavam atrás dela agora; o agente Waldemar era o mais pálido de todos. Enquanto eles lentamente se retraíam na aglomeração de corpos unidos, Elise se virou e se viu a menos de um palmo de distância de Tegan. Ele a olhava furioso e parecia tão zangado como nunca o tinha visto antes.

– Que diabos pensa que está fazendo?

Capítulo 17

Tegan sabia que era um erro entrar naquela festa. Estava a quase um quilômetro de distância da mansão a pé quando sentiu subitamente uma necessidade de voltar e tornar sua presença conhecida a todos aqueles idiotas do Refúgio Secreto que achavam que eram melhores que ele.

Ou talvez só quisesse marcar presença para a mulher que vinha virando sua cabeça desde o momento em que a conheceu pela primeira vez. Uma parte masoquista dele queria reivindicá-la, mesmo que esperasse com certeza que ela fosse ficar consternada com sua presença – assim como todos os outros convidados que o viram entrar em sua adorável festinha vestido para guerra.

O que ele jamais teria esperado era que Elise se levantaria para defendê-lo como se ele precisasse ser protegido de um bando de exibidos em ternos e gravatas borboleta. Não conseguia se lembrar da última vez que havia se sentido humilhado, mas era o que sentia agora, ali de pé, só com Elise enquanto o resto da multidão recuava.

– Sinto muito – disse ela, ignorando suas exigências para que ela se explicasse. Sem esperá-lo falar, ela simplesmente foi embora. Tegan ficou ali, acompanhando-a com os olhos enquanto ela depositava a taça vazia na bandeja de um garçom e se dirigia para a parede de portas de vidro que dava para o lago nos fundos da propriedade, com seus campos e jardins. Quando ela saiu sozinha, Tegan grunhiu uma maldição e foi atrás dela.

Ela estava a meio caminho da água, amassando a grama congelada sob os finos saltos de seus sapatos, quando ele a alcançou.

Tegan a segurou pelo braço e a fez parar.

– Quer me explicar o que foi aquilo?

Ela deu de ombros.

– Não gostei do que estava escutando. Aqueles engravatados certinhos, como você os chama, estavam errados e precisavam escutar aquilo.

Tegan soltou um forte suspiro, e sua respiração formou uma névoa no gélido ar.

– Olhe, não preciso de ninguém para me defender – especialmente de um bando de imbecis como aqueles. Sei cuidar de mim mesmo. Da próxima vez, poupe-me de suas preocupações.

Os olhos dela se estreitaram na escuridão enquanto o contemplava.

– Não, não consegue aceitar nem o mínimo gesto de gentileza de ninguém, não é, Tegan?

– Da última vez que conferi, estava muito bem por conta própria.

Ela soltou uma gargalhada. Jogou a bela cabeça para trás e riu de verdade, bem em sua frente.

– Você é inacreditável! Consegue destruir um exército de Renegados sozinho, mas morre de medo de que alguém realmente se importe com você. Ou, ainda pior, que você se sinta tentado a se importar com alguém.

– Você não sabe nada sobre mim.

– E alguém sabe? – Ela arrancou o braço da mão dele. Seu rosto parecia austero sob a luz da lua, as suaves feições se repuxavam tensas. – Vá embora, Tegan. Estou cansada e só... só quero mesmo ficar sozinha agora.

Ele a observou levantar o comprido vestido púrpura acima dos pálidos tornozelos enquanto recomeçava a caminhar em direção ao lago escuro que reluzia ao fundo do opulento gramado. Ela se deteve nas sombras de um velho abrigo de pedra para barcos à margem do lago e se envolveu com os próprios braços.

Tegan pensou em fazer o que ela tinha pedido, virar-se e ir embora e deixá-la ter seu espaço. Mas agora estava irritado e não ia deixar que Elise lhe atacasse verbalmente e simplesmente saísse.

Estava completamente pronto para insultá-la por achar que sabia algo sobre o que ele tinha passado ou por pensar que podia possivelmente saber como ele se sentia, mas quando se aproximou dela por trás, viu que ela tremia. Não só pelo frio, tremia de verdade.

Céus, ela estava chorando?

– Elise...

Ela sacudiu a cabeça e se virou para caminhar para mais longe, fora de seu alcance.

– Pedi para ir embora!

Tegan a seguiu, movendo-se mais rápido que os olhos humanos dela podiam acompanhar. Deteve-se em sua frente, bloqueando-lhe o caminho. Uns olhos pálidos e cheios de lágrimas se levantaram arregalados antes que ela se virasse para passar por ele. Ela não deu nem um único passo. Ele a alcançou e a manteve imóvel com os dedos sobre os trêmulos ombros nus.

Sua dor o atravessou no mesmo instante em que suas mãos fizeram contato. Ele não tinha ajudado em nada a situação, mas grande parte do sofrimento que ela estava sentindo era ainda mais profunda que a ira que ele lhe tinha provocado. Tegan sentiu suas emoções se infiltrarem pela ponta dos dedos, percebendo a fria dor da perda. Estava fresca outra vez, como uma ferida dilacerada antes que tivesse cicatrizado por completo.

– O que aconteceu lá dentro?

– Nada – mentiu ela, com a voz densa pelo pesar. – Vai passar, tudo bem?

Eram as mesmas palavras que ele lhe tinha dito em seu apartamento quando cruelmente rechaçou seu luto. Ela o atacava com elas agora, desafiando-o com seus faiscantes olhos cor de lavanda a dizer algo gentil, ou mesmo pensar que poderia consolá-la.

Ele queria lhe oferecer isso. Tal compreensão o atingiu com força, bem no meio do peito. Não queria vê-la sofrer.

Desejava... Deus, nem mesmo sabia o que desejava quando se tratava daquela mulher.

– Sei o que está passando – admitiu em voz baixa. – Compreendo a perda, Elise. Também já passei por isso.

Ah, inferno.

O que ele estava fazendo? Alguma antiga parte dele se elevou em pânico defensivo assim que as palavras deixaram sua língua. Não tinha exposto sua triste história há tempos. Sabia que revelava o suave ventre de uma besta há muito tempo adormecida, mas já era tarde demais para voltar atrás com a afirmação.

A expressão de Elise passou de angústia a terna surpresa. Uma compaixão que ele não sabia ao certo se estava pronto para aceitar.

– Quem você perdeu, Tegan?

Ele virou os olhos para a água iluminada pela lua e para o brilho das luzes cintilando do outro lado, recordando uma noite que havia revivido mentalmente milhares de vezes. Mais de quinhentos anos de possíveis cenários alternativos imaginados – uma lista sem fim de coisas que poderia, deveria ter feito diferente – mas o resultado era sempre o mesmo.

– Ela se chamava Sorcha. Foi minha Companheira de Raça muito tempo atrás, quando a Ordem ainda era recente. Foi sequestrada pelos Renegados uma noite em que eu estava fora, patrulhando.

– Ah, Tegan – murmurou Elise. – Eles a... machucaram?

– Ela está morta – respondeu, constatando um fato.

Não achava que ela gostaria de saber os terríveis detalhes de como seus captores a haviam devolvido, abusada e violada, uma casca destruída do que havia sido antes. Só Deus sabia como não queria falar sobre a culpa e a raiva que o tinham consumido quando Sorcha voltou viva – mas por pouco, drenada de todo o sangue e humanidade. Para seu horror, ela havia se transformado em uma Subordinada.

Tegan tinha perdido a cabeça, perdido claramente o autocontrole, naqueles dias sombrios que se seguiram ao sequestro e à volta de sua Companheira de Raça. Ele tinha se perdido à Sede de Sangue e estivera muito perto de se transformar em Renegado.

Tudo por nada.

A morte, quando finalmente caiu sobre Sorcha, havia sido uma misericórdia.

– Não posso trazê-la de volta, muito menos esquecer o que aconteceu.

– Não – disse Elise com brandura. – Como queria que pudéssemos. Mas quanto tempo é preciso para pararmos de nos culpar por tudo que gostaríamos de ter feito diferente?

Ele a fitou outra vez, desacostumado com a sensação de afinidade. Mas foi o arrependimento em seus olhos que fez que algo dentro de si atenuasse.

– Você não deu a seu filho a droga que o corrompeu, Elise. Não o empurrou para esse abismo.

– Não? Achei que o estava protegendo, mas o mantinha muito perto de mim o tempo todo. Ele se revoltou. Queria ser um homem – *ele era um homem* –, mas eu não podia suportar a ideia de perder meu menino, porque ele era tudo que me restava. Quanto mais eu tentava mantê-lo próximo de mim, mais ele se afastava.

– Toda criança passa por isso. Não quer dizer que foi você quem causou a morte dele...

– Nós discutimos na última noite em que o vi – ela exclamou de repente. – Camden queria ir a uma festa... uma *rave*, acho que foi o que ele disse. Alguns jovens do Refúgio Secreto já haviam desaparecido, então eu estava preocupada que algo acontecesse com ele. Eu o proibi de ir. Disse que se ele fosse, não precisava mais voltar para casa. Era só uma ameaça vazia. Eu não tinha intenção de...

– Céus – murmurou Tegan. – Todos dizemos coisas das quais nos arrependemos depois, Elise. Você estava apenas tentando protegê-lo.

– Em vez disso, eu o matei.

– Não. A Sede de Sangue o matou. Marek e aquele humano que ele contratou para criar o Carmesim o mataram. Não você.

Ela cruzou os braços ao redor de si e sacudiu a cabeça em silêncio. Ele não deixou de notar a súbita torrente de lágrimas em seus olhos.

– Está tremendo – Tegan tirou o pesado casaco de couro e o colocou sobre ela antes que ela pudesse recusá-lo. – Está muito frio. Não deveria ficar aqui fora.

Não com ele, pensou, muito tentado a tocá-la nesse instante.

Antes que ele pudesse se deter, estava levando a mão à bochecha dela e secando a umidade que corria por sua pele pálida. Acariciou-lhe o rosto, passando o polegar por seus lábios. Lembrava-se facilmente da doçura da boca dela pressionada contra seu pulso. Do calor da língua enquanto o lambia, sugando forças de seu sangue.

De como a sensação do corpo faminto, retorcendo-se ao seu lado, o havia inflamado.

Desejava aquilo outra vez, com uma ferocidade que o aturdia.

– Tegan, por favor... não. – Elise suspirou, fechando os olhos como se soubesse o rumo de seus pensamentos. – Não faça isso se não quer de verdade. Não me toque desse jeito se não... se não se sente assim.

Ele levantou-lhe o queixo, deslizando com ternura a ponta dos dedos sobre as pálpebras macias, pedindo que lhe olhasse. Elas se abriram lentamente, deixando à mostra duas poças de bela luz ametista emolduradas por escuras pestanas.

– Olhe para mim, Elise. Diga-me o que acha que estou sentindo – murmurou ele, e então inclinou a cabeça em direção a ela e pressionou a boca contra seus lábios entreabertos.

A calidez do beijo era como uma labareda, acendendo o espaço frio em seu peito. Deixou os dedos se embrenharem no sedoso cabelo curto da nuca, segurando-a contra ele enquanto deslizava a língua pela fresta entre os lábios dela. Ela os separou para ele com um suspiro, tremendo em seus braços enquanto ele sentia o veludoso gosto úmido de sua boca.

Quando as mãos dela o tocaram, foi Tegan quem estremeceu, assustado pela sensação de ser sustentado, surpreso ao ver quanto precisava daquilo – quanto precisava dela. Fazia muito tempo desde que se tinha permitido esse tipo de intimidade. Os séculos de solidão haviam sido seu único consolo, mas isso...

O desejo por essa mulher dilacerava-o com sua intensidade. Suas gengivas pulsavam com a iminência das presas. Mesmo detrás das pálpebras fechadas, ele sabia que suas íris emanavam uma luz ambarina, evidência de seu desejo por Elise. A pele estava tensa, seus *dermaglifos* formigavam com a repentina corrente de sangue que lhes intensificava a cor em vívidos tons de anil, bordô e ouro. Ele sabia que ela provavelmente podia sentir a rígida ereção de seu pênis, entre o corpo deles, pressionando-lhe o abdômen.

Elise devia estar consciente de sua reação corporal a ela – devia saber o que aquilo significava – mas não o empurrou. Seus dedos se enredaram ainda mais fundo em seus ombros, apertando-o com uma intensidade que ele mal podia compreender.

Foi ele quem recuou, rompendo o contato com uma maldição baixa e murmurada. Quando voltou os olhos para a mansão, viu vários rostos encostados no vidro, os colegas de Elise dos Refúgios Secretos os observavam com completo desdém.

Elise também os viu. Acompanhou seu olhar pelo gramado recoberto de geada e pelos jardins, mas quando se virou de novo para Tegan não havia um único traço de vergonha em suas feições. Apenas terna estima e o persistente calor de desejo em seus olhos.

– Deixe que olhem – disse ela, acariciando-lhe a mandíbula diante da plateia desaprovadora. – Não me importo com o que pensam.

– Mas deveria. É o seu mundo do outro lado daquele vidro. – Ela não podia mais ficar ali fora com ele, especialmente enquanto seu beijo ainda deixava seu sangue em chamas. – Deveria voltar para lá.

Ela levantou a vista até a luz dourada que emanava do salão de baile e sacudiu lentamente a cabeça.

– Não posso voltar. Olho para eles e tudo o que vejo é uma bela gaiola. Dá vontade de correr antes que a armadilha me prenda outra vez.

Tegan ficou surpreso com a sincera confissão.

– Não era feliz no Refúgio Secreto?

– Era tudo que eu conhecia. Quentin era tudo que eu conhecia. Sua família me acolheu ainda bebê e me criou como um dos seus logo depois que cheguei no Refúgio Secreto. Devo-lhes tudo pela vida que me proporcionaram.

Tegan grunhiu.

– Isso me parece gratidão. Nada errado com isso, mas perguntei se era feliz lá.

Ela lhe lançou um olhar pensativo.

– Era, na maior parte do tempo, sim. Especialmente depois que tive Camden.

– Você disse que se sentia presa.

Ela assentiu de leve.

– Nunca fui muito forte, fisicamente. Meu dom tornava difícil para mim sair dos Refúgios Secretos por qualquer período de tempo, e Quentin achava imprudente que eu fosse a algum lugar sozinha. Só queria proteger-me, tenho certeza, mas às vezes aquilo era... sufocante. Então havia todas aquelas obrigações com a Agência e as expectativas impossíveis que vinham por ser um membro da família Chase. Precisava andar numa linha estreita o tempo todo – lealdade à Agência a qualquer preço, saber seu lugar e manter-se nele, nunca ousar falar fora de sua vez. Não lhe posso dizer quantas vezes quis gritar, só para provar para mim mesma que podia. Na maioria dos dias, ainda quero.

– E o que a impede?

Ela lhe franziu o cenho por cima do ombro.

– O quê?

– Vá em frente. Grite agora se quiser. Não vou impedi-la.

Elise riu. Voltou a olhar para a mansão atrás deles.

– Isso realmente lhes daria pano para manga, não? Pode imaginar as histórias que contariam amanhã sobre como você aterrorizou uma indefesa mulher civil? Sua reputação nunca se recuperaria.

Ele deu de ombros.

– Mais uma razão para fazê-lo, a meu ver.

Elise soltou um comprido suspiro, formando uma nuvem de vapor no ar gelado. Quando se virou para fitá-lo outra vez, uma luz suplicante cintilava em seus olhos cor de lavanda arregalados.

– Não posso voltar lá esta noite. Fica comigo aqui fora, Tegan... só por um tempo?

A visão de Marek ardia vermelha de fúria enquanto esquadrinhava o plano de voo que um de seus Subordinados havia conseguido no aeroporto de Boston algumas horas antes. Um jato particular tinha programado uma viagem de última hora para Berlim na noite anterior, carregando dois passageiros – um dos quais certamente era um membro da Ordem.

Tegan, sem dúvidas, baseado na descrição visual que o informante de Marek lhe tinha repassado. Mas a mulher que o acompanhava era um mistério. Tegan era um completo solitário e, por mais que tentasse, Marek não conseguia imaginar o que obrigaria o estoico e letal guerreiro a tolerar a presença de uma mulher por mais do que alguns poucos minutos necessários.

Contudo, ele não tinha sido sempre assim. Marek se lembrava bem da total devoção do guerreiro à mulher que havia tomado como companheira – céus, fazia uns quinhentos anos? Ela era bonita, recordou Marek, com a escura aparência cigana e um sorriso doce e confiante.

Tegan havia sido devoto a ela. E perdê-la tão brutalmente quase o destruíra.

Era uma pena que não tivesse acabado de vez com ele.

O fato de Tegan estar em Berlim nesse instante era uma notícia preocupante. Somada ao diário que Marek perdeu – um diário que havia levado muito tempo para encontrar – sabia que estava olhando para um maldito desastre em erupção. A Ordem estava com aquele diário agora, Marek não tinha dúvidas.

Quanto tempo levariam para pôr todas as peças no lugar? Ele teria de trabalhar rápido se quisesse continuar à frente.

Infelizmente, para ele, ainda era dia e, a menos que quisesse se arriscar a um bronzeado letal a trinta mil pés mais perto do sol, teria de esperar até o anoitecer antes que pudesse viajar e tomar o controle da situação pessoalmente.

Até então, teria que contatar alguns olhos e ouvidos de Subordinados em seu lugar.

Capítulo 18

Tegan abriu a porta da casa de barcos, construída de madeira e pedra, que abraçava a costa do lago e levou Elise para dentro. Ela não conseguia enxergar direito na escuridão, mas Tegan segurava sua mão com firmeza, caminhando a passos firmes enquanto ela andava com cautela sobre as largas tábuas com seus sapatos de salto.

O espaço para um barco grande estava vazio por causa do inverno, e com a água parcialmente congelada na base da construção.

– Deve haver um sótão por aqui – disse Tegan, guiando-a em direção a uma escada de madeira.

– Como sabe disso?

– Aqui era a cabana dos guardas da última vez que estive aqui. Acho que agora não há mais muita necessidade de guardas florestais, então Reichen a reformou para abrigar um de seus muitos brinquedos.

Elise levantou a borda do vestido e o enorme sobretudo de couro de Tegan e subiu as escadas com ele. Ao final dos degraus, ele abriu uma porta que revelou um amplo espaço com vigas e pilares. Era rústico, mas acolhedor. A luz da lua entrava através de uma janela triangular que dava para o lago. Grandes poltronas de couro flanqueavam um sofá posicionado em local estratégico para as melhores vistas do lago, e na parede ao leste havia uma lareira de pedra.

– Conhecendo Reichen, deve ter energia elétrica aqui – disse Tegan em algum ponto atrás dela. Um segundo depois, um abajur de mesa se acendeu do outro lado do cômodo, ativado por sua mente.

– Na verdade, se não se importar, acho que prefiro a escuridão. É mais pacífico.

A luz se apagou, substituída outra vez pelo pálido e fresco resplendor da lua. Elise sentiu os olhos de Tegan sobre ela enquanto ia até a janela para contemplar a noite. Seus saltos se afundaram em um felpudo tapete branco – pele de carneiro, percebeu, baixando os olhos para a forma peluda e irregular no chão. Por impulso, tirou as elegantes sandálias e deixou que os pés se enterrassem na luxuosa e densa pele.

No mesmo instante, parte de sua ansiedade desapareceu. Ela se entregou ao tranquilo movimento da água lá fora e à silenciosa escuridão do sótão. A tensão da festa estava baixando, mas seu pulso ainda batia forte pelo beijo de Tegan. Ela não tinha esperado que ele fosse tão terno com ela, ou que se abrisse e compartilhasse seu passado.

Não tinha esperado seu desejo.

Ele a desejava, e ela também o desejava.

O espaço ao redor deles praticamente vibrava com essa consciência, o ar estava denso com tudo que estava implícito entre eles.

– Isso é uma péssima ideia – murmurou Tegan se aproximando dela; sua voz baixa era um grunhido que fez vibrar os ossos. – Não deveria ficar sozinha comigo agora.

Elise se virou para olhá-lo e ficou impressionada com o tremeluzente brilho ambarino em seus olhos. Não havia desvanecido desde o beijo no gramado. E tampouco o calor em seu corpo. Ela podia senti-lo irradiando em sua direção, penetrando o couro do casaco que a envolvia.

Tegan expos os dentes e as presas em um sorriso penoso.

– Caso não tenha percebido, essa é sua deixa para uma rápida retirada.

Ela não se mexeu. Não tinha absolutamente nenhuma vontade de sair nesse instante, embora soubesse que Tegan não era do tipo que dava segundas chances. Sustentando o olhar intenso, observou ele se aproximar e tirar o casaco de seus ombros. Ele o colocou na cadeira atrás dela. Enquanto se ajeitava, roçou os dedos sobre a curva nua de seu braço. Seu toque era ardente de calor, e ainda assim ela tremeu ao senti-lo.

O desejo fervilhou dentro de Elise. Queria que ele a tocasse, precisava tanto disso que deixou escapar um suave gemido na garganta.

Tegan franziu o cenho, baixando as sobrancelhas castanhas sobre as brasas reluzentes em seus olhos. Afastou a mão com um olhar penetrante.

– Não – disse bruscamente. – Não, isso é uma ideia realmente péssima. Eu tomaria mais de você do que está disposta a oferecer.

Quando ele se virou com o intento de ir embora, Elise avançou até ele e levou a mão até a lateral de sua rígida mandíbula.

– Tegan, espere. Não quero que vá.

Ela chegou mais perto, até que o corpo deles roçou um no outro no escuro, e escutou sua profunda respiração assobiar entre os dentes e presas enquanto ela se erguia na ponta dos pés diante dele. Podia sentir a onda de calor emanar de cada músculo do corpo dele no instante logo antes de pressionar seus lábios nos dele. Provou a ferocidade de sua fome na forma como ele a envolveu com os braços e a arrastou profundamente em seu abraço, enquanto a boca exigente transformava o beijo hesitante em algo sombrio e febril.

Ele gemeu, e Elise sentiu as compridas pontas das presas rasparem contra os lábios enquanto ele deslizava a língua pela abertura da boca dela. Deixou-o entrar, deliciando-se com a erótica invasão, incapaz de conter um gemido choroso quando ele se retirou abruptamente.

O peito dele ofegava a cada rouca respiração que arrastava aos pulmões. Ele a fitava sob as sobrancelhas baixas, com o verde dos olhos completamente alagado por uma luz ambarina e as pupilas afuniladas em fendas no centro de todo aquele dourado feroz. Mesmo no escuro, envolto pelo traje de combate, ela podia ver que ele estava totalmente excitado. Tinha sentido o denso volume de seu sexo pressionando insistentemente contra ela um momento antes de se separar. Ela sabia que se tirasse as armas e a camisa preta justa, veria os *dermaglifos* da Primeira Geração agitando-se com cores lívidas.

Ele nunca tinha parecido mais ameaçador que naquele momento – um imenso e poderoso macho da Raça que poderia tê-la debaixo de si em um instante.

Mais rápido que isso, se quisesse.

Talvez ela devesse temê-lo, agora mais que nunca. Mas não era o medo que fazia os joelhos cederem debaixo de si. Não era o medo que fazia o coração disparar em um ritmo frenético no peito. Tampouco era medo o que fazia os dedos tremerem quando lentamente os levou para as costas para encontrar o zíper do vestido que a confinava e começar a descê-lo.

Antes que os minúsculos dentes tivessem descido mais que cinco centímetros, as enormes mãos de Tegan se fecharam em torno das suas, imobilizando-a. Segurou-a ali, prendendo-lhe o braço gentilmente nas costas enquanto colocava a mão livre entre seus corpos. Seus dedos perpassaram os detalhes no decote do vestido, delineando a borda de seda escura que emoldurava a parte superior dos seios. Havia uma possessividade deliciosa em seu toque, no modo com que a continha enquanto a outra mão passeava livremente por seu corpo.

Quando a beijou de novo, foi descaradamente carnal, uma profunda reivindicação de sua boca que imitava as duras investidas de seu quadril no lugar onde ele a pressionava. Puxou-a para frente com a mão em suas costas enquanto seus olhos a penetravam, duas pedras ambarinas que lhe ordenavam que entendesse quão perto estava de cair em um abismo profundo.

Se ela cedesse agora, não haveria volta. Ele tomaria seu corpo e seu sangue. Não havia como se enganar com aquela feroz promessa em seus olhos.

Como se quisesse ressaltar seu ponto, Tegan acariciou com as costas da mão a linha do pescoço dela. Deixou o pescoço exposto e se inclinou sobre ela, arrastando a língua por toda sua carótida. Suas presas eram uma abrasão sutil, mas inequívoca, enquanto a boca se movia logo abaixo da orelha.

Um tremor de incerteza a percorreu ante o pensamento de aonde aquilo estava indo, mais rápido que ela estava preparada.

Ela realmente não devia estar ali.

Não devia estar fazendo aquilo...

A risada de Tegan soou cruel, sombriamente satisfeita. Ele a soltou de imediato, praticamente empurrando-a para longe de seu alcance.

– Vá – disse ele, com a voz tão grave que ela mal reconheceu. – Saia logo daqui antes que façamos algo de que nos arrependeremos

Ela levou a mão até a lateral do pescoço, onde ainda podia sentir o prolongado calor da boca dele. Seu pulso agora palpitava com força, tão alto que podia ouvi-lo. Quando ela afastou os dedos do pescoço, viu que havia pequenos rastros de sangue.

Meu Deus, ele tinha estado assim tão perto de mordê-la?

O olhar faminto de Tegan acompanhava cada movimento seu, e ele parecia selvagem o bastante para se arremeter contra ela se ela hesitasse por mais um segundo.

– O que está esperando? Já disse para dar o fora daqui! – Berrou, e o grunhido animal a sacudiu para a ação.

Elise apanhou as sandálias do chão ao seu lado e correu da casa de barcos tão rápido quanto seus pés conseguiam lhe carregar.

Tegan se jogou na poltrona mais próxima assim que ouviu a porta da casa de barcos se fechar atrás de Elise.

Estava tremendo fisicamente de desejo por ela, com todos os sentidos da Raça totalmente ampliados com a profundidade de sua fome pela mulher.

Céus, ele tinha estado a apenas uma fração de segundo de afundar as presas nela.

Aquele raspão não intencional em sua pele, que havia deixado apenas um ligeiro gosto de sangue em sua língua, havia praticamente acabado com ele. Estremeceu-se com a doçura de queiró e rosas que ainda se prolongava em sua boca. As presas palpitavam, assim como outra parte de sua anatomia, ambas igualmente vorazes. Ambas o amaldiçoando por ter deixado Elise partir.

A única coisa que o tinha levado de volta ao bom senso havia sido sua repentina inundação de ansiedade. Através da conexão do toque, sentiu a corrente de medo sobrepujar-lhe o desejo – nem um instante cedo demais. Ela tinha sido flexível demais, tolerante demais, inclusive quando ele a tinha deliberadamente forçado, desejando que ela compreendesse o rumo que ele queria que as coisas tomassem.

O rumo que ainda queria que as coisas tomassem com ela.

Sim, direto para o inferno, e ele ia na frente.

Ele apertou os braços da poltrona, cravando os dedos no macio couro para evitar que saltasse de pé e fosse atrás dela. O que era exatamente o que mais desejava fazer.

Seu lado mais selvagem que humano o compelia a se levantar. Era um predador no fundo do peito e nunca havia sentido isso mais do que naquele instante, com seus olhos de vampiro refletindo de volta na janela de vidro da casa de barcos, e as presas estendidas, compridas e afiadas como navalhas.

Cada sombrio instinto nele estava focado em uma única coisa: Elise.

Apenas um leve gosto dela e já ardia com a necessidade de mais. Quão perdido ele ficaria se nunca tivesse a oportunidade de encher a boca com aquele néctar luxuriante que corria por suas ternas veias?

Ah, droga. Ele estava com sérios problemas.

E precisava se alimentar.

Nem tanto por sustento, mais por distração. Porque, se não saciasse ao menos uma das fomes que o afligiam, acabaria com Elise de costas debaixo de seu corpo antes que a noite terminasse.

Elise não parou de correr até ter circulado a mansão e encontrado a entrada principal. Sabia que devia entrar. Estava tarde e ela tinha frio. Seus pés descalços estavam molhados e congelando, e seu corpo tremia pelo ar invernal. Sabia como tinha chegado perto do desastre com Tegan; deveria estar agradecida por ele lhe ter dado a chance de escapar do que se provaria por fim ser um desastre devastador.

E entretanto...

Ela se encontrava nos degraus de mármore que lhe conduziam à segurança, mas sua mão se recusava a abrir a porta. O medo que tinha sentido pouco tempo atrás na casa de barcos tinha se transformado em algo mais – algo que ainda a desconcertava de várias formas, mas a parte mais difícil tinha passado.

Havia se sentido ansiosa e apreensiva naqueles ardentes minutos com Tegan. Completamente consciente do desejo dele por ela, e aturdida ao perceber como aquela fome a inflamava. Agora, depois de fugir dele como uma covarde, sentia-se... vazia.

Elise se afastou da elegante mansão.

Aquilo não era o que queria.

Assim que seus pés atingiram a fria grama, ergueu o vestido úmido e correu de volta pelos arredores da mansão. Atravessou o enorme gramado e os jardins, já sem fôlego ao alcançar a escura construção de tijolos e madeira perto do lago. Abriu a porta e correu escada acima até o sótão, pronta para deixar que Tegan tomasse o que quisesse dela.

Mas a casa de barcos estava vazia.

Ele já tinha partido.

Tegan vagava pela cidade, movendo-se com a velocidade sobrenatural que tornava todos da Raça praticamente invisíveis a olhos humanos. Tinha ficado satisfeito pela corrida desde o Refúgio Secreto de Reichen ao lado do lago. Estava satisfeito pela brisa fresca que o ajudava a esvaziar a cabeça depois da catástrofe quase iminente com Elise.

Mas estava principalmente satisfeito pela quantidade de humanos que rondavam as ruas escurecidas de Lichtenberg no empobrecido Distrito Leste de Berlim. Filas e filas de horrendos prédios de concreto de vinte andares se amontoavam nessa região leste de Berlim, o que apenas aumentava a indisposição geral do lugar. Havia poucos turistas ali a essa hora da noite. Apenas moradores de feições sombrias que se apressavam ao voltar de turnos de trabalho noturnos, ou de bares imundos que atendiam à classe operária – gente que nunca deixaria a República Democrática Alemã, com o muro ou sem.

Tegan vasculhou os arredores com olhos de caçador. Estava programado para caçar Renegados, mas podia dizer só de olhar que não havia nenhum daqueles imbecis na vizinhança. Enquanto Boston tinha sido praticamente invadida pelos sedentos de sangue, cortesia da recente reaparição de Marek, Berlim e a maioria das cidades grandes tinham reportado uma mínima atividade de Renegados por anos.

E maldição se aquilo não o agradava.

Porque nesse instante, Tegan teria recebido de bom grado uma boa luta com seus inimigos – vários, se pudesse escolher.

Teve que reprimir a agressividade enquanto espreitava uma das ruas desoladas que o levavam mais para dentro do distrito. Procurou por sua presa noturna, ignorando duas mulheres que lhe deram uma boa inspecionada quando saíram de um bar e cruzaram seu caminho. Ele passou ao lado delas com um grunhido irritado.

Não se alimentaria de uma mulher.

Nunca o tinha feito em todo esse tempo... desde a morte de Sorcha.

Era uma escolha sua, algo que ele tinha adotado como punição por falhar em salvar a inocente moça que se havia equivocado ao confiar nele para mantê-la a salvo de seus inimigos. Mas, em algum ponto do caminho, a aversão de Tegan quanto a alimentar-se de mulheres, sem mencionar unir-se a outra Companheira de Raça, havia se tornado um ato de desespero.

Um ato de pura sobrevivência.

Suas necessidades eram muito profundas. E ele sabia por experiência própria como era fácil perder o controle. Experimentara a Sede de Sangue uma vez e jamais se permitiria chegar perto dela outra vez.

O fato de ter se sentido tão tentado por Elise esta noite o havia deixado seriamente perturbado. Não desejara uma mulher – na boca ou na cama – por um longo período de tempo que, de alguma forma, havia se transformado em séculos. Tinha permanecido sozinho por vontade própria, compromissado a nada mais além de sua missão de exterminar os Renegados.

Mas agora...?

– Droga – grunhiu com selvageria entre os dentes e presas apertados.

Agora estava a dois segundos de voltar correndo para o Refúgio Secreto onde Elise provavelmente se encolhia de medo do que ele poderia ter feito a ela – a ambos – se tivesse cedido ao impulso de beber dela.

Em vez disso, seguiu em frente, com a vista fixa em um trio de *skinheads* que usavam couro negro e correntes. Os cadarços brancos das botas praticamente brilhavam sob a escassa luz irradiada pelos intermitentes postes logo acima. Eles assobiaram para uma velha senhora com um lenço na cabeça que vinha na direção deles na calçada. Ela baixou os olhos escuros para evitar enfrentar a ameaça, e quando começou a atravessar a rua para sair do caminho deles, a gangue de neonazistas avançou em sua direção, provocando-a com terríveis insultos racistas. Eles a empurraram a um canto do prédio mais próximo, e um deles tentou apanhar sua bolsa. A mulher gritou e lutou, e de repente estava sendo arrastada para o beco adjacente, onde a situação certamente iria piorar.

Tegan interveio rapidamente, sentindo a fúria da batalha o transformar.

O primeiro *skinhead* não soube nem o que o atingiu até que foi lançado vários metros na rua. Sabiamente, ele se levantou, lançou um olhar a Tegan e correu na direção oposta. Seus parceiros precisavam de algo mais convincente. Enquanto um deles arrastava a velha mulher pelo beco pela alça da bolsa, o outro tirou um canivete e tentou golpear Tegan.

E falhou.

Mas era muito difícil acertar um alvo que em um instante está parado diante de você e de repente, no próximo, está atrás de você, tirando seu braço do lugar. O *skinhead* uivou em agonia, derrubando a lâmina enquanto caía de joelhos no chão.

Tegan soltou a respiração em turvas névoas, enquanto suas mãos formigavam por acabar com o idiota, mas o que realmente precisava ser morto era o que atacava uma velha mulher indefesa a poucos metros de distância.

– Saia já da minha frente – grunhiu ao humano que choramingava, arregaçando os lábios para trás das presas para ter certeza de que o garoto visse o inferno que teria de enfrentar se decidisse ficar por ali.

– Ah, droga! – Ofegou o humano, compreendendo Tegan muito claramente. Pôs-se de pé e saiu em disparada, com o braço deslocado pendendo inutilmente a seu lado.

Tegan se virou e correu pelo beco onde o último dos *skinheads* tinha finalmente conseguido arrancar a bolsa da velha senhora. Ele agora revirava a bolsa de couro, jogando para fora seu escasso conteúdo. Rasgou o tecido e a jogou ao chão.

– Onde está seu dinheiro, vadia? Deve estar escondido em algum lugar aqui para ter segurado a bolsa com tanta força!

A mulher engatinhou para recuperar uma pequena fotografia emoldurada do chão lamacento.

– Minha foto – choramingou ela, seu alemão marcado por um sotaque árabe. – É tudo que tenho de meu marido! E você a destruiu!

O *skinhead* riu.

– Oh, meu coração está despedaçado por você. Seu detestável lixo estrangeiro.

Tegan se aproximou do rapaz como um fantasma. Enganchou a mão ao redor da nuca do *skinhead* e o afastou da mulher. De soslaio, viu-a recolher seus pobres pertences e se apressar para sair do beco.

– Ei, *ubermensch* – silvou Tegan a poucos centímetros do ouvido do humano. – Nunca se cansa de aterrorizar velhinhas? Talvez queira ir direto ao hospital, não é mesmo? Aposto que faria um belo estrago na ala infantil. Ou a oncologia seria mais do seu agrado?

– Vá se danar – ganiu o valentão em inglês. – Talvez eu lhe deva mostrar o necrotério, idiota.

Tegan sorriu, mostrando as presas.

– Engraçado. É exatamente para lá que você está indo.

O humano mal teve chance de gritar antes que Tegan lhe rasgasse a garganta e começasse a se alimentar.

Capítulo 19

Tegan conseguiu evitá-la completamente durante todo o dia seguinte. Elise não sabia aonde ele tinha ido na noite passada, ou onde havia passado as horas antes do anoitecer, quando a hora de seu compromisso no centro de contenção da Agência se aproximava. Ele tampouco falou com ela – mal olhou em seu rosto – durante todos os quarenta e cinco minutos no carro enquanto o motorista de Reichen levava os três ao sul da cidade, ao local onde o Renegado Odolf se encontrava confinado.

A entrada era protegida por portões controlados por um sistema de segurança automatizado. Não havia nenhum sinal que indicasse o que havia do outro lado dos altos portões de ferro, mas era evidente, pela cerca de alta-voltagem e aparência de fortaleza, que o que quer que estivesse ali dentro deveria continuar lá. Quando o carro se aproximou, Elise viu uma fina faixa vermelha de luz esquadrinhar o veículo de um dos aparelhos eletrônicos que flanqueavam a entrada. Um instante depois, a parede de ferro se abriu diante deles.

O motorista de Reichen conduziu o carro para dentro, e se deteve diante de outro conjunto de altos portões. Quatro guardas armados da Raça se aproximaram de cada lado do veículo e abriram as portas. Elise não deixou passar despercebido o gutural grunhido de Tegan quando todos saíram do carro, praticamente sob a mira das armas.

Outro vampiro da Raça se aproximou, vindo de uma porta sem janelas incorporada ao portão interno do complexo. Ele parecia sério e distinto em seu terno cinza-escuro e colarinho preto, a barba avermelhada aparada em um perfeito cavanhaque.

– Senhora Chase – disse, cumprimentando-a com um breve aceno. – Seja bem-vinda. Sou Heinrich Kuhn, diretor deste lugar. Se estiver pronta, vamos escoltá-la para dentro agora. – Ele fitou os dois homens que a acompanhavam, sem mal se atrever a olhar para Tegan. – Seus, hum... companheiros podem esperá-la aqui, se quiser.

– De jeito nenhum. – A voz profunda de Tegan, a primeira vez que se manifestava desde que tinham deixado a propriedade de Reichen, atravessou o ar como uma espada. Ignorando o repentino rangido metálico quando os guardas levantaram as armas para ele, deu um passo na direção de Elise, interpondo-se entre o chefe do centro e ela, em uma postura claramente protetora. – Ela não vai entrar sozinha.

– Estará em perfeita segurança – respondeu o diretor, dirigindo-se explicitamente para Elise em vez de Tegan, como se o guerreiro não merecesse uma explicação direta. – O paciente estará retido, claro, e também foi sedado para se alimentar, o que deve acabar a qualquer instante. Não haverá nenhum perigo em relação a ele, posso lhe garantir...

– Não me importo que o desgraçado esteja preso detrás de três metros de pura pedra – grunhiu Tegan, e seus olhos verdes cintilavam. – Ela não vai entrar naquela cela de contenção de Renegados sem mim.

Dois dos guardas trocaram rápidos olhares nervosos com o diretor, como se esperassem por sua ordem de agir, mas temessem a ideia de arranjar confusão com o guerreiro da Primeira Geração, que tinha uma reputação letal amplamente aceita.

E realmente deviam hesitar. Elise não tinha dúvida de que, se as coisas esquentassem ali, seria necessário muito mais que uma equipe de segurança do Refúgio Secreto para lidar com Tegan. Andreas

Reichen também parecia compreender a situação, e o alemão evidentemente achava a ideia levemente divertida, sorrindo enquanto observava os civis engravatados sem saberem o que fazer.

– Senhora, por favor – disse o diretor em um tom diplomático claramente falso. – As visitas às instalações são raramente permitidas a qualquer um por causa do estresse que tendem a causar aos residentes em tratamento. Por um pedido do Diretor-Chefe da Agência, abrimos uma exceção para você com essa entrevista, mas me oponho a pensar o que a simples visão de um guerreiro dentro da clínica poderia causar ao progresso de meu paciente. Deve estar ciente que tipos como ele se deleitam em perturbar os atormentados de nossa espécie. Praticamos a compaixão aqui, não a maldade.

Tegan escarneceu.

– Vou entrar com ela. Não foi uma pergunta.

Ainda que o olhar dele estivesse cravado no diretor do centro de contenção, Elise sabia que Tegan já tinha avaliado os quatro guardas e dispensado-os como qualquer forma real de ameaça. Sob o comprido sobretudo que usava, o guerreiro também estava armado com uma pistola desagradável e várias adagas mortais embainhadas ao redor do torso e dos quadris. Ele não fez nenhuma menção de pegar qualquer uma das armas, mas Elise sabia, por tê-lo visto em ação, que levaria menos de um segundo para que a restrita faixa do pavimento fosse transformada em um cemitério encharcado de sangue.

– Gostaria que Tegan me acompanhasse – disse Elise, tomando controle da situação. Vislumbrou os olhos de Tegan se moverem para ela rapidamente, antes que voltasse o hostil olhar de volta para o diretor.

– Senhora, realmente não acho que...

– Tegan vem comigo – Elise tirou o casaco e o dobrou sobre o braço. Sorriu educadamente, mas seu olhar era tão inflexível quanto seu tom de voz. – Temo que devo insistir, diretor Kuhn.

O modo como Elise lidou com o arrogante diretor do centro era impressionante. Ela conhecia o protocolo da Agência e dos Refúgios Secretos, e compreendia até que ponto podia forçar ambos. Sua posição como viúva de Quentin Chase lhe trazia bastantes vantagens, o que ela não hesitava em usar.

Impressionava ainda mais o fato de ela ter ficado ao seu lado quando poderia muito bem ter deixado que ele mesmo se virasse para conseguir entrar e interrogar o Renegado Odolf – e teria todo o direito de fazer isso, visto como as coisas tinham terminado entre eles na noite passada. Elise era indiferente à pressão, uma perfeita dama e uma estrategista equilibrada.

Ela era – e ele tinha que admitir ao menos para si mesmo – um maldito trunfo valioso.

E seu apreço por ela só aumentava por mal conseguir tirar os olhos dela naquela calça social azul-marinho totalmente *sexy* e na blusa branca enrugada que ela vestia por cima. A prova daquela admiração crescente era uma rígida e pesada presença detrás do zíper de suas calças pretas quando deixou Reichen esperando com o motorista e acompanhou o gracioso balanço dos quadris de Elise pelo segundo lance de portões, em direção ao centro de contenção logo adiante.

Tegan ignorou os olhares boquiabertos dos funcionários da clínica por que passavam. Mal registrava os confusos passos apressados dos civis ao redor – tanto daqueles que saíam de seu caminho, quanto das almas ousadas que deixavam os postos de vigilância e as portas das salas de consulta para espiar o sombrio e perigoso estranho que caminhava em meio a eles.

O diretor da instalação conduziu Tegan e Elise pelo interior do lugar, por uma série de portas de segurança. Finalmente, desceram por um comprido corredor de concreto e se detiveram em frente a uma pesada porta de aço onde se lia *Centro de Tratamento*. O diretor digitou um código em um teclado embutido na parede, posicionou o rosto diante de um *scanner* e esperou enquanto um feixe de luz fazia uma rápida leitura de suas retinas.

– Por aqui – disse ele, torcendo o nariz de modo quase imperceptível enquanto segurava a porta aberta para que Elise e Tegan entrassem em mais um corredor.

O espaço ali dentro era mal-iluminado e tranquilo, exceto por gemidos intermitentes e grunhidos selvagens não completamente disfarçados pela suave música clássica que repercutia pelos alto-falantes presos no alto das paredes. As portas fechadas se enfileiravam dos dois lados do corredor, algumas com pequenas janelas que deixavam ver o ocupante da habitação. Alguns dos quartos estavam vazios, mas outros confinavam Renegados em diferentes estágios de consciência, todos amarrados em camisas de força. Pesadas barras de ferro equipadas com fechaduras eletrônicas mantinham as portas fechadas, enclausurando os pacientes em seus cômodos.

Tegan vislumbrou uma das janelas ao passar e teve a patética visão de um vampiro da Raça viciado em sangue que babava, com o corpo enfraquecido revestido por um imundo macacão branco, a cabeça raspada e ainda com pequenos adesivos da recente sessão de terapia de choque elétrico. Os ferozes olhos ambarinos do Renegado estavam semicerrados, virados para trás no crânio por causa de algum sedativo que lhe tinha sido dado.

– Então essa é a versão dos Refúgios Secretos para o centro de recuperação Betty Ford,[1] hein? – Tegan soltou uma risada sem graça. – E vocês ainda têm coragem de dizer que a Ordem não tem misericórdia.

Elise lhe lançou um olhar repressor, mas Kuhn ignorou completamente a provocação. Ele os guiou em direção à última cela de conten-

1 Fundado por Betty Ford, ativista e primeira-dama dos Estados Unidos no mandato de Gerald R. Ford (1974-1977).

ção, detendo-se brevemente para digitar um código de acesso. Quando a luz de entrada piscou verde logo acima da porta, o diretor explicou:

– Como a alimentação ainda está em andamento, teremos de esperar na sala de observação até que terminem. Deve demorar apenas mais alguns minutos.

Tegan seguiu Elise para dentro do aposento e a apoiou quando ela recuou fisicamente, horrorizada, no instante em que enxergou o procedimento que acontecia do outro lado do vidro sombreado.

– Meu Deus – ela ofegou, levando a mão à boca.

No quarto adjacente, o Renegado chamado Petrov Odolf se encontrava amarrado a uma mesa de exames, tal como um animal sendo examinado. Estava nu, exceto pelas várias braçadeiras grossas de metal que o prendiam em cada membro, em volta do torso e do pescoço, e ao longo da testa. Sua cabeça raspada estava envolta em uma máscara de fios de arame e couro entrelaçados que mantinham imóveis sua mandíbula e as presas, para manter em sua boca o tubo pelo qual corria o sangue fresco da anfitriã que tinha a desagradável tarefa de alimentá-lo. O Renegado tinha se urinado em algum momento durante o procedimento, deixando uma poça sob a mesa que apenas aumentava a degradação da cena toda.

E então havia a mulher.

Tegan exalou uma apropriada maldição enquanto seu olhar acompanhava o tubo de sangue que saía da boca do Renegado e ia dar no interior do antebraço de uma jovem mulher deitada em outra mesa de exame a poucos metros de distância. Vestida com um macacão médico branco sem mangas, estava imóvel deitada de costas, tranquilamente, na verdade, mas suas bochechas sardentas cintilavam com lágrimas.

– Mandou uma mulher lá dentro com aquela fera?

– É a Companheira de Raça dele – respondeu Kuhn. – Eles estiveram juntos por muitos anos antes que ele sucumbisse à Sede de Sangue e se transformasse em Renegado. Ela vem aqui toda semana para alimentá-lo, e também para obter seu próprio sustento dele. Ela precisa manter sua própria saúde e longevidade para continuar cuidando dele. Sinceramente, ele tem sorte de ter sua devoção. A maioria de nossos pacientes não tem nenhuma Companheira de Raça para cuidar deles, então têm de se alimentar de doadores humanos.

Elise se aproximou do vidro nesse instante, claramente espantada e repugnada pelo que via.

– Como encontram esses outros doadores, diretor Kuhn?

Ele deu de ombros quando ela voltou a vista para ele sobre o ombro.

– Nunca temos de procurar muito. Estudantes universitários dispostos a participar de pesquisas médicas em troca de algum dinheiro, prostitutas, sem-tetos... viciados, se estivermos muito desesperados.

– Ora, que beleza – interveio Tegan, arrastando as palavras cheias de sarcasmo. – O que fazem por aqui é uma verdadeira operação de classe.

– Não fazemos mal a ninguém, em termos gerais – respondeu Kuhn com um sorriso afetado. – Os procedimentos são monitorados bem de perto e nenhum de nossos anfitriões recrutados tem lembranças do ocorrido depois. Simplesmente os retornamos à vida normal deles com um dinheirinho no bolso que eles não teriam conseguido de outra maneira. Um pouco de tempo passado aqui é a melhor coisa que pode acontecer a vários dos desafortunados que recrutamos como doadores.

Tegan estava prestes a cuspir um comentário ferino ao pomposo vampiro do Refúgio Secreto, mas fazia menos de vinte e quatro horas desde que ele próprio estava caçando por sangue nas ruas escuras de Berlim. Havia matado, ainda que pudesse justificar aquela morte com o fato de haver um criminoso humano a menos nas ruas para agredir uma mulher indefesa. Mas isso não fazia dele um santo, de jeito nenhum. No fundo, todos os membros da Raça eram predadores egoístas e cruéis. Alguns apenas tentavam esconder o fato atrás de paredes brancas esterilizadas e equipamentos médicos.

– Pronto – anunciou o diretor da clínica quando um curto bip soou no painel de controle ao lado da janela de observação. – O procedimento de alimentação já acabou. Assim que o paciente estiver calmo e sozinho, podemos entrar.

Eles esperaram enquanto Odolf era desconectado do tubo de alimentação. O vampiro lutou contra a retirada do tubo; seu vício de sangue o fez grunhir e morder por detrás da máscara em seu rosto quando os assistentes cortaram seu fornecimento. Ele lutou para se soltar, mas o esforço era letárgico e ineficaz, sem dúvida pelos sedativos que Kuhn tinha mencionado anteriormente.

Os *dermaglifos* do Renegado ainda ardiam em profundos tons púrpura, vermelho e preto, com as cores da feroz fome percorrendo os padrões de marcas que cobriam seu peito nu e os ombros.

Suas enormes presas reluziram brancas como ossos com o súbito rugido de protesto. As pupilas estavam fixas em fendas verticais, e as íris emanavam uma rajada de luz ambarina toda vez que ele tentava levantar a cabeçorra da mesa. Embora estivesse drogado, o gosto do sangue o tinha inflamado ao ponto da loucura – como acontecia com todos os Renegados.

Tegan devia saber. Tinha passado por uma sede semelhante, completamente irado. Não havia progredido tanto em se tornar Renegado quanto aquele vampiro, felizmente, mas tinha chegado muito próximo. Ver de perto aquele indivíduo viciado em sangue era um forte lembrete de como haviam sido aqueles meses sombrios em que Tegan lutara para se livrar de sua própria debilidade.

Enquanto Petrov Odolf se agitava inutilmente para se livrar das amarras, sua Companheira de Raça se levantou da mesa ao lado dele e se aproximou com cautela. Mantinha as mãos ao lado do corpo, embora fosse evidente, pela angústia em seus olhos, que desejava tocar seu parceiro. Ela sussurrou algo baixo demais para ser ouvido pelo áudio do painel de controle, virou-se e caminhou em direção à porta da sala de observação, secando as lágrimas das bochechas sardentas.

Kuhn abriu a porta para ela, que pareceu se assustar ao ver que tinha plateia. Seu rosto se ruborizou e ela baixou os olhos, envergonhada.

– Perdoem-me – murmurou ela, tentando sair logo para o corredor.

– Você está bem? – Perguntou Elise gentilmente.

A Companheira de Raça assentiu hesitante. Um soluço rudimentar se prendeu na garganta, reprimido.

– Podem me dar licença, por favor?

– Por aqui – disse o diretor Kuhn assim que a mulher do Renegado deixou a companhia deles e se dirigiu para o corredor. – Não posso conceder-lhe mais que dez minutos com ele, senhora Chase. E devo reiterar que acredito ser melhor se o guerreiro...

– Na verdade – interrompeu Elise, com a voz repleta de autoridade e autoconfiança –, gostaria que Tegan conduzisse a entrevista sem mim.

– O quê? Sem você? – As sobrancelhas de Kuhn se estreitaram juntas furiosamente. – Essas não eram absolutamente as condições de nosso acordo.

– Agora são. Não vou deixar que aquela pobre mulher saia daqui em tamanho estado de angústia – disse ela, e voltou o olhar para Tegan. – Tegan falará com Petrov Odolf. Confio nele quanto a isso, diretor Kuhn, e você também pode confiar.

Ela não esperou para ouvir o chefe das instalações expressar seu desacordo; simplesmente saiu da sala de observação e foi atrás da perturbada Companheira de Raça como um míssil de roupas chiques e salto alto.

Tegan se sentiu tentado a sorrir, mas em vez disso dirigiu um olhar fixo a Kuhn.

– Depois de você – disse, desafiando o diretor a tentar mantê-lo afastado daquela cela de contenção.

Capítulo 20

Elise alcançou a Companheira de Raça logo adiante no corredor. A mulher estava sentada sobre um banco acolchoado, com o rosto apertado entre as mãos. Chorava silenciosamente, mas seus soluços contidos estremeciam todo o corpo.

– Sinto muito – murmurou Elise, sem saber ao certo se deveria se intrometer em um momento tão particular, mas comovida demais pelo que tinha visto para simplesmente deixar a Companheira de Raça sofrer sozinha. Pegou um pacotinho de lenços de papel na bolsa e o ofereceu a ela enquanto se aproximava da mulher. – Quer um?

Seus olhos castanho-claros avermelhados se levantaram para encontrar os de Elise.

– Sim, obrigada. Sempre penso que serei forte por ele, mas é tão difícil. Nunca é fácil, ter de vê-lo naquele estado.

– Claro – assentiu Elise, sentando-se ao lado dela. – Sou Elise, a propósito.

– Irina – respondeu a outra brandamente. – Petrov é meu companheiro.

– Sim, eu sei. O diretor do centro nos disse.

Ela baixou os olhos ao tirar um dos lenços dobrados.

– Você é dos Estados Unidos?

– Boston.

– Tão longe. O diretor Kuhn me informou que umas pessoas vinham visitar meu companheiro, mas não soube me dizer por quê. O que querem com Petrov?

– Só precisamos lhe fazer algumas perguntas, Irina. Só isso.

Havia um brilho preocupado no olhar oblíquo da mulher.

– Aquele vampiro que estava com você... Ele não é do Refúgio Secreto.

– Não. Tegan é membro da Ordem. É um guerreiro.

– Um guerreiro? – Irina ficou visivelmente petrificada, e franziu a sobrancelha. – Mas Petrov não feriu ninguém. É um bom homem. Não fez nada de errado...

– Está tudo bem – garantiu Elise, pousando a mão sobre os dedos trêmulos da ansiosa mulher. – Tegan não está aqui para lhe fazer mal, juro. Somente para falar com ele.

– Sobre o quê?

– Precisamos de informações sobre a linhagem familiar de seu companheiro. Precisamos conversar com ele e ver se ele reconhece um símbolo particular de *dermaglifo*.

Irina suspirou e sacudiu levemente a cabeça.

– Ele mal me reconhece mais. Não acho que vá ajudar muito vocês.

Elise sorriu com compaixão.

– Temos de tentar. É muito importante.

– Você me dá sua palavra de que não lhe farão nenhum mal?

– Sim. Tem minha palavra, Irina.

A Companheira de Raça fitou Elise por um bom momento, procurando a verdade com seus ternos olhos castanhos.

– Sim – disse ela por fim. – Acredito em você. Confio no que está me dizendo.

Elise apertou a mão da mulher.

– Faz quanto tempo que você e Petrov têm um vínculo de sangue?

– Cinquenta e sete anos neste verão – Havia orgulho na afirmação, e amor. Mas a tristeza se arrastou em sua voz ao prosseguir. – Ele está neste... *neste lugar...* pelos últimos três desses anos.

– Sinto muito mesmo – disse Elise.

– Pensei que ele seria mais forte que a fraqueza que acometeu seu pai e seus irmãos... Pensei que meu amor bastaria, sabe? Mas ele foi perseguido e atormentado por demônios que nunca compreendi. Três anos atrás, nas poucas semanas antes de eu o perdê-lo para a doença, era um homem diferente.

– Como assim? – Perguntou Elise com cautela, sem querer bisbilhotar no que tinha sido uma época muito dolorosa para a mulher.

– Ele mudou de várias formas depois que seu irmão mais velho se converteu em Renegado e morreu. Acho que Petrov talvez soubesse que estava chegando o dia em que ele também cairia. Era como se um terrível fardo tivesse caído sobre ele. Ele se afastou de tudo... inclusive de mim. Ficou misterioso, escrevia por horas em seu escritório, para depois queimar todos os papéis e transformá-los em cinzas. Consegui recuperar uma página, mas estava repleta de coisas sem sentido, uns rabiscos incoerentes que ele não podia – ou não quis – explicar-me. – Ela deu de ombros e baixou a cabeça. – Petrov começou a sair para se alimentar tarde da noite, enquanto eu dormia. Ficou louco com o tempo. Uma noite ele me atacou em um surto de Sede de Sangue, e percebi que era hora de nos separarmos.

– Deve ter sido muito difícil para você, Irina.

– Sim – ela murmurou. – A Sede de Sangue é terrivelmente sedutora. Sei que Petrov jamais voltará para casa. Eles raramente voltam deste lugar. Mas, ainda assim, tenho esperanças.

A Companheira de Raça gesticulou com a mão enquanto uma nova leva de lágrimas rolava dos olhos.

– Olhe só para mim desse jeito. Preciso tirar essa roupa horrenda de alimentação e voltar para casa. Obrigada pela conversa.

E obrigada por estes – disse, puxando outro lenço e secando os olhos úmidos.

– Não há de quê.

Elise se levantou junto com Irina e deu-lhe um breve abraço enquanto a outra mulher se recompunha para partir. Quando se foi, Elise voltou pelo corredor à cela de contenção de Petrov Odolf. Tegan estava saindo, e não parecia contente. O diretor Kuhn vinha logo atrás dele, esbravejando algo sobre *garantir o conforto do paciente* e *doses perfeitamente aceitáveis*.

– O que está acontecendo?

Tegan passou a mão pelo cabelo.

– Odolf está tão medicado que está praticamente catatônico. Não conseguiremos nada dele nestas condições.

– São sempre necessários sedativos adicionais para um procedimento de alimentação, para a segurança do paciente e de seu anfitrião de sangue – declarou Kuhn, indignado.

– E a outra meia dúzia de drogas que injetaram nele? – Contestou Tegan.

– É só nosso protocolo usual para garantir que nossos pacientes estejam cômodos o tempo todo.

– Não conseguiu falar nada com ele? – Perguntou Elise, ignorando a conversa de Kuhn para se concentrar em Tegan.

– Um minuto depois que entrei lá, ele mal estava consciente. Não conseguimos nada de valor.

– Voltaremos amanhã então. – Elise se virou para o chefe do local. – Tenho certeza de que o diretor Kuhn pode arranjar para que ele esteja mais lúcido quando voltarmos. Não é, diretor?

– Reduzir as doses de um paciente é um risco enorme. Não seremos responsáveis por qualquer mal que aconteça a qualquer um de vocês se esse for seu pedido.

Elise relanceou Tegan, que lhe deu um aceno de assentimento.

– Está ótimo. Espere-nos amanhã à noite neste mesmo horário e assegure-se de que Petrov Odolf esteja acordado e lúcido quando chegarmos.

A boca de Kuhn se retesou, mas ele inclinou a cabeça em consentimento.

– Como quiser, senhora.

Embora Tegan estivesse quieto, ela sentiu seus olhos sobre ela o tempo todo enquanto deixavam o centro de tratamento e eram escoltados de volta ao carro onde Reichen e o motorista aguardavam. Fosse o que fosse que tinha acontecido entre eles na noite passada na casa de barcos – e a pesada consciência que tinha permanecido nas horas posteriores – ainda estava presente nesse instante. Só de estar perto dele, seu corpo pulsava com um calor inquietante.

Sabia que aquilo em parte se devia à ligação que compartilhava com ele pelo sangue, mas havia outra parte de si mesma que também reagia a ele. Era essa última parte – a agitação elementar e feminina – que mais a preocupava, porque, depois da maneira em que ele a tinha deixado na noite passada, parecia que ela estava sozinha em seu desejo.

Tegan estava estoico e calado com ela, e afastou-se quando o motorista de Reichen abriu a porta de trás do Rolls-Royce para Elise quando se aproximaram do carro. Ela vislumbrou o interior do veículo enquanto entrava e ficou surpresa ao encontrá-lo vazio.

– Onde está Andreas?

O motorista inclinou educadamente a calva cabeça.

– Com perdões, senhora, ele foi chamado rapidamente para resolver um assunto pessoal na cidade. Pediu que eu ligasse para ele assim que a senhora e o cavalheiro tivessem encerrado sua reunião aqui. Vamos buscá-lo agora.

– Ah. Tudo bem, Klaus. Obrigada.

Elise deslizou para a área particular de passageiros da luxuosa limusine. Tegan a acompanhou, sentando-se de frente para ela, apoiando o musculoso braço sobre o suntuoso encosto de couro. Suas coxas estavam indecentemente abertas enquanto ele se inclinava para frente, fitando-a através de uma mecha de seu denso cabelo castanho. Ele a avaliou naquele silêncio enlouquecedor, com os reluzentes olhos verdes fixos nela por tanto tempo que ela mal podia suportar o peso daquele indecifrável escrutínio.

Os poucos minutos que levaram para chegar ao centro de Berlim pareceram uma hora. E ainda pior, quanto mais adentravam no coração de toda aquela humanidade, as têmporas de Elise começaram a palpitar com o zumbido de centenas de sombrios pensamentos e vozes horrendas que sibilavam seus impulsos pervertidos em seus ouvidos. Ela virou o rosto para a janela enegrecida do carro, sentindo o choque de seu dom psíquico comprimir todo o ar do veículo.

Céus, a corrida podia terminar logo. Tudo que ela queria era se arrastar para a cama e deixar as últimas noites para trás.

– ...lidou muito bem.

A profunda voz de Tegan a despertou de seu pânico crescente. Estava tão distraída que não percebeu que ele tinha finalmente começado a falar.

– Perdão?

– Lá no centro de contenção. Você foi ótima, o jeito com que lidou com Kuhn... e tudo o mais. Fiquei impressionado.

Os elogios a entusiasmaram, principalmente porque sabia como eram raros, vindos de Tegan. Ele não era do tipo de afagar ou distribuir palavras amáveis a menos que realmente as tencionasse.

– Queria que tivéssemos tido mais sorte com Odolf.

– Conseguiremos o que precisamos dele amanhã.

– Espero que sim.

Inconscientemente, ela esfregou a têmpora que palpitava, e Tegan acompanhou com os olhos seu movimento.

– Você está bem?

– Ótima – respondeu, estremecendo de leve quando o carro parou ante um semáforo no meio de uma intersecção lotada no centro da cidade. Os pedestres atravessavam diante deles, uma multidão de pessoas cujos pensamentos se agitavam na cabeça de Elise como um comprido trovão. – Ficarei bem quando sairmos da cidade.

Tegan a contemplou.

– Você precisa de mais sangue – disse, sem parecer muito contente com a ideia. – Depois de tanto tempo sem, alimentar-se uma única vez não vai sustentá-la.

– Estou bem – insistiu ela, desejando que fosse verdade. – Não vou tomar mais nada de você, Tegan.

– Não estava oferecendo.

A humilhação a inundou diante daquela amarga afirmação dos fatos.

– Também não estava oferecendo da primeira vez, não é? Forcei sua mão aquela noite no condomínio, Tegan. Sinto muito.

– Esqueça. Vou sobreviver.

Bem, ele certamente encerrava o assunto. Na verdade, Tegan parecia preocupado e tenso, mais que o normal. Elise tinha visto o quanto ele havia ficado horrorizado pelas práticas do centro de reabilitação.

Também tinha visto a maneira que ele tinha olhado para Petrov Odolf, contido e febril pela Sede de Sangue que lhe havia roubado sua sanidade e, provavelmente, sua alma. Tegan, normalmente tão desapegado e inabalável, tinha sentido certo grau de compaixão pelo Renegado preso naquela cela. Por incrível que fosse, parecia que Tegan podia até mesmo se relacionar com a deplorável condição do vampiro.

Elise mal podia imaginar isso, vendo a rigidez com que o vampiro mantinha o autocontrole. Ou talvez ele se controlasse tanto porque sabia como era perder o controle...

Ela poderia ter refletido mais profundamente sobre isso, mas uma nova onda de náusea a atacou quando outro grupo grande de pessoas passou pelo carro enquanto esperavam o semáforo.

Em um movimento brando, Tegan se sentou no banco ao lado dela.

– Venha aqui. Vou pôr você em transe.

– Não. – Ela se afastou dele, sem querer nem um pouco de sua piedade. – Não, preciso lidar com isso por conta própria. É problema meu, como você disse. Quero controlá-lo sozinha.

Felizmente o veículo começou a se mover outra vez, virando em uma esquina, em uma rua lateral fora da via principal com suas brilhantes luzes de butique e multidões. Era melhor ali, mas ainda se esforçava para suportar tudo sob o constante ataque mental. Sua mente era como um receptor de rádio quebrado, interceptando apenas as piores transmissões, bombardeando-a com incontáveis dados até que a cacofonia parecia consumi-la.

– Encontre uma em que possa se concentrar – disse Tegan ao seu lado. Sua respiração era cálida, e seus dedos, ternos, mas autoritários quando pegou a mão dela. Deslizou o polegar sobre sua pele, acalmando-a. Dando-lhe forças. – Só precisa de uma, Elise. Uma voz com a qual possa lidar sozinha. Separe-a das outras. Deixe que o resto se vá. Deixe que desapareçam.

Sua voz profunda era quase hipnótica, instruindo-a mais além na dor de seu dom para que aprendesse a controlá-lo. De olhos fechados, ela seguiu suas instruções, vasculhando o terrível ruído para encontrar algo em que pudesse se apegar. Lentamente, pouco a pouco, foi se desfazendo das piores vozes em sua mente até que escutou uma que doía menos.

– Concentre-se em uma – murmurou Tegan, ainda segurando sua mão, guiando-a com suas palavras e com a protetora ternura de seu toque. – Aproxime uma das vozes, mesmo que as outras comecem a se mover ao seu redor. Não podem tocá-la. Você é mais forte que seu dom, Elise. Seu poder está em você, em sua própria vontade.

Ela sentia tudo o que ele estava dizendo. Sabia que era verdade. Com os dedos dele enredados nos seus, e a voz como um baixo ron-

rono ao pé do ouvido, acreditava que era forte. Acreditava que podia fazer aquilo...

– Sinta sua força, Elise – incentivou-a Tegan. – Não há pânico nenhum aqui, só tranquilidade. Seu dom não a possui... Você está no controle.

E somente nesse instante ela se deu conta de que estava no controle – ciente de que o que Tegan lhe mostrava era apenas um vislumbre do controle que era capaz de obter. Ele estava abrindo uma porta em seu subconsciente, e onde quer que seu dom de Companheira de Raça originasse dentro de si, Tegan a guiava para dentro desse local, permitindo-lhe que visse o poder de seu próprio potencial.

Era uma revelação. Suas têmporas ainda vibravam pelo golpe da dor psíquica, mas era uma pulsação embotada e maneável agora que se concentrava, aperfeiçoando sua habilidade. Queria continuar treinando, continuar se esforçando, mas o exercício também era desgastante. A voz a que tinha se aferrado começou a sair de seu alcance, misturando-se de volta ao ruído.

Fora de seu corpo e de sua mente, sentiu o carro desacelerar até parar. Passos se aproximaram, dois pares deles, acompanhados pelas pisadas rápidas do motorista enquanto dava a volta no veículo para abrir a porta.

Logo que se abriu, o toque de Tegan desapareceu.

Elise piscou, erguendo o olhar para encontrar Reichen do lado de fora do carro, dando um breve beijo na boca de uma bela mulher de cabelo negro e lustroso. Ela estava envolta em um luxuoso casaco de pele – e, pelo que Elise podia ver, com muito pouco debaixo dele. Do lado de sua graciosa garganta havia uma mancha rosada de cor, uma leve marca pálida que indicava o lugar onde Reichen havia sem dúvida se alimentado dela pouco tempo atrás.

– Um prazer como sempre, minha querida Helene – ele disse quando os dois se separaram. – Você me mima tão bem.

Evidentemente os assuntos pessoais do vampiro do Refúgio Secreto eram de uma natureza muito pessoal.

A reluzente boca da mulher se curvou em um sorriso felino diante daquele charme. Ela não esperou pelo carro partir, mas se virou sobre os saltos agulha extremamente altos e voltou devagar para uma porta vermelha sem nenhuma sinalização no prédio onde o carro de Reichen esperava.

– Agradeço pela espera – disse o alemão ao entrar na limusine e se sentar do outro lado de Tegan e Elise. – Sem insinuações de que não aprecio a companhia de vocês, mas esperei que pudessem demorar mais em seu compromisso. Terminaram rápido.

Tegan deu um meio-sorriso.

– Você também, pelo que parece.

Reichen riu sem recato, inclinando-se no banco do carro enquanto o carro partia. Ele cheirava a perfume caro, sangue e sexo. Não que se importasse, pensou Elise enquanto o examinava. Seu rosto risonho e satisfeito indicava que não podia estar em uma situação mais feliz e rotineira.

Andreas Reichen era um homem muito atraente, misterioso e sofisticado, mas mesmo sua sensualidade latente se empalidecia diante da rude atração que Tegan exercia. Elise praticamente ardia pelo calor da coxa de Tegan, no lugar onde se encostava casualmente contra a sua. Ele estava com a cabeça baixa e os olhos encobertos sob as grossas pestanas.

Permanecia com os braços cruzados sobre o peito agora, e ela sentia falta da cálida sensação de seu toque. Desejava-o, especialmente enquanto a limusine passeava pelas movimentadas ruas da cidade e seu dom de Companheira de Raça continuava a lhe fustigar os sentidos. Em vez disso, tentou usar a breve lição que ele lhe havia dado, valendo-se do que ele tinha mostrado e usando contra o ataque da dor psíquica.

Mais que tudo, queria agarrar a mão de Tegan outra vez e sentir sua força tranquilizante.

Mas ele apenas acrescentou certa distância entre eles. Afastou-se dela no banco, movendo sutilmente a coxa, que deixou um vazio no lugar. Quando chegaram, pouco tempo depois, no Refúgio Secreto perto do lago, Tegan saltou do carro tão logo Klaus freou o veículo e o estacionou diante da casa.

– Preciso me reportar ao condomínio – disse ele, mantendo o olhar desviado. Partiu antes que Elise ou Reichen pudessem sair do carro.

– Só quer saber de trabalho, aquele ali – comentou Reichen balançando a cabeça. – Posso arranjar algo para você comer, Elise? Deve estar faminta.

Ela estava realmente esfomeada, na verdade, tinha comido pela última vez por volta de meio-dia.

– Seria adorável, muito obrigada.

Elise deixou que Reichen a ajudasse a sair do veículo e tomou o braço que ele lhe oferecia ao caminharem para a entrada principal da mansão. Mas o tempo todo seus pensamentos se centravam em Tegan, e em reprimir o forte desejo – evidentemente só de sua parte – que ele provocava.

Capítulo 21

Tegan fechou o telefone celular depois de apresentar seu relato ao condomínio e se inclinou no sofá de veludo ridiculamente enfeitado em seu aposento particular no Refúgio Secreto. Estava zangado pela noite ter terminado em um impasse com Petrov Odolf, e mais perturbado do que queria admitir pelo golpe de realidade da Sede de Sangue que tinha tido no centro de reabilitação. Ver Odolf e os outros Renegados era um ótimo lembrete do fogo pelo qual tinha passado depois da morte de Sorcha.

Havia conseguido combater sua Sede de Sangue vários anos atrás, mas a luta tinha sido brutal. E a fome estava sempre com ele, mesmo quando se esforçava ao máximo para negá-la.

E estar perto de Elise apenas aumentava seu desejo. Maldição, aquela mulher fazia seu sangue ferver lentamente.

Aquele momento a sós com ela no carro de Reichen – quando a tocou, ajudando-a a passar por sua angústia psíquica – havia sido um erro colossal. Serviu somente para que percebesse o quanto queria ajudá-la. Como não queria vê-la sofrer.

Como, apesar de séculos de apatia religiosamente aprimorada, começava a se importar. Estava realmente começando a ter sentimentos por ela, uma destemida e complicada formosura do Refúgio Secreto que podia escolher qualquer homem, da Raça ou não. Ele se preocupava sinceramente com Elise. Desejava-a... e sabia que era apenas uma questão de tempo antes que fosse atrás dela como o predador que era.

Tocar sua pele tão macia lhe havia feito recordar como tinha sido bom sentir o corpo dela pressionado contra o seu, como sua boca se encaixava deliciosamente em seus lábios... como mesmo a mínima porção de seu sangue tinha um gosto doce na ponta da língua.

Céus.

Não tinha conseguido sair do carro rápido o bastante.

E a hora que havia passado sozinho em seu quarto de visita não tinha aplacado muito a necessidade que o impelia a descer as escadas e procurar Elise. Saciar-se dela da mesma maneira em que Reichen tinha podido tão livremente fazer com a mulher na cidade.

O fogo que Elise tinha atiçado nele desde o instante em que pousou seus olhos nela estava guardado, mas ainda ardia.

Talvez pudesse apagá-lo, pensou Tegan, caminhando até o banheiro para ligar o chuveiro. Deus sabia como ele também queria se livrar da sensação do centro de contenção que tinha ficado na pele. Ver aqueles Renegados encarcerados, a maioria catatônicos, havia lhe transportado de volta a uma terrível época de sua própria vida – um tempo que não tinha nenhuma vontade de reviver, mesmo em lembranças. Aquela parte de si estava enterrada fundo, onde deveria ficar.

Tegan tirou a camisa e as armas e as colocou em uma cadeira ao lado do sofá. Seus dedos se encarregavam do zíper das calças pretas quando uma batida soou na porta que dava para o corredor. Ele a ignorou, pensando que deveria ser Reichen, tentando arrastá-lo para algumas horas de pecados e prazeres na cidade. Parte dele se sentia tentada pela ideia – qualquer coisa para satisfazer a profunda fome que tinha por Elise.

A batida soou de novo, e desta vez Tegan abriu a porta sem nem pensar.

Quando ela se abriu, ficou surpreso – e furioso – ao ver o objeto de sua frustração de pé no batente. Exatamente o que não precisava no momento. Maravilhosa como sempre, ainda trajando a calça azul-marinho com que tinha ido à clínica, a visão de Elise era uma grande dose de gasolina jogada em seu fogo.

– Que diabos está fazendo aqui em cima? – Sua voz saiu áspera, mais rude do que pretendia.

Elise não recuou.

– Pensei que podíamos conversar.

– O que aconteceu com o jantar que Reichen ia lhe arrumar?

– Ele arrumou. Isso faz quase uma hora. Eu... esperei um tempo para ver se você saía do quarto, mas como não saiu, decidi vir até aqui.

Ele a fitou por um minuto, então desligou mentalmente o chuveiro e se virou para pegar a camisa e o coldre de armas.

– Eu estava de saída.

– Ah – Ela não parecia ter acreditado. – O que pode ser tão urgente assim de repente?

– Apenas uma pequena coisa chamada dever, meu amor. Não estou acostumado a passar minhas noites sentado quando poderia estar lá fora matando algo – Ele disse aquilo deliberadamente para chocá-la, e provavelmente sentiu um pouco de satisfação demais diante do franzido que lhe enrugou a fronte. – Preciso sair deste lugar um pouco. Deveria estar na cidade, nas ruas, onde sou útil. E não desperdiçando meu maldito tempo aqui sentado.

Ele esperava que ela fosse dar-lhe espaço e ficar contente por ele estar saindo. Sua atitude fria havia assustado inumeráveis vampiros da Raça, mesmo dentro da Ordem, então não esperava que aquela mulher resistisse por muito tempo.

Por um segundo, realmente acreditou que ela iria se retirar como ele havia pretendido.

Mas ela passou pelo batente e avançou pelo quarto.

– Não vai a lugar algum esta noite – disse ela com suavidade, mas determinada. Havia apreensão em suas feições, mas maldita fosse por não ter fechado a porta atrás de si e continuado a se aproximar dele. – Hoje precisamos conversar. Preciso saber como estão as coisas. Como nós estamos, Tegan.

Ele a olhou furioso.

– Acha que é prudente se trancar aqui comigo? Não vai demorar muito até que Reichen e o resto da casa descubram onde você está e pensem o pior. Ele pode ser discreto quando necessário, mas os outros que moram aqui...

– Não me importo com o que os outros pensam. Só preciso saber o que você pensa.

Ele escarneceu, um som rude que carregava mais zombaria do que tinha pretendido.

– Acho que perdeu o maldito juízo.

Ela baixou os olhos e sacudiu levemente a cabeça.

– Estou confusa, é verdade. Não sei se você... não sei o que pensar de você, Tegan. Desde o primeiro dia. Não sei entrar nesse jogo que parece que estamos jogando juntos.

– Não faço joguinhos – disse ele, mortalmente sério. – Não tenho interesse nem tempo...

– Besteira!

Ele arqueou uma sobrancelha ante o inesperado desafio. Estava prestes a fazê-la recuar de novo – ardendo com a compulsão de afastá-la de vez, antes que se aproximasse ainda mais da verdade do que ele realmente sentia. Mas o brilho de fúria nos olhos dela o deteve.

Ela cruzou os braços sobre os seios e deu alguns passos na direção dele, deixando claro que se ele a pressionasse agora, ela com certeza o pressionaria de volta.

– Como explica ser tão afetuoso comigo em um momento, e no seguinte, frio como o gelo? Você me beija, só para me afastar um minuto depois. – Ela inspirou e soltou o ar em um suspiro frustrado. – Às vezes me olha como se realmente sentisse algo por mim, mas então... então você pisca os olhos e é como se o sentimento nunca tivesse existido. O que é isso? Sua ideia doentia de diversão?

Como ela não parecia prestes a se acalmar, ele se afastou com um grunhido e caminhou até a bolsa com os equipamentos e armas, ignorando sua tentativa de provocá-lo. Apanhou ao acaso algumas munições de combate. Tirou uma adaga embainhada, um pente de balas de titânio para sua pistola 9 milímetros – qualquer coisa para manter as mãos ocupadas e a atenção concentrada em algo mais além da exasperante consciência da mulher que se aproximava lentamente por trás.

De maneira inacreditável, seus dedos tremiam quando depositou as armas sobre as almofadas de veludo do sofá. Sua visão começou a se aguçar, atrapalhando seu campo de visão enquanto as pupilas se estreitavam e um mar de fogo ambarino banhava tudo com uma agressora luz. Suas gengivas doíam com a aparição das presas, e a boca se encheu d'água com a fome que mal tinha conseguido protelar antes de Elise aparecer no quarto.

Agora que ela estava ali, provocando-o com sua mera presença, ele não sabia por quanto tempo conseguiria manter a fera presa. Ela vinha tentando sair da coleira desde o primeiro instante em que ele pôs os olhos em Elise.

Atrás de si, ouviu o sutil ruído dos pés dela sobre o grosso tapete persa. Fechou os olhos, e seus sentidos se inundaram com a consciência dela.

Com o agudo e doloroso desejo por ela.

– Você diz que não faz joguinhos, mas é um mestre nisso, Tegan. Na verdade, acho que vem fazendo joguinhos por tanto tempo que já nem se lembra mais como ser real de verdade.

Ele mal estava ciente de seus próprios movimentos quando se virou para ela com um rugido feroz. A distância entre eles se fechou em uma fração de segundos – um piscar de olhos entre o momento em que estava de costas para Elise e o próximo, em que avançava sobre ela como um trem de carga, empurrando-a tanto com a força de seu corpo quanto com a mente, até que ambos se bateram contra a porta fechada.

Ele a prendeu ali, entre seu corpo firme e inflexível e o grosso painel de carvalho atrás dela.

– Isso é real o suficiente para você, meu amor?

Ele sibilou as palavras, com os lábios arregaçados para trás das presas. O desejo o deixava lívido, completamente transformado no lado selvagem de sua natureza. Com um grunhido, inclinou a cabeça para frente e tomou sua boca em um beijo ardente.

Ela gritou assustada, levando as mãos contra os ombros dele em um gesto defensivo. Ele apenas a beijou com mais força, enfiando a língua através de seus dentes enquanto ela ofegava para tomar fôlego.

Céus, ela era doce. Tão quente e suculenta contra sua boca.

Tão macia contra a rigidez inflamada de seu corpo.

Ele não queria sentir aquela excitação. Queria rejeitar a todo custo aquela necessidade que o consumia. Mas ardia por dentro e não tinha como negar isso agora.

Não havia como deter o peso de seu sangue enquanto tudo da Raça – todos os sentidos masculinos elementares – despertavam diante do delicioso sabor de Elise.

Quando se separou do beijo, ela estava ofegante. E ele também. Seu corpo todo podia sentir a força de sua fome, cada palpitação de seu pulso vibrava também em Elise.

– Na noite passada, na casa de barcos, senti seu medo – sussurrou ele ferozmente, sustentando seu olhar arregalado, pressionando ainda mais seu corpo contra o dela. Seu pênis estava rígido e ficava cada vez mais duro com o simples toque dela. – Deixei você partir em vez de tomar o que eu queria. Não serei complacente desta vez. Então pode temer-me se quiser, Elise, mas não espere que eu me preocupe...

– Eu voltei ontem à noite – Um breve som sem fôlego escapou de sua garganta, mas quando falou sua voz era firme. – Não estava com medo de você, Tegan. Voltei por você.

As palavras mergulharam em seu cérebro lentamente, acalmando--o enquanto registrava o que estava ouvindo.

– Na noite passada, depois que me disse para deixá-lo... eu mal tinha chegado na mansão quando percebi que não queria deixá-lo. Queria ficar com você.

Ela o olhou fixamente, agora sem o menor tremor de incerteza. Na área onde suas mãos tocavam os braços dela, sentia somente a dócil aceitação, uma consciente rendição. Através do contato de seu toque, podia ler seu desejo. Sentia-o irradiando em sua direção, penetrando-o.

– Queria ficar nua com você, Tegan. Queria você dentro de mim, então voltei. Mas você já tinha ido embora.

Céus.

Ele sabia que provavelmente devia dizer algo, mas não tinha voz. Apenas um silêncio idiota como nunca tinha experimentado antes. Seu peso o mantinha no chão, e a urgência de afastá-la de si em defesa – tirá-la de seu alcance – era quase devastadora.

Mas descobriu que não podia deixá-la partir.

Não podia deixar de olhar nas translúcidas poças de seus olhos cor de lavanda. A honestidade resoluta – a ingênua necessidade – que via em suas profundezas o derrubava.

– Quero ficar com você, Tegan... então se me quiser, ao menos um pouco...

Ele a puxou para perto e calou sua dúvida com outro beijo. Ela o envolveu com os braços, separando os lábios e aceitando sua língua enquanto ele a penetrava com a língua do jeito com que queria fazer com seu corpo. Ele a conduziu para longe da porta, em direção à cama, sem nunca apartar-lhe os lábios. Suas mãos vagueavam por seu corpo, tocando-o, trêmulas.

A roupa foi rapidamente lançada longe sob a força do desejo de ambos. Tegan tirou o casaco de Elise e logo passou à blusa de seda branca, desatando o que parecia uma centena de minúsculos botões até que deixou à mostra seus seios envoltos em cetim e renda. Deslizou a mão pelo tecido diáfano, observando com olhar faminto quando seus mamilos se levantaram com o toque.

Colocando-a na cama de costas, desabotoou-lhe a calça social azul-marinho e a escorregou por suas esguias pernas brancas. Seu sexo estava oculto atrás de uma pequena faixa de cetim branco. Tegan acompanhou a linha do tecido com os dedos, acariciando suavemente a cálida maciez de seu quadril e do interior da coxa. Seu polegar se deslizou sob o cetim, procurando algo ainda mais sedoso. Seu calor úmido e escorregadio o fez gemer, compelido a mergulhar mais fundo naquela fenda úmida e ardente.

Elise engoliu um suspiro enquanto ele acariciava suas pétalas orvalhadas e a pequena protuberância logo acima.

Ele lhe empurrou as pernas abertas e seu olhar faminto pousou na minúscula marca de nascença que trazia no interior da coxa direita. Tegan sorriu, encantado por ela se encontrar em uma parte tão deliciosa de seu corpo. Tinha desejado provar aquele terno local desde a primeira vez que o viu. Nesse instante, beijou a pequena lágrima sobre a lua crescente, mordiscando-a brandamente enquanto se voltava para olhar Elise.

Deus, ela era bela. Pura e voluptuosa ao mesmo tempo.

Desejava saboreá-la lentamente, mas a necessidade era mais forte – tanto a sua quanto a dela. Podia sentir a fome de Elise em cada carícia de seus dedos, e sabia que seu desejo era tão forte quanto o dele, uma urgência sexual tamanha que chegava a doer.

Tegan se livrou de suas calças com rapidez, impaciente, chutando-a para o lado enquanto empurrava Elise mais para cima na cama. Tirou sua calcinha e subiu sobre ela, apoiando os braços dos lados de sua cabeça. Seu pênis pendia entre eles, inchado e avermelhado, uma grossa lança de carne dura que deixou verter uma gota sobre seu ventre. Os *dermaglifos* da Primeira Geração que o cobriam dos ombros até a metade das coxas pulsavam, com os desenhos vivos com variadas sombras luxuriosas de anil, dourado e bordô.

– Isso é real demais para você, Elise? – Sua voz estava reduzida a um grunhido selvagem, difícil de sair com a presença das presas, completamente alongadas em resposta a seu desejo por ela. – Céus... para mim, parece terrivelmente real.

Se ela tivesse dado o menor sinal de que não tinha certeza sobre o que estavam prestes a fazer, ele poderia ter encontrado forças para recuar.

Teria se forçado a se retirar, ainda que estivesse praticamente fora de si com a urgência de possuí-la. Apesar de todas as duras ameaças, ele sabia, vendo seu dócil olhar, que lhe teria demonstrado misericórdia. Parte dele, em pânico, esperava realmente que ela quisesse ir embora.

Mas Elise não tremeu diante da selvagem besta sobre ela. Estendeu a mão e o segurou pela nuca. Com firmeza, conduziu-o para si, com os olhos bem abertos e fixos nele, e lhe pressionou a boca contra seus lábios.

Tegan a apertou debaixo de si enquanto reivindicava seus lábios em um beijo ardente. Que Deus o ajudasse, mas ela lhe satisfazia a cada investida e pausa, deixando-o louco ao sentir sua língua se deslizar para dentro de sua boca, percorrendo a extensão de suas presas.

Sem romper o contato com seus lábios, ele se afastou de joelhos e tomou o falo na mão, guiando a grossa ereção entre suas coxas abertas. Ela se arqueou para encontrá-lo, sentindo um leve tremor enquanto ele passava a cabeça do pênis ao longo da abertura molhada de seu corpo.

A provocação era demais para suportar, e ele estava excitado demais para ser paciente. Inclinou os quadris para trás e se projetou para frente, entrando em sua fenda úmida com uma comprida investida.

Elise ofegou em seu ouvido quando ele avançou sobre ela e a penetrou até o fim. Seu corpo era pequeno debaixo do dele, com seu sexo apertado e quente como uma morsa fundida ao redor de seu pênis.

Tudo que ele acreditava saber sobre estar dentro de uma mulher – tudo que pensava recordar – foi suprimido pela incrível sensação de Elise envolta nele. Aquilo era diferente de tudo que já tinha conhecido, mais poderoso do que jamais teria imaginado. Estava conectado a ela, de corpo e mente, sentindo seu prazer verter sobre ele em todos os lugares onde o corpo deles se tocavam. Elise era forte e vibrante, intensa. Depois de séculos de exílio sem toques e sensações, Tegan contemplou o belo rosto de Elise e se entregou ao cálido e úmido êxtase.

Não podia parar o movimento de vaivém de seus quadris, não podia estancar a necessidade crescente de se perder dentro dela. Seu membro inchava com a proximidade do orgasmo, e sabia que estava a poucos desesperadores segundos de explodir.

Grunhiu, investindo profundamente contra sua fenda apertada. Sua voz era um áspero arranhão em sua garganta.

– Ah, Deus! Elise!

Não podia se conter. Com uma forte investida, conduziu os quadris para os dela e explodiu como uma violenta tempestade. Gritou com a força do orgasmo, movimentando-se enquanto ardentes ondas o estremeciam todo.

E ainda não era o bastante. Ainda estava ereto, faminto por ela.

Ainda pulsava contra a veludosa fenda do maravilhoso corpo de Elise.

Ele baixou a vista para seus olhos escuros enquanto a preenchia, desejando vê-la enquanto lhe oferecia um pouco do mesmo prazer que ela lhe dava.

– Fui egoísta – murmurou ele, inclinando-se para beijá-la em um pedido de desculpa. Não se atreveu a chegar perto de sua deliciosa garganta, não enquanto suas presas ainda latejavam com outra urgência que pedia para ser saciada. – Se quiser, podemos ir com mais calma agora.

– Não se atreva – disse ela, envolvendo suas pernas ao redor das coxas dele para reafirmar o que dizia.

Tegan riu, e uma distante parte dele se perguntou quando havia sido a última vez em que tinha realmente se sentido assim. Quando havia sido a última vez em que tinha sentido qualquer coisa próxima ao que Elise lhe provocava?

Não queria explorar o lugar que ela parecia ter desbravado dentro dele. Tudo que queria agora era aquilo que sentia.

– Fazia muito tempo para mim – sussurrou Elise. – E você é tão gostoso...

Suas palavras desapareceram em um gemido enquanto Tegan a penetrava tão fundo quanto ela podia aguentar. Ele saía e investia outra vez, sentindo as paredes de sua fenda se apertarem e contraírem ao seu redor.

– Meu Deus – exclamou rouco, deliciando-se com o prazer.

Outro orgasmo já se apressava dentro dele.

O clímax de Elise também se aproximava lentamente. Ela o recebeu mais fundo a cada furiosa investida de sua carne, agarrando seus ombros e resfolegando enquanto o desejo de seu corpo tomava conta dela.

Tegan podia sentir seu prazer em cada movimento dos dedos em sua carne, em cada sedosa carícia em seu interior. Sua emoção parecia verter nele em cada ponto de contato, inundando-o com as sensações. Ele absorvia tudo, concentrando-se em levá-la ao clímax avassalador.

Beijou-a apaixonadamente, com a língua, os dentes e as presas. Elise lhe retribuiu cada movimento, e quando ele sentiu os embotados dentes humanos dela mergulharem na carne de seu lábio inferior, agitou-se violentamente, gemendo enquanto sua língua lambia a pequena ferida que tinha feito. Ela chupou um pouco mais forte e ele se perdeu completamente, febril com o desejo de tê-la em suas veias.

Antes que pudesse pensar melhor, Tegan se afastou e perfurou o pulso com as presas. O sangue escorreu em filetes sobre seus seios e garganta nus enquanto ele lhe oferecia o presente e gentilmente pressionava o braço contra sua boca.

– Tome – pediu ele. – Quero alimentá-la.

Com os olhos fixos nos dele, ela apertou os lábios contra sua carne. Bebeu de seu pulso, criando uma erótica e hipnotizante sucção com os lábios. Ao mesmo tempo, Tegan investia contra ela, deleitando-se com prazer carnal a cada suspiro e tremor de seu corpo enquanto se aproximava do clímax. Suas unhas lhe arranhavam a pele onde segurava seu braço, apertando-o com força contra a boca, chupando com firmeza a veia enquanto seu orgasmo lhe dominava.

Ela se afastou com um tremor violento, gritando enquanto Tegan se movia em um ritmo implacável, indo atrás de seu próprio clímax agora. Mergulhou fundo, sentindo a cálida torrente de esperma jorrar, irrompendo dele em ondas enquanto a fenda de Elise o ordenhava como um punho quente e úmido.

– Ah, céus – ofegou, afastando-se dela, exausto, mas não satisfeito.

Nem perto disso.

O aroma de sangue e sexo preenchia o quarto, uma potente fragrância que o recordava do lado selvagem de sua natureza. A parte que uma vez já o tinha dominado... que havia chegado bem perto de destruí-lo.

Ao seu lado na cama, Elise se aproximou. Pressionou os seios nus contra seus ombros enquanto se inclinava sobre ele. Seus ternos dedos lhe acariciaram a lateral do rosto e afastaram o cabelo molhado de suor de sua fronte.

– Você não terminou.

Ele riu de leve, ainda suportando os tremores de seu orgasmo.

– Você realmente não estava prestando atenção.

– Não, Tegan. Quero dizer... você não terminou.

Ela ergueu o braço sobre ele, sustentando-o diante de sua boca. O cérebro dele foi atingido pelo alarme, dominando o profundo impulso que o fazia querer cair sobre ela como a besta que era e encher a boca com o doce gosto de queiró e rosas de seu sangue.

Ele se levantou como se tivesse sido atacado, pondo-se de pé ao lado da cama. Lambeu as feridas no pulso, fechando os furos com uma eficiente passada de língua.

– Não vai beber de mim?

– Não – respondeu Tegan, forçando a palavra em sua língua. – Não posso fazer isso.

– Pensei que você talvez quisesse...

– Pensou errado – repreendeu ele.

Sua fome reprimida fez que sua voz ficasse ainda mais afiada. Lançou um olhar às roupas e armas descartadas, pensando em quanto tempo poderia colocá-las e dar o fora do aposento. Tinha de ir, antes que cedesse à tentação que Elise lhe apresentava, sentada nua e bela em sua cama, aninhando em seu colo o delicado pulso que ele havia tão cruelmente recusado.

A respiração de Tegan se serrou ao passar através das presas.

– Droga – disse com a voz grave e rouca, de outro mundo. – Isso já foi longe demais. Preciso... Ah, droga. – Passou uma mão trêmula pelo rosto. – Preciso dar o fora daqui.

– Não se incomode – disse Elise, arrastando-se para fora da cama. – O quarto é seu. Eu vou embora. – Ela juntou as roupas apressada, vestindo a blusa e a jaqueta sobre ela, abotoando-a com dedos firmes e decididos. Apanhou a calça e a vestiu, fechando-a enquanto caminhava para a porta. – Isso foi um erro. Outro erro, pelo que sabe. Venceu, Tegan. Finalmente desisto.

Ela saiu correndo, e ele se obrigou a deixá-la partir.

Capítulo 22

Elise fechou a porta do quarto de visitas atrás de si e afundou-se contra o painel entalhado de carvalho.

Sentia-se uma completa idiota.

Já era ruim o bastante ter se jogado em cima de Tegan como uma devassa, mas tinha se superado ao lhe oferecer seu sangue. Sangue que ele rejeitou.

Claro, não a surpreendia que ele o rejeitasse. Beber dela completaria irrevogavelmente a blasfêmia de um vínculo de sangue, um fato que Elise tinha estado disposta a aceitar naqueles ardentes momentos de paixão em sua cama. Ao menos Tegan tivera o bom senso – o equilibrado autocontrole – de evitar aquele desastre.

Seu evidente horror diante da ideia de se vincular a ela, mesmo sem nenhum dos juramentos que casais verdadeiros compartilhavam, não era nenhuma surpresa para Elise.

Mas, Deus, como doía.

Especialmente quando suas veias estavam vivas com o poderoso rugido do sangue dele nela, e seu corpo tremia pela intensidade do ato amoroso.

Era uma tola ingênua, porque uma esperançosa parte de si havia de fato pensado que eles compartilhavam algo além de uma simples atração física indesejada, ainda que inegável. Quando Tegan a tocou essa noite – quando a beijou tão avidamente, e depois feriu o próprio pulso para alimentá-la – ela tinha realmente acreditado que representava algo mais para ele além de uma mera conquista. Havia pensado que ele podia se importar com ela de verdade.

Pior que isso, tinha esperado que ele se importasse.

Depois de cinco anos sozinha, pensando que jamais sentiria nada por outro homem, havia finalmente permitido que seu coração se abrisse.

A um guerreiro, pensou amargamente. A ideia de que tivesse se apaixonado por um dos mais sombrios e perigosos membros da Ordem – especialmente depois de ter aprendido a vida toda que eram selvagens insensíveis, nos quais nunca se podia confiar – era uma grande ironia.

E, ainda por cima, se importar o mínimo que fosse com Tegan, provavelmente o mais frio de todos...

Bem, isso era mais que idiota.

Ela vinha suplicando por esse tipo de dor desde a primeira noite, vários meses atrás, quando permitiu que ele lhe desse carona do condomínio para casa. Esta noite ele lhe havia feito um favor – a havia poupado de cometer um enorme erro do qual nunca poderia voltar atrás.

Ela deveria ficar agradecia por aquele pequeno gesto de misericórdia, especialmente vindo de um homem que alegava ser completamente inclemente.

Tegan era uma mágoa de que ela não precisava.

Ainda assim, enquanto atravessava o cômodo até o banheiro adjacente e ligava a água do chuveiro, não podia parar de reviver os momentos que tinha passado com ele na cama. Tirou as roupas e pisou sob o cálido jato d'água, sentindo as mãos dele sobre si, com o corpo deles se mesclando juntos, ardendo de prazer.

Ela o desejava, mesmo agora.

Seria sempre levada a ele; o vestígio de seu sangue nela a unia a ele com correntes invisíveis.

Mas, por mais que quisesse culpar seus sentimentos por Tegan pelo infeliz fato de ter bebido dele – duas vezes, agora – sabia que o problema era muito maior que isso.

Sim, que Deus a ajudasse. Era muito, muito pior que isso.

Estava se apaixonando por ele.

Provavelmente já estava apaixonada.

Tegan passou um bom tempo sob uma punitiva ducha gelada, mas seu corpo ainda se inflamava com pensamentos de Elise. Sua pele estava tensa, com os *dermaglifos* pulsando sob a fria torrente d'água. Apoiou os punhos contra a parede de azulejos diante dele, lutando contra a necessidade que o compelia a seguir Elise até o quarto de visitas e terminar o que tinham começado.

Céus, como queria terminar tudo.

Sua visão ainda estava aguçada pelas duas fomes que se concentravam em uma única mulher, suas presas latejavam, as compridas pontas ainda não tinham retrocedido de vez. Ele baixou a cabeça com um profundo e áspero suspiro. Esse desejo por Elise apenas piorava, transformando-se em uma febre em suas veias.

Quanto tempo demoraria até que seu controle saísse de suas frágeis rédeas e selasse o falso vínculo de sangue? E se ele se permitisse provar algo tão doce quanto Elise, como teria certeza de que sua sede não o dominaria outra vez?

Era muito difícil resistir, sabendo que Elise se ofereceria tão voluntariamente a ele, mesmo sem as promessas de amor e devoção que qualquer homem seria privilegiado por fazer. Ela tinha estado pronta para deixar que ele tomasse tanto em troca de tão pouco. Sentia-se humilhado.

Envergonhado, pois tinha estado tão perto de tomar seu belo pulso entre os dentes...

Com um rugido, Tegan levou o braço para trás e deixou seu punho voar até o implacável azulejo da ducha. O quadrado liso e brilhante se estilhaçou com o impacto, quebrando-se e caindo a seus pés. A dor se ramificou em sua mão e pulso, mas ele engoliu tudo com gosto, observando as gotas de sangue formarem redemoinhos no ralo do chuveiro.

Não. Maldita seja, não.

Ele era mais forte que seu desejo animal por Elise. Podia resistir. Tinha de resistir.

Conhecia Elise realmente por apenas alguns dias, e ela já tinha de alguma maneira penetrado em sua pele, destruído parte das muralhas protetoras que tinha levado uma vida toda para construir. Não podia permitir que as coisas piorassem entre eles.

E não iria permitir.

Mesmo se tivesse que passar cada momento livre fora de sua vista pelo resto de sua curta estada em Berlim.

Tegan levantou a cabeça e desligou a água com um curto comando mental. Saiu do chuveiro e enrolou uma das grossas toalhas pretas em torno do quadril. Ao entrar na suíte, viu a luz de mensagens piscar em seu celular. Discou, com enormes esperanças de que ouviria ordens do condomínio de que era requisitado em Boston e teria de voltar sem atrasos.

Não teve tanta sorte. Não que esperasse que a sorte lhe desse qualquer tipo de ajuda. Ela tinha lhe dado as costas muito tempo atrás.

A mensagem de Gideon soou no alto-falante, séria e concisa: tinha ficado sabendo de uma investigação a respeito dos registros de voos da Ordem no aeroporto de Logan. Não havia dúvidas de que Marek estava envolvido e provavelmente logo estaria em Berlim pessoalmente, ou ao menos interrogaria contatos locais ou enviaria espiões para determinarem quanto a Ordem sabia, e o que pretendia fazer com o conhecimento.

Droga.

Agora mais do que nunca, Tegan tinha certeza de que estavam se aproximando de algo grande com Petrov Odolf e o diário que Elise tinha interceptado do mensageiro de Marek. Não precisava de mais nenhuma desculpa além dessa para se despir da toalha rapidamente e se vestir para algumas horas de patrulha na cidade. Com as armas atadas aos quadris, coxas e tornozelos, apanhou o casaco e se dirigiu à escada principal da mansão.

Reichen estava saindo de um escritório com painéis de mogno acompanhando um jovem casal do Refúgio Secreto quando Tegan se aproximou do saguão. O jovem rapaz estava ferozmente corado sob uma frouxa mecha do cabelo louro-avermelhado, murmurando seus agradecimentos a Reichen por algum favor recentemente adquirido, enquanto sua bela Companheira de Raça ruiva irradiava alegria, com as mãos pousadas adoravelmente sobre uma proeminente barriga grávida.

– Parabéns a ambos! – Disse Reichen em alemão. – Aguardo ansiosamente por receber seu belo e forte filho quando ele chegar.

– Obrigada por aceitar ser o padrinho – interveio a jovem mulher.
– É uma honra.

Ela se ergueu na ponta dos pés para pousar um beijo na bochecha de Reichen, então pegou a mão de seu companheiro e os dois se afastaram rapidamente, fitando-se como se o mundo exterior não existisse.

– Ah, o amor – exclamou Reichen, contemplando Tegan com um amplo sorriso assim que o feliz casal partiu. – Que nunca nos envolva com suas correntes, não é mesmo?

Tegan lhe deu um olhar irônico, mas no momento concordava completamente com o cínico sentimento. Deixou o último degrau e viu o olhar de Reichen repousar na mão que descansava na coronha de uma Beretta carregada. Arranhões rudimentares e rastros de sangue enfeavam os nódulos da mão de Tegan, onde seu punho havia destruído o azulejo do chuveiro.

O alemão arqueou uma escura sobrancelha.

– Tive um pequeno incidente lá em cima – explicou Tegan. – Pagarei pelos danos.

Reichen rechaçou a oferta com um gesto de mão.

– Ficaria insultado se o tentasse. Pelas minhas contas, sou eu quem ainda está em dívida com você.

– Esqueça – disse Tegan, levemente menos desconfortável com a gratidão do que estava por sair logo da casa onde Elise provavelmente o odiava nesse instante. – Preciso verificar como andam as coisas na cidade. Ficamos sabendo de umas atividades vindas de Boston, o que provavelmente significa encrenca a caminho.

A expressão de Reichen ficou séria.

– Escutei que sua cidade tem tido problemas cada vez maiores com os Renegados. É verdade que havia dúzias deles escondidos no lugar que a Ordem destruiu no verão passado?

– Não paramos para contar, mas sim. Era um esconderijo enorme.

O vampiro do Refúgio Secreto soltou um brando juramento.

– Vampiros da Raça convertidos em Renegados não são exatamente criaturas sociais. Ter tantos deles em um só lugar é preocupante, para dizer o mínimo. Não acha que eles estão tentando se organizar?

– É possível – respondeu Tegan, ciente de que aquele era exatamente o plano que Marek estava orquestrando. Isto é, antes da Ordem deixar um presentinho explosivo de boas-vindas no hospital psiquiátrico abandonado onde o exército de desgraçados de Marek estava alocado.

– Tegan – Reichen pigarreou. – Se você, ou a Ordem, precisar de qualquer coisa de mim, é só pedir. Espero que saiba disso. Não pedirei quaisquer explicações, e lhe asseguro que a Ordem teria minha completa cooperação. E minha confiança.

Tegan viu franca honestidade nos olhos do vampiro do Refúgio Secreto, e uma sagaz inteligência que parecia dizer que, apesar de todo o charme e bravata impulsivos, Andreas Reichen não era de fazer gestos frívolos de aliança. Se oferecia sua amizade, também oferecia sua honra.

– Considere meus recursos como seus – acrescentou Reichen, baixando a voz a um nível mortalmente sério e confidencial. – Homens, dinheiro, armas, subterfúgios ou inteligência... é só nomear. Quaisquer ferramentas que eu tenha a meu alcance estão disponíveis a você e ao resto dos guerreiros.

Tegan assentiu com gratidão.

– Deve saber que aliar-se à Ordem não vai fazê-lo muito popular entre seus colegas dos Refúgios Secretos, Reichen.

– Talvez não. Mas quem consegue suportar os prepotentes imbecis, de qualquer modo? – O alemão deu uma palmada no ombro de Tegan. – Deixe-me levá-lo à cidade para conhecer alguém. Se precisar de informações sobre qualquer negociação obscura ou agitação nos submundos de Berlim, então deve realmente falar com Helene.

– A mulher que estava com você esta noite?

– Sim. É uma querida amiga... com certos benefícios. – Reichen sorriu. – Ela é humana, e não uma Companheira de Raça, caso tenha se perguntado.

Tegan tinha se questionado aquilo, na verdade. Não tinha deixado de ver a marca de mordida na garganta da mulher quando Reichen lhe deu um beijo de despedida na calçada, mas não havia detectado nenhum tipo de aroma sanguíneo nela. Nada além do insípido gosto acre das hemácias *Homo sapiens* básicas.

E tampouco tinha parecido que Reichen houvesse apagado a mente da mulher após se alimentar dela.

– Ela sabe sobre você? Sobre a Raça?

Reichen assentiu.

– Ela é de confiança, posso lhe garantir. Eu a conheço há anos, e também somos sócios em seu clube. Ela nunca traiu minha confiança. Também não trairá a sua.

Reichen alisou o cabelo para trás das têmporas e gesticulou para a porta principal da mansão.

– Vamos. Deixe-me lhe fazer algumas apresentações.

Pouco tempo depois, Tegan se encontrava sentado em uma luxuosa cabine de veludo vermelho em um requintado bordel chamado Afrodite. O lugar era exibido e caro, um parque de diversões adulto repleto de belas mulheres, mobílias suntuosas e uma variedade de prazeres a serem obtidos por preços negociados na entrada. Tegan observava com leve desinteresse enquanto mais de uma pequena orgia acontecia à plena vista do público.

A clientela no clube era quase exclusivamente humana, com a exceção de Reichen, que evidentemente não era um estranho no estabelecimento. Ele se sentou na frente de Tegan na ampla cabine, brincando vagarosamente com os dedos ao longo do formoso braço da proprietária do Afrodite, a estonteante Helene. Mais de uma de suas garotas tinha aparecido para ver Tegan. Ofereceram-lhe bebidas, comida, companhia e várias outras tentações que não se encontravam no cardápio normal do clube.

Enquanto a última bela prostituta se afastava pomposamente deles em seus saltos altos cambaleantes, Helene se virou para ele com o cenho levemente franzido.

– Se tiver gostos pessoais específicos, tenho certeza de que posso arrumar maneiras de servi-lo.

Tegan se virou no macio assento de veludo. Seus gostos pessoais haviam se restringido a uma única mulher, e ela estava no imóvel de Reichen, provavelmente desejando nunca tê-lo conhecido.

– Aprecio a oferta – disse a Helene –, mas não vim aqui para isso.

– Estávamos esperando que você pudesse nos ajudar e nos manter informados de qualquer... atividade incomum que aconteça na cidade – acrescentou Reichen. – Isso exigiria sigilo total, é claro.

– Naturalmente – disse ela, assentindo com perspicácia. – Estamos falando de atividades humanas incomuns ou de algo mais?

– Ambos – respondeu Tegan. Como Reichen já lhe havia obviamente contado sobre a nação vampiresca e confiado nela para que guardasse o segredo, Tegan não via razão para mascarar as palavras. – Temos visto um aumento na população de Renegados nos Estados Unidos. Acho que sabemos de onde vêm, mas há boas chances de que parte desses problemas venha passear aqui em Berlim. Se ficar sabendo de qualquer coisa fora do normal, deve nos avisar.

A mulher inclinou o queixo.

– Tem minha palavra.

Ela estendeu a mão a Tegan e ele aproveitou a oportunidade para ler as emoções da mulher. Seu toque lhe disse imediatamente que não havia nada desonesto em suas intenções. Ela disse o que pensava, e suas palavras eram honestas.

Tegan a soltou e se recostou quando uma de suas funcionárias se aproximou da mesa.

– Um dos meus clientes bebeu demais – reclamou a jovem mulher. – Está gritando e ficando incontrolável.

O sorriso de Helene era sereno, mas seus olhos ficaram afiados como raios *laser* se prendendo ao alvo.

– Vocês me dão licença? O serviço chama.

Ela se levantou da cabine e gesticulou suavemente para que um dos muitos seguranças a acompanhasse. Quando partiu, Reichen ergueu uma sobrancelha para Tegan.

– É encantadora, não acha?

Tegan grunhiu.

– Acho que tem seu charme.

Reichen estreitou o olhar sobre ele nesse instante.

– Estou curioso. O celibato é algo que toda a Ordem prega?

A pergunta fez que Tegan levantasse a cabeça subitamente.

– De que diabos está falando?

– Acabei de ver você dispensar uma dúzia de mulheres impecáveis que se teriam prostrado aos seus pés pela oportunidade de agradá-lo. Nenhum homem tem esse tipo de controle. A menos que... – O vampiro do Refúgio Secreto riu. – A menos que os rumores que circulavam na festa na outra noite sejam realmente verdade. Há algo entre você e a adorável Elise Chase? Algo além dos negócios, que trouxe ambos a minha cidade?

– Não há nada entre nós. – Ou ao menos não deveria haver. E não haveria, depois do jeito com que as coisas tinham terminado naquela noite. – Não tenho nada com aquela mulher de modo algum.

– Ah. Fui inconveniente. Perdoe-me pela dúvida – disse Reichen, obviamente notando, pelo tom comedido de Tegan, que o assunto não estava aberto para discussões.

Tegan se pôs de pé.

– Vou dar o fora daqui.

Subitamente se sentia ansioso por estar nas ruas patrulhando, longe da sensualidade explícita do clube. E não confiava em si para voltar à mansão com Reichen quando tudo o que isso faria seria aproximá-lo outra vez de Elise.

– Não me espere acordado – grunhiu e logo saiu apressado do lugar e adentrou a noite.

Capítulo 23

Elise acordou pouco depois do amanhecer, após uma noite intermitente de pouco sono. Em algum momento durante a noite, seus instintos de sobrevivência haviam despertado e ela percebeu que não poderia permanecer mais tempo junto a Tegan e esperar sair dali com o coração intacto. Tinha que deixar Berlim e voltar a Boston. Os poucos pertences que tinha trazido estavam empacotados em uma pequena mala próxima a porta. Estava de banho tomado e vestida e já tinha chamado um táxi para pegá-la e levá-la ao aeroporto.

Havia insistido em acompanhar Tegan, em primeiro lugar, por conta de sua promessa a Camden, e porque queria ajudar a descobrir quaisquer segredos que pudessem estar ocultos no velho livro que Marek tinha estado tão ávido por ter. Mas estava falhando com Camden – e falhando consigo mesma – a cada segundo que desperdiçava pensando em Tegan e na desesperança em imaginar qualquer tipo de futuro com ele.

Contudo, tinha conseguido o que viera fazer em Berlim: Petrov Odolf seria interrogado, e o centro de contenção estaria esperando Tegan outra vez hoje, com ou sem a escolta pessoal de Elise. Agora seu tempo seria melhor gasto em casa, onde os Renegados e seu líder ainda representavam uma ameaça mortal e imediata.

Uma leve batida soou na porta, seguida por uma suave voz feminina de uma das parentes de Reichen que viviam no Refúgio Secreto.

– Olá? Não queria incomodá-la...

– Está tudo bem. Estou acordada. Entre.

Elise atravessou o cômodo, deixando a janela onde tinha andado de um lado ao outro pelos últimos minutos. Abriu a porta, esperando ouvir que seu carro tinha chegado. A jovem Companheira de Raça que a esperava ali deu um tímido sorriso e lhe estendeu um telefone sem fio.

– Chamada para você – disse ela. – Vai receber?

– Claro. – Elise colocou o telefone ao ouvido enquanto a outra mulher se afastava pelo corredor. – Olá? Elise Chase falando.

Houve um momento de silêncio antes que a mulher de Petrov Odolf falasse.

– É Irina... nos encontramos ontem no centro de reabilitação?

– Sim, claro. Há algo errado?

– Não. Não, nada de errado. Espero que não se importe por eu ter ligado. O diretor Kuhn me disse onde encontrá-la...

– De jeito nenhum – Elise voltou para dentro do quarto de visita e sentou-se na ponta da cama. – O que posso fazer por você, Irina?

– Encontrei algo hoje e estive imaginando se poderia lhe ser útil.

– O que é?

– Bem, estava guardando umas coisas de Petrov e encontrei uma caixa de sapato contendo parte dos objetos pessoais de seu falecido irmão. São em sua maioria banais... fotografias, joias, alguns enfeites de mesa adornados com monogramas, esse tipo de coisa. Mas, no fundo, encontrei velhas cartas escritas à mão envoltas em um papel de presente dobrado. Elise, essas cartas que o irmão de Petrov estava guardando... ele deve ter passado semanas escrevendo-as, mas estão repletas de rabiscos sem sentido. Não tenho certeza, mas acho que podem ser os mesmos arabescos estranhos que Petrov começou a escrever antes de virar Renegado.

– Ah, meu Deus.

– Acha que essas cartas podem de algum modo ajudá-la?

– Adoraria vê-las e descobrir. – O entusiasmo tomou conta de Elise enquanto procurava por caneta e papel na bolsa. – Você me permitiria ficar com elas?

– Sim, claro. Foi por isso que liguei.

Elise fitou a mala organizada, mordendo o lábio inferior. Podia voltar aos Estados Unidos quando quisesse. Essa nova informação em potencial era mais importante.

– Estarei em um táxi em poucos minutos, só me dê seu endereço e aparecerei assim que puder.

Um Mercedes de cor creme se encontrava parado ao final dos portões da entrada, que haviam permanecido sob a vigilância do Subordinado desde o amanhecer. De sua vantajosa posição a vários metros dali, oculto pelo denso verde da floresta, ele espiou pelos ultrapotentes binóculos e viu uma esbelta e loura mulher se apressar a entrar no carro que a esperava.

A vadia parecia ser exatamente a mesma da imagem de vídeo que havia recebido por *e-mail* de seu Mestre. Para se assegurar, tirou a foto do bolso do casaco e olhou outra vez. Sim, era exatamente ela.

O Subordinado sorriu quando a mulher entrou no táxi.

– Hora do *show* – murmurou, deixando os binóculos balançarem no cordão em seu pescoço enquanto descia da árvore onde tinha se escondido.

Correu até seu carro, abandonado em uma estreita ruela particular ali perto. Saltou para dentro dele, virou a chave e saiu atrás de sua presa.

Irina Odolf vivia em uma pequena e organizada casa em uma rua residencial flanqueada por árvores, nos subúrbios do oeste de Berlim. Elise tinha ficado surpresa, embora não abalada, pelo fato de a mulher ter decidido fixar moradia fora dos Refúgios Secretos depois de perder seu Companheiro de Raça à Sede de Sangue. Ela provavelmente teria feito o mesmo em sua situação.

– Havia tantas recordações do que eu sentia falta depois que ele foi mandado embora – explicou Irina enquanto ela e Elise se sentavam para tomar um café na ensolarada sala de jantar. Portas de vidro escurecidas por persianas verticais davam para o pátio comum da comunidade, recoberto de neve, que ia até os fundos de cada casa. – Petrov e eu temos muitos amigos em nosso Refúgio Secreto, mas viver lá sem ele era muito difícil. Acho que, se ele voltar para casa... *quando ele voltar para casa* – corrigiu-se, alisando distraidamente a ponta da toalha de mesa. – Quando ele voltar para casa, então retornaremos para lá e começaremos nossa vida outra vez.

– Espero que esse dia chegue logo para vocês, Irina.

A Companheira de Raça levantou a vista com um sorriso e lágrimas nos olhos.

– Eu também.

Elise bebeu um gole do café, vagamente consciente de um leve pulsar que se precipitava em suas têmporas. Tinha estado presente desde que havia entrado no táxi que a levara até ali, em um trajeto que tinha passado pelo centro da cidade, onde o ruído dos pensamentos humanos a havia golpeado através do metal e do vidro do carro. Mas tinha se concentrado, como Tegan lhe ensinou, e a pior parte de sua dor psíquica já tinha se esvaído a um nível administrável.

Ficar assim tão próxima de tanta humanidade era certamente um teste. O bairro de Irina era um conglomerado de casas com um fluxo constante de carros viajando para cima e para baixo na rua lá fora, acrescentando ainda mais barulhos às conversações que preenchiam sua cabeça.

E sob a balbúrdia geral de insatisfação que captava, Elise detectou algo mais sombrio... fora de seu alcance.

– Gostaria de ver as cartas?

A voz de Irina atraiu a atenção de Elise bruscamente.

– Sim, claro.

Ela acompanhou a mulher para fora da sala de jantar até um pequeno e aconchegante escritório ao fim do corredor. Uma escrivaninha se encontrava do outro lado de um acolhedor canto de leitura, com a mobília masculina impecavelmente polida e organizada, como se esperasse pela iminente chegada de seu proprietário.

Irina gesticulou para que Elise se aproximasse da escrivaninha, onde uma caixa de sapatos aberta se encontrava perto de uma velha tapeçaria que havia sido posta de lado. Uma pilha de papéis dobrados descansava no topo.

– Aqui estão.

– Posso? – Perguntou Elise, estendendo a mão para pegar o acervo de cartas.

Ante o consentimento de Irina, desdobrou a primeira e percorreu a página com o olhar. Estava repleta de garranchos apressados, violentamente irregulares. As palavras mal eram legíveis, escritas no que parecia ser latim, por uma mão que parecia ter sido guiada pela loucura. Elise folheou os outros papéis e se deparou com mais do mesmo.

– Acha que significa algo?

Elise sacudiu a cabeça.

– Não posso ter certeza. Mas gostaria de mostrá-las a uma pessoa. Tem certeza de que não se importa se eu levá-las?

– Faça o que quiser. Não têm utilidade nenhuma para mim.

– Obrigada.

Elise fitou a tapeçaria sobre a mesa. Era de uma beleza incrível, e obviamente muito antiga. Não pôde resistir a deslizar os dedos pelos intrincados pontos do desenho de um jardim medieval.

– Isto é adorável. Os detalhes são inacreditáveis, como uma pintura feita com agulha.

– Sim, é verdade. – Irina sorriu. – E seja quem for que a fez, também tinha um interessante senso de extravagância.

– Como assim?

– Percebi quando a peça estava enrolada em volta do maço de cartas. Vou lhe mostrar.

Ela dobrou o tecido quadrado diagonalmente, levantando um dos lados de modo que os desenhos no canto inferior esquerdo e no superior direito se tocaram. No lugar onde se encontravam, o delicado bordado revelava a forma oculta de uma lágrima caindo sobre o vale de uma lua crescente.

Elise riu, encantada pela engenhosa habilidade artística da obra.

– A mulher que fez isso era uma Companheira de Raça?

– Parece que sim. – Irina cuidadosamente alisou o tecido outra vez. – Deve ser da Idade Média, não acha?

Elise não podia responder, mesmo se tivesse algum palpite. Naquele momento, uma rajada lancinante de dor lhe atravessou a mente. Era pura ameaça, algo mortalmente perverso... e subitamente estava muito perto.

Dentro da casa.

– Irina – sussurrou ela. – Alguém está aqui.

– O quê? Como assim, alguém...

Levantou a mão para silenciar a mulher, lutando através do ataque mental enquanto sua mente se preenchia com os violentos pensamentos do intruso.

Era um Subordinado, enviado em uma missão para matar.

– Temos de sair daqui imediatamente.

– Sair daqui? Mas eu não...

– Tem de confiar em mim. Ele vai matar a nós duas se nos encontrar.

Os olhos de Irina se arregalaram em pânico com o terror. Ela sacudiu a cabeça.

– Não há nenhuma saída por aqui. Só a janela...

– Isso. Rápido! Abra e saia logo daqui. Irei logo depois.

Elise fechou silenciosamente a porta do cômodo e arrastou a pesada poltrona de couro para a frente dela enquanto Irina se esforçava em abrir a janela do térreo. O Subordinado era silencioso em sua caça enquanto avançava pela casa procurando por sua presa, mas a selvageria de seus pensamentos o traía tão forte como um estridente alarme.

Havia sido enviado por seu Mestre para matá-la, mas pretendia esticar as coisas. Fazê-la sangrar. Fazê-la gritar. Era o que mais apreciava em seu trabalho.

E estava quase eufórico com a ideia de que poderia praticar suas perversões em duas mulheres em vez de em apenas uma.

Ah, Deus, pensou Elise, sentindo a náusea lhe subir pela garganta. Invocou o poder do sangue de Tegan dentro de si e sua própria determinação, esforçando-se furiosamente para se concentrar apesar do horripilante conhecimento do que a perseguia pelo corredor.

– A trava da janela está emperrada – ofegou Irina, lutando em pânico. – Não quer abrir!

O agudo grito preocupado atraiu o Subordinado como um farol. Passos pesados se aproximavam agora do fim do corredor. Elise apanhou um grosso livro de uma das prateleiras e correu ao lado de Irina, golpeando o pesado volume contra a trava da janela para afrouxá-la.

– Pronto – exclamou Elise quando o mecanismo finalmente cedeu. Largou o livro e empurrou o vidro, então golpeou a tela e deixou que ela caísse ao chão logo abaixo. – Suba, Irina! Agora!

Ela sentia o Subordinado se avizinhando do cômodo onde se escondiam. Seus pensamentos eram maliciosos, negros de ameaça. Escutou seu rugido gutural um instante antes de ele se jogar sobre a porta. Arremeteu contra ela outra vez, e mais outra. As dobradiças gritaram com o impacto, e a armação se despedaçou quando ele se lançou contra a porta de novo com a força de um aríete.

– Elise! – Gritou Irina. – Ah, meu Deus! O que está acontecendo?

Ela não respondeu. Não teve tempo. Elise se arremessou para pegar as cartas, mas, quando se virava com elas em direção à janela e à sua única esperança de fuga, o Subordinado empurrou a porta aberta o bastante para que pudesse invadir o aposento. Tirou a poltrona que lhe obstruía o caminho e avançou sobre ela, brandindo uma aterrorizante adaga de caça na mão. Ele grunhiu irritado, e os músculos de suas feições deixavam proeminente uma terrível cicatriz que atravessava sua fronte e a bochecha direita. Os olhos turvos no caminho da cicatriz brilhavam com malícia.

– Não fujam tão cedo, senhoritas. Vamos ter um pouco de diversão.

Dedos firmes agarraram o pescoço de Elise antes que ela pudesse se esquivar do alcance do Subordinado. Ele a empurrou sobre a superfície da escrivaninha e se inclinou sobre ela. Esbofeteou-a tão forte com sua descomunal mão que sua visão vacilou e todo o lado de seu rosto ressoou com a dor. Com uma poderosa investida de seu braço, cravou a ponta da lâmina na madeira ao lado da cabeça de Elise, errando-a por meros centímetros deliberados.

Seu sorriso implacável demonstrava um sádico humor quando seus dedos se apertaram no pescoço de Elise.

– Seja boazinha e talvez eu a deixe viver – mentiu ele.

Elise chutava e se retorcia, mas as mãos dele eram inexoráveis. Com a mão livre, procurou por qualquer coisa que pudesse usar como arma. A caixa de sapatos aberta na escrivaninha, espalhando seu estranho acervo de abotoaduras, fotografias... e um abridor de cartas com punho de pérolas. Elise tentou não chamar atenção para sua descoberta, mas estava determinada a apanhá-la.

– Deixe-a em paz! – Gritou Irina.

– É melhor não se mexer – grunhiu o Subordinado, levantando a vista em sinal de advertência. – Isso mesmo, vadia. Fique onde está, ou sua amiga aqui sentirá o gosto do aço.

Elise fechou os olhos enquanto Irina soluçava na janela, paralisada pelo terror. Mas, assim que o Subordinado se distraiu, os dedos de Elise se fecharam em torno do punho do abridor de cartas. Sabia que seria uma disputa injusta contra a faca que seu agressor possuía, mas era melhor do que nada.

No segundo em que conseguiu segurar com mais firmeza o abridor, Elise levantou a arma improvisada em um arco violento e acertou o Subordinado do lado do pescoço.

A profunda ferida fez que se apartasse dela com um uivo, agarrando com os dedos o machucado sangrento. Elise não percebeu que ele tinha levantado a própria faca até que a dirigiu em sua direção. Ela recuou, escapando por um triz de seu ataque furioso e desajeitado.

O Subordinado vacilou de leve, apertando a mão contra o pescoço com ares impressionados enquanto a frente de sua camisa se tingia de vermelho com o sangue derramado.

– Sua maldita vadia!

Ele se arremeteu contra ela outra vez, lançando todo seu peso e a jogando ao chão. Elise se contorceu em uma tentativa de sair debaixo dele, mas ele era um homem enorme e agora estava furioso. Ela conseguiu rolar e apoiar as costas, ainda agarrando firme o abridor de cartas na mão, imobilizada entre o braço e a costela do Subordinado.

Ela viu a faca se aproximar de seu rosto.

– Não – ofegou, nauseada com o peso dele e seu acre fedor de sangue derramado. – Maldito seja, não!

Com uma punhalada cega, cravou o abridor de cartas no Subordinado. Acertou suas costelas, e essa outra profunda ferida o fez urrar de dor. Ele se afastou, sufocando ofegante, dando a Elise a chance de escapar dele.

– Ah, Deus – resfolegou Irina, fitando-o em completo horror. – O que está acontecendo? Quem é esse homem? O que ele quer conosco?

– Irina, saia já daqui! – Gritou Elise, apanhando as cartas e empurrando a outra mulher pela abertura na janela.

As duas saíram apressadas, aterrissando na grama congelada logo abaixo. Elise viu o Subordinado sentado no chão no interior da casa, pálido de choque e sem reação. Mas não se atrevia a relaxar por um segundo.

– Temos que dar o fora daqui, Irina. Você tem um carro?

A mulher não respondeu; seu rosto estava tão pálido quanto a neve lá fora. Elise agarrou seus ombros e contemplou seu olhar aturdido.

– Tem um carro, Irina? Consegue dirigir?

Um tênue brilho de concentração retornou a seus olhos.

– O quê? Ah... sim... meu carro está estacionado logo ali. Ao lado do beco.

– Então vamos logo. Temos de ir agora.

Capítulo 24

A comoção no saguão do Refúgio Secreto despertou Tegan de um leve cochilo em seu quarto de visita. Algo estava errado. Muito errado. Escutou a voz de Elise – em um tom mais elevado que sua usual tranquilidade – e saltou de pé em um instante, com todos os sentidos ligados em alerta máximo.

Nu exceto pelas calças *jeans* que abotoava enquanto saía para o corredor, registrou os abafados sons de uma mulher chorando. Não era Elise, graças a Deus, mas ela também estava lá embaixo, falando rápido e claramente transtornada.

Tegan chegou à escada e baixou os olhos para a entrada aberta da mansão. O que ele viu o derrubou bem onde se encontrava.

Elise tinha acabado de voltar da rua, coberta de sangue.

Maldição.

Ele cambaleou nos calcanhares, sentindo o estômago despencar como uma pedra até as imediações dos joelhos. Elise estava encharcada de escarlate. A frente de suas roupas estava manchada de um vermelho intenso, como se alguém tivesse aberto sua jugular.

Exceto que não era seu sangue, percebeu Tegan quando um odor metálico lhe preencheu as narinas. Era sangue de outra pessoa – um humano.

O alívio que sentiu nesse momento foi profundo.

Até que um ódio desesperado emergiu dentro de si.

Apoiou os pulsos sobre o corrimão e saltou por cima da grade, caindo ao chão no saguão com uma praga entre os dentes. Elise mal o olhou enquanto ele avançava em sua direção, o corpo tremendo com a intensidade de sua fúria. Mas ela estava preocupada com a incoerente e perturbada Irina Odolf, que havia desmoronado em um banco estofado perto da porta principal.

Reichen saiu da cozinha carregando um copo de água. Ele o entregou a Elise.

– Obrigada, Andreas – Ela se virou e ofereceu a bebida à Companheira de Raça, que soluçava sem parar. – Aqui, Irina. Beba um pouco se conseguir. Vai fazê-la se sentir melhor.

Tegan não podia ver nada de errado com a outra mulher além do abalo. Elise, entretanto, parecia ter acabado de deixar o *front* de batalha. Uma lívida contusão atravessava sua mandíbula até o topo da bochecha.

– Que diabos aconteceu? E o que estava fazendo fora deste Refúgio Secreto?

– Beba – Elise incentivou sua paciente, ignorando Tegan. – Andreas, tem algum quarto sossegado onde Irina possa descansar um pouco?

– Sim, claro – respondeu Reichen. – Há uma sala de estar aqui no primeiro andar.

– Obrigada. Seria ótimo.

Tegan observou Elise tomar o controle da situação com amáveis ordens que lhe pareciam fluir naturalmente. Tinha de admirar sua força em meio à óbvia crise, mas, maldição, ele estava furioso.

– Quer me explicar por que está toda machucada e coberta de sangue?

– Fui visitar Irina hoje de manhã – respondeu Elise, ainda sem se incomodar em encarar seu olhar furioso. – Um Subordinado deve ter me seguido...

– *Céus.*

– Ele invadiu a casa de Irina e nos atacou. Mas tomei conta dele.

– Tomou conta dele – repetiu Tegan sombriamente. – O que aconteceu? Lutou com o filho da mãe? Você o matou?

– Não sei. Não esperamos para descobrir.

Ela tirou o copo de água da mão de Irina, que não estava bebendo mesmo, e o colocou no chão.

– Consegue se levantar agora? – Perguntou à mulher, com a voz afetuosa e preocupada. Ante o assentimento da Companheira de Raça, Elise a tomou pelo braço e a ajudou a se levantar. – Vamos levá-la para outro quarto onde poderá descansar, tudo bem?

– Permita-me – ofereceu Reichen, aproximando-se com calma e apoiando o peso frouxo de Irina. Com cuidado, conduziu-a para fora do majestoso saguão em direção a um par de portas duplas abertas.

Quando Elise começou a segui-los, Tegan a alcançou e a segurou pela mão.

– Elise. Espere.

Sem muita escolha, ela se deteve. Então soltou um lento suspiro e se virou para encará-lo.

– Realmente não preciso de sua desaprovação agora, Tegan. Estou exausta e quero tirar logo essas roupas nojentas. Então, se planeja dar-me uma lição de moral, terá de esperar...

Ele a puxou contra si e ela se calou enquanto seus braços a rodeavam em um forte abraço.

Não conseguia soltá-la. Não conseguia falar. Seu peito estava apertado com uma emoção que não queria admitir, mas mal podia negar. Retorcia-o, pressionando-o como um tornilho ao redor do coração.

Ah, droga.

Elise podia ter sido assassinada hoje. Tinha conseguido escapar, claro, mas correra sérios perigos com aquele Subordinado, e sempre havia uma grande chance de que as coisas terminassem mal.

Ele podia tê-la perdido enquanto dormia. Enquanto ela estava fora de seu alcance, e ele não tinha sido capaz de protegê-la.

O pensamento o golpeou com força.

Inesperadamente intenso.

Tudo que podia fazer agora era segurá-la. Como se nunca mais fosse soltá-la.

Elise tinha esperado que Tegan ficasse irado. Talvez demonstrasse certa arrogante censura masculina. Mas não se podia ter espantado mais ao sentir seus braços a apertando firmemente.

Meu Deus, ele estava realmente tremendo?

Ela permaneceu na terna jaula de seu forte abraço e sentiu parte de sua tensão começar a esvanecer. O profundo medo que se havia recusado a sentir até agora começou a verter em seus membros. Inclinou-se na acolhedora fortaleza de Tegan, levantando as mãos para repousarem contra os rígidos músculos de suas costas nuas, encostando o lado do rosto sem machucados na superfície lisa de seu peito.

– Há alguns papéis – ela conseguiu por fim dizer. – O irmão de Petrov Odolf escreveu um monte de cartas. Pensei que poderiam ser importantes. Foi por isso que saí para ver Irina.

– Isso não me importa – A voz de Tegan soou densa, vibrando contra seus ouvidos. Pressionou a ponta dos dedos em seus ombros ao afastá-la de si e a fitou nos olhos. Seu olhar verde-esmeralda era penetrante, intenso e sério. – Céus, nada disso me importa nesse instante.

– Poderia significar alguma coisa, Tegan. Tem alguns versos estranhos...

Ele sacudiu a cabeça, fechando a cara.

– Isso pode esperar.

Ele estendeu a mão e limpou uma aparente sujeira no queixo dela. Então, levantou-lhe o rosto e fitou-a por um demorado momento antes de beijá-la.

Foi um beijo breve e terno, repleto de uma doçura que roubou o fôlego de Elise.

– Todo o resto pode esperar por enquanto – disse tranquilamente, com uma sombria ferocidade na voz. – Venha comigo, Elise. Quero cuidar de você agora.

Ele a conduziu pela mão para fora do saguão, pela escada principal até o quarto dela no segundo andar. Ela entrou com ele e se deteve enquanto ele virou para fechar a porta atrás deles. Ele baixou a vista para sua mala empacotada no chão. Quando fitou Elise de volta, havia uma pergunta em seus olhos.

– Eu estava planejando deixar Berlim hoje. Ia voltar a Boston.

– Por minha causa?

Ela negou com a cabeça.

– Por mim. Porque estou confusa sobre muitas coisas e estou perdendo o foco no que é importante. A única coisa que deveria me importar...

– Sua vingança.

– Minha promessa, sim.

Tegan se aproximou dela, com seu peito largo tampando sua visão, irradiando um calor que ela desejava ardentemente sentir contra si outra vez. Fechou os olhos quando ele começou a desabotoar cuidadosamente sua blusa manchada de sangue. Ele retirou a pegajosa peça de seda de seu corpo e a deixou cair ao chão.

Provavelmente ela deveria se sentir estranha, ou ao menos mostrar certa resistência, ao permitir que ele a despisse após o terrível rumo que as coisas entre eles tinham tomado na noite passada. Mas o sangue em suas roupas lhe causava náusea, e certa parte agitada e aflita dela dava boas-vindas aos cuidados de Tegan. Seu toque era protetor, não sexual, com força e firmeza. Competente e compassivo.

Suas calças arruinadas foram as próximas, junto com as meias e sapatos. E logo se encontrava diante dele apenas de sutiã e calcinha.

– O sangue do Subordinado sujou toda sua pele – disse, franzindo o cenho enquanto percorria com a mão seu ombro machucado e a linha de seu braço. No banheiro adjacente, o chuveiro se ligou. – Lavarei isso para você.

Ela o acompanhou até o espaçoso banheiro da suíte, sem dizer nada enquanto ele tirava com cuidado o resto de suas roupas.

– Venha – falou, guiando-a ao redor da parede de vidro fosco que separava a ampla área do chuveiro do resto do cômodo.

O vapor quente os envolveu quando se aproximaram da ducha.

– Está se molhando todo – disse Elise quando Tegan entrou na frente dela sem tirar a calça *jeans*.

Ele simplesmente deu de ombros. A água escorria por seu corpo, pelo cabelo castanho-claro, de onde descia até os grossos músculos dos ombros e braços. Filetes d'água traçavam belas linhas sobre seus *dermaglifos* e sobre o *jeans* escurecido que cobria as pernas compridas e fortes.

Ela o contemplou e sentiu como se o estivesse vendo com novos olhos... vendo-o pela primeira vez. Não havia dúvidas do que ele era – um homem letal e solitário, treinado para matar e praticamente perfeito em sua apatia. Mas transmitia uma estonteante vulnerabilidade ali diante dela, todo molhado, com as mãos gentilmente estendidas para ela.

E se o guerreiro que havia nele já a imobilizava, essa nova visão era ainda mais intimidante.

Fazia que desejasse correr para seus braços e permanecer ali, para sempre, se pudesse.

– Entre na água comigo, Elise. Tomarei conta do resto.

Ela sentiu os pés se moverem logo abaixo, e os dedos da mão repousando na cálida palma de Tegan. Ele a trouxe para o suave fluxo que escorria do chuveiro. Apartou o cabelo de seu rosto enquanto ambos se encharcavam juntos.

Elise se derreteu com a água quente e com o calor ainda maior do corpo de Tegan roçando junto ao seu. Deixou que ele lhe ensaboasse a pele e lavasse seu cabelo, contente por aquele toque reconfortante depois de um dia terrível.

– Está bom? – Perguntou enquanto a enxaguava; a baixa vibração de sua voz percorreu a ponta de seus dedos e penetrou na pele e nos ossos de Elise.

– Está maravilhoso.

Até demais, pensou ela. Quando estava com Tegan, especialmente daquele jeito, ele a fazia esquecer sua dor. Ele tornava mais fácil aceitar o vazio que tinha existido por tanto tempo em seu coração. Sua ternura lhe fazia se sentir completa, afastando a escuridão. Nesse instante, enquanto a acariciava e a sustentava com tanta segurança nos braços, ele a fazia se sentir amada.

Ele tornava muito tentador imaginar um futuro em que ela pudesse ser feliz de novo. Em que pudesse ser inteira outra vez, junto a ele.

– Estou falhando com minha promessa a meu filho – disse ela, forçando-se a se afastar do aconchego do toque de Tegan. – Só deveria me preocupar em garantir que a morte de Camden não tenha sido em vão.

Algo cintilou nos olhos de Tegan, que se fecharam um instante depois pela queda de suas pestanas úmidas e espetadas. Ele esticou o braço atrás dela e fechou a água.

– Não pode passar sua vida vivendo pelos mortos, Elise.

Estendeu o braço sobre ela e apanhou uma toalha dobrada da pilha organizada sobre uma alta prateleira construída no mármore do banheiro. Quando lhe entregou a toalha, Elise se deparou com seu olhar. O reflexo assombrado que viu neles lhe surpreendeu.

Havia desolação contemplando-a de volta. A dor de uma velha ferida, não completamente curada.

Ela nunca tinha percebido antes... porque ele nunca havia permitido que ela visse.

– Você se culpa pelo que aconteceu com sua companheira, não é mesmo?

Ele a fitou por um demorado e silencioso minuto, e ela tinha certeza de que ele lhe daria uma indiferente negação. Mas então ele soltou uma maldição abafada e passou os dedos pelo cabelo molhado em sua cabeça.

– Não pude salvá-la. Ela dependia de mim para manter-se segura, mas falhei com ela.

O coração de Elise saltou uma batida no peito.

– Deve tê-la amado muito.

– Sorcha era uma garota adorável, a pessoa mais inocente que já conheci. Não merecia a morte que teve.

Elise se enrolou na toalha enquanto Tegan se sentou no banco de mármore que ocupava o comprimento do boxe do chuveiro, com as coxas esparramadas e os cotovelos repousando sobre os joelhos.

– O que aconteceu, Tegan?

– Depois de seu sequestro, umas duas semanas mais tarde, seus raptores a mandaram de volta para mim. Tinha sido estuprada, torturada. E, como se isso não tivesse sido cruel o bastante, o vampiro que a aprisionou também se alimentou dela. Ela voltou como Subordinada daquele que a brutalizou.

– Ah, meu Deus, Tegan.

– Mandá-la de volta daquele jeito foi pior que matá-la, mas acho que deixaram essa tarefa para mim. Eu não pude fazer isso. Em meu coração, sabia que ela já havia partido, mas não podia acabar com sua vida.

– Claro que não – assegurou ela amavelmente, de coração partido por ele.

Elise fechou os olhos com uma oração sussurrada baixinho enquanto se sentava ao lado dele no banco. Não se importava que ele rechaçasse sua compaixão; ela precisava ficar perto dele. Ele tinha de saber que não estava sozinho.

Quando pousou sua mão no peito nu dele, ele não recuou. Simplesmente virou a cabeça para o lado, encontrando seu olhar compassivo.

– Tentei ajudá-la a se recuperar. Pensei que, se tirasse sangue o bastante dela e lhe desse o meu próprio em retorno – se eu pudesse alimentá-la de minhas veias e drenar o veneno das suas –, talvez por algum milagre ela revivesse. Então passei a me alimentar para alimentá-la. Caí em uma caçada por sangue que durou semanas. Não tinha controle. Estava tão consumido pela culpa e pela necessidade de curar Sorcha que não percebi a velocidade com que me perdia em direção à Sede de Sangue.

– Mas não se perdeu, não foi? Quero dizer, não deve se ter perdido, para estar aqui agora.

Ele riu intensamente, uma risada amarga e áspera.

– Ah, eu me perdi com certeza. Acabei me tornando dependente, como todos os viciados. A Sede de Sangue teria me transformado em Renegado se não fosse por Lucan. Ele interveio e me prendeu em uma cela de pedra para esperar que a enfermidade desaparecesse. Durante vários meses, quase morri de fome, alimentando-me apenas das quantidades mínimas necessárias para me manter respirando. Na maioria daqueles dias, rezava para morrer.

– Mas sobreviveu.

– Sim.

– E Sorcha?

Ele sacudiu a cabeça.

– Lucan fez por ela o que eu não fui homem o bastante para fazer. Liberou-a de seu sofrimento.

O coração de Elise se agitou com a compreensão.

– Ele a matou?

– Foi um ato de misericórdia – respondeu Tegan enfaticamente. – Embora eu o tenha odiado por isso durante todos esses quinhentos anos desde então. No fim, Lucan lhe mostrou mais compaixão do que eu fui capaz. Eu a teria mantido viva só para me poupar de sofrer a culpa de sua morte.

Elise acariciou as fortes costas de Tegan com a palma da mão, comovida por sua confissão e pelo amor que lhe havia sido tirado tanto tempo atrás. Havia pensado que ele fosse frio e insensível, mas era apenas porque escondia bem suas emoções. Suas feridas eram mais profundas do que ela jamais teria imaginado.

– Sinto muito por tudo que passou, Tegan. Agora entendo. Entendo... tanto agora.

– Entende?

O olhar triste e estreito que encontrou seus olhos demonstrava uma intensidade penetrante.

– Quando a vi lá embaixo, coberta de sangue... – Ele se afastou abruptamente, como se não conseguisse formular as palavras. – Ah, droga... nunca quis sentir esse tipo de medo e dor outra vez, entende? Não queria aproximar-me tanto de ninguém de novo.

Elise o contemplou em silêncio, escutando suas palavras, incerta, porém, se ele de fato queria dizer aquilo. Ele realmente estava dizendo que gostava dela?

Os dedos dele eram leves como pena ao acariciarem o abafado batimento cardíaco em sua bochecha machucada.

– Eu realmente gosto de você – disse em serena resposta à pergunta que havia lido com seu toque. Ele a aproximou do abrigo de seus braços, segurando-a apenas e acariciando-lhe o braço lentamente com o polegar. – Com você, acho que seria muito fácil gostar demais, Elise. Não tenho certeza de que esse é um risco que posso correr.

– Não pode... ou não vai?

– Não tem diferença. É só semântica.

Elise recostou a cabeça em seu ombro. Não queria escutar aquilo agora. Não queria deixá-lo partir.

– Então em que ponto isso nos deixa agora? Aonde vamos daqui, Tegan?

Ele não disse nada a respeito das duas perguntas; apenas a segurou bem perto e pressionou um terno beijo em sua testa.

Capítulo 25

O resto do dia transcorreu como um borrão de táticas e reunião de informações. Ao pôr do sol, Reichen havia mandado dois colegas seus à residência de Irina Odolf. Eles relataram que o Subordinado havia partido, evidentemente por conta própria, ainda que Elise certamente tivesse atrasado o desgraçado, a julgar pela quantidade de sangue que tinha deixado no lugar.

Armado com a descrição que Elise havia feito dele, Reichen já estava na cidade procurando por possíveis pistas. Tegan tinha fortes esperanças de que localizassem o maldito Subordinado, pois ansiava por terminar o que Elise havia começado.

Quanto a ela, por mais que Tegan teria gostado de permanecer com elas nos braços – ou, ainda melhor, nua em sua cama –, sabia que era um caminho que apenas o levaria mais além em um terreno complicado. Em vez disso, voltou sua atenção ao diário que tinham interceptado de Marek e ao maço de cartas que Elise recuperara dos pertences de Petrov Odolf.

Ambos continham passagens com as mesmas peculiares frases:

castelo e campo se unirão sob a lua crescente
à leste das fronteiras volte seus olhos
na cruz jaz a verdade

Era algum tipo de charada, mas o que significava – se é que tinha algum significado – ainda era um mistério.

Parecia que Petrov Odolf tampouco a compreendia, apesar do fato de sua Companheira de Raça ter dito que ele rabiscara essas mesmas palavras compulsivamente logo antes de se transformar em Renegado. Assim como seu irmão, antes dele.

E assim como aquele que uma vez fora o dono do velho diário com os símbolos *dermaglíficos* grafados em suas páginas.

Agora Tegan se encontrava do outro lado da cela de contenção de Petrov Odolf, observando o Renegado contido com pouca e preciosa paciência. Ele e Elise estavam no centro de reabilitação há uma hora e não haviam chegado a lugar algum com suas contínuas rodadas de interrogatórios com Odolf.

Os medicamentos dele já haviam sido reduzidos, então ao menos o Renegado estava consciente, ainda que muito longe da lucidez. Amarrado de pé com uma malha de aço que prendia seu corpo, com os braços atados para baixo em cada lado, e os pés acorrentados juntos ao corpo, Petrov Odolf parecia exatamente a perigosa besta que era. Sua cabeçorra pendia frouxa sobre o peito, e seus reluzentes olhos ambarinos esquadrinhavam a cela sem foco. Ele rosnou e urrou através das presas estendidas, e logo começou outra inútil rodada de esforços contra seus grilhões.

– Diga-nos o que significa – disse Tegan, elevando a voz sobre o barulho das correntes metálicas e dos irracionais ruídos bestiais. – Por que tanto você quanto seu irmão escreveram essas frases?

Odolf não respondeu; apenas continuou se esforçando contra as amarras.

– "*Castelo e campo se unirão sob a lua crescente*" – recitou Tegan. – "*À leste das fronteiras volte seus olhos*". Isso é uma localização? O que significa para você, Odolf? O que significava para seu irmão? O nome Dragos lhe lembra alguma coisa?

O Renegado se sacudiu e lutou inutilmente, até que seu rosto parecia prestes a explodir. Ele jogou a cabeça para trás e para frente, rangendo os dentes com fúria.

Tegan exalou um suspiro frustrado e se virou para Elise.

– Isso é uma maldita perda de tempo. Ele não vai nos ser útil.

– Deixe-me tentar – pediu ela.

Quando ela se moveu para frente, Tegan não deixou de notar que o olhar selvagem de Odolf a acompanhou pelo cômodo. As narinas do Renegado se inflaram enquanto seu corpo viciado em sangue tentava capturar o aroma de Elise.

– Não se aproxime dele – avisou-lhe Tegan, lamentando o fato de ter prometido a Elise que não usaria suas armas contra o Renegado, exceto em último caso. Sua primeira linha de ataque era uma emergencial seringa de sedativos fornecida a ele pelo diretor Kuhn. – Essa distância já é o bastante, Elise.

Ela se deteve a vários metros do Renegado. Quando falou, sua voz macia demonstrava paciência e compaixão.

– Olá, Petrov. Sou Elise.

As pupilas elípticas se estreitaram ainda mais no meio dos olhos ambarinos de Odolf. Ainda resfolegava pelo esforço, mas acalmou um pouco a luta enquanto se concentrava em Elise.

– Conheci Irina. É uma mulher maravilhosa. E o ama muito. Ela me contou o quanto você significa para ela, Petrov.

Odolf ficou imóvel em sua jaula apertada. Elise deu um passo adiante. Tegan grunhiu um aviso, e embora ela tivesse parado, não tinha percebido sua preocupação.

– Irina está preocupada com você.

– Não é seguro – murmurou Odolf, de maneira quase imperceptível.

– O que não é seguro? – Perguntou Elise gentilmente. – Irina não está segura?

– Ninguém está seguro – A enorme cabeça se sacudiu para frente e para trás como se estivesse tendo um ataque. Quando passou, Odolf arreganhou os lábios, exibindo as compridas presas e inspirou profundamente. – "*Na cruz jaz a verdade*" – murmurou ao exalar o ar. – "*Volte seus olhos... volte seus olhos*".

– O que isso quer dizer, Petrov? – Elise leu o trecho inteiro para ele. – Pode nos explicar? Onde ouviu isso? Leu em algum lugar?

– "*Castelo e campo se unirão sob a lua crescente*" – repetiu ele. – "*À leste das fronteiras volte seus olhos...*"

Elise se aproximou mais um passo.

– Estamos tentando compreender, Petrov. Conte-nos o que sabe. Pode ser muito importante.

Ele grunhiu, jogando a cabeça para trás dos ombros e esticando os tendões do pescoço.

– "*Castelo e campo se unirão sob a lua crescente... À leste das fronteiras volte seus olhos... Na cruz jaz a verdade.*"

– Petrov, por favor – pediu Elise. – Precisamos que você nos ajude. Por que não é seguro? Por que acha que ninguém está seguro?

Mas o Renegado não estava mais ouvindo. Com os olhos cerrados e apertados, a cabeça inclinada para trás, ele murmurava as frases incoerentes repetidas vezes, em um fluxo rápido e ofegante de insanidades.

Elise voltou o olhar para Tegan.

– Talvez tenha razão. Talvez isso seja uma perda de tempo.

Ele estava prestes a concordar quando Odolf de repente começou a rir contido. Sua boca se abriu, baixou a cabeça e passou a sussurrar em uma voz tão baixa que Tegan mal podia ouvi-lo. Captou pedaços da charada, então Odolf piscou e foi como se sua mente recobrasse a clareza.

Em uma voz completamente racional e coerente, ele disse:

– É onde ele está se escondendo.

O sangue de Tegan gelou.

– O que disse? É onde quem está se escondendo? Marek?

– Escondendo bem longe. – Odolf riu, voltando à loucura. – Escondendo, escondendo... "*na cruz jaz a verdade*".

Mais uma vez, Tegan pensou no *dermaglifo* que haviam encontrado no diário. A linhagem da Raça a que pertencia estava há muito extinta. Mas, mesmo assim, talvez Marek não fosse o único a voltar de uma morte presumida.

– É sobre Dragos? Ele está vivo?

Odolf sacudiu a cabeça, fechando serenamente os olhos. Ele disparou outro coro da charada, murmurando-o em uma cantilena exasperante.

– Maldito seja! – Rosnou Tegan, avançando até o lado da jaula. – Dragos está escondido em algum lugar? Ele e Marek são aliados de alguma maneira? Estão tramando algo juntos?

Odolf continuou cantando, indiferente agora. Nem mesmo quando Tegan agarrou a gaiola metálica em que ele se encontrava e a chacoalhou com força, Odolf mostrou algum sinal de consciência. O Renegado havia partido mentalmente.

– Droga – Tegan passou a mão pelo cabelo. No bolso de seu casaco, sentiu o celular vibrar com uma chamada. Abriu o telefone e gritou:

– Diga.

– Algum progresso? – Era Reichen.

– Não muito.

Atrás dele, na jaula, Petrov Odolf batia no ar, grunhindo e amaldiçoando. Não fazia sentido permanecer ali por mais tempo. Tegan gesticulou para que Elise o acompanhasse para fora da cela de contenção do Renegado até o cômodo de observação.

– Estamos terminando aqui – disse a Reichen. – Conseguiu alguma informação sobre o Subordinado?

– Sim, temos algo. Estou no Afrodite com Helene. Ela já viu o homem aqui antes uma ou duas vezes. Teve problemas com ele, na verdade. – Reichen pigarreou, hesitante. – Ele, ah, aparentemente trabalha para um clube de sangue aqui na cidade, Tegan. Provavelmente lhes fornece mulheres.

– Céus – Ele olhou para Elise, sentindo os músculos se retesarem ao pensar nela perto de um traficante desgraçado como aquele. Clubes de sangue entre a Raça, ainda que fossem ilegais, haviam sido uma vez a diversão preferida de uma certa classe de vampiros. Eles forneciam aos entediados e abastados, e àqueles cujo apetite tendia a ser cruel. – Alguma ideia de onde posso encontrar esse lugar?

– Naturalmente, para evitar atenção indesejada, os clubes raramente se encontram no mesmo lugar. Helene já despachou espiões para descobrir isso. Provavelmente saberá algo dentro de uma hora.

– Estou a caminho imediatamente.

– O que está acontecendo? – Quis saber Elise quando ele fechou o telefone celular e o guardou de volta no bolso.

– Tenho de encontrar um dos contatos de Reichen na cidade. Ela tem pistas sobre o Subordinado que a atacou.

A esguia sobrancelha de Elise se arqueou.

– Ela?

– Helene – disse Tegan. – É uma amiga humana de Reichen. Você a viu noite passada, quando o pegamos do lado de fora de seu clube, Afrodite.

O olhar de Elise demonstrava que se lembrava muito bem da mulher seminua que se havia despedido de Reichen na calçada.

– Muito bem, então – assentiu com um rápido aceno. – Vamos falar com ela.

Tegan a segurou pelo braço quando ela começou a se mover para o corredor.

– Não vou levá-la ao clube de Helene, Elise. Posso deixá-la no Refúgio Secreto...

– Por quê? – Elise deu de ombros com indiferença. – Não tenho medo de ir a uma boate.

As chocantes imagens do que Tegan tinha visto no Afrodite na noite anterior lhe golpearam com vívidos detalhes.

– Não é, bem... não é esse tipo de clube. Não ficaria à vontade lá. Acredite em mim.

Ela arregalou os olhos ao entender.

– Está me dizendo que é um bordel?

Ele não respondeu, não que ela precisasse ouvir mais qualquer coisa. Ele a observou enquanto assimilava a ideia, com o cenho levemente franzido.

– Já esteve lá?

Tegan ergueu o ombro ligeiramente, perguntando-se por que diabos se sentia mal ao admitir aquilo.

– Reichen me levou lá para conhecer Helene ontem à noite.

– Ontem à noite – repetiu ela, estreitando os olhos púrpuros nele. – Ontem à noite você foi a um bordel... depois que nós... *oh*. Sim. Entendo.

– Não é o que está pensando, Elise.

De repente, teve o ridículo impulso de assegurar-lhe que nada havia acontecido enquanto estava no Afrodite, mas Elise não parecia interessada em ouvir nenhuma desculpa. Com movimentos bruscos, ela vestiu o casaco e começou a abotoá-lo.

– Acho que estou pronta para ir agora, Tegan.

Ele deu um passo à sua frente quando ela avançou para o corredor.

– Não devo demorar muito com Reichen. Assim que terminar, voltarei ao Refúgio Secreto e podemos tentar decifrar o pouco que conseguimos com Odolf esta noite.

Elise lhe lançou um olhar firme.

– Podemos discutir isso a caminho do Afrodite – disse ela. – Vou com você.

Ele encarou seu olhar determinado e soltou uma risada derrotada.

– Como queira, então. Mas não diga que não a avisei.

Embora tivesse vivido uma existência protegida nos Refúgios Secretos, Elise nunca tinha se considerado uma puritana. Mas seguir com Tegan pela entrada particular dos fundos do Afrodite lhe proporcionou uma instantânea formação em erotismo.

Foram recebidos por um enorme homem musculoso de terno preto, feito sob medida. Ele usava um aparelho de comunicação sem fio no ouvido, com um pequeno microfone que se estendia até a boca ornada com um cavanhaque. Ele falou algo ao microfone, aparentemente avisando sua chefe que seus convidados tinham chegado, enquanto conduzia Tegan e Elise pelo andar principal do clube.

Enfeitadas com radiantes cores de carnaval, detalhes metálicos dourados e mobílias suntuosamente equipadas, a antessala e a área do bar eram um verdadeiro banquete visual. Belas mulheres nuas se reclinavam em sofás de estampa animal, algumas entretendo um ou dois clientes à vista de todos. Outras atuavam juntas, trocando beijos e carícias enquanto homens com roupões de seda ou toalhas de sauna as observavam com olhares extasiados e ardentes.

Em outro canto acolchoado perto do bar, um homem era cortejado por quatro mulheres de uma só vez. Elise mal podia deixar de olhar para o erótico emaranhado de braços e pernas bronzeados. Mesmo sobre a suave música que ressoava dos alto-falantes no teto, ela podia escutar o som de uma pele encontrando a outra e os gemidos de prazer e os gritos roucos de liberação vindos de praticamente cada canto do saguão.

Cercada por tanta humanidade, Elise resistia ao baixo zumbido de seu dom, que despertou à vida assim que entraram no clube. Felizmente, a maioria das informações que chegavam até ela era de natureza lasciva, algumas com imagens, mas nada perturbador o suficiente para lhe causar dores de verdade.

Ela se lembrou do conselho de Tegan e procurou mentalmente pela voz menos agressiva entre as várias que zuniam por sua mente.

Trouxe-a para frente, usando-a para aplacar as outras enquanto caminhava pelo lugar.

Quando se aventurou a fitar Tegan, deparou-se com ele a olhando de volta. Se havia percebido os acasalamentos públicos que aconteciam ao redor, não parecia intimidado. Não, ele parecia mais interessado em avaliar a reação dela. Seu olhar era duro, penetrante. Sua mandíbula parecia tão apertada a ponto de trincar os dentes.

A intensidade daquele olhar a aqueceu por dentro. Elise piscou e desviou a vista. Mas isso significava observar mais o que acontecia no clube. Mais sexualidade crua e pulsante, o que apenas a tornava mais consciente de Tegan e do nítido conhecimento de como era boa a sensação do corpo dos dois unidos.

Ela não podia ter ficado mais aliviada quando o guia deles se deteve diante do elevador e os conduziu para dentro da cabine.

Eles subiram até o quarto andar. O elevador se abriu ante uma suíte com paredes de vidro equipada como quarto e escritório. Reichen ficou de pé para cumprimentá-los, levantando-se da exuberante cama redonda onde estava elegantemente esparramado. Sua camisa branca estava desabotoada e aberta, e a calça cinza de corte impecável deixava à mostra sua cintura ornada e o peito musculoso. Os *dermaglifos* do vampiro se espiralavam sobre o peitoral em floreios e arcos, chamando a atenção para sua bela silhueta masculina.

Ele parecia acostumado a ser admirado e simplesmente sorriu quando Elise e Tegan entraram no quarto.

– Não sabia que você acompanharia Tegan até aqui – disse ele, tomando a mão de Elise com um galanteio. – Espero que não esteja muito chocada.

– Nem um pouco – respondeu ela, torcendo para que seu desconcerto não aparecesse.

Reichen a conduziu para diante da alta morena que Elise tinha visto com ele na outra noite. A mulher vestia um suéter simples, mas sofisticado, de cor marfim e uma calça social, e parecia mais apropriada a uma conferência de trabalho do que a um bordel. Essa noite, seu comprido cabelo negro estava amarrado em um coque, preso por um par de brilhantes palitos de casco de tartaruga.

Ela era a própria imagem do profissionalismo, um curioso contraste com os vídeos ao vivo que eram reproduzidos nos monitores de tela plana dispostos atrás dela na parede do escritório. Enquanto a tela mostrava imagens de pessoas no andar principal do clube se contorcendo e se arqueando, a mulher simplesmente sorriu amigavelmente para Reichen e Elise, que se detiveram em sua frente.

– Esta é Helene – apresentou Reichen. – É a dona do clube, e também uma amiga minha muito confiável.

– Olá – cumprimentou Elise, oferecendo-lhe a mão. – Prazer em conhecê-la.

– O prazer é todo meu – ronronou ela com forte sotaque. Os dedos de Elise foram apertados com força, mas ainda de maneira feminina que ecoava a confiança reluzindo nos olhos escuros de Helene. Aquele olhar seguro de si deslizou na direção de Tegan e educadamente fingiu desconhecê-lo, um gesto em deferência a Elise. – Olá, e sejam bem-vindos ao Afrodite. Ambos vocês.

– É bom vê-la de novo, Helene – disse Tegan, cortando a dissimulação. – Reichen me disse que tem alguma informação.

– Sim, tenho.

A mulher assimilou o tom de negócios de Tegan e se aproximou de um *laptop* que havia em sua mesa. Abriu-o e digitou algo no teclado. Atrás dela, uma das telas de vídeo montadas na parede ficou preta e logo voltou com uma imagem congelada de uma das câmeras de vigilância, que mostrava um homem sentado no bar do clube no andar de baixo. A cicatriz no rosto do Subordinado o identificou imediatamente.

– É ele – disse Elise. Ainda podia sentir suas mãos violentas sobre seu corpo, e escutar seus horrendos pensamentos ecoando em seus ouvidos.

– Ele veio aqui apenas algumas vezes. Foi um idiota, tratou as meninas muito mal. Eu lhe proibi a entrada alguns meses atrás. E pouco depois fiquei sabendo de rumores sobre seu envolvimento nos clubes de sangue. – Helene fitou Elise. – Você teve muita sorte hoje. Fico feliz que tenha causado alguma dor a ele.

Elise não sentia qualquer orgulho pelo que tinha feito. Mas, mais que isso, estremeceu por dentro com a menção dos clubes de sangue. Foram desconhecidos em Boston por décadas, principalmente graças às medidas da Agência contra operações ilegais. Quentin em particular os havia desprezado como um esporte organizado em que humanos eram os joguetes cativos de indivíduos doentios da Raça. Ao pensar que ela e Irina tinham estado ao alcance de um dos fornecedores para esse tipo de atividade, sentiu um profundo calafrio.

O olhar firme de Tegan sobre ela lhe dizia que ele também não gostava nada da ideia.

– Tem alguma pista sobre os clubes da região? Algo sobre os parceiros desse homem, ou alguém que possa saber seu nome ou onde encontrá-lo?

Helene assentiu e teclou algo no *laptop*.

– Fiz alguns bons amigos na polícia. Como era de se esperar, esse Subordinado não é desconhecido da lei – Ela caminhou até a impressora a *laser* atrás de sua escrivaninha e pegou uma folha de papel que acabava de sair da máquina. – Consegui pegar seu registro criminal mais recente, que contém seu nome e o último endereço conhecido.

– Bela *e* eficiente – elogiou Reichen com aprovação quando Helene passou o relatório a Tegan.

Elise observou Tegan registrar cada detalhe do relatório, com os olhos apertados, calculistas. Ele se virou para Reichen.

– Pode levar Elise de volta ao Refúgio Secreto?

– Claro. Será um prazer.

– O que vai fazer, Tegan? – Ao mesmo tempo em que fez a pergunta, Elise já sabia suas intenções. Ele iria matar o Subordinado que a havia atacado. Podia ver seu lado guerreiro tomando conta, com a visão fixa no alvo e uma concentração mortal. – Tegan, só... tome cuidado.

Ele a contemplou por um demorado instante, então voltou o olhar para Reichen.

– Tire-a daqui. Encontrarei você de volta no Refúgio Secreto assim que tiver terminado.

Elise queria lançar os braços ao redor dele, mas Tegan já avançava em direção ao elevador, um guerreiro solitário com um único objetivo. Aquilo era quem ele era, quem ele sempre seria.

Ela cerrou os olhos quando ele entrou na cabine e as portas de metal polido se fecharam atrás dele. Seus sentidos o acompanharam enquanto ele descia, pelo vínculo de sangue quente e vivo em suas veias. Era a única parte dele a que verdadeiramente podia se ater; ela já não tinha certeza de que ele alguma vez a deixaria chegar perto de ter mais.

Capítulo 26

Tegan se agachou em cima de um telhado, com os olhos cravados em uma janela sem cortinas e bem-iluminada no prédio ao lado. O Subordinado estava falando ao telefone celular durante os últimos quinze minutos. A julgar pela velocidade com que seus lábios se moviam e o olhar de preocupação em seu rosto distorcido, parecia que estava tentando se livrar de alguma encrenca muito séria. Sem dúvidas, seu Mestre estava do outro lado da linha, recebendo as infelizes notícias de que suas ordens não haviam sido executadas exatamente como o planejado.

A boca de Tegan se curvou enquanto observava o Subordinado se esquivar e dar voltas em seu imundo apartamento. O pescoço do humano estava envolto por uma grossa gaze, e uma mancha de sangue atravessava a bandagem branca no lugar onde Elise havia acertado o desgraçado. Seu peito nu trazia os mesmos curativos e, pelo jeito com que o homem segurava as costelas ao falar, Tegan supôs que seu pulmão provavelmente também tinha sido perfurado.

Ao seu lado, sobre uma mesa de café atulhada com revistas pornô e garrafas de cerveja vazias, estava uma camisa empapada de sangue e caixas abertas de provisões médicas. Mais gazes de algodão, fita cirúrgica branca, e até mesmo um rolo usado de fios de sutura e uma agulha de costura entortada. Evidentemente ele tinha estado ocupado com seus próprios primeiros socorros depois que fugiu da casa de Irina Odolf naquele dia.

Tanto esforço em vão, pensou Tegan com amarga satisfação quando o Subordinado encerrou a chamada abruptamente e jogou o aparelho celular sobre a mesa.

Ele desapareceu em outro cômodo e saiu um segundo depois, vestindo com cuidado uma camisa de flanela. Abotoou-a, enfiou o telefone no bolso da calça *jeans*, então apanhou o casaco e se dirigiu à porta.

Tegan já estava na calçada logo abaixo no momento em que o Subordinado saía do edifício. Entrou no meio do caminho do humano e o empurrou para trás com uma aguda ordem mental.

– Que diabos! – O olhar de contrariedade do Subordinado rapidamente se converteu em alarme quando Tegan lhe mostrou as presas. – Ah, droga!

Ele se virou para correr de volta ao prédio, mas Tegan o bloqueou mais rápido que seus olhos humanos podiam ver. Estendeu a mão e agarrou o Subordinado pela garganta, apertando os dedos ao redor do grosso pescoço.

– Aagh! – Gritou o Subordinado, lutando e ofegando contra o repentino estrangulamento.

– Sim, provavelmente dói – disse Tegan friamente. Apertou com mais força, aumentando a pressão para permitir que apenas o mínimo de ar entrasse nos pulmões do Subordinado. – Teve um probleminha na cidade hoje, não foi?

– Solte... me...

Tegan pôde ler pelo tato as lembranças do Subordinado do que havia acontecido na casa de Irina Odolf. Viu sua fúria, sua surpresa ante a retaliação de Elise, seu repugnante intento de fazê-la sofrer profundamente por aquilo, se ela não tivesse conseguido escapar dele.

– Quem o mandou atrás dela? – Tegan exigiu saber; ainda que tivesse certeza da resposta, precisava ouvi-la. – Quem é seu Mestre, seu miserável maldito?

– Vá se danar, vampiro – arfou o Subordinado, mas estava em pânico por dentro e com muita dor. Sua mente entregou o nome ao toque de Tegan, embora sua língua se recusasse a falar.

Marek.

Não foi nenhuma surpresa para Tegan que o irmão de Lucan fosse o responsável por aquilo. Não duvidava que o poderoso vampiro tivesse uma enorme rede de escravos mentais à sua disposição. Deus sabia os muitos anos que ele tinha tido para preparar secretamente o terreno para qualquer plano sombrio que o ardiloso filho da mãe vinha arquitetando.

Mas não era a raiva que sentia por Marek o que apertava as mãos de Tegan na garganta ferida do Subordinado, por mais que quisesse dizer a si mesmo que estava apenas exterminando mais um membro do exército de seu inimigo. O que inundava a mente de Tegan enquanto asfixiava o humano miserável era o frio conhecimento de que o homem havia colocado as mãos em Elise.

Pelo fato de o Subordinado ter apreciado machucá-la, Tegan pretendia demorar um pouco para acabar com o desgraçado.

– Não gostou do carneiro?

Elise voltou a si e encontrou o olhar de Reichen do outro lado da íntima mesa do restaurante.

– Não, está delicioso. Estava tudo incrível, Andreas. Realmente não precisava ter feito isso.

Ele fez um gesto casual de indiferença com a mão, mas seu sorriso estava inflado de orgulho.

– Que tipo de anfitrião eu seria se a deixasse passar o dia todo sem uma refeição adequada? Parecia apenas apropriado trazê-la a um dos melhores restaurantes da cidade.

Estavam sentados juntos em um restaurante no último andar de um dos hotéis mais exclusivos de Berlim. Depois de saber que Elise não havia comido há várias horas, Reichen tinha insistido para que parassem ali depois de deixarem o clube de Helene.

Ele não estava comendo nada, evidentemente. Os membros da Raça podiam apenas consumir comida preparada em quantidades mínimas – uma prática reservada para os raros momentos em que o vampiro considerava isso necessário para fingir ser humano.

Elise também mal tinha comido, embora o prato e o vinho diante dela não fossem nada menos que maravilhosos. Por mais faminta que estivesse, tinha pouco apetite. Mal podia pensar em comer enquanto Tegan estava lá fora em algum lugar, travando batalhas por ela.

Do lado de fora de sua janela à esquerda, a vida noturna da cidade se agitava. Ela olhou para baixo, deixando o olhar vagar pelo emaranhado de pedestres, tráfego e a beleza iluminada do portão de Brandenburg*.

Nenhum dos humanos lá fora fazia a mínima ideia sobre a guerra que estava crescendo dentro da Raça. E também poucos nos Refúgios Secretos sabiam. Aqueles que estavam em posição de saber dos conflitos com Renegados escolhiam fazer vista grossa, confiando que a política e o protocolo manteriam tudo em seu devido lugar. Todos continuavam com sua vida, inconscientes, confortavelmente ignorantes, enquanto Tegan e os outros membros da Ordem sujavam as mãos e arriscavam a vida para manter a frágil paz dentro da Raça e da sua ligação dependente com a humanidade.

Ela havia sido um daqueles vários protegidos. Quando olhava ao outro lado da mesa, para o belo e sofisticado Reichen, recordava quão fácil sua vida tinha sido antes. Havia vivido em um colo acolchoado de riqueza e privilégios como a companheira de Quentin Chase. Uma parte

---

*Monumento histórico de Berlim construído de 1788 a 1791. [N.T]

de si percebeu como seria fácil voltar àquele tipo de existência, fingir que nunca havia visto as coisas terríveis que tinha presenciado no exterior dos Refúgios Secretos pelos últimos meses, ou feito as horrendas coisas que tinha se convencido a fazer para se vingar pela morte de Camden.

Uma parte covarde de si se perguntava se já seria tarde demais para voltar à velha vida e esquecer que algum dia tinha conhecido o guerreiro chamado Tegan.

A resposta veio com um batimento acelerado, uma emoção que se incendiou só com o pensamento dele.

Seu sangue nunca o esqueceria, por mais que ela corresse. E tampouco seu coração.

– Prefere provar outro prato? – Indagou Reichen, inclinando-se sobre a mesa para tocar sua mão. – Posso chamar o garçom se você...

– Não, não. Não há necessidade – garantiu-lhe, sentindo-se grossa e mal-agradecida por sua gentileza. Tegan provavelmente não precisava de suas preocupações. Ele certamente não as desejaria. Ela não podia deixar de lado seus sentimentos por ele, mas isso não significava que tinha que permitir que eles a consumissem. – Obrigada por me trazer aqui, Andreas. Não consigo me lembrar da última vez em que tive uma refeição e um vinho tão maravilhosos. Quentin e eu desfrutávamos de ótimos jantares juntos, mas desde sua morte acho que nunca vi de verdade outra razão para me dar o trabalho de uma refeição tão prazerosa.

Reichen lhe franziu o cenho com zombaria, como se nunca tivesse ouvido algo mais absurdo.

– Sempre há uma razão para aproveitar todos os prazeres da vida, Elise. Eu pessoalmente não acredito em privação. Em nenhuma forma.

Elise sorriu, consciente de que ele estava deliberadamente exibindo seu charme.

– Com esse tipo de filosofia de vida, aposto que já despedaçou o coração de muitas mulheres.

– Apenas algumas – ele admitiu, sorrindo.

Ele se recostou na cadeira, com um braço apoiado sobre o encosto, seu aristocrático perfil ressaltado pelo cálido brilho das luzes tremeluzentes da vela na mesa. Com seu cabelo solto fora de lugar, e a camisa social branca desabotoada um botão a mais do que era decente, Andreas Reichen tinha a aparência de um rei indulgente inspecionando seus súditos do alto de sua torre.

Mas havia um sentimento oculto de inquietude em seu ar treinado de desleixo, talvez um rastro de tédio. Havia certa sabedoria cínica em seus olhos que indicava que, apesar de todo seu charme, o homem havia visto mais escuridão do que jamais deixaria transparecer.

Elise se perguntava se, apesar de seus privilégios e das maneiras obviamente libertinas, Andreas Reichen poderia ter um pouco de guerreiro nele também.

– E quanto a Helene? – Elise não pôde resistir a perguntar sobre a estonteante mulher que não era uma Companheira de Raça, mas parecia saber bastante sobre a nação vampiresca graças ao seu aparente relacionamento com Reichen. – Vocês... se conhecem há muito tempo?

– Alguns anos. Helene é uma amiga. É minha anfitriã de sangue às vezes, e desfrutamos a companhia um do outro, mas é basicamente uma relação física.

– Não a ama?

Ele riu.

– Helene provavelmente diria que eu não amo a ninguém mais que a mim mesmo. Acho que não é exatamente mentira. Só nunca conheci uma mulher que me tentasse a desejar algo permanente. E, ainda assim, quem seria louca o bastante para me aguentar? – Perguntou, lançando-lhe um deslumbrante sorriso que teria feito qualquer outra mulher se voluntariar imediatamente para a tarefa.

Elise tomou um gole de vinho.

– Acho que é um homem muito perigoso, Andreas Reichen. Seria prudente para qualquer mulher proteger seu coração de você.

Ele lhe arqueou uma sobrancelha, com um ar sério e libertino ao mesmo tempo.

– Eu jamais destruiria seu coração, Elise.

– Ah – disse ela, inclinando a taça a ele em debochada saudação. – E agora acaba de provar o que eu disse.

Tegan voltou à propriedade de Reichen de péssimo humor. O Subordinado que teria matado Elise estava morto, e isso era uma ótima notícia. Mas enquanto tirava o último fôlego do humano, Tegan havia descoberto duas informações críticas.

A primeira, que Marek tinha dado ordens de matar Elise a vários de seus Subordinados em Berlim e seus arredores. O que significava que Tegan precisava tirá-la da cidade o mais cedo possível.

Já estava pondo esse plano em ação. Tinha acabado de falar ao telefone com Gideon, que iria providenciar para que o jato particular da Ordem estivesse com o tanque cheio e pronto para decolar do aeroporto Tegel em uma hora.

A segunda coisa que havia descoberto essa noite era que, por mais que não quisesse admitir, ele se preocupava com Elise. Preocupava-se de tal forma que mal podia compreender. Importava-se com ela como se fizesse parte de sua própria família – mais que isso, na verdade – uma verdade que tinha sido deixada bem clara quando ela voltou para casa depois do ataque do Subordinado coberta de sangue. Ele a respeitava, não só por sua coragem, mas por sua força. Era uma mulher extraordinária, muito melhor do que ele jamais esperaria merecer.

Nem tentaria fingir que podia resistir a ela. Ao entrar no clube de Helene acompanhado dela, havia quase enlouquecido. Só conseguia pensar no que queria fazer com Elise. Tinha captado seu olhar constrangido enquanto andavam pelo lugar, e não havia deixado de notar que seu pulso tinha se acelerado, palpitando alto o bastante para que sentisse como uma vibração em seu próprio corpo.

Ela não podia saber o quanto ele tinha desejado levá-la a uma das luxuosas alcovas do Afrodite, tirar todas as suas roupas e penetrar profundamente em sua fenda macia e úmida. Só de pensar nisso agora, já sentia uma terrível ereção.

E havia o fato do vínculo de sangue. O que era facilmente o pior de tudo. Por mais ofendido que pudesse ficar com a ideia toda, encontrou a si mesmo esperando ansioso pela próxima vez em que Elise tomaria sua veia na boca. Na verdade, gostava de saber que era seu sangue que lhe dava forças, ajudando-a a lidar com o dom psíquico que a vinha destruindo lentamente antes.

Seu sangue a manteria viva praticamente para sempre se completassem o vínculo. Tudo que precisava fazer era beber dela, e estariam unidos um ao outro inextricavelmente.

Sim, isso era exatamente o que queria.

E que diabos, também podia admitir – ao menos para si mesmo.

Ele a amava.

O que o trazia de volta ao seu estado atual de irritação. Ele entrou no Refúgio Secreto, que estava tranquilo exceto por um punhado de moradores que não haviam saído à noite. Tegan se deteve do lado de fora do quarto de visitas de Elise e bateu na porta fechada. Não houve resposta. Tentou outra vez, sentindo-se um idiota quando uma das mulheres mais jovens se aproximou no corredor.

– Boa noite – saudou ela, sorrindo amigavelmente.

Tegan assentiu brevemente e esperou que ela descesse as escadas até o andar principal da mansão. Bateu mais uma vez, então abriu a porta e entrou no cômodo vazio.

Onde ela estava? E onde estava Reichen? Por que ainda não tinham voltado?

Um arrepio de terror lhe percorreu a coluna.

Ah, Deus. Se alguma coisa tivesse lhe acontecido...

Tegan se dirigiu ao par de portas francesas que se abriam para uma pequena varanda sobre a fachada da mansão, com que intenção, ele não sabia. A lufada de ar frio o rodeou quando saiu e escutou a noite que o cercava.

Se um dos assassinos humanos de Marek tivesse conseguido encontrar Elise enquanto ele estava longe...

Logo nesse instante, a esguia limusine preta de Reichen apareceu na estrada, fazendo uma elegante curva enquanto se detinha na porta principal da mansão.

O alívio inundou Tegan quando o motorista deu a volta e abriu a porta de trás do passageiro. Ele ajudou Elise a sair, seguida imediatamente por Reichen.

– Muito obrigada outra vez pelo jantar – disse Elise enquanto Reichen passava à sua frente para lhe oferecer a mão para ajudá-la a subir os degraus da entrada.

– Foi um imenso prazer. De verdade.

Algo primitivo e possessivamente masculino despertou em Tegan diante do tom íntimo que Reichen estava usando com Elise.

– Talvez eu possa convencê-la a estender sua estada em Berlim – disse o cavalheiro do Refúgio Secreto ao se aproximar dela, cobrindo Elise com sua enorme silhueta e a ocultando da vista de Tegan. – Gostaria muito de conhecê-la melhor, Elise.

Tegan mal pôde conter um grunhido quando Reichen estendeu a mão para tocá-la, então se inclinou e deu-lhe um beijo inequivocamente mais que amigável.

Ela não se afastou. Não lhe deu um tapa ou fugiu ofendida.

E por que deveria?

Tegan não lhe havia dado nenhum motivo para não considerar outros homens. Não, havia praticamente a empurrado aos braços de

Reichen. Deveria ficar aliviado por ela procurar outro companheiro. Ele com certeza não era nenhum prêmio.

Elise merecia alguém muito melhor que ele – ou que Reichen, aliás. E Tegan iria lhe dizer isso, maldição.

Seu péssimo humor piorava a cada segundo que ela permanecia ali fora com o vampiro do Refúgio Secreto; logo Tegan voltou ao interior do quarto para esperar por ela.

Capítulo 27

Elise se apartou do beijo inesperado, pressionando os dedos contra os lábios. Tinha sido um contato agradável, ainda que breve, mas ela não sentia absolutamente nada pelo belo homem que a fitava agora em um silêncio constrangedor, mas compreensivo.

– Sinto muito, Andreas. Não devia ter deixado que fizesse isso.

Quando ela baixou os olhos, envergonhada, ele gentilmente lhe ergueu o queixo para que o olhasse outra vez.

– A culpa é minha. Eu deveria ter perguntado primeiro. Não – corrigiu-se. – Deveria ter admitido que seu coração já fez sua escolha. Eu já sabia, na verdade, mas acho que queria ter certeza de que não tenho nenhuma chance. Não... tenho nenhuma chance, tenho, Elise?

Ela lhe sorriu se desculpando e negou com a cabeça lentamente.

– Ah. Temia que não. Maldito sortudo – Reichen suspirou, tirando a estreita tiara de couro do cabelo enfileirado e passando a mão pelas ondas negras e soltas. – Acho que finalmente esgotei meu estoque de caridade com aquele guerreiro. Depois dessa derrota para ele, Tegan não terá escolha além de aceitar que já paguei completamente meu débito com ele.

Elise se entusiasmou com o elogio, embora não tivesse certeza de que era válido. Tegan não lhe havia reclamado, apesar de seus sentimentos por ele. Na verdade, parecia determinado a mantê-la à distância. Provavelmente ficaria aliviado se ela se apaixonasse repentinamente por outro homem.

Mas isso não iria acontecer. Reichen estava certo; seu coração já não lhe pertencia para dar a ninguém. Pertencia a Tegan, ele querendo ou não.

Ela fitou os impressionantes olhos escuros de Reichen.

– Você é um bom homem, Andreas. Um homem muito amável.

Ele ofegou dramaticamente.

– Pare, eu lhe imploro! Já destruiu meu orgulho o bastante por uma noite. Sou um terrível cafajeste, e não se esqueça disso.

Elise riu, e se levantou na ponta dos pés para lhe beijar a bochecha.

– Obrigada pelo jantar. Obrigada por tudo, Andreas.

Ele assentiu e avançou para abrir a porta da mansão para ela.

– Boa noite, linda – disse ele, e esperou no saguão enquanto ela subia as escadas até seu quarto de visitas.

Tegan ouviu seus leves passos se deterem do lado de fora da porta de seu quarto. Aguardou silenciosamente, furtivamente, enquanto a maçaneta de cristal se virava e o painel da porta se abria. Elise deu apenas um passo para dentro e parou, escutando. Seu vínculo de sangue com ele o delatou imediatamente; ela podia sentir sua presença. Ele soube disso pelo suave suspiro que ela deu, vasculhando o quarto escuro com os olhos.

– Tegan?

Ela acendeu a luz. Avançou pelo cômodo. Ele permaneceu imóvel, observando-a esfregar um calafrio no braço ao atravessar o grosso tapete e ir até as portas francesas, que estavam abertas. Ela olhou na varanda, com os movimentos cautelosos, incertos.

– Tegan... está aqui fora?

O doce aroma de Elise flutuou até ele em uma leve brisa noturna trazida do exterior. O cheiro de Reichen também estava nela – uma nota escura e almiscarada que o irritou. O ciúme se cravou nele, cru e selvagem.

Puro instinto masculino.

Quando ela retrocedeu para fechar as portas, Tegan desceu do canto do quarto onde tinha estado suspenso como uma aranha. Pousou silenciosamente atrás dela, bloqueando-a com o corpo quando ela se virou e ficou sem ar.

Assustada, Elise arregalou os olhos.

– Tegan! Onde estav...

Ele a puxou para si em um forte e rigoroso abraço, e inclinou sua boca sobre a dela. Seu beijo foi vigoroso, deliberado. Um animal gravando sua marca no que era para ser dele, e apenas dele.

Elise não se opôs. Ele sentiu suas mãos subirem ao redor de seu pescoço, fechando os dedos atrás da nuca e o segurando com firmeza. Ela o beijou de volta, suspirando em sua boca quando ele abriu os lábios e mergulhou a língua entre eles, precisando prová-la.

Precisando reivindicá-la.

Céus, ela o inflamava. Cada célula de seu corpo estava acesa de calor, de desejo por ela. Não podia ser gentil, não quando cada instinto primitivo nele estava completamente desperto, totalmente excitado. Todos os impulsos da Raça também respondiam; a luxúria lhe afinava as pupilas e estirava as presas. Ele esfregou a pélvis contra as ternas curvas do corpo de Elise, deixando que sentisse a dura protuberância de seu pênis. Ela gemeu enquanto se apertavam juntos, e seu coração disparou como um tambor em seus ouvidos.

– Ah, Deus, Tegan – exclamou ela, em um suspiro quente e ofegante quando ele finalmente se afastou da luxuriante doçura de sua boca. – Estou tão feliz que esteja aqui. Fiquei preocupada com você esta noite.

Ele soltou um grunhido baixo e gutural

– É, percebi. Vi o quanto você estava preocupada, lá embaixo nos braços de Reichen.

– Você nos viu...

Ele deu um meio-sorriso, deixando as presas à vista.

– Ainda posso sentir o gosto dele em seus lábios.

– Então também deve saber que ele não é quem eu quero – disse ela sem hesitar, enquanto ele passeava com a boca ao longo de sua macia bochecha, até a terna pele sob seu ouvido. – É você, Tegan. Quero ficar com você. Caso não tenha percebido, eu me apaixonei por você.

Ele grunhiu, afastando-se para contemplá-la fixamente. Eram as palavras que ele queria ouvir – as palavras que estava preparado para tirar à força dela depois de vê-la nos braços de outro homem. Ainda assim, elas o derrubaram. Sua boca ficou repentinamente seca.

Ela era tão bela, tão corajosamente desinibida.

Todo seu comportamento hostil se esvaiu enquanto fitava as profundas lagoas ametistas de seus olhos. Ele passou os dedos ao longo da delicada linha de sua mandíbula, quase incapaz de respirar quando ela inclinou a cabeça para o lado, expondo para ele seu vulnerável pescoço. Ele não podia resistir a tocar a região onde seu pulso batia mais forte. A intensa palpitação sob a ponta dos dedos era como ferro quente lhe queimando a pele. Deixou o polegar vaguear sobre sua pele macia, então se inclinou gentilmente e pousou a boca sobre a delicada artéria que carregava o sangue de Elise.

A saliva brotou em sua boca, alagando-o com o desejo de prová-la nesse instante e selar seu vínculo por completo.

Mas Tegan somente a beijou.

Com mãos reverentes, ele levantou a bainha de seu suéter e cuidadosamente o tirou. Acariciou-lhe a pele macia com ternura. Ela suspirou quando ele afagou seus seios, sentindo os mamilos enrijecerem como escuros botões de rosa sob o fino cetim de seu sutiã. Ele desabotoou o fecho frontal e a expôs a seu olhar apreciativo.

– Tão belos – disse com a voz densa, deslizando os dedos ao longo da parte inferior dos suaves seios.

Ele se ajoelhou diante dela e levou um escuro mamilo rosado à boca. Agora suas presas estavam enormes, e precisou de muito zelo para não roçar as pontas afiadas contra sua pele macia enquanto chupava a carne rígida com a língua. Mas ele era cuidadoso. Segurava-a como se fosse feita de vidro, cada centímetro precioso e frágil. Um tesouro do qual era indigno, embora estivesse determinado a acalentá-lo.

Os braços de Elise caíram sobre seus ombros. Ela se manteve firme, recurvando-se para ele enquanto ele dispensava a mesma atenção ao outro seio. Ele deixou a boca descer até seu ventre enquanto as mãos trabalhavam para liberá-la das calças e da calcinha. A pele de seu quadril parecia veludo contra sua palma. Ele beijou a esguia curva de sua pélvis e desceu ainda mais, para os aparados cachos louros entre suas coxas.

Ele afastou as pernas dela e abocanhou seu sexo, afundando a língua no interior úmido e quente. Ela se estremeceu enquanto ele a saboreava, sentindo o corpo mole e frouxo em seus braços quando ele a pegou e a carregou até a cama. Ela se deitou e observou, sob pálpebras pesadas, enquanto ele se despia para ela; o desejo no olhar dele ardia como um calor físico na pele.

Nu e dolorosamente excitado, Tegan permaneceu na beirada do colchão, deixando que ela o saboreasse com os olhos. Segurou o fôlego quando ela se sentou e veio em sua direção sobre as mãos e os joelhos. Suas mãos se moviam curiosas e interrogadoras, suaves mas firmes, quando tomou seu pênis inchado e o acariciou da ponta até as bolas, e de volta outra vez. Ela lambeu os lábios, os olhos reluzindo para ele em indagação.

Seu suspiro baixo deve ter sido um sinal suficiente de permissão. Tegan a observou descer sobre ele, abrindo os lábios úmidos quando tomou a cabeça de seu pênis com a boca. Ele gemeu, baixando as mãos para enterrar os dedos em seu curto cabelo louro enquanto ela o chupava profundamente, torturando-o com o lento e firme deslizar da língua contra a carne sensível.

Ela aumentou o ritmo e ele foi atirado rapidamente ao limite de seu controle. Com um grunhido de prazer, apartou-se de sua boca devastadoramente doce e a empurrou sobre o colchão. Subiu sobre ela e a beijou profundamente, sentindo a ferocidade de seu desejo em cada região em que o corpo deles se tocava.

– Você me quer dentro de você, Elise?

– Sim – ela ofegou, recurvando-se para encontrar o corpo dele. – Preciso de você dentro de mim, Tegan. Agora.

Ele estava mais que disposto a obedecê-la. Com uma única e longa investida, preencheu sua fenda apertada, tragando seu grito suave. O corpo dela o absorveu, as paredes de seu sexo o apertavam como um punho quente e úmido. Tegan movimentou os quadris para frente e para trás, observando as emoções que brincavam sobre o belo rosto de Elise.

– Você é deliciosa – disse a ela, querendo apenas satisfazê-la.

Sua mulher.

Sua companheira.

Seu amor.

Ele podia sentir o orgasmo dela se aproximando junto ao seu. Ela resfolegava, arqueando-se para receber cada dura investida de seus quadris, e gemia em protesto com cada leve retirada. Virou a cabeça de lado, para onde o braço dele o sustentava. Com um prazeroso som animal, ela lhe mordeu o pulso, cerrando os belos dentes brancos contra sua pele. O beliscão de sua mordidela sem corte foi uma dor erótica que o atravessou como uma flecha.

– Sim? – Perguntou ele, baixando os olhos para seu olhar faminto. – Quer beber de mim enquanto a faço gozar?

Ela assentiu fracamente e deu-lhe outra leve mordida em resposta.

– Tudo bem, meu amor. Mas dessa vez não será do pulso – Segurando-a contra si, ele virou de costas e a trouxe sobre o corpo. – Quero senti-la em meu pescoço, Elise. Quero segurá-la enquanto bebe de mim. Quero sentir sua mordida em mim.

Tocando-a, ele sentiu sua incerteza.

– Nunca fiz isso desse jeito antes.

– Que bom – disse ele, completamente satisfeito ao ouvir aquilo. – Nunca pedi a ninguém que fizesse desse jeito antes. Então, pode ser assim, Elise?

Ela franziu o cenho, mas seus olhos estavam fixos em sua garganta.

– Não quero machucá-lo...

Ele riu, adorando-a ainda mais por sua preocupação.

– Venha aqui – pediu ele, envolvendo-lhe a nuca com a mão e conduzindo-a até seu pescoço exposto. – Afunde seus dentes em mim, Elise. Tome o quanto desejar.

Ela se curvou sobre ele, seus corpos ainda intimamente unidos e os olhares entrelaçados. Sua respiração quente lhe percorreu a bochecha enquanto ela descia. Os cálidos lábios o pressionaram logo abaixo do ouvido e se separaram. Ele sentiu sua língua molhada, e logo a dura silhueta dos dentes enquanto ela posicionava a boca sobre sua veia.

No exato instante em que Elise o mordeu, Tegan quase explodiu dentro dela. Ela perfurou sua pele em uma forte e deliciosa labareda de dor que lhe agitou o quadril para fora do colchão. Ele segurou suas nádegas e a penetrou em movimentos de vaivém enquanto ela chupava a ferida que tinha feito. Ela começou a cavalgá-lo, enterrando-se com força, e então se levantando lentamente pela extensão de seu membro. Os sons úmidos de Elise bebendo tão perto de seu ouvido eram extremamente eróticos, seus gemidos de prazer e as lambidas molhadas eram o ruído mais *sexy* que ele já havia escutado.

Quando ela lançou a cabeça para trás e gritou com o orgasmo iminente, Tegan perdeu todas as esperanças de se controlar. Sentou-se com ela, enganchando-lhe as pernas ao redor de si sem deixar de penetrá-la. Ela se aferrou a ele enquanto seu corpo tremia ao redor do pênis, atingindo-o com onda após onda de orgasmo. Tegan percorreu a mão sobre sua pele reluzente, inclinando-se para saborear a tentadora curva de sua carne onde o pescoço e o ombro se encontravam.

Ele deveria ter sabido.

Ah, maldição. Ele provavelmente o sabia, e tinha que fazê-lo mesmo assim.

As batidas do coração de Elise pulsavam contra sua boca. Tegan as acompanhou, subindo para a garganta de Elise até que sua boca pairou sobre a terna pele debaixo de seu ouvido. Ela gemeu quando ele hesitou ali, deslizando a língua pela linha de sua artéria.

Suas presas pulsavam com o ritmo dos batimentos cardíacos, com cada instinto da Raça se elevando com a tentação que estava a um fôlego de se realizar.

As mãos de Elise lhe rodearam a cabeça.

– Tegan... Ah, Deus... *faça isso.*

Ele a mordiscou, apenas uma pequena prova de sua coragem. Em resposta, ela se enterrou ainda mais fundo em seu pênis, rebolando sobre ele enquanto outro orgasmo a percorria em ondas de tremor.

Era demais para ele suportar.

Tegan lhe segurou a cabeça de lado com uma mão e baixou a boca até o pescoço. As presas se afundaram com facilidade; as pontas afiadas lhe penetraram a pele macia como uma faca quente através da manteiga. Ela gritou quando ele chupou o primeiro longo gole de sua veia. Seu corpo se arqueou como um gato em seus braços, e logo relaxou com uma calma lânguida enquanto ele começava a beber.

E ah, Deus, ela era tão doce. A boca de Tegan se encheu com o súbito fluxo do sangue, saturando os sentidos com o aroma de rosas e queiró. Estava insaciável, não podia se lembrar de nada tão delicioso quanto o sabor de Elise na língua, a essência vibrante do sangue fluindo para dentro do corpo, acendendo-o por dentro.

Com cada sedento gole de sua veia, que os unia ainda mais, a fome que Tegan sentia por ela apenas aumentava. A luxúria que havia sentido por Elise antes era um mero indício do desejo que conhecia agora.

A posse o derrubou como uma tormenta. Ele rugiu com a necessidade daquela mulher – sua mulher agora, irreversivelmente.

Irrevogavelmente.

Ele a trouxe para baixo de si e deixou que a fera despertada dentro de si tomasse conta.

Elise só conseguia se apertar contra Tegan enquanto ele a cobria com seu corpo e a conduzia a outro orgasmo devastador. Ela se deliciava com a sensação de suas compridas presas penetrando-lhe profundamente o pescoço, com a forte sucção de sua boca ao lhe chupar o sangue, que descia por sua garganta completando o vínculo.

Agora ele não estava nada calmo. Seu autocontrole indestrutível se havia quebrado, e ela nunca tinha experimentado nada tão excitante quanto Tegan tomado pela selvageria que o dominou assim que tomou o primeiro gole de seu sangue.

Ele a lançou em uma onda interminável de prazer, fazendo amor com ela até que ambos estivessem saciados e resfolegantes, deitados lânguidos nos braços um do outro. Quando terminou, Tegan passou a língua sobre os furos que lhe tinha feito, selando a ferida com um terno beijo apaixonado.

– Você está bem? – Perguntou a ela, alisando seu cabelo com os dedos.

– Mm-humm – Elise assentiu com a cabeça, fraca mas revigorada ao mesmo tempo. – Estou ótima.

Na verdade, nunca tinha estado melhor. Embora não tivesse deixado de notar que Tegan não lhe havia retribuído o sentimento quando lhe disse que o amava. Talvez fosse um pouco tarde para se importar com isso, mas agora que a pior de suas fomes tinha sido saciada, a realidade se aproximava outra vez para estragar as coisas.

– Não digo tais palavras há muito tempo, Elise. Jamais pensei que alguma vez as diria de novo.

– Não faça isso – Ela se sentou e afastou-se do seu alcance, constrangida por ele ter invadido suas emoções com o toque. – E não pense que tem a obrigação de dizer algo amável só por conta do que acabou de acontecer aqui.

– Não me sinto obrigado a dizer nada.

– Que bom. Por favor, não diga. Não acho que posso suportar sua caridade agora.

Ele estendeu o braço e tomou sua mão na dele.

– Se eu lhe disser que fiquei extremamente irritado ao vê-la beijando Reichen, e que nunca mais quero vê-la beijando outro homem na vida, não é porque sinto que tenho a obrigação de lhe dizer isso.

Elise o encarou, mal ousando respirar. Os olhos ambarinos de Tegan brilhavam intensamente ao fitá-la de volta, com as pupilas ainda estreitas pelo desejo. Quando ele falou, sua voz saiu rouca, e as pontas das presas cintilavam.

– Não acho que tenho de ser amável pelo que acabamos de fazer aqui, então não é por isso que lhe estou dizendo que você é diferente de qualquer mulher que já conheci. Eu não estava preparado para você, Elise. Céus... nem um pouco.

Ela baixou a vista para as mãos unidas, sentindo os fortes dedos dele tão firmes e protetores, sempre tão gentis com ela embora estivessem acostumados com a guerra e o combate.

– Não seria nem um pouco caridoso da minha parte lhe dizer que espero que você nunca queira outro homem tanto quanto me quer – Ele soltou uma risada irônica. – Se eu a amo? Sim, que Deus a ajude, mas amo.

– Tegan – ela sussurrou, pousando a mão sobre sua bochecha. A mordida que lhe havia dado já estava cicatrizando, sua pele se recuperava rapidamente. Ela tocou a marca vermelha com ternura, e logo fitou seus olhos. – Beije-me outra vez.

O canto da boca de Tegan se elevou quando ele tomou Elise nos braços. Mal tinham começado quando um baixo zumbido fez com que Tegan levantasse a cabeça com um suspiro.

– O que foi? – Indagou Elise quando ele saltou da cama e apanhou o celular nas calças jogadas ao chão.

– É nossa carona de volta para Boston. Arranjei um voo para esta noite.

Ele atendeu a ligação, com um tom curto e sério – de volta à atitude de guerreiro em um instante.

– Sim. Certo. Aeroporto Tegel. Terminal corporativo. Saída em uma hora.

Elise se levantou do colchão e andou até onde Tegan estava, nu e deslumbrante. Envolveu-o com os braços, pressionando a frente de seu corpo contra os firmes músculos de suas nádegas. Mordiscou-lhe a omoplata, sorrindo quando viu um arrepio percorrer os belos *dermaglifos* em seu braço. Escutou um baixo grunhido de interesse e não pôde deixar de sorrir quando ele lhe lançou um olhar ardente.

– É melhor arranjar a partida para daqui duas horas – instruiu à pessoa do outro lado da linha. – Algo acaba de surgir.

Elise baixou os olhos quando ele se virou para encará-la. Algo havia de fato surgido – de modo muito impressionante, na verdade. Ela retrocedeu, mordendo o lábio entre os dentes enquanto Tegan desligava a chamada e lhe cravava os olhos estreitos.

Ele jogou o telefone de lado.

E então partiu para o ataque.

Capítulo 28

Ambos dormiram durante a maior parte da viagem de volta para Boston, Elise alegremente aconchegada nos braços de Tegan. Ele lhe havia contado que o Subordinado que a tinha atacado na casa de Irina estava morto. E também disse que o escravo mental humano era apenas um dos vários em Berlim que tinham recebido ordens de Marek para caçá-la. Elise tinha recebido as notícias com sua compreensão habitual e tranquila, mas Tegan não deixou de apertá-la um pouco mais forte enquanto ela cochilava sobre seu colo.

Marek era um inimigo traiçoeiro. Havia sido um guerreiro formidável, implacável nas batalhas, várias vezes desnecessariamente cruel. Tegan tinha conhecido bem o irmão mais velho de Lucan, havia confiado a ele sua vida mais de uma vez no campo de batalha. Lutaram lado a lado nos Velhos Tempos, quando a Raça era jovem e os problemas com os Renegados corriqueiros. Marek tinha sido um dos membros originais da Ordem, mas sempre foi um desertor. Negava-se a receber ordens de seu irmão mais novo – Lucan era o fundador da classe dos guerreiros e um líder nato, dois fatos que Marek parecia incapaz de aceitar. A impaciência e a arrogância eram os traços mais fortes de Marek, e as duas coisas que o impediam de conseguir o respeito que sentia merecer.

O fato de que tinha sido considerado morto por tanto tempo – por volta de seis séculos – apenas para ressurgir em Boston com planos óbvios de atingir a Ordem, parecia indicar que Marek havia de certa forma aprendido a esperar o momento propício. Tinha demonstrado grande paciência ao permanecer escondido por tanto tempo, e Tegan não tinha dúvida de que o vampiro havia usado esses anos em seu benefício. Ele tinha um plano e o estava colocando aos poucos em ação. Como o nome de Dragos tinha aparecido de repente na confusão, junto com as enigmáticas charadas da família Odolf, tudo indicava que era um problema de natureza muito antiga.

Tegan abriu o diário e leu mais uma vez as estranhas passagens. Deveria ser um lugar, mas onde? E o que significava?

É onde ele está se escondendo, havia dito Odolf.

Tegan não acreditava que se referia à Marek. Mas era possível que fosse a respeito de Dragos? Ou seria alguém que ainda nem estava no radar da Ordem?

O que quer que fosse o que Marek estava atrás, e qualquer que fosse o segredo que assombrava Petrov Odolf e seus familiares, não era um bom presságio para ninguém.

Assim que o jato aterrissou em Boston, Tegan telefonou para o condomínio e pediu a Gideon que juntasse os outros para uma reunião. Teriam de rastrear Marek, para onde quer que tivesse fugido, e se assegurar de que a Ordem estava um passo à frente dele.

Um de seus Subordinados estava morto, de acordo com o último relatório de Berlim. Marek ficou enfurecido ao perder mais um de seus peões, mas, já que o humano tinha falhado em realizar sua tarefa, podia apenas esperar que o Subordinado tivesse sofrido bastante em seus últimos momentos de vida. A selvageria da matança deixava poucas dúvidas de que tinha sofrido muito; seu corpo destroçado e ensanguentado havia ficado quase irreconhecível. E esse mesmo fato era surpreendente, considerando que o carrasco do Subordinado havia sido certamente Tegan.

Ele matou o Subordinado que Marek tinha enviado para se livrar da mulher do Refúgio Secreto – mas não com a imaculada e indiferente eficiência pela qual o guerreiro era conhecido, mas com uma fúria claramente evidenciada.

Tegan o havia assassinado por vingança.

E como tinha sido em retaliação ao ataque àquela mulher, aquilo podia significar apenas uma coisa: Tegan se importava com ela.

Marek mal podia esperar a oportunidade de explorar essa fraqueza do guerreiro. Já havia quase destruído Tegan uma vez graças ao amor dele por uma mulher; seria extremamente gratificante usar essa nova afeição para acabar de vez com ele.

Teria grande satisfação em acabar com toda a Ordem e assumir seu lugar de direito como líder de toda a Raça. Era nisso que vinha trabalhando há tanto tempo, um plano que havia exigido mais paciência que Marek se tinha julgado capaz de ter.

Vinha sonhando com o momento de sua coroação por séculos – desde que o guerreiro Dragos lhe tinha confiado um poderoso e maldito segredo.

Marek se levantou da mesa e caminhou até a alta janela que avistava o vale Berkshire ao longe, iluminado pela luz da lua. A mata ali era densa, tão densa quanto qualquer floresta medieval. A paisagem lhe recordava os Velhos Tempos, voltando seus pensamentos para o antigo passado da Ordem. Naquela época, havia uma guerra em curso na nação vampiresca. Havia contraposto pais e filhos, exceto que os pais nesse cenário eram um bando de cruéis seres de outro mundo – os Antigos, criaturas extraterrestres que chegaram à Terra, milhares de anos atrás, e caçavam sangue humano para sobreviver. Seus eventuais filhos, a prole híbrida nascida do sêmen extraterrestre carregado por mães humanas, formavam a Primeira Geração da Raça.

Marek, Lucan e Tegan estavam entre esses raros filhos da Primeira Geração. Tinham visto em primeira mão a selvageria perpetrada pelos

Antigos contra a humanidade, os massacres em massa de vilas inteiras, vidas perdidas aos vorazes apetites dos vampiros. Tal carnificina nunca tinha perturbado Marek da maneira com que o fazia com seu irmão mais novo.

Enquanto Lucan desprezava o terror que os Antigos promoviam, Marek frequentemente o cometia ele próprio. O poder de provocar o pânico e matar sem cerimônia era algo inebriante, e havia se perguntado mais de uma vez por que a Raça simplesmente não escravizava seus Anfitriões e reivindicava o planeta para si. Marek vinha alimentando essas sementes da discórdia entre os Antigos durante algum tempo quando todos os seus planos foram por água abaixo.

Em um ataque de Sede de Sangue, seu pai extraterrestre havia acabado com a vida da mãe de Marek e Lucan. A fera a assassinou cruelmente, e Lucan, clamando por justiça, cortou a cabeça do vampiro em troca. Com esse assassinato de um Antigo, Lucan declarou guerra aos poucos Antigos remanescentes e a qualquer um que os servisse. Lucan fundou a Ordem, arrastando também Marek para o grupo, junto com Tegan e outros cinco vampiros da Primeira Geração, todos comprometidos a acabar com a carnificina em massa e começar um novo estilo de vida para a Raça.

Tão nobres e elevadas intenções.

Marek mal podia conter uma risada sarcástica, mesmo agora. Ele não tinha sido o único da Ordem a discordar da visão de Lucan de uma coexistência pacífica com a humanidade. Outro guerreiro, Dragos, eventualmente confidenciou a Marek que tinha ideias diferentes para o futuro da Raça.

E ainda mais intrigante, ele havia de fato tomado medidas para garantir esse futuro.

Enquanto a Ordem travava a guerra contra os Antigos sobreviventes, caçando-os um por um em uma batalha que demorou anos para se completar, uma dessas criaturas mortíferas havia sobrevivido.

Dragos e seu pai extraterrestre tinham feito um pacto. Em vez de matar o vampiro, Dragos o tinha ajudado a se esconder.

Somente algum tempo depois, quando Dragos foi mortalmente ferido em combate, ele decidiu compartilhar seu segredo com Marek. Mas o desgraçado não quis contar tudo. Dragos se negou a dar a Marek a localização da cripta onde o Antigo dormia em um estado de prolongada hibernação.

A fúria de Marek diante de tal omissão tinha sido incontrolável. Ele cravara uma espada no pescoço de Dragos, e com um golpe furioso mandou o vampiro – e aquela parte crucial da informação – ao túmulo.

Marek tinha ido atrás da outra única pessoa que lhe poderia ter sido útil: a Companheira de Raça de Dragos, Kassia. Mas a mulher era perspicaz, e no instante em que seu companheiro morreu na mão de Marek, ela deve ter percebido que o mesmo perigo logo bateria à sua porta.

Quando Marek chegou ao castelo de Dragos para extrair o segredo dela – literalmente – Kassia lhe tinha frustrado os planos ao tirar a própria vida.

Desde então, Marek estava obstinado a encontrar o segredo de Dragos. Tinha torturado e matado com gosto por isso. Havia descartado sua honra há muito tempo, fingido sua própria morte e traído seus familiares, tudo pela oportunidade de ser o único a libertar o antigo terror e usá-lo para servir a seus próprios caprichos.

Finalmente, depois de um tempo interminável de busca, havia recentemente se deparado com a primeira pista realmente útil: o nome Odolf, uma família da Raça dos Velhos Tempos que tinha laços com a companheira de Dragos, Kassia. Ela lhes havia dado algo de grande valor vários séculos atrás, mas nem mesmo a tortura tinha fornecido a Marek as respostas de que precisava.

E agora a Ordem se aproximava da verdade a cada instante. A mandíbula de Marek se apertou com força diante do pensamento.

Não tinha trabalhado com tanto afinco e esperado tanto tempo apenas para deixar tudo escapar por entre os dedos. Recusava-se a considerar isso sequer uma possibilidade.

Ele iria vencer.

A verdadeira batalha estava apenas começando.

Poucos minutos depois que chegaram ao condomínio, Tegan levou Elise a seus aposentos pessoais para que ela pudesse tomar um banho e relaxar enquanto ele se dirigia ao laboratório, onde a Ordem se havia reunido conforme seu pedido. Assim que entrou na sala, Lucan lhe deu um aceno, ao lado de Gideon na mesa de computadores. Niko, Kade e Brock estavam sentados à mesa no centro da sala; os dois novatos tinham se entrosado bem enquanto trocavam zombarias com Dante e Chase sobre a contagem de Renegados mortos na semana e qual deles tinha o olho mais aguçado.

Mas foi a visão de Rio que fez a boca de Tegan cair com surpresa e satisfação. O espanhol se encontrava apoiado contra a parede dos fundos do laboratório, separado dos outros, pensativo e alerta. A determinação irradiava dele como uma carga elétrica. Ele levantou o queixo para saudar a chegada de Tegan, e a lateral de seu rosto cheia de cicatrizes se retesou com um amargo sorriso.

Seus olhos cor de topázio uma vez cheios de vida agora eram severos, sérios como um túmulo.

Tegan contemplou seus irmãos, alguns dos quais haviam lutado a seu lado por séculos, outros que ainda precisavam ser verdadeiramente testados, e não pôde deixar de sentir orgulho por ser incluído entre eles. Durante muito tempo, tinha pensado que estava sozinho nessa guerra. Claro, Lucan e os outros sempre lhe haviam dado cobertura, assim como ele o tinha feito, mas Tegan lutava cada batalha como se fosse apenas sua.

Tinha vivido cada dia consumindo-se em seu próprio sombrio isolamento... até que uma corajosa graciosidade o tinha ensinado a não temer a luz. Agora que a tinha encontrado, queria se assegurar que a escuridão que havia conhecido jamais a tocaria.

E isso significava mantê-la a salvo de Marek.

– O que conseguiu extrair de Petrov Odolf? – Indagou Lucan enquanto Tegan colocava sua bolsa de equipamentos sobre a mesa.

– Na maior parte do tempo, ele está enlouquecido. No resto do tempo, está catatônico – Tegan tirou as páginas escritas à mão que tinham conseguido com Irina. Entregou-as a Lucan. – Antes de se transformar em Renegado, Odolf vinha escrevendo compulsivamente, em segredo. Evidentemente, seu irmão, que também virou Renegado pouco tempo antes dele, tinha estado obcecado com um hábito semelhante. Parece-lhe familiar?

– Droga. É o mesmo que encontramos no diário que Marek procurava.

Tegan assentiu.

– Odolf disse algo estranho em um de seus raros momentos de clareza. Quando Elise e eu lhe perguntamos o que significava a charada, ele disse, "*é onde ele está se escondendo*".

– É onde quem está se escondendo? – Perguntou Gideon, tomando as páginas de Lucan e lhes dando uma rápida olhada. Leu um dos versos em voz alta. – Isso se refere a algum tipo de localização?

– Talvez. Odolf não nos disse. Talvez ele não saiba. – Tegan deu de ombros. – Foi tudo o nos deu, depois voltou a balbuciar coisas incoerentes. Não conseguimos mais nada dele.

Dante se endireitou à mesa, colocando os pés no chão com um baque.

– Seja o que for que significa, é algo grande o bastante para atrair o interesse de Marek. E nada bom pode resultar disso.

– E ele está disposto a matar qualquer um que entre em seu caminho – acrescentou Tegan. – Depois que descobriu que estávamos em Berlim, Marek deu ordens a seus Subordinados na cidade para matarem Elise. Um deles chegou bem perto.

– Filho da mãe – exclamou Lucan, enrijecendo as feições com fúria.

– Ela atacou o desgraçado e felizmente conseguiu escapar. Nessa noite, fui às ruas e acabei com ele. – Tegan sentiu o olhar de Chase atravessar o cômodo e lançou um olhar sincero ao homem. – Elise se tornou... muito preciosa para mim. Não deixarei que nada lhe aconteça. Daria minha vida para mantê-la a salvo.

Chase o contemplou por um bom tempo e depois assentiu severamente.

– E quanto ao *dermaglifo* que encontrou no diário? Aquele símbolo pertencia a um dos primeiros guerreiros, não foi? Um vampiro da Primeira Geração chamado Dragos?

– Isso – respondeu Tegan. – Deve haver alguma ligação, mas não tenho certeza do que é. Sei que Dragos está morto. Lucan pode atestar isso, já que viu seu corpo.

O líder da Ordem inclinou a cabeça em assentimento.

– Sua Companheira de Raça também o viu. Evidentemente, ver seu companheiro morto deve ter sido demais para Kassia. Naquela mesma noite, ela tirou a própria vida.

Nikolai grunhiu.

– Então o que temos aqui? Nossa própria história de Romeu e Julieta, um Renegado louco falando charadas, um *dermaglifo* sem solução rabiscado na margem de um velho livro bolorento, e Marek de alguma forma no meio disso tudo.

– Chegue a Marek, e começará a ter suas respostas – interveio Dante, com a voz baixa e mortal.

Tegan assentiu.

– Certo. Mas primeiro precisamos encontrá-lo.

– Não temos nenhuma pista concreta sobre ele – disse Gideon. – Ele desapareceu clandestinamente desde que topamos com ele no verão passado.

– Então o caçaremos como o verme que é – rugiu Rio. – Nós o encontraremos e transformaremos o filho da mãe em cinzas.

Tegan fitou Lucan, que absorvia a conversa em estoico silêncio. Em meio às conversas sobre inimigos e batalhas por vir, às vezes era fácil esquecer que Lucan e Marek eram irmãos de sangue.

– Está de acordo com tudo isso?

O olhar prateado que sustentou os olhos de Tegan era determinado.

– Seja o que for que Marek está planejando, tem de ser detido. A pergunta não é se, mas quando. E a qualquer custo.

Capítulo 29

Elise escutou vozes femininas ao caminhar pelo corredor depois de deixar os aposentos de Tegan. As risadas abafadas e as conversas tranquilas a atraíram, recordando-a das amizades que tinha no Refúgio Secreto, quando sua vida parecia completa. Embora não se sentisse tão vazia como esteve nos primeiros meses, ainda existia um espaço aberto em seu coração – um pequeno vazio que lhe fazia sentir falta de pertencer a uma comunidade.

Não sabia o que as outras mulheres pensariam dela. Embora parecesse que havia passado anos, fazia apenas alguns dias desde seu confronto com Tegan diante da Ordem – quando ele lhe sugeriu publicamente que procurasse um homem disposto a ser seu anfitrião de sangue sem a santidade de um juramento. Havia feito aquilo apenas para afastá-la, mas se as Companheiras de Raça do condomínio estivessem sabendo, ela provavelmente era alvo de piedade entre elas, se não escárnio. Poucas mulheres nos Refúgios Secretos seriam capazes de olhá-la nos olhos depois de algo como aquilo.

Enquanto se aproximava da porta aberta do cômodo onde as companheiras dos guerreiros se reuniam, Elise se preparou para as saudações cautelosas e os sussurros silenciosos que certamente começariam assim que a vissem.

– Elise! Seja bem-vinda de volta! – Exclamou Gabrielle assim que seus amáveis olhos castanhos pairaram sobre ela. – Ficamos sabendo que você e Tegan acabaram de voltar. Eu estava mesmo indo procurá-la. Quer se juntar a nós?

As mulheres tinham uma bela porção de frutas e queijos espalhados pela mesa de café ao centro da acolhedora biblioteca. Tess estava colocando à mesa pratinhos, e já havia um extra esperando por Elise. Savannah estava diante de um escuro aparador de cerejeira, tirando a rolha de uma garrafa de vinho branco gelado. Ela olhou para Elise e sorriu enquanto começou a servir o líquido em várias taças de hastes longas.

– Está servida? – Perguntou.

– Sim – Elise entrou no cômodo convidativo e aceitou a taça da mão estendida de Savannah. – Obrigada.

A sensação estranha que estava esperando não aconteceu. Assim que se sentou com as mulheres, Elise foi bombardeada com perguntas sobre a viagem, sobre o que ela e Tegan conseguiram descobrir, e sobre como andavam as coisas em relação a Petrov Odolf e ao diário que Marek estava tão determinado a ter em mãos.

Elas não estavam interessadas em fofocas ou difamação, e Elise logo se viu conversando tranquilamente com as três inteligentes e perspicazes mulheres. Ela lhes contou tudo o que sabia, relatando os detalhes das visitas que ela e Tegan tinham feito ao centro de contenção.

Havia apenas começado a lhes contar sobre os papéis que Irina lhe tinha dado quando Tess pousou sua taça de vinho, franzindo as sobrancelhas.

– O que aconteceu com seu rosto? Está machucada.

Elise assentiu, tocando vagamente os suaves rastros que permaneciam em seu rosto.

– Ah. Foi um Subordinado que fez isso.

– Meu Deus – ofegou Savannah, em um gesto de preocupação ecoado por Gabrielle e Tess.

– Está doendo? – Indagou Tess, movendo-se ao redor da mesa e se ajoelhando ao lado de Elise.

– No começo, doía. Agora não está tão ruim.

– Deixe-me ver – Ela inclinou cuidadosamente a cabeça de Elise. Quando pousou a mão sobre o machucado, Elise sentiu um quente formigamento se espalhar pela palma da mulher até a ponta dos dedos. A companheira de Dante já havia usado seu dom de cura em Elise antes, mas isso não fazia que seu deslumbramento ante a habilidade de Tess fosse nem um pouco menor. O ferimento se dissipou, até que não restava mais a menor pontada de mal-estar.

Elise se deixou afundar na sensação de paz que a inundou quando Tess afastou a mão.

– Seu dom é extraordinário.

A bela mulher encolheu os ombros, como se estivesse incomodada com o elogio.

– Há certas coisas que estão além de minha habilidade. Não posso curar cicatrizes ou feridas que já se fecharam sozinhas. Certos danos são irreversíveis. Estou aprendendo isso com Rio.

Savannah estendeu o braço e apertou a mão de Tess.

– Ele está bem melhor desde que começou a trabalhar com ele. O próprio fato de ele ter saído da cama foi, principalmente, graças a você.

– Não, é a raiva que o impulsiona – disse Tess. – O fato de ter conseguido curar algumas de suas feridas físicas foi apenas secundário.

– Rio foi ferido em uma emboscada dos Renegados no verão passado – explicou Gabrielle a Elise. – Ficou em um terrível estado pelos estilhaços da explosão, mas o pior foi quando descobriu que sua Companheira de Raça havia armado o ataque contra a Ordem.

O coração de Elise se retorceu diante da ideia.

– Que horrível.

– Sim, foi horrível. Eva traiu Rio e os outros com Marek. Lucan era o alvo principal da explosão. Era Lucan quem deveria morrer aquela noite, mas a bomba apenas o feriu. Ele e Rio foram atingidos, mas Rio recebeu o pior do impacto. – Gabrielle sorveu um gole de vinho, com o olhar sério e pensativo. – Eu estava lá quando Eva confessou o que tinha feito... e quando tirou a própria vida.

– Aqueles foram dias sombrios – interveio Savannah. – Foi realmente difícil perder Eva desse jeito. Eu a considerava uma amiga. O que ela fez a Rio e aos outros foi imperdoável.

– Rio certamente não esqueceu aquilo – acrescentou Tess. – Dante e eu estamos realmente preocupados com ele. Às vezes me pergunto se ele já não está destruído – você sabe, por dentro. Quando trabalho com ele, muitas vezes sinto como se estivesse olhando para uma granada armada que está apenas esperando por uma desculpa para explodir.

Savannah soltou uma risada irônica.

– É péssimo quando Rio faz Tegan parecer um homem modelo, normal e equilibrado.

Elise baixou a vista, sentindo as bochechas corarem com a menção de Tegan. Quando levantou os olhos outra vez, deparou-se com Gabrielle a observando.

– Ele não foi muito assustador em Berlim, foi? Não é fácil ficar ao lado de Tegan.

– Não. Não, na verdade, ele foi ótimo – disse Elise em sua defesa. – Foi gentil e protetor... bem, e extremamente complicado. É o homem mais intenso que já conheci. E ele é... bem mais que as pessoas podem pensar.

Ela sentiu a sala emudecer. Os três pares de olhos femininos agora estavam cravados nela; cada uma das companheiras dos guerreiros a fitava enquanto seu rosto se ruborizava.

– Elise – disse Gabrielle lentamente, e em seus olhos se via um brilho de compreensão. – Você e Tegan... realmente?

Antes que ela pudesse admitir, foi puxada pela mulher em um feliz abraço. As outras duas Companheiras de Raça se alternaram para felicitá-la também, fazendo-a chorar ante o imediato círculo de irmandade que estava tão disposto a aceitá-la.

Foi através de seu olhar úmido e turvo que Elise vislumbrou pela primeira vez a tapeçaria que pendia na parede mais distante da biblioteca. As cores do cenário medieval eram deslumbrantes, retratando com tantos detalhes um cavaleiro sobre seu cavalo que parecia uma pintura sobre tela.

A complexidade do bordado era extraordinária... Familiar...

E inconfundível.

Tinha visto uma peça similarmente intricada quando se havia encontrado com Irina Odolf. O bordado que envolvia a pilha de cartas que Irina tinha encontrado.

– Aquela tecelagem – disse ela, quase incapaz de respirar. – De onde veio?

– É do Lucan – respondeu Gabrielle. – Foi feito para ele em 1300. Muito tempo atrás, quando a Ordem ainda era Recente.

O pulso de Elise se acelerou agitado.

– Sabe quem o fez?

– Hum, uma mulher chamada Kassia – disse Gabrielle. – Era a Companheira de Raça de um dos membros originais da Ordem. Lucan diz que seu talento com a agulha e a linha era incomparável, o que se pode ver pela riqueza de detalhes nessa peça. Segundo ele, esse foi o último bordado que Kassia fez, é seu trabalho mais impressionante. Aquele é Lucan sobre seu cavalo de guerra...

– Posso observá-la? – Perguntou Elise, levantando-se para vê-la de perto.

Em uma colina distante atrás do cavaleiro sobre o cavalo empinado, um castelo ardia em chamas sob uma esguia lua. Uma lua crescente.

E sob os cascos do cavalo havia um campo pisoteado, com profundas depressões sobre a terra.

"castelo e campo se unirão sob a lua crescente".

A estranha charada dançava em sua mente, carregada pela voz atormentada de Petrov Odolf.

Não poderia ser... ou poderia?

Elise percorreu a mão sobre os delicados pontos da detalhada margem da tapeçaria. Tudo havia sido bordado com tamanha deliberada atenção. E no canto inferior direito se encontrava a marca da tecelã – o símbolo das Companheiras de Raça, exatamente igual ao que tinha visto no bordado que Irina lhe havia mostrado – costurado dentro do desenho.

Havia ali uma mensagem oculta em algum lugar?

Escondida aqui durante todo esse tempo?

– O que foi, Elise? – Gabrielle se aproximou atrás dela. – Há algo errado?

O coração de Elise disparava.

– Podemos tirá-lo da parede?

– Acho que sim... sim, claro. – Ela subiu na cadeira estofada ao lado da tapeçaria e estendeu o braço para tirar a peça da parede. Gabrielle segurou a tapeçaria com cuidado nas mãos. – O que quer que eu faça come ela?

– Estenda-a, por favor.

– Vou esvaziar a mesa – disse Savannah, e ela e Tess rapidamente tiraram a comida e os pratos da mesa para abrir espaço. – Pronto, aqui está.

Elise acompanhou Gabrielle enquanto ela estendia a tapeçaria. Ela examinou a peça em silêncio por um momento, recordando o resto do verso enigmático:

"à leste das fronteiras volte seus olhos
na cruz jaz a verdade"

– Gostaria de fazer algo. Preciso dobrar o tecido, mas prometo que serei cuidadosa.

Ante o aceno de Gabrielle, Elise trouxe a parte de cima da tapeçaria em direção ao centro do desenho, então ergueu a parte de baixo da peça e a dobrou, de forma que o castelo e o campo sob a montaria de Lucan se encontrassem.

– "*Castelo e campo se unirão sob a lua crescente*" – murmurou, observando as duas partes unidas do desenho formarem uma nova imagem.

– Parece um tipo de cadeia montanhosa – disse Tess, quando uma distinta formação rochosa se tornou visível nos pontos do bordado. – Como sabia que tinha que fazer isso?

– O diário de Odolf continha alguns rabiscos estranhos – as mesmas frases estranhas com que Petrov Odolf ficou obcecado poucas semanas antes de enlouquecer com a Sede de Sangue e se tornar Renegado. As mesmas frases que seu irmão tinha escrito antes de se converter em Renegado. Meu Deus... Parecia um enigma que nunca iríamos resolver.

Os olhos de Gabrielle se arregalaram.

– Quer dizer que essa tapeçaria está de alguma forma conectada com tudo isso?

– Acho que sim – sussurrou Elise. Ela voltou os olhos para o desenho dobrado. – "*À leste das fronteiras volte seus olhos...*" Talvez devêssemos virar a tapeçaria para a esquerda?

Ela virou o bordado a noventa graus, de forma que a borda de cima estivesse virada para o leste. O centro dobrado agora estava na vertical. E dentro do desenho apareceu outro – um que não estava tão obviamente visível sob o outro ângulo. A débil silhueta de uma cruz estava bordada na tapeçaria, e no meio dela havia uma única palavra escrita pelos fios.

– "*Praha*" – leu Elise em voz alta, impressionada por uma voz tão antiga estar repentinamente falando através da tela de seu trabalho. – O segredo, seja o que for, está em Praga.

– Isso é incrível – exclamou Savannah, sem fôlego.

Ela estendeu a mão e deslizou a ponta dos dedos sobre o texto oculto. Seus dedos mal tinham tocado os pontos quando a mulher afastou a mão bruscamente, como se tivesse sido queimada.

– Ah, meu Deus. – Seus olhos castanho-escuros se arregalaram assustados. Ela encostou a mão sobre o tecido outra vez, demorando-se ali em um grave silêncio.

– Savannah, o que está sentindo?

Quando ela finalmente falou, sua voz estava abafada pelo terror.

– Esta tapeçaria tem mais alguns segredos para contar.

Capítulo 30

Os guerreiros estavam se preparando para a patrulha quando as portas de vidro do laboratório se abriram e quatro belas mulheres entraram no cômodo. Elise e Gabrielle carregavam a tapeçaria da biblioteca de Lucan; Tess e Savannah caminhavam atrás delas com feições graves. Savannah parecia especialmente séria, com a boca traçada em uma linha plana, e as mãos se abrindo e fechando ao lado do corpo enquanto caminhava.

Tegan encontrou o olhar ansioso de Elise.

– O que está acontecendo?

– A tapeçaria – disse, enquanto ela e Gabrielle a estendiam sobre a mesa de reuniões. – Acho que deciframos a charada de Odolf.

– Está falando sério?

– Sim – Sua expressão grave lhe dizia que não eram boas notícias.

Tegan e os outros guerreiros se reuniram ao redor das mulheres.

– Muito bem. Vejamos o que descobriram.

Ele observou, surpreso e orgulhoso, enquanto ela recitava cada verso enigmático e dobrava o desenho de acordo com as instruções. Era incrível, e tão óbvio agora que Elise lhes mostrava. A tapeçaria correspondia exatamente a cada frase aparentemente sem sentido. Quando Elise terminou, afastou-se e revelou uma imagem inteiramente nova – um desenho que Kassia havia escondido no bordado quando fez a peça vários anos atrás.

Elise fitou o olhar intrigado de Tegan.

– Quando eu estava na casa de Irina, ela me mostrou um bordado incrivelmente detalhado. Também tinha um desenho secreto escondido. Quando vi essa tapeçaria na parede agora há pouco, soube que tinha sido feita pelas mesmas mãos. Quanto mais a observava, mais me perguntava se havia algo mais nela.

Tegan sorriu. Não se importou nem um pouco que todos vissem quando a trouxe para si debaixo do braço e beijou-lhe a testa carinhosamente.

– Bom trabalho.

– Conheço essa cadeia montanhosa – disse Lucan enquanto inspecionava o bordado.

Tegan assentiu, reconhecendo também a distinta formação que se encontrava à nordeste de Praga.

– Não é muito longe da região onde a maioria da Raça vivia na época.

– Então isso era para ser algum tipo de mapa? – Indagou Rio. – Se sim, o que estamos procurando?

– Não é o quê, mas quem. – A suave voz de Savannah atraiu a atenção de todos. – A tapeçaria aponta a localização onde Dragos ajudou a esconder alguém. O vampiro que o gerou.

– Céus.

Tegan não sabia qual dos guerreiros murmurou a maldição, mas cada um deles compreendia o peso do que Savannah acabava de dizer.

– A Companheira de Raça de Dragos teceu essa peça especialmente para mim – comentou Lucan com uma expressão grave e sombria. – Está dizendo que Kassia escondeu deliberadamente essa mensagem aqui? Por quê? E por que diabos ela não veio a mim e me contou sobre isso?

– Porque ela tinha medo – respondeu Savannah. – Haviam-lhe confiado um terrível segredo, e ela temia o que podia acontecer se o contasse.

Gideon fitou sua companheira.

– Sentiu tudo isso pelo tecido, meu bem?

Savannah assentiu com a cabeça.

– E há mais. E não é nada bom.

– Conte-nos – disse Lucan com severidade. – Qualquer coisa que puder ler nessa peça, precisamos saber.

A sala ficou em silêncio quando Savannah estendeu as mãos e as colocou sobre a tapeçaria. O dom único de psicometria da Companheira de Raça já havia sido útil à Ordem no passado, mas todos a observavam enquanto começava a absorver a história emocional da peça em completo silêncio, conscientes de que nunca tinham precisado mais da habilidade especial de Savannah quanto agora.

– Kassia estava atormentada pelo que sabia, mas Dragos a vigiava de perto, e ela sabia que, se contasse o segredo, seu companheiro descobriria. Então poderia mudar de lugar o que estava escondendo, e aí não haveria esperança de consertar o que ele tinha feito – Savannah fechou os olhos, concentrando-se. – Kassia não podia compartilhar seu fardo com ninguém... nem mesmo com sua amiga mais querida, Sorcha.

A mandíbula de Tegan ficou rígida ante a menção da doce garota que havia tido um fim terrível por conta de suas falhas. Para expressar que entendia o que ele estava sentindo, Elise pousou a mão gentilmente sobre seu braço. Seu toque era afetuoso e compassivo, e seu suave olhar, repleto de ternura.

Savannah prosseguiu.

– Quando Lucan pediu à Kassia que fizesse essa tapeçaria, ela percebeu que talvez houvesse uma forma de avisá-lo do que Dragos tinha feito. Assim, enquanto bordava a recordação para Lucan, acrescentou pistas e rezou para que um dia ele as descobrisse antes que fosse tarde demais.

– O que Dragos fez? – Indagou Lucan, e sua voz grave ressoou no silêncio do laboratório. – Como ele começou essa maldita farsa?

Durante um bom tempo, Savannah não falou. Ela afastou lentamente as mãos da tapeçaria, e quando se virou para encarar o líder da Ordem, seus belos traços estavam sombrios.

– Quando você declarou guerra aos últimos Antigos – apenas alguns meses antes desta tapeçaria ter sido feita – Dragos e a criatura extraterrestre que o gerou forjaram um pacto. Dragos ajudou seu pai a fugir para as montanhas em vez de ficarem e lutarem contra você e o resto da Ordem.

O semblante de Lucan estava sombrio, e a ira crescia em sua postura tensa.

– Dragos e vários outros lutaram contra seus pais. Dragos foi o único que saiu da batalha com vida. Foi gravemente ferido...

– Tudo parte de seu plano – interveio Savannah. – Depois de matarem os outros, Dragos ajudou seu pai a se esconder em uma cripta protegida que havia construído especialmente para ele nas montanhas ao redor de Praga. As feridas de Dragos foram feitas por seu pai, mas apenas para ajudar a disfarçar o que tinha realmente acontecido. O plano era deixar o Antigo adormecido em um estado de hibernação até que as coisas acalmassem na Ordem. Então, o Antigo seria despertado para se alimentar outra vez, e dar início a uma nova geração de descendentes da Raça.

– Santo Deus – murmurou Gideon, tirando os óculos azul-claros e esfregando os olhos. – E Kassia sabia se Dragos teve a chance de voltar e libertar o desgraçado?

Savannah negou com a cabeça.

– Acredito que não. Não percebi nada que indicasse que ela sabia o que aconteceu. Dragos lhe disse onde se encontrava a cripta, e foi isso o que ela bordou na tapeçaria. Ela queria que Lucan tivesse as pistas caso algo acontecesse a ela.

– Ah, Lucan – disse Gabrielle, envolvendo-o com os braços.

– E há... algo mais – continuou Savannah. – Havia uma criança. Kassia estava grávida quando bordou essa peça. Dragos esteve ausente em uma missão durante quase um ano – por tanto tempo que ela teve o filho em segredo e o enviou para viver com outra família da Raça antes que Dragos retornasse. Ela se recusou a deixar que seu único filho fosse vítima da perigosa aliança de seu companheiro, então tomou certas medidas para proteger o bebê e dar-lhe um futuro mais seguro.

– Permita me adivinhar o nome da família a que Kassia recorreu – disse Gideon, arrastando as palavras.

Savannah assentiu.

– Odolf.

– Sabe – interveio Kade –, ouvi dizer que, sob as condições adequadas, os Antigos eram capazes de hibernar por várias gerações.

– Por séculos – disse Tegan, refletindo sobre os selvagens extraterrestres que haviam gerado ele e o resto da Primeira Geração da Raça. – Pelo que sabemos, esse último Antigo ainda está vivo, entocado perto de Praga e esperando para ser liberado.

– Céus – assobiou Dante. – O mundo seria um lugar muito diferente se um mal desses fosse solto outra vez.

Niko estalou a língua.

– E se alguém pensou em se aliar com esse tipo mortal de poder? Alguém como Marek...

– Não podemos correr esse risco – afirmou Lucan. – Então parece que teremos de correr para Praga e ver o que podemos descobrir.

– Reichen está a poucas horas de lá, em Berlim – disse Tegan. – Ele nos ofereceu sua ajuda para quando precisássemos.

Lucan estreitou os olhos, considerando a ideia.

– Ele é confiável?

– Sim – assentiu Tegan com segurança. – Posso jurar por ele.

– Então ligue para ele. Mas dê o mínimo de detalhes. Diga-lhe que estamos a caminho e que precisaremos de transporte. Podemos encontrá-lo em nossa chegada ao aeroporto Tegel.

– Não deveríamos ir direto a Praga em vez disso e encontrá-lo lá? – Indagou Brock.

Tegan negou com a cabeça, compreendendo a tática de Lucan.

– Reichen pode ser digno de confiança, mas não sabemos o mesmo a respeito das pessoas ao seu redor. Marek já sabe que temos algum interesse em Berlim. Não faz sentido dar pistas sobre Praga.

Lucan assentiu.

– Explicaremos tudo a Reichen quando chegarmos.

– Certo – disse Gideon. – Conseguirei autorização para o voo esta noite.

Não houve nenhum dos alardes habituais quando o laboratório se esvaziou e os guerreiros foram cada um se preparar para a missão que tinham pela frente. Tegan normalmente teria sumido para se preparar sozinho e pensar em paz. Pensou que provavelmente devesse fazer aquilo agora, mas então Elise entrelaçou os dedos entre os seus enquanto os dois se detinham no corredor vazio.

– Você está bem? – Perguntou ela, com o olhar tão sério quanto o dele deveria estar. – Se quiser ficar sozinho, ou se precisar fazer algo...

– Não. Não quero.

Ele pensou em retirar a afirmação e inventar alguma história de que precisavam dele em outro lugar, mas as palavras não lhe vieram. E descobriu que não podia soltar sua mão.

Estaria partindo em poucas horas, e eram grandes as probabilidades de que não voltaria.

Desta vez, estava indo com um único objetivo: destruir Marek pessoalmente. Ainda que tivesse que se sacrificar no processo. Tegan estava mais que disposto a levar a guerra a Marek e, de um jeito ou de outro, o filho da mãe iria cair.

– Vamos – disse a Elise, inclinando seu queixo para lhe dar um beijo. – Só há um lugar onde quero estar neste momento.

Elise e Tegan passaram o resto do dia em seus aposentos pessoais, fazendo amor e, pelo que parecia, evitando conversar sobre o que o futuro lhes reservava. Ela sabia que os segredos que a tapeçaria tinha revelado pesavam muito sobre ele – sobre toda a Ordem – mas Tegan parecia especialmente distante enquanto o anoitecer se aproximava e o grupo se preparava para partir. Havia se retraído de certa forma, como se já tivesse partido, lutando contra o fantasma de um inimigo que o assombrava há muito tempo e que precisava finalmente ser exorcizado.

Sua ligação a Reichen mais cedo naquele dia tinha trazido notícias preocupantes: Petrov Odolf havia cedido ainda mais à Sede de Sangue e não estava bem. As informações do centro de contenção eram de que o Renegado tinha ficado cada vez mais instável nas horas seguintes à última visita de Tegan e Elise. Em algum ponto durante a noite, tinha colapsado em violentos ataques e agredido um de seus assistentes, quase matando o ajudante em um ataque de fúria.

Quanto a Tegan, ele parecia cético a respeito do relato do diretor Kuhn a Reichen. Não confiava no diretor do centro de contenção e, ao desligar a chamada com Reichen, encarregou o vampiro do Refúgio Secreto a conseguir mais informações sobre a condição do Renegado.

– Tenha cuidado – disse Elise quando saíram de seus aposentos para encontrar os outros, que se reuniam no salão principal do condomínio.

Tegan se deteve e a beijou apaixonadamente, mas seus olhos estavam distantes.

– Eu o amo – disse ela, acariciando sua forte mandíbula e tentando ocultar a preocupação que se agitava como um pássaro enjaulado em seu peito. – É melhor voltar logo para mim, entendeu? Prometa-me.

Os sons dos outros guerreiros conversando no saguão logo adiante atraíram a atenção dele. As armas e os equipamentos faziam um barulho estridente, e as graves vozes masculinas retumbavam contra as paredes de mármore. Era seu mundo que o chamava, o dever que tinha jurado cumprir há muito mais tempo que ela tinha estado viva.

– Tegan, prometa-me – insistiu, forçando-o a olhá-la. – Não faça nada heroico.

O canto da boca dele se curvou em um sorriso irônico.

– Eu, heroico? Sem chances.

Ela sorriu com ele, mas sentiu os pés pesarem enquanto caminhavam o resto do corredor até onde a Ordem e o dever de Tegan o esperavam.

Todos os outros já estavam reunidos. Elise encontrou o rosto sério das outras Companheiras de Raça; Tess e Gabrielle se abraçavam a seus companheiros enquanto o tempo de partida se aproximava. Tinha sido combinado que Gideon ficaria para trás no condomínio, de onde poderia monitorar a operação e ser um ponto de contato para os outros enquanto estivessem em campo.

A maior surpresa era Rio. O guerreiro em recuperação estava vestido para combate e esperava com os outros; seus olhos da cor do topázio emanavam nada menos que fúria. Seu corpo musculoso irradiava pura crueldade – ardente e volátil – e Elise repentinamente compreendeu as preocupações de Tess com ele. Ele estava assustador, mesmo simplesmente de pé no saguão.

Elise resistiu ao impulso de segurar um pouco mais forte a mão de Tegan quando sentiu seu braço se flexionar, preparando-se para se unir a seus irmãos.

Deus, ela não queria deixá-lo partir.

Não agora que haviam acabado de se encontrar.

– Muito bem – disse Lucan, lançando um olhar firme sobre cada um dos guerreiros. – Vamos lá.

Capítulo 31

Andreas Reichen estava esperando com duas Mercedes esportivas na pista de pouso do aeroporto Tegel quando a Ordem chegou a Berlim. Tegan fez as rápidas apresentações enquanto os guerreiros colocavam seus equipamentos nos veículos e se preparavam para o trajeto até o Refúgio Secreto na mansão de Reichen, que serviria como base temporária de operações.

– Fico honrado em ajudar – disse Reichen a Lucan e a Tegan enquanto os três homens carregavam a última mala com armamentos. – Sempre imaginei como seria estar entre a Ordem, como um de vocês.

– Tenha cuidado com o que deseja – falou Lucan lentamente. – Dependendo do rumo das coisas, há uma boa chance de o convocarmos ao campo de batalha.

– Tente não parecer tão extasiado – comentou Tegan, percebendo o brilho de entusiasmo nos olhos do civil. – O que conseguiu de novo do centro de contenção?

Reichen sacudiu a cabeça.

– Temo que seja um beco sem saída, literalmente. Parece que Odolf foi de mal a pior. Aprofundou-se na Sede de Sangue – e sofreu violentas convulsões. Começou inclusive a espumar pela boca. O assistente com quem falei disse que aquilo era muito estranho, como se Odolf tivesse pegado raiva. Poucas horas depois, estavam carregando-o para o necrotério.

– Droga – Tegan trocou um olhar com Lucan, enfurecendo-se. O relato apontava que o ocorrido tinha o dedo de Marek. – Essa espuma que Odolf soltava... era rosada, de mau cheiro?

Reichen franziu o cenho.

– Não sei. Posso fazer mais alguns interrogatórios, investigar mais...

– Não, esqueça. Eu assumo daqui em diante – disse Tegan.

Lucan sabia exatamente aonde aquilo levava.

– Não acha que o Renegado foi alimentado com Carmesim...

– Só há um jeito de descobrir. Voltarei em algumas horas.

– Vai amanhecer em pouco tempo – alertou Lucan.

Tegan fitou o céu ainda escuro, com a lua se movendo para o oeste.

– Então é melhor pararmos de tagarelar para que eu possa partir logo. Encontrarei vocês no Refúgio Secreto.

– Tegan. Maldito seja...

Ele escutou o lacônico xingamento de Lucan atrás de si, mas já estava do outro lado do asfalto, cruzando o complexo do aeroporto até as ruas lá fora.

O diretor Heinrich Kuhn estava em seu escritório no centro de contenção, redigindo documentos de transporte para o cadáver de seu paciente recentemente falecido, quando uma chamada frenética veio dos seguranças. Tinha havido uma violação do perímetro. Um vampiro da Raça – um guerreiro da Primeira Geração, a julgar por seu tamanho e poder – havia transpassado tanto o portão externo quanto o interno e estava agora à solta nas instalações.

– Atiro para matar, senhor? – Perguntou o chefe da segurança, com a voz ansiosa.

– Não – respondeu Kuhn. – Não, não o matem. Mas prendam-no de qualquer jeito e o tragam para mim.

Kuhn desligou o telefone. Não tinha dúvidas de quem poderia ser o intruso. Havia sido alertado de que a Ordem não demoraria a chegar assim que as notícias sobre a morte de Petrov Odolf começassem a circular. Arrependia-se de ter permitido que o guerreiro chamado Tegan entrasse no centro em primeiro lugar – tanto ele quanto a mulher da Agência. Era seu trabalho proteger seus pacientes, dos tormentos do exterior e do que os angustiava dentro de si mesmos. Nisso, havia falhado com Petrov Odolf, porém não mais do que quando permitira que seu último visitante entrasse para vê-lo.

Era o medo desse último indivíduo que fazia que o diretor vagasse pelo escritório nesse instante. De algum jeito, contra tudo que sabia ser correto, havia se permitido ser recrutado em um conluio que terminou com o horrendo sofrimento de Petrov Odolf e sua eventual morte. Haviam prometido a Kuhn uma experiência pessoal semelhante caso não se provasse útil a seu novo e letal conhecido.

Talvez fosse sábio se retirar antes que a situação piorasse. Estava perigosamente perto do amanhecer, afinal de contas, e ele realmente não tinha nenhuma vontade de sentar à espera de mais problemas aparecerem em sua porta.

Tarde demais, pensou ele, nem um segundo depois.

Kuhn não sabia ao certo quando havia sentido a primeira agitação do ar ao seu redor, mas quando se virou para encarar as portas fechadas de seu escritório, deparou-se fitando gélidos e mortíferos olhos verdes.

– *Guten morgen, Herr Kuhn.*[*] – O sorriso do guerreiro era horripilante. – Fiquei sabendo que tivemos alguns probleminhas aqui em seu hospício.

Kuhn recuou atrás de sua escrivaninha.

– Não-não sei do que está falando.

Em um movimento fluido e imediato, o guerreiro saltou pelo cômodo e aterrissou abaixado sobre a mesa.

---

*Do alemão: "Bom dia, senhor Kuhn". [N.T]

– Petrov Odolf está morto. Isso fugiu de sua mente?

– Não – respondeu Kuhn, percebendo que tinha tanto a temer este homem quanto ao vampiro que havia matado Odolf. – Foi lastimável, mas ele estava muito doente. Pior do que eu suspeitava.

O diretor deslizou cuidadosamente a mão sob a borda da mesa, procurando o botão que dispararia um alarme silencioso. Mal tinha pensado nisso quando uma afiada lâmina lhe ergueu o queixo.

– Eu não faria isso, se fosse você.

– O que quer?

– Quero ver o corpo.

– Para quê?

– Assim saberei se você deve ou não morrer.

– Ah, Deus! – Choramingou Kuhn. – Por favor, não me machuque! Não tive escolha... Juro!

– Você jura.

A resposta zombadora estava cheia de desprezo. A adaga na garganta de Kuhn se afrouxou, somente para ser substituída pela pressão de seus dedos fortes. Havia um calor que o percorria com o contato daquela punição – uma sensação exaustiva de invasão que zumbia como um mosquito em seu cérebro.

Os frios olhos verdes que olhavam seu olhar arregalado se estreitaram.

– Seu filho da mãe mentiroso. Você e Marek...

O baque da porta do escritório de Kuhn sendo arrombada atravessou o ar. Houve um súbito disparo de armas, em rajadas que vinham de nada menos que quatro seguranças armados enquanto invadiam e abriam fogo sobre o atacante de Kuhn.

O guerreiro rugiu enquanto os guardas miravam ao alvo de uma só vez. Assim que o aperto na garganta de Kuhn começou a afrouxar, ele se afastou – saindo o máximo que podia do alcance do enorme vampiro. Observou com surpreendente alívio quando o guerreiro se curvou, rolando da mesa para o chão.

Um grunhido silencioso saiu da boca frouxa do guerreiro, e seus olhos cruéis viravam para trás em seu crânio. Kuhn reuniu coragem e se aproximou da fera caída. Baixou os olhos para a coleção de dardos tranquilizantes que se projetavam em seu corpo.

– Está bem, senhor? – Indagou um dos guardas.

– Sim – respondeu Kuhn, embora ainda tremesse pelo confronto. – Isso é tudo por hora. Não quero esse incidente registrado em lugar nenhum, entenderam? Sob todos os aspectos, isso nunca aconteceu. Farei com que o intruso seja retirado das dependências.

Quando os guardas se foram, Heinrich Kuhn pegou o telefone celular que lhe tinham dado e discou o único número programado no aparelho. Quando a voz baixa respondeu do outro lado da linha, Kuhn lhe informou:

– Algo interessante acaba de chegar. Onde quer que eu o entregue?

Lucan sabia que algo estava errado mesmo antes de a noite dar lugar ao amanhecer. Agora, poucas horas antes do meio-dia, podia apenas presumir o pior. Não era incomum Tegan sair sozinho em suas próprias missões pessoais, mas desta vez tinha sumido de vista completamente. Não havia voltado do centro de contenção. Não havia se reportado, e não havia sequer um sinal de seu telefone celular para indicar onde estava ou em que tipo de encrenca havia se envolvido.

As ligações ao centro de contenção haviam sido inúteis. De acordo com todas as pessoas com quem Lucan falou, Tegan jamais havia aparecido. Quanto a obter informações sobre a morte de Odolf, todos os interrogatórios estavam sendo atendidos pessoalmente pelo diretor do lugar, um tal de Heinrich Kuhn, que não estava disponível até voltar ao trabalho ao anoitecer.

Lucan não apreciava o impasse burocrático, particularmente quando tinha um mau pressentimento de que Tegan estava com problemas.

– Nada ainda? – Dante saiu do cômodo onde o resto da Ordem e Reichen planejavam a viagem noturna iminente a Praga. O guerreiro soltou um suspiro baixo quando Lucan negou com a cabeça. – Sei que essa missão é crucial, Lucan, mas maldição. Não me sinto bem em deixar Tegan para trás.

– Não o deixaremos. – Lucan se deparou com o sério olhar de seu irmão. – Preciso que você e Chase liderem a missão. Ficarei para trás e localizarei Tegan.

– E como vai fazer isso? Não temos nem ideia de onde ele está, ou se ao menos ainda está na cidade. Levará uma eternidade se estiver pensando em bater de porta em porta.

Lucan sacudiu a cabeça.

– Acho que sei uma maneira melhor de encontrá-lo.

Capítulo 32

A mente de Tegan despertou antes do resto de seu corpo. Sua garganta queimava, ainda esfolada e coberta pelos resíduos da droga que os guardas de Kuhn lhe haviam disparado. Já não se encontrava mais no centro de contenção; podia sentir pelo olfato. Em vez do fedor médico do lugar, sentia cheiro de madeira velha e tijolos, assim como uma mão de tinta fresca, que vinha de algum lugar acima...

E ali perto, o odor de uma morte recente. O nauseante aroma de sangue derramado e já coagulado de algum membro da Raça – muito sangue – pendia no ar como um denso véu.

Não precisava tentar mexer os braços e pernas para saber que estava preso. O peso de grossas algemas e correntes pendia nos pulsos e tornozelos, com seu corpo estendido entre duas largas vigas de madeira.

Acima dele, vindo do exterior de onde quer que se encontrasse encarcerado, escutou o ruído de corvos voando. Embora estivesse escuro onde estava, era dia lá fora, ponderou seu cérebro enquanto os grasnados se afastavam. Deveria estar ali – onde quer que fosse – há horas.

Ele abriu uma pálpebra, quase incapaz de erguê-la. Sua visão flutuou, e a vertigem instantânea lhe fez sucumbir ainda mais às algemas.

– Enfim acordado – falou uma voz que Tegan reconheceu, mesmo em seu estado semidopado. – Aqueles funcionários idiotas de Kuhn quase lhe mataram com seus dardos tranquilizantes. E isso é um privilégio que pretendo guardar para mim mesmo.

Tegan não respondeu. Não teria respondido, ainda que conseguisse formular qualquer palavra com a língua letárgica. Marek não merecia respeito algum.

– Acorde – ressoou a ordem breve. – Acorde imediatamente, Tegan, e diga-me onde ele está!

Dedos fortes lhe puxaram o cabelo, erguendo sua cabeça bruscamente enquanto ele não tinha a força para fazer isso sozinho. Um punho forte o golpeou na lateral do rosto, mas ele mal o registrou através da névoa causada pelos sedativos.

– Precisa de um pouco de persuasão, não é?

Passos fizeram ranger o chão de tábuas de madeira, quando Marek o soltou e se afastou alguns metros. Ele voltou um instante depois. A cabeça de Tegan foi agarrada outra vez. Algo foi pressionado sob seu nariz. Quando sentiu um punho lhe acertar o ventre, inspirou fundo.

A reação involuntária lhe trouxe o formigamento de um fino pó subindo pelas narinas e pela boca aberta. Ele tossiu, sufocando-se com a asquerosa substância, e soube imediatamente o que Marek lhe tinha dado.

– Aí vamos nós. Um pouco de Carmesim deve acelerar as coisas.

Marek se afastou quando Tegan tentou cuspir a droga. Era inútil. Podia sentir o Carmesim se infiltrando nas fossas nasais, aderindo ao fundo da garganta. Como uma corrente elétrica disparada diretamente no cérebro, a droga o fez se contrair e tremer. Podia senti-la sendo absorvida por sua corrente sanguínea, e o calor percorrendo os membros atados. Quando o tremor inicial se aplacou, Tegan abriu os olhos e lançou um olhar assassino a seu captor.

Marek cruzou os braços sobre o peito, sorrindo.

– Já está de volta, é?

– Vá se danar.

Tegan tentou baixar os braços, mas as correntes o seguravam firme. A mente estava ficando lúcida, mas sua força física ainda era mínima, na melhor das hipóteses. Levaria bastante tempo – ou uma dose mais forte e arriscada de Carmesim – para acabar com os efeitos dos tranquilizantes.

– Onde ele está, Tegan? Já encontraram sua localização secreta? – Os olhos de Marek estavam ocultos atrás de óculos escuros, mas Tegan podia sentir o calor furioso de seu olhar. – Sei que a Ordem está com o diário. Sei que já viram a charada. E sei que falou com Petrov Odolf. O que ele lhe disse sobre isso?

– Ele está morto.

– Sim – concordou Marek com civilidade. – Overdose de Carmesim, como você sem dúvidas suspeitou quando foi procurar *Herr* Kuhn.

O olhar de Tegan acompanhou o gesto casual de Marek em direção à fonte do fedor cadavérico no cômodo. O torso decapitado do diretor Kuhn jazia no chão ao lado de uma larga espada encharcada de sangue.

Marek deu de ombros.

– Ele já tinha servido seu propósito. Assim como todas as miseráveis ovelhas desgarradas que habitam os Refúgios Secretos, não concorda? Elas esqueceram suas raízes, se é que algum dia a compreenderam de verdade. Quantas gerações se passaram desde aquela ilustre Primeira Geração da qual ambos fazemos parte? Várias, e cada geração tem ficado mais fraca, com seu sangue diluído com os débeis genes *homo sapiens*. É hora de recomeçar, Tegan. A Raça precisa cortar seus galhos atrofiados e dar início a um novo reino com o poder da Primeira Geração. Quero ver a Raça prosperar. Quero que sejamos reis – como deveríamos ser.

– Você é louco – grunhiu Tegan. – E só quer o poder para si mesmo. Como sempre quis.

Marek zombou.

– Eu merecia ser o líder. Era o mais velho, não Lucan. Eu tinha a visão mais clara a respeito de como nossa espécie deveria evoluir. Os humanos deveriam se esconder de nós, viver para nos agradar, e não o contrário. Mas Lucan não o via dessa maneira. Ainda não o vê. Sua humanidade é sua maior fraqueza.

– E a sua sempre foi a arrogância.

Marek grunhiu.

– E qual é a sua, Tegan? – Seu tom era muito claro e provocador em sua casualidade. – Eu me lembro dela, sabe... Sorcha.

Tegan detestou ouvir o nome daquela garota inocente nos lábios de seu inimigo, mas engoliu a raiva que crescia dentro de si. Sorcha havia partido. Ele finalmente a tinha deixado partir, e Marek não conseguiria provocá-lo com sua memória.

– Sim, ela era sua fraqueza. Soube disso quando a encontrei aquela noite. Você se lembra, não? A noite em que ela foi sequestrada em sua casa enquanto você estava fora, patrulhando com meu irmão em uma de suas intermináveis missões?

Tegan levantou o olhar para Marek.

– Você...

O sorriso do vampiro era cruel, repleto de prazer.

– Sim, eu. Ela e a maldita Companheira de Raça de Dragos não tinham segredos uma com a outra, então realmente esperei que Sorcha pudesse contar-me o segredo que Dragos levou ao túmulo e que Kassia conseguiu esconder de mim quando tirou a própria vida antes que eu pudesse lhe arrancar a verdade. Mas Sorcha não sabia de nada. Bem, quase nada. Ela sabia de um filho que Kassia havia tido em segredo e entregado a outra família – um herdeiro que o próprio Dragos desconhecia.

Ah, céus. Tegan fechou os olhos, compreendendo apenas agora o que Sorcha devia ter sofrido – e nas mãos de Marek.

– Ela se rompeu facilmente, mas eu já sabia que seria assim. Ela nunca tinha sido forte. Era apenas uma doce garotinha que havia confiado em você para mantê-la segura. – Marek se deteve, como se pensasse. – Pareceu quase um desperdício transformá-la em uma Subordinada, já que havia entregado todos os seus segredos ante a primeira pontada de dor.

– Seu filho da mãe! – Rugiu Tegan. – Seu maldito filho da mãe doentio! Por quê, então? Por que fez aquilo com ela?

– Porque pude – respondeu Marek.

O rugido de Tegan ecoou nas vigas do lugar, sacudindo as janelas enegrecidas que se encontravam ao alto. Ele lutou contra as algemas, mas a explosão momentânea de adrenalina lhe trouxe apenas um acesso de tosse e exaustão. As correntes cortaram seus pulsos quando seu peso caiu outra vez, com as coxas fracas demais para sustentá-lo.

– E porque posso, Tegan – prosseguiu Marek –, vou matar você e todos com quem você se importa se não me disser o que aquela maldita charada quer dizer. Diga-me onde encontrar o Antigo!

Tegan resfolegou, pendurado debilmente nas correntes. Os sedativos estavam lhe derrubando outra vez, fazendo sua cabeça girar. Marek o observou com desinteressada calma, embora se mantivesse longe de seu alcance. Casualmente, caminhou até a porta e gesticulou para que dois guardas Subordinados entrassem. Apontou para o corpo profanado de Kuhn.

– Levem esse cadáver putrefato daqui e deixem que se queime.

Enquanto seus servos se apressavam para cumprir suas ordens, Marek voltou a atenção para Tegan.

– Parece que precisa de algum tempo para pensar no que eu perguntei. Então pense, Tegan. Pense bem. E conversaremos mais quando eu voltar.

Elise fitou o rosto de Gideon quando ele foi procurá-la nos aposentos de Tegan, e soube imediatamente que algo estava muito errado.

– É Lucan – disse ele. – Precisa falar com você.

Ela pegou o celular e tragou em seco antes de responder.

– O que aconteceu com ele? – Falou ao aparelho, sem se importar com saudações quando cada célula em seu corpo ficou subitamente imóvel. – Lucan, diga-me que ele está bem.

– Eu, bem... não tenho certeza disso, Elise. Algo aconteceu por aqui.

Ela escutou atentamente a explicação de Lucan sobre o sumiço de Tegan. Não o haviam visto nem tido notícias dele por várias horas. Lucan enviaria o resto da Ordem a Praga com Reichen ao anoitecer, mas ficaria para trás para procurar Tegan. Ele não sabia por onde começar, ou mesmo quanto tempo demoraria para vasculhar a cidade em busca de qualquer pista de seu paradeiro. Como suspeitava que ela e Tegan compartilhavam um vínculo de sangue, sua melhor maneira de rastreá-lo seria Elise.

– Não podemos ter certeza – continuou Lucan –, mas tenho bons motivos para suspeitar de que Marek esteja com ele. Se esse for o caso, não temos muito tempo antes de...

– Já estou a caminho – Ela relanceou Gideon, que esperava do lado de fora do quarto. – Pode me arranjar um voo imediatamente?

– O jato da Ordem ainda está em Berlim, mas posso tentar fretar outro.

– Não há tempo – disse ela. – E quanto a algum voo comercial?

Ele franziu o cenho, preocupado.

– Realmente quer ficar sentada em um avião durante quase doze horas com centenas de humanos? Acha que consegue suportar?

Ela não tinha certeza, na verdade, mas isso não iria detê-la. Se tivesse de tomar um avião repleto de assassinos condenados, o faria, se isso fosse preciso para garantir que Tegan ficasse bem.

– Só me arranje um voo, Gideon. Por favor. O primeiro que conseguir.

Ele assentiu e partiu em disparada pelo corredor para cuidar dos detalhes.

– Estarei aí o mais breve possível, Lucan.

Ela escutou seu suspiro baixo e o tom de aviso em sua voz. Lucan não tinha certeza de que conseguiriam fazer algo por Tegan, mesmo se conseguissem encontrá-lo.

– Certo – respondeu ele. – Um carro irá buscá-la e trazê-la à mansão de Reichen. Começaremos as buscas assim que você chegar.

Capítulo 33

O voo para Berlim foi longo e desgastante. Elise suportou cada árduo minuto, cada hora, determinada a ser mais forte que o dom que a tinha possuído por tanto tempo. Tinha que agradecer a Tegan por ajudá-la a superar o pior – não só por lhe mostrar como lidar com seu talento psíquico, mas também pelo amor que sentia por ele, que a conduzia adiante mesmo enquanto a familiar e cruel enxaqueca começava a atacar suas têmporas, a menos de uma hora de voo.

Elise conseguia suportá-la porque precisava. Porque a vida de Tegan podia muito bem depender dela agora.

Deus, não podia falhar nisto.

Podia suportar qualquer coisa, menos perdê-lo.

Assim que as rodas do avião a jato tocaram o chão naquela noite, a determinação de Elise em encontrar Tegan – e trazê-lo de volta para casa em segurança – se redobrou. Ela saiu correndo do terminal e encontrou Lucan na calçada, onde a esperava com um dos veículos de Reichen.

– Sabe que, se o encontrarmos, Tegan vai me matar por envolvê-la nisto – disse Lucan quando ela se aproximou do carro. Ele havia dito aquilo em tom de brincadeira, mas ela notou que não havia nenhum humor em seus olhos cinzentos.

– *Quando* o encontrarmos, Lucan. Não pode haver nenhum *se* – Ela enfiou a bolsa de viagem no porta-malas do carro e logo subiu no assento do passageiro. – Vamos começar logo com isso. Não quero descansar esta noite até que tenhamos percorrido cada rua dessa cidade.

Dante, Reichen e o resto da Ordem estacionaram os dois carros esportivos em um trecho arborizado da estrada iluminada pela luz da lua a uma hora de Praga. A floresta ali era densa, e apenas tênues luzes de poucas casas remotas reluziam na escuridão. Eles saíram dos carros, os sete vestidos de preto e munidos até os dentes com armas, milhares de balas de titânio e uma bela provisão de explosivos.

Cada vampiro da Raça também carregava uma larga espada embainhada e amarrada às costas – armas nada convencionais para as batalhas modernas, mas totalmente necessárias ao lidar com alguém tão repugnante e poderoso quanto a criatura que tinham a intenção de despertar de seu descanso.

– Deve ser aqui o lugar – disse Dante, assinalando a silhueta recortada das montanhas à frente deles. – O contorno é perfeitamente compatível com o desenho na tapeçaria de Kassia.

– Provavelmente vamos demorar umas duas horas para escalar até o topo – comentou Niko. Suas bochechas formaram duas covinhas com um sorriso ansioso, reluzindo o branco de seus dentes contra a manta noturna. – O que estamos esperando? Vamos empacotar o filho da mãe.

Dante o segurou firme com a mão, fechando a cara ante o entusiasmo do jovem guerreiro.

– Esperem um pouco, todos vocês. Isso não é uma maldita brincadeira. Não é nem de longe semelhante a qualquer missão que já realizamos. Aquela coisa que se encontra isolada nesta montanha não é o tipo de vampiro de jardim. Pensem em Lucan e Tegan juntos – Droga, acrescentem Marek também – e ainda não estarão nem perto do que essa criatura é capaz de fazer. Ele é cem vezes mais poderoso que um vampiro da Primeira Geração.

– Mas sua cabeça pode ser cortada de seu corpo, assim como qualquer um de nós – assinalou Rio em uma voz baixa e mortal. – A maneira mais rápida de se matar um vampiro.

Dante assentiu.

– E teremos apenas uma chance com ele, nada mais que isso. Assim que encontrarmos a cripta e entrarmos, a prioridade número um é transpassar um afiado metro de aço pelo pescoço do desgraçado.

– E precisaremos fazê-lo antes que ele consiga se levantar – acrescentou Chase. – Se deixarmos a besta despertar antes de estarmos a postos e prontos para matá-la, há grandes chances de não sairmos de lá vivos.

– Alguém pode lembrar-me por que não quis ser contador quando cresci? – Brincou Brock.

Niko riu.

– Porque contadores não podem explodir as coisas.

– Também não podem transformar em cinzas tantos miseráveis – completou Kade, entrando na brincadeira.

Brock respondeu com um amplo e brilhante sorriso.

– Ah, sim. Agora me lembro.

Dante deixou que todos se inteirassem do plano, enquanto os vampiros mais jovens tratavam de afastar o nervosismo com humor e palavras diretas. Mas assim que o grupo começou a subir o lado arborizado da inclinação rochosa, todos ficaram calados e sérios. Nenhum deles sabia ao certo o que os esperava ao final da jornada, mas estavam preparados para enfrentar o que viesse junto.

Elise não tinha certeza de há quanto tempo estavam dirigindo. Certamente, por horas. Eles haviam percorrido cada seção da cidade, as regiões abastadas e as abandonadas, fazendo intervalos regulares para que Elise escutasse pelas ruas e becos escuros. Esperando que as veias formigassem com a consciência – a ardente esperança – de que Tegan estava perto.

Ela não queria desistir.

Nem mesmo quando a noite começou a se esvanecer, aproximando-se da aurora.

– Podemos dar outra volta pela cidade – disse Lucan; o guerreiro da Primeira Geração também não estava inclinado a abandonar Tegan. Ainda que a iminente luz do dia fosse uma ameaça tão grande quanto qualquer outro inimigo mortal.

Elise estendeu o braço e tocou a mão grande que girava o volante em direção a mais uma rua.

– Obrigada, Lucan.

Ele assentiu.

– Você o ama muito, não é?

– Sim, amo. Ele é... tudo para mim.

– Então é melhor não o perdermos, certo?

Ela sorriu e sacudiu a cabeça.

– Não, é melhor não... *ah, meu Deus.... Lucan.* Devagar. Pare o carro!

Ele freou imediatamente, e estacionou junto ao meio-fio de uma elegante rua residencial flanqueada por árvores. Quando o veículo parou, Elise baixou o vidro da janela. Uma brisa gelada de fevereiro se apressou para dentro do carro.

– Aqui – disse, sentindo as veias formigarem.

Ela se concentrou na sensação, atraindo-a, tentando adivinhar sua origem. Era Tegan; não tinha dúvidas. E o calor que lhe percorria a corrente sanguínea não era um calor agradável, mas sim uma ácida queimação.

O causticante calor da dor.

– Ah, meu Deus. Lucan, ele está preso em algum lugar nessa rua – tenho certeza. E está sofrendo. Está sofrendo... muito. – Ela fechou os olhos, sentindo-o com mais intensidade agora que o carro se virava na rua tranquila. – Rápido, Lucan. Ele está sendo torturado.

Ela se sentiu nauseada, tanto pela ideia de Tegan estar sendo maltratado, quanto pela aflitiva angústia que lhe corria por cada célula do corpo. Mas ela reuniu forças, procurando qualquer sinal de que estivessem chegando perto. A pontada incandescente de dor que a atingiu quando se aproximaram de uma velha mansão de pedra e madeira lhe disse que o haviam encontrado.

A casa ficava afastada da rua, tranquila, mas bem-cuidada. Obviamente tinha seus moradores. Um Audi sedã branco estava estacionado na garagem da casa. Havia sementes para pássaro no comedouro pendurado em um ramo do pinheiro no meio do jardim. O trenó de um garoto jazia sobre a calçada recoberta de neve.

– É bem aqui – disse a Lucan. – Ele está nessa casa.

Lucan franziu o cenho ao notar os mesmos detalhes que ela havia visto, mas apagou os faróis e desligou o motor.

– Tem certeza?

– Sim. Tegan está preso aí dentro.

Ela observou enquanto Lucan se armava. Ele já carregava consigo um arsenal de armas – duas grandes pistolas e um par de adagas embainhadas – mas apanhou uma bolsa de couro no banco traseiro e a abriu para revelar ainda mais armamentos.

Ele a fitou e murmurou uma forte maldição.

– Não tenho certeza de que seria seguro você esperar...

– Ótimo – disse ela –, porque não pretendo esperar. Posso ajudar você a encontrá-lo quando estivermos dentro da casa.

– De jeito nenhum, Elise. É muito perigoso. Não posso levá-la lá dentro. Não vou fazer isso – Ele colocou um pente em uma das pistolas e a guardou no coldre. Então tirou outra faca e um rolo de arame da bolsa e enfiou ambos em um dos bolsos de sua jaqueta de combate. – Assim que eu for para a casa, quero que passe para este banco e tome o volante. Dirija até o...

– Lucan – Elise encontrou seu severo olhar cinzento e o sustentou com firmeza. – Quatro meses atrás, achei que minha vida tivesse terminado. Meu coração foi destroçado por Marek e pelos Renegados que o servem. Agora, por algum milagre do destino, sou feliz outra vez. Nunca sonhei que isso pudesse acontecer. Não conhecia esse tipo de amor – o amor que sinto por Tegan. Então, se pensa que vou ficar aqui sentada esperando, ou fugir para longe do perigo sabendo que ele está com problemas – sabendo que está sofrendo – bem, sinto muito, mas pode esquecer.

– Se for meu irmão quem o mantém preso – e vamos deixar isso bem claro, ambos sabemos que só pode ser Marek – então não há como prever o que vamos encontrar lá dentro. Ou o que poderia sair dali quando a poeira finalmente baixar. Tegan já poderia estar perdido.

– Preciso saber, Lucan. Prefiro morrer tentando ajudá-lo a ficar esperando ou ir embora.

Um lento sorriso se espalhou nas feições do temível líder da Ordem.

– Alguém já lhe disse que é uma mulher extremamente teimosa?

– Tegan deve ter dito isso uma vez ou duas – ela admitiu ironicamente.

– Então creio que ele terá de entender o que tive que enfrentar quando vir você comigo – Ele entregou a ela uma adaga embainhada presa a um cinto de couro.

Elise amarrou a correia ao redor dos quadris e fechou a fivela.

– Estou pronta quando você estiver, Lucan.

– Muito bem – disse ele, sacudindo a cabeça em sinal de derrota. – Vamos buscar nosso garoto.

Eles saíram do carro e se aproximaram rápido e com cautela da residência humana. Enquanto se aproximavam do lugar, Elise foi assaltada tanto pela dor do sofrimento de Tegan quanto pela crescente consciência de que havia Subordinados na propriedade. Sua mente se inundou com um concerto de pensamentos imorais e corrompidos, sentindo vozes detestáveis golpeando sua consciência.

– Lucan – sussurrou, murmurando-lhe um aviso. – Há Subordinados aí dentro... Mais de um.

Ele assentiu e gesticulou para que ela se aproximasse dele. Ele agarrou uma grade que dava para a lateral da casa, testando sua força.

– Consegue subir?

Ela segurou a escada improvisada e começou a escalar. Lucan a encontrou no topo; só precisou de uma poderosa flexão de pernas para atingir o terraço no segundo andar. Aterrissou silenciosamente do salto flexível e baixou a mão para ajudar Elise a terminar de subir.

Um par de portas francesas estava aberta para o pátio ladrilhado, e suas ralas cortinas brancas esvoaçavam como fantasmas. Elise pôde ver uma mulher de camisola que jazia inerte no chão do quarto. Seu braço estava estendido, imóvel, e o pulso brutalmente ferido sobre uma poça de sangue derramado.

– Marek – falou Lucan brandamente, explicando a carnificina. – Vai ficar bem se passar por ali?

Elise assentiu. Ela o seguiu pelo cenário da recente violência, passou a mulher morta e o marido que evidentemente havia tentado, sem sucesso, deter o cruel ataque do vampiro. Elise sentiu o amargo gosto de bílis na garganta quando saíram para o corredor e encontraram o corpo de um jovem garoto.

Ah, Deus.

Marek havia invadido e assassinado todos.

Lucan a conduziu para longe do menino, tomando seu pulso e a manteve atrás de si enquanto verificava rapidamente o corredor com os olhos. Ela sentiu a repentina explosão de dor mental, mas não viu o Subordinado se aproximar até que já estava sobre eles, depois de sair de outro cômodo enquanto eles se aproximavam. Lucan silenciou o escravo mental de Marek antes que o humano tivesse a oportunidade de gritar em alerta. Com uma adaga, atravessou profundamente a garganta do Subordinado, que cuspiu em choque e então desabou sem vida ao chão. Lucan não se deteve. Saltou sobre o cadáver, esperando Elise fazer o mesmo.

Quando se aproximaram de uma escada que conduzia ao andar superior da casa, as veias de Elise se acenderam com uma intuição elétrica. Quase podia sentir o coração de Tegan pulsar dentro de seu próprio corpo, com sua respiração ofegante lhe sufocando os próprios pulmões.

– Lucan – sussurrou ela, apontando a porta aberta. – É Tegan. Lá em cima.

Ele se moveu até a abertura mal-iluminada e espreitou sobre as escadas.

– Fique por perto e atrás de mim.

Juntos, os dois subiram os íngremes e estreitos degraus. Ao topo, havia uma porta fechada por uma barra de metal. Lucan ergueu a trava. Voltou os olhos para Elise, e mesmo na escuridão ela pôde ver a expressão que lhe parecia avisar que se preparasse para o que poderiam encontrar do outro lado.

Tegan estava vivo detrás daquela porta fechada – disso ela tinha certeza – e era tudo o que precisava saber.

– Abra, Lucan – sussurrou ela.

Ele empurrou a porta e invadiu o cômodo como um trem de carga, sacando uma enorme espada e cravando-a no guarda Subordinado que saltava sobre eles em ataque. Elise conteve um grito quando outro guarda apareceu e teve semelhante recompensa, caindo pesadamente ao chão de tábuas enquanto sangrava.

Mas foi a visão de Tegan que quase lhe arrancou um uivo agudo da garganta. Acorrentado sobre um par de grossas vigas, com algemas nos pulsos e tornozelos, seu corpo se arqueava, pendendo frouxo dos grilhões. Seu belo rosto estava praticamente oculto pelas mechas escorridas do cabelo, empapadas de sangue e suor, mas Elise ainda pôde ver o estrago ali. Ele estava todo ensanguentado e surrado por uma recente sessão de tortura, e seu corpo ainda não havia tido tempo para apressar o processo de cicatrização nos ossos e tecidos.

Ela pensou que ele estivesse inconsciente, até que uma tensão visível se arrastou subitamente por seus músculos. Ele sabia que ela estava ali. Sentia sua presença assim como ela era capaz de sentir a dele em qualquer lugar.

– Tegan... – Ela começou a correr para ele, mas recuou bruscamente quando ele levantou a cabeça e ela viu o brilho afiado de fúria em seus olhos. – Ah, meu Deus... Tegan!

– Saia já daqui! – A voz dele era rouca e áspera. Os olhos ambarinos que a fuzilavam sob a fronte machucada estavam repletos de raiva animal e dor. Suas presas estavam enormes, mais letais do que ela jamais tinha visto. Ele brandiu contra as correntes que o seguravam. – Maldição! Saia já daqui! Agora!

– Tegan – Lucan deu um passo adiante, aproximando-se com cautela, mas sem vacilar. Estendeu o braço para tomar uma das algemas presas ao pulso de Tegan. – Vamos tirá-lo deste lugar.

– Afastem-se – ele grunhiu.

Lucan farejou o ar.

– Que diabos?

Ele deslizou o polegar sob o nariz de Tegan, onde uma pálida crosta rosada havia se formado.

– Ah, céus, Tegan. Carmesim?

– Marek... ele me entupiu com essa droga, Lucan... – Tegan grunhiu, e as fendas de suas pupilas se estreitaram ainda mais no centro de todo aquele brilho de cor âmbar. – Entende agora? É a Sede de Sangue. Já me perdi.

– Não, não se perdeu – disse Elise.

– Maldição – assobiou entre as enormes presas. – Deixem-me... os dois! Se quer me ajudar, Lucan, tire-a logo daqui. Leve-a para bem longe daqui.

Elise se aproximou dele e tocou suavemente seu cabelo emaranhado.

– Não vou a lugar algum. Eu amo você.

Enquanto ela tentava acalmar Tegan, Lucan liberou o grilhão e a corrente da coluna com um poderoso puxão. O braço direito de Tegan caiu livremente, com um ruído metálico. Quando Lucan tratou de alcançar o outro braço, foi Tegan quem lhe grunhiu um aviso.

– *Lucan...*

Tarde demais.

O estampido de um revólver disparou no quarto escuro, em uma explosão alaranjada que vinha da escadaria. Lucan foi atingido nas costas e caiu sobre um joelho. Outro tiro ressoou, mas o baque curto e metálico informou que a bala havia errado o alvo e atingido a pedra em seu lugar.

Mais tiros dispararam quando dois Subordinados e um Renegado – seguidor de Marek, todos armados com pistolas semiautomáticas – invadiram o aposento e começaram a distribuir projéteis por todo lado. Elise sentiu um grande peso se inclinar sobre ela, trazendo-a sob o abrigo de seus rígidos músculos. A respiração de Tegan ofegava áspera em seu ouvido, mas seu braço livre a envolvia, e seu corpo se arqueava sobre ela para protegê-la do ataque.

Ela se sentia impotente, observando Lucan combater três oponentes enquanto ela se escondia na jaula do corpo de Tegan. Lucan se esquivou de vários disparos, mas foi atingido por boa parte deles. O guerreiro da Primeira Geração resistia ao ataque, devolvendo o fogo enquanto a dança do combate imergia o cômodo em um caos de fumaça ensurdecedor. O Renegado caiu em combate, assassinado pelas balas de titânio de Lucan. Seu corpo chiou, sofrendo convulsões e se retorcendo enquanto a morte rapidamente o levava.

Quando um dos Subordinados se aproximou com a vista presa em Lucan, que se desviava dos disparos de outro desgraçado e devolvia-lhe mais do mesmo, Elise baixou a mão e tocou o punho de sua adaga. Desembainhou-a, sabendo que teria que lançá-la e que só teria uma chance.

Tegan grunhiu seu nome em advertência quando ela escapou de seus braços. Ela se pôs de pé e mirou brevemente, então estendeu a mão e deixou a lâmina voar.

O Subordinado rugiu quando a adaga se cravou profundamente sob seu braço. Ele caiu de costas sem deixar de disparar a arma, lançando uma saraivada de balas ao redor. Algumas acertaram o teto escuro, e o som de vidro se estilhaçando se contrapôs de modo nefasto à batalha que acontecia logo abaixo.

– Ah, meu Deus – ofegou Elise enquanto cacos de vidro pintado caíam das claraboias quebradas.

O teto todo era de vidro – havia sido recentemente recoberto com tinta preta para bloquear o sol. Marek deve ter tomado essa precaução imediata quando se estabeleceu na casa dos humanos.

Nesse instante, enquanto outro grande pedaço de vidro se quebrava e caía ao chão, Elise fitou o céu logo acima com o olhar fixo.

Um céu que lentamente se iluminava com os primeiros raios de luz da alvorada.

Capítulo 34

Eles estavam explorando o íngreme e irregular penhasco durante horas e ainda não havia nem sinal da cripta. A noite começava a esmorecer. Nenhum dos guerreiros que escalavam as rochas tinha qualquer afeição verdadeira pelo sol – especialmente Dante, depois de sofrer uma terrível queimadura pelos raios ultravioleta alguns meses atrás –, mas, como faziam parte das gerações mais novas da Raça, cada um podia suportar a luz do dia por um curto período de tempo. Com a ajuda de seus aparatos de proteção solar, eram capazes de dobrar essa exposição.

Mas não era assim com o Antigo que caçavam nesse instante. Se a prole da Primeira Geração daqueles seres extraterrestres começava a queimar em dez minutos sob o sol, a pele alérgica aos raios ultravioleta e os olhos do Antigo se incinerariam em segundos. E aquele era um ótimo plano reserva, se a Ordem por algum motivo falhasse em decapitar a criatura.

Isso presumindo que conseguiriam ao menos encontrar o esconderijo do miserável em meio àquelas rochas inóspitas.

Dante lançou um olhar avaliador ao céu.

– Se não encontrarmos nada por volta da próxima meia hora, seria melhor começarmos a descer de volta.

Chase assentiu. Estava ao lado de Dante na boca de uma caverna rasa que não havia dado em nada além de algumas garrafas de cerveja vazias e vestígios de uma fogueira extinta há poucos dias.

– Talvez estejamos longe do lugar. Alguns de nós poderiam se separar e vasculhar os cumes mais distantes, examinar mais de perto o topo.

– Tem que estar por aqui – disse Dante. – Você viu a tapeçaria. Aquela cadeia montanhosa que Kassia bordou é esta aqui, exatamente onde estamos. Estamos perto, estou lhe dizendo...

– Ei, Dante – Nikolai estava encarapitado sobre um promontório rochoso vários metros acima da boca da caverna. – Rio e Reichen acabaram de descobrir outra entrada aqui em cima. É bem apertada, mas desce profundamente na montanha. Vai querer dar uma olhada.

Dante e Chase escalaram rapidamente até onde os outros se reuniam. A boca da cova – se é que podia ser chamada assim – era uma fenda vertical na rocha. Pequena o bastante para passar despercebida, a menos que se estivesse posicionado logo acima dela, mas larga o suficiente para um homem se infiltrar com cuidado.

– Marcas de cinzel – notou Dante, passando a mão pela borda da abertura. – A julgar pelo desgaste, estão aqui há muito tempo. Este poderia ser o lugar.

Seis graves olhares o fitaram de volta quando ele desembainhou a espada que carregava e em voz baixa repassou as instruções da operação. Ele desceria primeiro, veria até onde ia a abertura e se havia algo do outro lado. Os outros esperariam por suas ordens – dois ficariam de guarda no exterior da boca da gruta, e os outros prontos para segui-los logo atrás, diante do sinal se tivessem de fato encontrado a cripta.

Ele se espremeu entre as placas rochosas verticais, com a cabeça voltada para a escuridão à sua frente. O fedor de fezes de morcego e bolor agredia seus sentidos quanto mais se infiltrava na gruta. O ar ali era gelado, úmido. Não havia nenhum som, apenas o suave ruído de seus movimentos enquanto avançava.

Em algum lugar ao longo do caminho, percebeu que a abertura das pedras estava cedendo. As paredes começaram a se alargar significativamente, e então, por fim, se abriram em um profundo espaço cavernoso dentro da montanha.

Dante pisou em algo que rangeu sob as botas.

Seus olhos já estavam acostumados à escuridão, e o que viu drenou-lhe todo o sangue da cabeça.

Maldição.

Haviam encontrado o segredo de Dragos. Sem dúvida nenhuma. Dante se encontrava no meio da câmara de hibernação do Antigo, uma cripta entalhada na lateral da montanha, assim como a tapeçaria de Kassia tinha indicado.

Dante não se lembrava de ter falado nada – demônios, nem mesmo tinha certeza de que estava respirando no momento – mas em poucos instantes se viu rodeado por seus irmãos.

– Céus – murmurou um deles, em um tom praticamente inaudível.

A oração murmurada por Rio em espanhol falou por todos:

– Que Deus nos ajude.

Tegan ergueu a cabeça, lançando um olhar fugaz e incerto às claraboias quebradas acima deles.

Droga.

Não se atreveu a olhar por muito tempo. Até mesmo a primeira leva de luz filtrada do amanhecer era como ácido vertendo nas retinas. Lucan também estava sentindo os efeitos. Havia sido acertado na coxa por um disparo, e o tiro do último Subordinado o tinha derrubado ao chão. Como um vampiro da Primeira Geração, podia absorver mais danos que os outros de sua espécie, e o tinha feito; seu corpo expelia as balas das quais não havia conseguido se esquivar, e as feridas sangravam, mas já começavam a se cicatrizar.

Mas ele se encontrava sob o teto aberto agora, e finas espirais de fumaça começavam a se elevar de sua pele exposta. Ele urrou, transformando-se em sua fúria. Os lábios se arregaçaram para trás enquanto as presas lhe rasgavam a gengiva e os olhos ardiam em âmbar reluzente.

O Subordinado começou a recuar nesse instante, dando-se conta do que enfrentaria. Lucan rolou para longe da luz e apertou o gatilho de sua pistola 9 milímetros. Disparou um único tiro. O Subordinado caiu, mas ainda não estava morto. Lucan apertou o gatilho outra vez, acabando com o desgraçado.

E então, silêncio.

O clique oco de um cartucho vazio.

Ao mesmo tempo, as próprias habilidades de Tegan como vampiro da Primeira Geração lentamente voltavam à vida. Mas ainda não era capaz de romper fisicamente as correntes que o seguravam. E não tinha certeza de que deveria fazê-lo. O Carmesim que tinha sido forçado a ingerir pulsava através de cada célula de seu corpo, corrompendo-o como o veneno que era.

Ele sentiu sua Sede de Sangue crescer, compelindo-o a alimentar a sede que queria lhe dominar.

Ele rugiu quando Elise se aproximou e tentou soltar uma das algemas.

– Saia de perto de mim, maldição! Não quero você aqui. Dê o fora daqui enquanto ainda pode.

Ela continuou tentando libertar o grilhão, ignorando-o completamente.

– Deve haver algum jeito de tirar essas algemas de você.

Ele viu seus olhos vasculharem o cômodo, em busca de alguma ferramenta.

– Elise, maldita seja!

Ela correu até um dos Subordinados mortos e puxou a semiautomática de baixo de seu pesado cadáver.

– Pegue isto – ordenou-lhe, enfiando a arma em sua mão livre. – Atire nas correntes Tegan. Vamos!

Ele hesitou, e ela tomou a pistola com pressa.

– Maldição, se não vai atirar, eu atiro!

Mas ela não teve a chance. A pistola caiu ao chão com um estrépito, e, em movimentos imprecisos, Elise foi levantada do chão por mãos invisíveis e lançada a vários metros de distância. Ela se estatelou, caindo com força sobre os estilhaços de vidro. Seu aroma de rosas e queiró alagou o quarto.

Marek estava na porta aberta, com uma espada em uma mão e a outra erguida na direção de Elise, segurando-a lá com o poder da mente. Seu controle mental apertou com mais força sua garganta, cortando a entrada do precioso ar. Ela sufocava e lutava contra a firme faixa de energia que a estava estrangulando.

– Ela está sangrando, guerreiro – ele provocou Tegan. – E como seus olhos de Renegado estão sedentos por ela.

Lucan sacou uma adaga do quadril e a lançou pelos ares. Nesse instante, a atenção de Marek se desviou, voltando-se para a adaga voadora e a desviando com o pensamento. Sem se deixar intimidar, Marek avançou e riu ao se aproximar do rosto de Lucan, ensanguentado e queimado pelos raios ultravioleta.

– Ah, meu irmão. Sua morte será particularmente adorável depois de todos esses anos de espera. Só queria que pudesse viver para ver meu reinado antes de dizermos adeus.

Marek levantou a espada e a brandiu com força. Lucan rolou no último segundo, deixando apenas rígidas tábuas de madeira no caminho da arma de seu irmão. A lâmina se cravou fundo no chão e se congelou ali momentaneamente.

Em um lampejo de movimento, Lucan estava de pé. Ele agarrou a coisa mais próxima que conseguiu encontrar – fechando as mãos sobre um encanamento de cobre que subia pela parede. Ele o arrancou e a água começou a jorrar pela ligação interrompida como uma pequena fonte.

– Lucan – gritou Tegan, quando Marek conseguiu libertar sua espada e a girava para acertar seu irmão.

Lucan enfrentou o ataque, bloqueando o arco descendente com o comprido encanamento de cobre. O cano se curvou com a pressão, mas Lucan segurou firme, reluzindo fúria nos olhos ambarinos. Os óculos escuros de Marek foram derrubados em meio à luta, revelando ainda mais luz ambarina enquanto os irmãos se enfrentavam em uma sanguinária disputa por controle. Marek tentou manejar a espada com mais poder, inclinando-se sobre ela com toda a considerável força que tinha no braço direito. Lucan não cedeu nem um centímetro. Os dois guerreiros da Primeira Geração grunhiam enquanto se sustentavam em um impasse.

Acima deles, o céu ficava cada vez mais claro, mais quente, chamuscando ambos onde a luz tocava a pele exposta.

Livre do controle de Marek, Elise tossiu e ofegou, esforçando-se por respirar. Sua dor atravessava Tegan como um golpe físico. E a visão de seu sangramento – as reluzentes feridas escarlates em suas mãos e no rosto – enviou uma corrente de adrenalina pelas veias de Tegan. Ele arrancou o outro braço das correntes, rugindo sob as vigas.

E do outro lado do cômodo, o impasse entre Marek e Lucan estava tomando uma virada traiçoeira. Aconteceu em um instante; a feroz praga que Marek sibilou entre os dentes foi a única pista do que estava por vir. Empurrando Lucan com seu braço direito, ele usou a mão livre para pegar na camisa um pequeno frasco de pó vermelho.

Com um rápido movimento de seu pulso, o Carmesim voou no rosto de Lucan, cobrindo seus olhos e bochechas com o fino pó. Ele soltou o cano.

Ah, Céus.

Lucan.

Marek se afastou com um sorriso enquanto seu irmão oscilava para frente. Levantou a espada ao alto sobre a cabeça. E quando começou a brandi-la para baixo, um repentino feixe de luz atravessou seu rosto, pairando sobre os olhos. Era extremamente claro e penetrante, o sol refletido em um poderoso raio que queimou os olhos de Marek e quase cegou Tegan onde estava.

Ele desviou o olhar e viu Elise de joelhos sobre o vidro estilhaçado. Tinha nas mãos um grande caco, que segurava firme e determinada, lançando um deliberado feixe de luz direto no rosto de Marek.

Era a oportunidade de que Tegan precisava.

Atravessou o cômodo em longas passadas e agitou as correntes que pendiam em seus pulsos. Prendeu Marek pelo pescoço com uma delas, enrolando os grossos elos e levantando o vampiro dos pés. A outra espiralou ao redor do braço que sustentava a espada, fazendo que Marek perdesse a arma. Marek tentava combater Tegan com a mente, mas cada tentativa era bloqueada pela ira de Tegan. Ele imobilizou o desgraçado sob os pés, ignorando as repentinas súplicas de misericórdia e perdão.

– Isto acaba aqui – grunhiu Tegan. – Você acaba aqui.

Tegan soltou a corrente do braço de Marek e se abaixou para tomar a espada. Viu o lúgubre assentimento de Lucan ao erguer a lâmina sobre o pescoço de Marek. Marek uivou uma maldição e logo se calou quando Tegan baixou a espada em um movimento rápido e letal.

– Tegan! – Gritou Elise, correndo para ele assim que tudo havia acabado.

Lançou os braços ao redor dele, ajudando-o a desenrolar as correntes do corpo sem vida de Marek. Logo correu para o lado de Lucan, ajudando Tegan a trazê-lo para um canto sombreado do cômodo.

Tegan a viu lançar um olhar ansioso ao céu aberto.

– Vamos. Temos de tirar vocês dois daqui imediatamente.

Ela os conduziu escada abaixo e desapareceu em um dos quartos. Saiu carregando um enorme edredom e uma grossa coberta de lã.

– Peguem isto – disse, ajudando-lhes a se cobrirem com as mortalhas. – Fiquem aí debaixo. Ajudarei vocês a sair da casa e entrar no carro.

Nenhum dos guerreiros tinha razão para argumentar. Deixaram que a pequena mulher – a companheira de Tegan, pensou ele com um sentimento crescente de orgulho – os guiasse em plena luz do dia, conduzindo-os ao carro de Reichen.

– Mantenham a cabeça baixa e permaneçam cobertos – ordenou Elise. Fechou a porta de trás e logo correu para o assento do motorista e sentou-se. Ligou o motor, cantando de leve os pneus enquanto pisava no acelerador.

– Vou nos tirar já daqui.

E, por Deus, assim ela o fez.

Capítulo 35

Elise observou Tegan dormindo, aliviada de que seu suplício tivesse terminado. Com a morte de Marek, haveria muitas curas por vir, não só para Tegan e para ela também, mas para Lucan e o resto da Ordem. Um capítulo sombrio do passado havia por fim terminado, e os segredos tinham saído à luz. Agora podiam todos olhar adiante para o futuro e para quaisquer experiências que ele lhes traria.

Elise tinha pensado que sentiria alguma sensação de triunfo pela morte de Marek: em última instância, o principal responsável pelo sofrimento de Camden. Havia cumprido sua promessa, com a ajuda de Tegan.

Mas não se sentia vitoriosa ao apartar uma suave mecha do cabelo castanho claro de Tegan da fronte dele. Sentia-se ansiosa e preocupada. Desesperada para que ele ficasse bem. O Carmesim que Marek lhe tinha dado se esvanecia lentamente. Ele dormia intermitentemente desde que haviam voltado ao Refúgio Secreto de Reichen. Os acessos de convulsão lhe tinham minado as forças, e sua pele ainda estava fria e úmida ao tato.

– Ah, Tegan – sussurrou ela, inclinando-se sobre ele para apertar seus lábios contra os dele. – Não me deixe.

Deus, se também o perdesse para essa droga terrível, depois de tudo pelo que haviam passado...

As lágrimas lhe escorreram pela bochecha, pela primeira vez que se permitia um momento de fraqueza desde as horas em que tinham voltado. Pela primeira vez que se permitia de fato analisar qual seria o pior dos cenários.

E se Tegan não se recuperasse completamente? Ele tinha estado tão perto de se transformar em Renegado uma vez – o que faria que deslizasse nesse abismo desesperador? E se isso acontecesse, ele seria capaz de sair de volta?

– Não vai se livrar de mim tão facilmente.

Ela não tinha certeza se havia escutado as palavras em voz alta, ou se eram simplesmente um desejo em seu coração, mas quando se afastou, fitou os olhos de Tegan. Seus estonteantes olhos verde-esmeralda. Havia apenas um leve traço ambarino neles.

Seu nome era um suspiro nos lábios dela, uma grata oração. Ela o beijou com força e envolveu os braços ao redor de seus largos ombros na cama. O grunhido de interesse que ele emitiu em resposta lhe fez sorrir contra sua boca.

– Você voltou – murmurou aliviada.

– Mmm – resmungou ele, levantando as mãos para acariciá-la. – Estou de volta, minha Companheira de Raça. Graças a você.

– Então finalmente admite que precisa de mim.

O sorriso dele era travesso.

– Suba aqui comigo. Quero lhe mostrar o quanto.

Ela subiu sobre ele na cama, sentando com as pernas abertas sobre seus quadris, esperando que ele a puxasse para baixo e começasse com a sedução na qual ele era tão experiente. Mas ele apenas a olhou. Quando lhe acariciou a bochecha, seus dedos eram ternos, reverentes.

– Eu admito – disse ele, com um olhar tão sincero que o coração dela se apertou. – Admito agora para você, e para qualquer um, a qualquer hora. Preciso de você, Elise. Eu amo você. Você é minha. Minha mulher, minha companheira, minha amada. Meu tudo.

A visão dela se inundou com lágrimas de felicidade.

– Tegan... Eu o amo tanto. Diga-me que isto é real. Que é para sempre.

– Acha que sou o tipo de homem que se conforma com menos?

Ela sacudiu a cabeça, com os olhos turvos de alegria ao se inclinar e beijá-lo.

A leve batida na porta passou ignorada por alguns segundos, mas então a grave voz de Lucan soou do outro lado. Havia certa tensão no tom do guerreiro.

– Como estamos aí dentro?

– Entre, Lucan – disse Elise ao líder da Ordem – depois do que tinham passado juntos hoje, seu estimado amigo de confiança.

Ela se levantou de cima do corpo de Tegan, apesar de seu grunhido de protesto, para receber Lucan enquanto ele entrava. Estava limpo e se recuperando, mas levaria algum tempo até que seu corpo estivesse completamente restabelecido. Ele lançou a Tegan um sorriso cansado quando Tegan passou as pernas para a borda da cama e se sentou.

– O que foi? – Perguntou Tegan, retomando sua postura de guerreiro, embora estivesse destruído nas últimas horas. – O que aconteceu?

Lucan não mediu as palavras.

– Dante e os outros acabaram de ligar de Praga. Encontraram a cripta nas montanhas, assim como indicavam as pistas de Kassia. Estava tudo lá, Tegan. Uma gruta escavada nas rochas, uma câmara de hibernação repleta de símbolos *dermaglíficos* e dos ossos dos humanos com que Dragos havia alimentado seu pai, preparando-o para seu longo sono.

– Mas? – Antecipou Tegan, puxando Elise para si como se quisesse se agarrar com firmeza a algo.

– Mas estava vazia. – Lucan sacudiu a cabeça e passou a mão pelo cabelo negro. – A maldita cripta já tinha sido aberta. Alguém libertou o desgraçado. Podemos apenas supor há quanto tempo, mas parece ter sido há anos. Até mesmo décadas.

– Então... ele está aqui fora, em algum lugar? – Perguntou Elise, temendo a confirmação daquele terrível fato. – O que vamos fazer?

– Começaremos a procurar – disse Tegan. – Céus, supondo que o Antigo esteja vivo, ele pode estar em qualquer lugar. Como uma agulha no palheiro.

Lucan assentiu.

– E vamos precisar de todos os recursos que pudermos reunir. Mas descansem, vocês dois. Não voltaremos a Boston até que os outros voltem esta noite de Praga.

Com isso, Lucan se virou e caminhou em direção à porta. Na metade do caminho, deteve-se. Voltou para o lado da cama de Tegan, com a expressão séria.

– Desde o princípio, Tegan, você foi um irmão para mim, mais do que qualquer parente de sangue. E continua sendo.

Tegan sentia o mesmo, apesar de tudo por que tinham passado. Talvez exatamente por conta disso.

– Sempre o defenderei, Lucan. Pode contar com isso.

Lucan lhe estendeu a mão. Enquanto os dois guerreiros apertavam as palmas juntas, Tegan sentiu o calor da amizade – da irmandade – fluindo entre eles. Surpreendeu-se ao notar o quanto aquela afeição lhe era realmente bem-vinda. E o quanto havia sentido sua falta.

Lucan assentiu. Os olhos do poderoso vampiro da Primeira Geração se aqueceram com inequívoco respeito ao se virar para Elise.

– A Ordem está em débito com você – falou, estendendo agora a mão a ela. – Por nos trazer o segredo de Dragos e pelo que fez hoje por Tegan e por mim... Estou pessoalmente em débito com você. Muito obrigado, Elise.

Ela sacudiu levemente a cabeça ao pousar os dedos em sua mão larga.

– Não precisa agradecer. Fico contente em fazer o que posso para ajudar a Ordem. E Tegan.

Lucan sorriu, levando-lhe a mão aos lábios. Seu beijo de gratidão foi casto e sincero, mas ainda assim Tegan grunhiu de leve.

– Está bem-arranjado – disse, voltando o sábio olhar a Tegan.

– Sim, é verdade – concordou Tegan sem a menor hesitação. Ele sorriu para Elise, sentindo o desejo faiscar como sempre acontecia só de olhar para ela e saber que, por algum milagre do destino, Elise era dele. – Estou muito bem-arranjado.

Lucan assentiu.

– Descansem. Não os incomodarei mais até estarmos prontos para voltar a Boston.

Assim que ele partiu, Elise envolveu Tegan em um amoroso abraço, beijando-o com os lábios quentes de promessa. Ele sentia a força de seu amor o rodeando, e sabia que, por mais sombrios que pudessem ser os dias vindouros, sempre teria esta luz para iluminá-lo. Ele a beijou de volta, sentindo o interesse despertar rigidamente à vida.

– Você escutou Lucan – ela murmurou contra sua boca, sorrindo. – Precisa descansar.

– E? – Grunhiu ele, mordiscando de leve seu macio lábio inferior.

Elise riu.

– E talvez devêssemos esperar para fazer isso quando estivermos em casa.

Tegan a rolou sobre a cama com ele, acomodando-a suavemente sob seu corpo desperto. Contemplou seus enormes olhos cor de lavanda, que o sustentavam com tanto amor que se sentiu comovido.

Ele a beijou lentamente, com ternura e sinceridade.

– Estou em casa – falou, com a voz rouca de emoção ao pressioná-la debaixo de si. – Este é o único lar de que sempre precisarei.

Glossário

Anfitriã de Sangue: Mulher humana que se oferece a um vampiro (voluntariamente) para que este sugue seu sangue.

Anfitriões Voluntários: Humanos que permitem que vampiros suguem seu sangue, em troca de prazer, para se alimentarem.

Antigos: Pertencentes ao grupo dos oito guerreiros extraterrestres e conquistadores estrangeiros que chegaram à Terra.

Banco Internacional de Dados: Rastreador de vampiros Renegados.

Bastardos: Vampiros Renegados.

Bestas Ferozes: Vampiros Renegados.

Companheira de Raça: Humana que traz no corpo uma marca de nascença mostrando assim ser dotada de características únicas no sangue e com propriedades do DNA complementares à raça dos vampiros da Raça.

Condomínio: Local bem-protegido e armado em que vivem em segurança os Guerreiros de Raça com as Companheiras de Raça deles.

Dermaglifos: Desenhos naturais que existiam no corpo dos vampiros, herdados pelos antepassados da Raça.

Guerreiro da Ordem: Vampiro Guerreiro da Raça.

Guerreiro da Raça: Vampiro pertencente à Raça que protege a Terra contra o ataque por Sede de Sangue dos vampiros Renegados.

Líder da Raça: Vampiro-chefe dos Guerreiros da Raça.

Mestre: Chefe dos vampiros Renegados.

Ordem: Grupo composto por Guerreiros da Raça.

Primeira Geração da Raça: Vampiros filhos dos primeiros vampiros geradores da Raça.

Raça: Tipo de vampiro.

Refúgios Secretos: Locais espalhados pelo mundo onde os vampiros da Raça podem viver em família e constituí-la em segurança.

Refúgio das Trevas: Local secreto onde os vampiros habitam durante o dia.

Renegado: Vampiro expulso da Raça por ser viciado em sangue, por matar humanos indiscriminadamente e não conseguir controlar a própria Sede de Sangue.

Santuários Secretos da Nação: Local seguro para os vampiros da Raça.

Sede de Sangue: Grande necessidade sem controle de sangue humano. Assemelha-se a um vício sem controle.

Submundo: Mundo sombrio dos vampiros.

Subordinado: Humano que trabalha como escravo e servo dos vampiros Renegados.

Todos da Raça: Vampiros com um código de honra similar.

A seguir uma prévia do quarto romance da *Midnight Breed*, *Midnight Rising*

A mulher parecia completamente deslocada em sua blusa branca virginal e uma calça social marfim de corte impecável. O cabelo escuro da cor do café caía como uma cascata sobre os ombros em densas ondas; nem uma única mecha se perturbava pela névoa úmida que pairava no ar da floresta. Usava elegantes saltos altos, que não pareciam tê-la impedido de subir um caminho em meio às árvores que tinha deixado os outros aventureiros ao seu redor bufando sob o úmido calor de julho.

No topo da íngreme colina, ela esperava à sombra de uma enorme formação rochosa coberta de musgo, sem piscar, enquanto observava meia dúzia de turistas passarem por ela, alguns tirando fotos da paisagem logo atrás. Eles não pareciam notá-la, pois a maioria das pessoas não podia enxergar os mortos.

Dylan Alexander também não queria vê-la.

Não havia encontrado uma mulher morta desde que tinha doze anos de idade. Ver uma agora, vinte anos depois, no meio da República Tcheca, era um pouco mais que assustador. Tentou ignorar a aparição, mas quando Dylan e seus três companheiros de viagem conseguiram subir o caminho, os sombrios olhos da mulher a encontraram e se cravaram nela.

Você pode me ver.

Dylan fingiu não ouvir o sussurro ruidoso que saiu dos lábios imóveis da fantasma. Não queria admitir a conexão. Tinha passado tanto tempo sem um desses estranhos encontros que havia até esquecido como eram.

Dylan nunca havia compreendido seu estranho dom de ver os mortos. Nunca tinha sido capaz de confiar nele ou de controlá-lo. Podia ficar parada no meio de um cemitério sem ver nada, e, de repente, encontrar-se bem próxima de um morto, como acontecia agora ali nas montanhas, a quase uma hora de Praga.

Os fantasmas eram sempre mulheres. Sempre jovens e vibrantes, como aquela que a fitava nesse instante com um inconfundível desespero em seu exótico e profundo olhar castanho.

Precisa me ouvir.

A frase era marcada por um rico sotaque espanhol, com tom suplicante.

– Ei, Dylan. Venha aqui para eu tirar uma foto sua ao lado desta rocha.

O som de uma voz genuína e terrestre afastou a atenção de Dylan da bela mulher morta parada sob um arco envelhecido de pedra arenosa. Janet, amiga da mãe de Dylan, Sharon, vasculhou sua mochila e tirou uma câmera fotográfica. A viagem de verão pela Europa foi ideia de Sharon; teria sido sua última grande aventura, mas o câncer voltou em março e, desta vez, a quimioterapia não estava mostrando muito progresso contra a doença. Sharon ainda estava no hospital e, diante de sua insistência, Dylan viajou em seu lugar.

– Pronto – disse Janet, tirando uma foto de Dylan e dos imponentes pilares rochosos sobre o vale de bosques abaixo. – Sua mãe certamente amaria este lugar, querida. Não é espetacular?

Dylan assentiu.

– Vamos lhe enviar as fotos por *e-mail* hoje à noite quando voltarmos ao hotel.

Ela guiou a turma para longe da rocha, ansiosa por deixar para trás aquela presença de outro mundo e seus sussurros. Desceram pela inclinada cordilheira, passando por um aglomerado de pinheiros de tronco fino que cresciam em formação apertada. Folhas avermelhadas de coníferas caíam sobre o solo úmido debaixo de seus pés. Havia chovido nessa manhã, o que, junto ao calor abafado, mantinha muitos dos turistas longe dali.

A floresta estava tranquila, pacífica... exceto pela consciência de olhos fantasmagóricos que seguiam cada passo de Dylan mata adentro.

– Fiquei tão contente por seu chefe lhe dar folga para vir conosco – comentou uma das mulheres atrás dela no caminho. – Sei como você trabalha duro naquele jornal, inventando todas as histórias...

– Ela não as inventa, Marie – reprimiu Janet gentilmente. – Deve haver alguma verdade nos artigos de Dylan, ou não os publicariam. Não é, querida?

Dylan zombou.

– Bem, considerando que há normalmente ao menos uma história de abdução alienígena ou possessão demoníaca na primeira página, não costumamos deixar os fatos no caminho de uma boa história. Publicamos textos de entretenimento, não jornalismo sério.

– Sua mãe diz que um dia você ainda será uma repórter famosa – disse Marie. – Uma eminente Woodward ou Bernstein, é o que diz.

– É isso mesmo – interveio Janet. – Sabe, ela me mostrou um artigo que você escreveu em seu primeiro emprego no jornal, logo depois de sair da faculdade... estava cobrindo um caso horrendo de assassinato, no norte do estado. Lembra-se disso, não é, querida?

– Sim – respondeu Dylan, conduzindo-as em direção a outro maciço agrupamento de altivas torres de arenito que se erguiam além das árvores. – Eu me lembro. Mas isso foi muito tempo atrás.

– Bem, não importa o que faz, sei que sua mãe tem muito orgulho de você – disse Marie. – Você trouxe muita alegria para a vida dela.

Dylan assentiu, esforçando-se por recuperar a voz.

– Obrigada.

Tanto Janet quanto Marie trabalhavam com sua mãe no centro das mulheres no Brooklyn. Nancy, a outra integrante do grupo de viagem, era a melhor amiga de Sharon desde o ensino médio. As três mulheres haviam se tornado uma extensão da família de Dylan nos últimos meses. Três pares extras de braços para confortá-la, o que realmente precisaria se viesse a perder a mãe.

Em seu coração, Dylan sabia que era mais uma questão de *quando* do que *se*. A recaída tinha vindo rapidamente, e o câncer havia se mostrado ainda mais implacável do que da primeira vez.

Nancy se aproximou e lançou a Dylan um sorriso terno, mas triste.

– Significa muito para Sharon que você tenha vindo em seu lugar na viagem. Está vivendo tudo isto por ela, sabe disso, não é?

– Sei. Não teria deixado de vir por nada.

Dylan não havia contado às suas companheiras de viagem – nem à sua mãe – que tirar duas semanas de férias com um aviso tão curto provavelmente lhe custaria o emprego. Parte de si realmente não se importava. Ela odiava trabalhar naquele tabloide sensacionalista, de qualquer modo. Havia tentado vender a seu patrão a ideia de que voltaria da Europa com algum material decente – talvez uma história boêmia sobre o abominável homem das neves, ou algum testemunho de terem visto o Drácula fora da Romênia.

Mas repassar mentiras a um sujeito que as vendia para ganhar a vida não era tarefa fácil. Seu chefe havia sido muito claro sobre suas expectativas: se Dylan partisse em viagem, era melhor voltar com algo grande, ou nem precisava voltar.

– Uau, faz calor aqui em cima – exclamou Janet, afastando o boné dos cachos curtos e prateados e passando a palma da mão sobre a testa. – Sou a única fracote aqui, ou mais alguém gostaria de descansar um pouco?

– Por mim, um descanso seria ótimo – concordou Nancy.

Tirou a mochila das costas e a colocou no chão sob a sombra de um alto pinheiro. Marie se uniu a elas, saindo do caminho e tomando um demorado gole de sua garrafa de água.

Dylan não estava nem um pouco cansada. Queria continuar andando. As montanhas e formações rochosas mais impressionantes ainda estavam mais adiante. Haviam programado apenas um dia para essa parte da viagem, e Dylan queria explorar o máximo que pudesse.

E ainda havia a bela mulher morta que se encontrava agora parada diante delas no meio do caminho. Ela fitava Dylan fixamente, e sua energia variava de intensidade na forma visível.

Olhe para mim.

Dylan desviou o olhar. Janet, Marie e Nancy estavam sentadas no chão, beliscando barras de cereal e granola.

– Aceita? – Perguntou Janet, oferecendo um saquinho com frutas secas, nozes e sementes.

Dylan negou com a cabeça.

– Estou inquieta demais para descansar ou comer agora. Se não se importam, acho que vou dar uma rápida volta por aí sozinha, enquanto vocês descansam aqui. Não vou demorar.

– Claro, querida. Afinal de contas, suas pernas são mais jovens que as nossas. Só tome cuidado.

– Tomarei. Volto logo.

Dylan evitou o lugar onde a imagem da mulher morta tremeluzia logo adiante. Em vez disso, cortou a trilha demarcada e adentrou a encosta densamente arborizada. Caminhou por alguns minutos, simplesmente aproveitando a tranquilidade do lugar. Havia certo ar antigo, selvagem e misterioso naqueles picos sobressalentes de arenito e basalto. Dylan parou para tirar fotos, com a esperança de captar parte daquela beleza para que sua mãe desfrutasse dela.

Escute-me.

A princípio, Dylan não viu a mulher, apenas ouviu o som entrecortado e estático de sua voz espectral. Mas então seus olhos vislumbraram um lampejo branco. Ela se encontrava mais adiante na encosta, parada sobre o topo de uma pedra em meio aos penhascos escarpados.

Siga-me.

– Péssima ideia – murmurou Dylan, analisando o ardiloso despenhadeiro. O declive era cruel, e o caminho, no mínimo, duvidoso. E, embora a vista de lá provavelmente fosse espetacular, ela realmente não tinha nenhuma vontade de se unir à sua nova amiga fantasmagórica no Outro Lado.

Por favor... Ajude-o.

Ajude-o?

– Ajudar quem? – Perguntou, sabendo que o espírito não podia escutá-la.

Eles nunca podiam ouvi-la. A comunicação com os de sua classe era sempre uma via de mão única. Os fantasmas simplesmente apareciam quando queriam e diziam o que tinham vontade – isso se ao menos falavam. Então, quando se tornava muito difícil para eles manterem sua forma visível, apenas desvaneciam.

Ajude-o.

A mulher de branco começou a ficar transparente sobre a montanha. Dylan protegeu os olhos da luz turva que atravessava as árvores, tentando mantê-la à vista. Com certa apreensão, começou a subir com dificuldade, usando os grossos troncos dos pinheiros e faias para ajudá-la a escalar a parte mais íngreme do terreno.

Quando alcançou o topo onde a aparição tinha estado, a mulher havia desaparecido. Dylan andou cuidadosamente até a beirada da rocha e descobriu que era mais vasta que parecia vista de baixo. O arenito havia sido curtido pelas intempéries e estava escuro o bastante para que uma profunda fenda vertical na rocha passasse despercebida, até agora.

Vindo de dentro daquela estreita greta mal-iluminada, Dylan ouviu o distante sussurro fantasmagórico mais uma vez.

Salve-o.

Ela olhou ao redor e viu apenas mato e pedras. Não havia ninguém ali. E agora, nem mesmo rastro da figura etérea, que a tinha atraído até o alto daquela montanha, sozinha.

Dylan voltou a cabeça para observar a escuridão na fenda rochosa. Colocou a mão no espaço vazio e sentiu o ar frio e úmido deslizar pela pele.

Dentro daquela profunda greta negra, tudo estava silencioso e tranquilo.

Tranquilo como uma tumba.

Se Dylan fosse do tipo que acredita em horripilantes monstros lendários, teria imaginado que um deles poderia viver ali, em um lugar escondido como aquele. Mas não acreditava em monstros, nunca tinha acreditado. Além de ver as esporádicas pessoas mortas, que nunca lhe causavam nenhum mal, Dylan era tão prática – até mesmo cínica – quanto podia ser.

Mas a repórter que havia nela despertava sua curiosidade em saber o que poderia realmente encontrar no interior da rocha. Presumindo que se pudesse confiar na palavra de uma mulher morta, quem era a pessoa que ela acreditava precisar de ajuda? Havia alguém ferido ali? Poderia alguma pessoa se ter perdido naquele íngreme penhasco?

Dylan pegou uma pequena lanterna do bolso externo da mochila. Acendeu-a, iluminando a abertura, e percebeu que havia leves marcas talhadas ao redor e dentro da fenda, como se alguém se tivesse esforçado para alargá-la. Embora não parecesse recente, com base nas arestas desgastadas das marcas de ferramentas.

– Olá? – Gritou na escuridão. – Tem alguém aí?

Somente silêncio.

Dylan tirou a mochila e a segurou em uma mão, carregando a fina lanterna com a outra. Avançou, porém mal cabia na abertura; qualquer pessoa maior teria de entrar de lado.

O estreitamento durou uma curta distância antes que o espaço ao redor se abrisse. De repente, Dylan se encontrava dentro da compacta montanha rochosa, e o feixe de luz se refletia em paredes lisas e plainas. Era uma caverna – vazia, exceto por alguns morcegos despertando do sono perturbado logo acima.

E, a julgar por seu aspecto, o lugar havia sido em sua maior parte escavado por alguém. O teto se elevava a pelo menos seis metros acima da cabeça de Dylan. Havia símbolos interessantes pintados em cada parede da pequena caverna. Pareciam algum estranho tipo de hieróglifo: um cruzamento entre arrojadas marcas tribais e graciosos desenhos geométricos.

Dylan se aproximou de uma das paredes, fascinada pela beleza da estranha obra de arte. Virou o estreito feixe de luz da lanterna para a direita e ficou sem ar ao descobrir que a complexa decoração continuava ao redor. Deu um passo em direção ao centro da caverna. A ponta de sua bota acertou algo no chão de terra. O que quer que fosse, fez um som oco ao rolar pelo chão. Dylan iluminou o chão com a lanterna e arfou.

Ah, droga.

Era um crânio. O osso branco reluzia contra a escuridão, e a cabeça humana a fitava com seus sulcos vazios e sombrios.

Se fosse *este* o homem que a mulher morta queria que Dylan ajudasse, parecia que tinha chegado uns cem anos atrasada.

Dylan moveu a lanterna pela penumbra, sem saber o que procurava, mas fascinada demais para partir agora. O feixe de luz passou por outro grupo de ossos – céus, mais restos humanos jogados sobre o chão da cova.

Um arrepio percorreu os braços de Dylan, como uma brisa que parecia surgir do nada.

E foi então que ela o viu.

Um grande bloco retangular de pedra se encontrava do outro lado da escuridão. Mais marcas, como as que cobriam as paredes, estavam pintadas na superfície esculpida do objeto.

Dylan não precisou se aproximar para compreender que estava olhando para uma cripta. Uma pesada pedra havia sido posicionada sobre a tumba. Estava deslocada para o lado, levemente apartada da cripta de pedra, como se tivesse sido empurrada por mãos incrivelmente fortes.

Haveria alguém – ou algo – repousando ali?

Dylan precisava saber.

Se arrastou para frente, segurando firme a lanterna com os dedos subitamente suados. A poucos passos de distância agora, Dylan direcionou o feixe de luz à abertura da tumba.

Estava vazia.

E, por razões que não sabia explicar, tal pensamento a gelou ainda mais do que se tivesse encontrado lá dentro algum cadáver horripilante se transformando em pó.

Acima da cabeça dela, os habitantes noturnos da caverna estavam ficando inquietos. Os morcegos rodopiavam e passavam por ela em movimentos apressados. Dylan se abaixou para deixá-los passar, imaginando que seria melhor também dar logo o fora dali.

Quando se virou para procurar a saída da fenda, escutou outro ruído de movimento. Era maior que o dos morcegos, um grunhido baixo acompanhado por uma perturbação nas pedras soltas em algum lugar da caverna.

Ah, meu Deus.

Talvez ela não estivesse ali sozinha, afinal de contas.

Os pelos em sua nuca se ergueram, e antes que pudesse lembrar que não acreditava em monstros, seu coração começou a pulsar acelerado. Tateou em busca da saída da cova, escutando o próprio pulso vibrar nos ouvidos. Quando encontrou a luz do dia, estava sem fôlego. Suas pernas estavam frouxas enquanto se arrastava penhasco acima, e logo correu para reencontrar suas amigas na segurança do reluzente sol do meio-dia.

Ele havia sonhado com Eva outra vez.

Já não era o bastante que a mulher o tivesse traído em vida – agora, em sua morte, ela invadia seu sono enquanto dormia. Ainda bela, ainda traiçoeira, falava a ele de arrependimento e de como queria consertar as coisas.

Só mentiras.

O fantasma recorrente de Eva era apenas uma parte do profundo deslize de Rio em direção à loucura.

Sua companheira morta chorava em seus sonhos, implorando que ele a perdoasse pela traição que havia orquestrado um ano atrás. Ela estava arrependida. Ainda o amava, e sempre o amaria.

Não era real. Era somente uma ridícula lembrança de um passado que ficaria satisfeito em deixar para trás.

Confiar naquela mulher lhe havia custado muito. Seu rosto tinha sido destruído na explosão do armazém. Seu corpo estava quebrado em certas partes, e ainda se recuperava de ferimentos que teriam matado qualquer homem normal.

E sua mente...?

A sanidade de Rio vinha se rompendo pouco a pouco e havia piorado no tempo em que estivera entocado sozinho naquela montanha boêmia.

Podia dar um fim em tudo. Como integrante da Raça – uma espécie híbrida de humanos que carregavam genes vampirescos, extraterrestres – podia se arrastar até a luz do sol e deixar que os raios ultravioleta o devorassem. Havia considerado fazer isso, mas ficaria para trás a tarefa de fechar a caverna e destruir as malditas evidências que continha.

Não sabia por quanto tempo tinha estado ali. Os dias e noites, semanas e meses, haviam em algum ponto se fundido em uma suspensão infinita de tempo. Não tinha certeza de como aquilo havia acontecido. Tinha chegado ali com seus irmãos da Ordem. Os guerreiros estavam em uma missão para localizar e destruir um antigo mal oculto em meio às rochas por séculos.

Mas tinham chegado tarde demais.

A cripta estava vazia; o mal já havia sido liberado.

Foi Rio quem se voluntariou para ficar para trás e vedar a caverna enquanto os outros retornavam para casa em Boston. Ele não podia ir embora com eles. Não sabia qual era seu lugar. Pretendia encontrar seu próprio caminho – talvez voltar à Espanha, sua terra natal.

Era o que havia dito aos guerreiros que por tanto tempo tinham sido como irmãos para ele. Mas não havia levado a cabo nenhum dos planos.

Agora, facilmente meses depois, escondia-se na escuridão da caverna tal como os morcegos que habitavam o espaço úmido com ele. Não caçava mais, não tinha mais vontade de se alimentar. Simplesmente existia, consciente de seu constante declínio em direção ao próprio inferno.

Para Rio, aquela decadência havia sido demais.

Ao seu lado, em uma encosta vazia de pedra a alguns metros do chão da cova, se encontrava um detonador e uma pequena pilha de dinamites. Era explosivo o bastante para selar a cripta oculta para sempre. Rio pretendia dispará-lo essa noite... do interior.

Esta noite, daria um fim a tudo.

Quando seus sentidos letárgicos o despertaram de um sono profundo para avisá-lo de um invasor, pensou que fosse apenas outro fantasma atormentando. Mas captou a fragrância de uma humana – uma jovem mulher, a julgar pela calidez almiscarada de sua pele. Os olhos dele se abriram na escuridão, e as narinas se alargaram para puxar mais daquele aroma para os pulmões.

Ela não era fruto de sua imaginação.

Era de carne e osso, a primeira humana a se aventurar nas proximidades da obscura boca da gruta durante todo o tempo em que estivera ali. A mulher acendeu uma luz brilhante na caverna, cegando-o temporariamente, mesmo onde estava escondido, logo acima da cabeça dela. Rio escutou seus passos se arrastarem pelo chão arenoso. Ouviu o repentino suspiro quando ela se deparou com um dos restos esqueléticos deixados pelo ocupante original do lugar.

Rio se moveu pelas saliências, testando seus membros em antecipação ao salto para o chão. A agitação do ar perturbava os morcegos no teto. Eles voavam, mas a mulher permanecia ali. Seu feixe de luz percorreu mais partes da cova e logo pousou sobre a tumba aberta.

Rio sentiu sua curiosidade se transformar em medo enquanto ela se aproximava da cripta. Até mesmo seus instintos humanos percebiam o mal que certa vez havia repousado naquele bloco de pedra.

Mas ela não devia estar ali.

Rio não podia deixar que ela visse mais do que já tinha visto. Ele se ouviu emitir um grunhido enquanto avançava para a saliência rochosa logo acima. A mulher também o escutou e ficou tensa em alerta. O feixe de luz de sua lanterna ricocheteou loucamente nas paredes enquanto buscava em pânico a saída da gruta.

Antes que Rio pudesse ordenar a seus membros que se movessem, ela já estava indo embora.

Já havia partido.

Ela tinha visto demais, mas logo isso não importaria.

Assim que a noite caísse, não haveria mais nenhum rastro da cripta, da caverna, nem mesmo do próprio Rio.

Sobre a Autora

Lara Adrian

Com raízes históricas, vindas de uma família que remonta ao século XVII, do período do famoso navio Mayflower, que transportou peregrinos da Inglaterra para os Estados Unidos, chamado na época de Novo Mundo, a autora, Lara Adrian, atualmente vive com seu marido na costa da Nova Inglaterra, região nordeste dos Estados Unidos. O local cercado por centenários cemitérios, e longe do conforto urbano, com uma inesgotável inspiração do Oceano Atlântico. Para saber mais sobre Lara Adrian e seus romances, por favor, acesse o *site*: *www.LaraAdrian.com* ou visite a FanPage no Facebook: Midnight Breed Series Brasil.

PAPEL CHAMOIS a arte de ler

Este livro foi impresso em Papel Chamois Fine 75 g/m², certificado FSC e produzido pela MD Papéis Ltda.